Gallmeister

PETER SWANSON est né en 1968. Il publie en 2014 *La Fille au cœur mécanique*, élu meilleur premier roman policier de l'année par le *Washington Post*. Son deuxième roman, *Parce qu'ils le méritaient*, est finaliste du Ian Fleming Steel Dagger 2015 et lauréat du New England Society Book Award 2016. Il remporte un immense succès aux États-Unis. Peter Swanson vit aujourd'hui avec sa femme à Somerville, dans le Massachusetts.

Vis-à-vis

En matière de thriller psychologique, il est aujourd'hui difficile de faire mieux que Peter Swanson.

LE FIGARO MAGAZINE

Vis-à-vis est un de ces suspenses hitchcockiens à la mécanique narrative implacable qui distille un plaisir mêlé d'effroi au fur et à mesure que l'on avance dans la lecture.

FRANCE INTER

Hen sait qu'il est le tueur. Lui a compris qu'elle sait. L'auteur n'en cache rien. Le suspense n'est pas là. Commence alors un étonnant face à face entre un témoin et un meurtrier, qui tient captif jusqu'au bout.

MARIE FRANCE

Avec ce nouveau roman, Peter Swanson entraîne le lecteur dans les retranchements les plus sombres de la folie. Une tension, rampante, court tout le long du roman, alors même que le meurtrier est démasqué dès les premières pages.

FRANCE INFO

Swanson s'est amusé avec nos nerfs et a signé un polar roué digne du maestro de l'horreur, Stephen King.

LE JOURNAL DU DIMANCHE

DU MÊME AUTEUR

Huit crimes parfaits, 2021

Peter Swanson

VIS-À-VIS

Roman

Traduit de l'américain
par Christophe Cuq

Gallmeister

TOTEM n°177

Ouvrage publié sous la direction de François Guérif

Titre original : *Before She Knew Him*

Éditeur original : HarperCollins

ISBN 978-2-35178-799-1
ISSN 2105-4681

Illustration de couverture © Matthieu Persan
Conception graphique de la couverture : Valérie Renaud

À trois générations de Gallerani
(mais tout spécialement à Meghan)

PREMIÈRE PARTIE

TÉMOIN

1

Les deux couples se rencontrèrent à l'occasion d'une fête de quartier, le troisième samedi de septembre.

Hen ne voulait pas y aller, mais Lloyd avait fini par la convaincre.

— C'est en bas de la rue. Si tu n'es pas à l'aise, rien ne t'empêche de faire demi-tour et de rentrer.

— Justement si, répondit-elle. Si je n'y passe pas au moins une heure, les gens vont me remarquer.

— Mais non.

— Mais si. Je ne peux pas débarquer là-bas, regarder la tête de mes nouveaux voisins, puis tourner les talons et repartir.

— Si tu n'y vas pas, alors moi non plus.

— Eh bien n'y va pas, répliqua Hen sur le ton du défi.

Elle savait qu'il irait seul s'il était mis au pied du mur.

Lloyd resta un moment silencieux. Debout devant la bibliothèque du salon, il réagençait les livres. Ils avaient signé début juillet pour cette maison individuelle à West Dartford, alors que le Massachusetts connaissait l'une des pires canicules de son histoire. Deux mois plus tard, les températures étaient retombées et Hen commençait à se sentir chez elle. Tous les meubles avaient trouvé leur place, elle avait accroché des peintures aux murs et Vinaigre, leur maine coon, remontait par moments de la cave où il s'était terré jusque-là.

— Et si je te demande de venir pour me faire plaisir ?

L'expression "faire plaisir" était un code tacite entre elle et Lloyd, un joker qu'il utilisait seulement lorsqu'elle n'allait pas bien. À une époque, c'était parfois le seul moyen qu'il avait pour la tirer du lit le matin. "Si tu ne le fais pas pour toi, fais-le pour moi. Fais-moi plaisir."

Il lui arrivait de détester cette expression, et l'usage que Lloyd en faisait, mais en même temps, elle savait qu'il la réservait à des occasions qu'il jugeait importantes. Pour lui comme pour elle.

— D'accord. Je t'accompagne.

Lloyd se retourna en souriant.

— Je m'excuse par avance si c'est l'horreur, dit-il.

C'était un samedi ensoleillé et venteux. Des rafales sporadiques s'attaquaient aux nappes en plastique, lestées par des bols de salade de pâtes, de chips, de houmous à profusion, et de pain pita. Située à quarante-cinq minutes de Boston, Dartford était une petite ville de banlieue cossue, mais West Dartford, séparée de celle-ci par la Scituate River, abritait des habitations plus modestes et plus rapprochées, bâties pour les ouvriers d'une usine fermée depuis bien longtemps et convertie récemment en ateliers d'artistes. C'était en partie ce qui avait décidé Lloyd et Hen à choisir cette maison. Hen disposerait de son propre atelier, à quelques pas de chez elle, et Lloyd prendrait le train pour se rendre à son travail à Boston – la gare n'était qu'à quelques minutes de marche. Ils pourraient toujours se contenter d'une seule voiture, leurs mensualités de crédit seraient moins élevées qu'à Cambridge, et ils vivraient quasiment à la campagne, loin de tout.

Mais ce jour-là, dans cette fête de quartier réunissant essentiellement des jeunes couples branchés, presque tous parents, le coin ne lui semblait plus si différent de leur ancien quartier. Une femme nommée Claire Murray – celle-là même qui leur avait remis l'invitation en mains propres – les présenta aux autres convives. Comme toujours, hommes et femmes discutaient chacun de leur côté. Hen dut expliquer – par trois fois au moins – que son prénom était le diminutif de Henrietta, et répéter – autant de fois – qu'elle travaillait comme artiste à plein temps. Elle répondit à deux femmes que non, elle n'avait pas encore d'enfant. L'une d'elles, une rouquine aux taches de rousseur brunes portant le T-shirt d'une école maternelle, lui demanda si elle comptait en avoir.

— On verra, mentit-elle.

Après avoir goûté une délicieuse salade de pâtes et avalé la moitié d'un cheeseburger sans sauce, elle fut soulagée de retrouver Lloyd, pour converser avec ce qui semblait être le seul autre couple sans enfant de la réception. Matthew et Mira Dolamore, comme ils le découvrirent, occupaient la maison de style colonial hollandais voisine de la leur.

— Je pense qu'elles datent de la même époque, non ? dit Lloyd.

— Comme toutes les maisons de la rue, précisa Matthew, en se frottant le menton.

Lorsqu'il retira son doigt, Hen remarqua une cicatrice à cet endroit. Comme Harrison Ford. Il était charmant ; pas autant qu'Harrison Ford, mais il réunissait tous les traits d'un bel homme : cheveux bruns fournis, yeux bleu pâle, mâchoire carrée. L'ensemble était cependant un ton en dessous. Posture rigide, chemise habillée rentrée dans un jean basique taille haute. Avec sa large carrure et ses grandes mains osseuses, il lui faisait penser à un mannequin. Un peu plus tard, lors du dîner à quatre, elle le cataloguerait comme un homme jovial et inoffensif, de ceux qu'on rencontre avec plaisir mais qu'on oublie aussitôt. Et encore plus tard, elle se rendrait compte à quel point sa première impression avait été fausse. Mais en ce radieux samedi après-midi, Hen était simplement heureuse que Lloyd soit revenu à ses côtés et qu'il se charge de faire la conversation.

Mira, à peu près aussi petite que son mari était grand, se pencha vers elle.

— Vous n'avez pas d'enfants non plus, dit-elle.

C'était moins une question qu'un constat, et Hen comprit que leurs nouveaux voisins les avaient à coup sûr épiés lorsqu'ils avaient emménagé en juillet. Bizarre qu'ils ne soient pas venus se présenter.

— Non, effectivement, nous n'en avons pas.

— Je crois que nous sommes les deux seuls couples de la rue à ne pas être parents, dit Mira.

Elle lâcha un rire nerveux, et Hen remarqua que Mira était physiquement l'opposée de son mari. L'ensemble de sa physionomie – un nez un peu trop large, un front bas, des hanches fortes – la rendait au final plus agréable à regarder.

— Que faites-vous dans la vie ? demanda Hen.

Elle se fustigea aussitôt d'avoir eu recours d'emblée à cette question.

Tous les quatre discutèrent ainsi une vingtaine de minutes de plus. Matthew était professeur d'histoire dans un lycée privé, à trois villes de là, et Mira travaillait en tant que commerciale pour une entreprise de logiciels éducatifs, et par conséquent – comme elle le répéta plusieurs fois – passait plus de temps sur la route que chez elle.

— Il faudra que vous gardiez un œil sur Matthew, dit-elle, et que vous me racontiez ce qu'il fait quand je ne suis pas là.

Nouveau rire nerveux. Hen avait toutes les raisons de la détester, pourtant elle n'y arrivait pas. Peut-être le déménagement l'avait-il adoucie, mais c'était plus probablement à mettre sur le compte de ses nouveaux médicaments. Une autre rafale de vent, plus fraîche, souffla du bas de la rue, faisant bruire les arbres encore verts, et Hen s'emmitoufla dans son gilet en frissonnant.

— Vous avez froid ? demanda Matthew.

— Je suis frileuse, répondit-elle, avant d'ajouter : je crois que je vais rentrer…

Lloyd lui sourit.

— Je rentre aussi, dit-il, puis, se tournant vers Matthew et Mira : croyez-le ou pas, mais on n'a pas terminé de défaire nos cartons. Ravi de vous avoir rencontrés.

— De même, Lloyd, répondit Matthew. Vous aussi, Hen. C'est le diminutif de… ?

— Henrietta, mais personne ne m'a jamais appelée comme ça, excepté sur mon acte de naissance. Ça a toujours été Hen.

— Organisons quelque chose un de ces jours. Un barbecue peut-être, si le temps le permet encore.

La proposition venait de Mira, et tout le monde acquiesça vaguement, d'un air qui convainquit Hen que cela ne se ferait jamais.

Elle fut donc surprise quand, une semaine plus tard, alors qu'elle revenait de son atelier, Mira sortit de chez elle en courant pour venir à sa rencontre.

— Bonjour, Hen, dit-elle.

Comme toujours au retour d'un après-midi de travail, Hen planait un peu ; un état qui n'était pas désagréable.

— Bonjour, Miri, répondit-elle.

Elle réalisa aussitôt qu'elle avait écorché le prénom de sa voisine, mais celle-ci ne la corrigea pas.

— Je comptais passer chez vous ce soir, et puis je vous ai vue remonter la rue. Vous êtes libres pour dîner ce week-end ?

— Euh… répondit Hen en cherchant à temporiser.

— Vendredi ou samedi, comme vous préférez. Ou même dimanche.

Hen se savait acculée, d'autant que Mira venait de lui proposer trois soirs possibles. Elle et Lloyd n'avaient rien de prévu ce week-end-là, alors elle choisit le samedi soir et demanda ce qu'ils pouvaient apporter.

— Juste vous, répliqua Mira. Super ! Vous mangez de tout ?

— Oui, répondit Hen, en taisant la phobie de Lloyd pour toute viande encore attachée à l'os.

Elles s'entendirent pour samedi soir à sept heures, et Hen en informa Lloyd lorsqu'il rentra du travail.

— Bien, dit-il, de nouveaux amis en perspective. Tu te sens prête ?

Hen laissa fuser un petit rire.

— Pas vraiment, mais ce sera agréable de ne pas avoir à cuisiner. Et puis, on sera tellement ennuyeux qu'ils ne nous inviteront plus jamais.

Hen et Lloyd arrivèrent à sept heures tapantes, armés d'une bouteille de vin rouge et d'une bouteille de blanc. Hen portait sa robe écossaise verte et une paire de collants. Lloyd, qui avait quand même pris une douche, portait un jean et un T-shirt Bon Iver qu'il mettait parfois pour aller courir. Ils furent accueillis dans le salon – la disposition des pièces était identique à celle de leur maison – et tout le monde prit place autour d'une table basse, garnie d'assez d'entrées pour sustenter un régiment. Hen et Lloyd s'installèrent dans un canapé en cuir beige tandis que Matthew et Mira s'asseyaient dans des fauteuils assortis. La pièce était incroyablement propre ; tout était blanc et stérile. Hen remarqua des gravures intéressantes accrochées aux murs ; il lui semblait avoir vu leurs copies conformes chez Crate and Barrel.

Ils papotèrent un petit quart d'heure et Hen nota qu'on ne leur avait pas encore demandé ce qu'ils voulaient boire : était-ce un foyer sans alcool ? Ça ne la dérangeait pas particulièrement, mais elle pensait à Lloyd. Alors que Mira demandait à Hen si elle participerait aux prochains ateliers portes ouvertes, Matthew se leva et dit :

— Vous buvez quelque chose ?

— Qu'est-ce que vous proposez ? se hâta de demander Lloyd.

— Vin, bière.

— Je prendrai une bière, dit Lloyd, tandis que Hen et Mira optaient chacune pour un verre de vin blanc.

Matthew sortit du salon. Mira reposa sa question.

— Je ne sais pas, répondit Hen. Je viens tout juste d'aménager mon espace. Je ne suis pas à l'aise avec l'idée de voir tout d'un coup des gens y défiler.

— Tu devrais y participer, dit Lloyd.

— Oui, je suis d'accord, renchérit Mira.
— Vous y êtes déjà allés ? demanda Hen.
— Oui, nous y passons chaque année depuis que nous habitons ici. Moi en tout cas. Matthew m'accompagne parfois. C'est sympa, vraiment, tu devrais y participer. Peut-être même que tu pourras vendre quelque chose. C'est là-bas que j'ai acheté ces estampes, dit-elle en montrant les gravures encadrées au mur.

Hen se trouva bête d'avoir pensé qu'elles venaient d'un magasin d'ameublement. Matthew revint avec les boissons et Hen nota qu'il s'était apporté une canette de ginger ale.

— Parle-nous un peu de ton travail, dit Mira.

Parler de son métier n'était pas le sujet de conversation favori de Hen, mais elle fit de son mieux, et Lloyd, en bon chevalier blanc, s'empressa de prendre le relais. Dès l'université, Hen avait travaillé comme graveuse, d'abord sur blocs de bois, puis sur plaques de cuivre ou de zinc. Pendant plusieurs années, elle avait créé des œuvres purement imaginaires : des tableaux grotesques et surréalistes souvent accompagnés d'une légende. Elle leur donnait l'apparence d'illustrations tirées de livres, de romans d'épouvante pour enfants essentiellement, qui n'existaient en fait que dans son esprit. Durant une petite dizaine d'années, elle avait connu un certain succès, avait été sélectionnée pour plusieurs expositions collectives, et avait même eu droit à un article dans une revue d'art de Nouvelle-Angleterre. Mais elle avait toujours dû travailler à côté, dans des magasins de fournitures artistiques ; elle avait également fait de l'encadrement pour un peintre réputé du South End de Boston. Tout avait changé le jour où un auteur de livres pour enfants l'avait contactée en lui proposant d'illustrer le premier tome d'une série de romans fantastiques qu'il comptait lancer. Hen avait accepté la commande, le livre s'était bien vendu, et cela l'avait conduite à signer avec un agent. Aujourd'hui, elle était illustratrice de livres pour enfants à plein temps, créait occasionnellement une pièce originale, et cela lui convenait tout à fait. Elle se réjouissait secrètement qu'on décide désormais pour elle du thème de ses compositions. Depuis bientôt deux ans, son nouveau cocktail de médicaments – composé d'un stabilisateur d'humeur, d'un antidépresseur et d'un autre médicament apparemment destiné à booster les effets de l'antidépresseur – empêchaient ses troubles bipolaires de pointer leur vilain nez. Mais il lui semblait qu'ils la privaient du même coup de ses pulsions créatrices. Elle était toujours capable de réaliser ses œuvres – et elle y prenait vraiment plaisir –, mais elle n'avait plus que très rarement une idée de création originale. Hen ne dit rien de tout cela à ses voisins. Mira fut surtout intéressée par les romans fantastiques, car elle en avait entendu parler, et promit d'acheter le premier tome. Matthew, lui, posa plusieurs questions sur son processus artistique, écoutant ses explications avec attention.

Ils passèrent ensuite dans la salle à manger, où des mets posés sur des chauffe-plats les attendaient sur un buffet. Il y avait de la purée, des pilons dans une sauce jaune vif et une salade verte.

— C'est comme ça que mes grands-parents servaient les repas, fit remarquer Hen. Sur un buffet.

— D'où étaient-ils ? demanda Mira.

Hen répondit que son père était britannique et sa mère américaine, expliqua qu'elle avait grandi entre Bath en Angleterre et Albany dans l'État de New York.

— Il me semblait bien que tu avais un accent, dit Mira.

— Ah oui ? Je ne pensais pas.

— Très léger.

— Et toi, tu es de… ?

— De Californie, mais mes parents sont tous les deux du nord de l'Angleterre, pakistanais d'origine. Ils avaient des manières très british. Tous nos repas étaient servis sur un buffet, dans la salle à manger, y compris le petit déjeuner.

— J'aime beaucoup, dit Hen.

Tout au long du dîner la conversation fut sympathique, mais à aucun moment elle ne s'anima vraiment. On parla beaucoup des métiers de chacun, du voisinage, des prix ridiculement élevés de l'immobilier. Chaque fois que Matthew prenait la parole, c'était pour poser de nouvelles questions, le plus souvent à Hen. Elle s'aperçut, après qu'il lui eut demandé si elle s'était remise de la fête de quartier, qu'il était très observateur. Lloyd, espérant amener la conversation sur le terrain sportif, lui demanda s'il entraînait une équipe dans son école. Matthew répondit que non.

— Le seul sport où j'aie jamais brillé, c'est le badminton.

Hen, qui, après l'université, avait passé trois mois désastreux à tenter d'enseigner le dessin à une classe de maternelle, voulut savoir si son métier n'était pas trop éprouvant sur le plan émotionnel. Il répondit que ses deux premières années avaient effectivement été difficiles.

— Mais maintenant j'adore mon métier. J'adore les élèves, apprendre à les connaître, les regarder changer entre la troisième et la terminale.

Hen sentait que Lloyd retenait ses bâillements ; il sirotait un énième verre de vin.

Après le dessert (pudding de riz chaud aux raisins secs et à la cardamome), Hen annonça qu'ils n'allaient pas tarder : ils prenaient la route le lendemain pour rendre visite aux parents de Lloyd. C'était vrai, même s'ils ne partiraient pas avant la fin de la matinée.

Alors qu'ils se tenaient tous dans le vestibule, Hen répéta combien elle aimait la manière dont ils avaient décoré leur intérieur.

— Oh, il faut qu'on vous fasse visiter, fit Mira. C'est par ça qu'on aurait dû commencer.

Étonnamment, Lloyd n'émit pas d'objection. Mira les conduisit dans la cuisine rénovée, leur montra la terrasse qu'ils avaient ajoutée à l'arrière de la maison, puis termina la visite par le bureau de Matthew au rez-de-chaussée. L'endroit contrastait tant avec les coloris clairs et le style épuré des autres pièces que Hen eut l'impression d'entrer dans une tout autre maison, voire une autre époque. Les murs étaient revêtus d'un papier peint vert foncé au motif vaguement hachuré, le sol d'un tapis persan élimé, et une grande vitrine en verre remplie de livres et de cadres photos dominait l'espace. Il y avait un petit bureau avec un fauteuil en cuir, et le seul autre siège était un canapé en velours côtelé. La pièce était dépourvue de tout élément moderne et le moindre espace libre était encombré de bibelots ou de cadres photos noir et blanc. Hen, que les petits objets et les vieilles choses fascinaient, s'avança dans la pièce et ne put retenir un *oh* d'étonnement.

— Cette pièce est le domaine de Matthew, déclara Mira.

Hen se retourna et sourit. Matthew, qui jusque-là avait été occupé à faire la vaisselle, se tenait à présent dans l'encadrement de la porte, l'air nerveux. Hen éprouva une certaine gêne, comme si Mira lui dévoilait quelque chose de bien plus intime qu'un simple bureau.

— Ça me plaît beaucoup, dit-elle. C'est rempli d'objets pittoresques.

— Je suis un collectionneur, expliqua Matthew. Et Mira est une… comment appelle-t-on le contraire d'un collectionneur ? Une "jeteuse compulsive" ?

Lloyd aperçut une cheminée et demanda si elle fonctionnait, tandis que Hen passait en revue les objets posés sur le manteau. L'assortiment hétéroclite comprenait un petit serpent en laiton, des chandeliers en bois, un portrait de chien miniature, un globe illuminé, et au centre, un trophée représentant un escrimeur en position de fente sur un piédestal en argent. L'espace d'un instant, Hen eut une frayeur et crut s'évanouir. Sa vision se troubla, ses jambes semblèrent emportées par un torrent. Elle se ressaisit. Ce n'est sûrement qu'une coïncidence, se dit-elle en s'avançant pour lire l'inscription sur la base du trophée : TROISIÈME PLACE ÉPÉE, puis en plus petites lettres, quelque chose comme OLYMPIADES

JUNIOR, suivi d'une date qu'elle n'arrivait pas à déchiffrer. Hen n'osait pas s'approcher. Se retournant, elle demanda à Matthew, d'une voix qu'elle espérait normale :

— Vous faites de l'escrime ?

— Grands dieux, non, répondit-il. Le trophée m'a plu, tout simplement. Je l'ai acheté dans un vide-grenier.

— Ça va, Hen ? demanda Lloyd en lui lançant un regard inquiet. Tu es un peu pâle.

— Oui, oui, ça va. Je crois que je suis simplement fatiguée.

Les deux couples se retrouvèrent de nouveau dans le vestibule pour se dire au revoir. Hen sentit le sang refluer à son visage. C'était juste un trophée d'escrime… comme il doit y en avoir des milliers, songeait-elle tout en les félicitant pour le dîner et en les remerciant pour la visite. Lloyd, la main sur la poignée de la porte, attendait de pouvoir s'échapper. Mira se glissa entre eux et embrassa Hen sur la joue pendant que, derrière elle, Matthew les saluait en souriant. Hen s'imaginait peut-être des choses, mais il lui sembla qu'il ne la quittait pas des yeux.

Une fois sortis dans l'air froid et humide, quand les Dolamore eurent refermé leur porte, Lloyd se tourna vers Hen.

— Ça va ? Qu'est-ce qui t'est arrivé ?

— Oh, rien, une faiblesse passagère. Il faisait chaud à l'intérieur, non ?

— Pas vraiment, répondit-il.

Ils étaient arrivés devant leur porte, et Hen avait envie de marcher un peu plus dans la nuit fraîche, mais elle savait que Lloyd avait hâte de rentrer pour vérifier si le match des Red Sox était terminé.

Plus tard, une fois allongée dans son lit et Lloyd endormi à côté d'elle, Hen songea combien son idée avait été ridicule : le monde était plein de trophées d'escrime qui se ressemblaient probablement tous. *Pourtant non, ce n'est pas si ridicule. Matthew enseigne à Sussex Hall, et c'est ce lycée que Dustin Miller avait fréquenté.*

2

UNE fois Mira endormie, Matthew se leva et descendit dans son bureau. Il se posta là où sa voisine s'était tenue, à environ un mètre de la cheminée, et tenta de lire l'inscription sur le trophée. Malgré sa vision parfaite et le fait qu'il sache déjà ce qui était écrit, il arrivait à peine à discerner la date et le lieu. Mais peut-être que sa voisine, elle, avait réussi. Il avait été stupide – stupide et présomptueux – d'exposer le trophée au beau milieu de la cheminée, à la vue de n'importe qui. Mais bon, quelles étaient les probabilités que quelqu'un fasse le lien ?

Et pourtant elle l'avait fait. Il en était presque certain.

Rien qu'en l'observant, il avait deviné qu'elle avait failli se sentir mal. Il s'était demandé si son empoté de mari serait assez vif pour la rattraper avant qu'elle ne tombe.

Matthew sentit un nœud se former dans sa poitrine, comme quand il était angoissé. Il se figurait un poing de bébé, s'ouvrant et se serrant. Il fit quelques sauts sur place pour évacuer son anxiété, puis décida qu'il devait se débarrasser définitivement du trophée, ou au moins le cacher. Cette pensée éveilla en lui un sentiment particulier, qu'il imaginait proche du deuil.

— C'était plutôt réussi, non ? dit Mira le lendemain matin. J'ai bien aimé Hen.

— Ce serait intéressant de voir son travail, répondit Matthew.

— On pourrait aller aux ateliers portes ouvertes. Tu sais quel week-end ça tombe ?

Matthew prit son téléphone pour vérifier tandis que Mira sortait du réfrigérateur de quoi préparer le petit déjeuner. Un petit déjeuner dominical chaud et copieux constituait un de leurs rares rituels.

Après avoir avalé ses œufs brouillés et des galettes de pommes de terre cuisinées avec les restes de purée de la veille, Matthew annonça à Mira qu'il avait des cours à préparer puis se rendit dans son bureau et ferma la porte derrière lui. Il demeura un moment dans l'obscurité, inspirant l'air, revoyant sa voisine dans cette même pièce. Elle était petite et jolie. Des cheveux bruns et de grands yeux marron, une délicatesse dans les traits. L'idée qu'elle sache ce qu'il avait fait à Dustin Miller – qu'elle le soupçonne même simplement – l'emplit d'un sentiment de terreur et d'un semblant d'ivresse. Était-ce la raison qui, à l'époque, l'avait poussé à emporter le trophée ? Cherchait-il à ce qu'on découvre ce qu'il avait fait ? Il saisit le trophée. Une chose était sûre : il fallait à présent qu'il s'en débarrasse. Mais devait-il forcément s'en défaire dans l'immédiat ? La police risquait-elle de débarquer chez lui aujourd'hui même ? Possible. Et quid du briquet gravé qu'il conservait dans le tiroir de son bureau ? Pouvait-on le relier à Bob Shirley ? Un frisson de tristesse le secoua. Par la faute de leur nouvelle voisine, il allait devoir se séparer des objets auxquels il tenait le plus. Il inspira profondément, puis chercha un moyen d'éloigner ses souvenirs de chez lui sans qu'ils disparaissent complètement de sa vie.

Il descendit à la cave et trouva un carton qui lui semblait de la bonne taille. En retournant à son bureau, il croisa Mira ; elle avait enfilé un pantalon de yoga et un vieux T-shirt.

— Tu sors marcher ? demanda-t-il.

— Non, je regarde mon émission de yoga. Qu'est-ce que tu fais avec ce carton ?

Il lui expliqua qu'il comptait rapporter à son lycée certains des manuels d'histoire qu'il avait accumulés au fil des ans.

— Tu vas à Sussex Hall aujourd'hui ?

— Je voulais, oui. Ça me donnera une excuse pour sortir.

— On est dimanche. Ça ne peut pas attendre demain ?

— En fait, je comptais en profiter pour travailler mes cours sur place. Noter quelques dates au tableau blanc.

Mira haussa les épaules.

— Tu peux m'accompagner si tu veux. On ira marcher autour de l'étang quand j'aurai fini.

— D'accord. On verra, dit-elle en se dirigeant vers le salon.

Il l'observa. Il avait toujours aimé la regarder marcher, cette manière qu'elle avait de se hausser légèrement sur la pointe du pied à chaque pas. Mira lui avait raconté qu'entre cinq et treize ans, elle ne vivait que pour la danse classique, mais son rêve s'était effondré lorsque sa croissance s'était arrêtée à un peu moins d'un mètre cinquante. Mira avait fait de la gymnastique au lycée et était encore capable de réaliser un flip arrière.

De retour dans son bureau, Matthew emballa le trophée d'escrime dans du papier journal et le plaça au fond du carton. Il déposa à côté le briquet de Bob Shirley, la paire de lunettes de soleil Vuarnet prise dans la BMW de Jay Saravan, et enfin, l'édition d'écolier abîmée de *L'Île au trésor* qui avait appartenu à Alan Manso.

Il se mit alors à chercher parmi les manuels d'histoire qui traînaient dans son bureau ceux qu'il n'utilisait plus dans ses cours, et les empila au-dessus des quatre souvenirs. Puis il scotcha le carton et alla prévenir Mira qu'il partait.

Elle venait de terminer son yoga et le salon était empreint d'une tiédeur mêlée à l'odeur de sa sueur, un parfum qui n'était pas déplaisant.

— J'y vais, dit-il. Tu veux que je t'attende ?

— Non, vas-y. J'ai des choses à faire ici. Pour combien de temps tu en as ?

— Pas longtemps, dit-il en attrapant ses clés de voiture et ses lunettes de soleil.

Il attendit quelques instants dans le vestibule, se demandant s'il n'avait rien oublié. Il lui vint alors à l'esprit que Hen ou son mari Lloyd étaient peut-être devant leur maison, ou à leur fenêtre. Ils avaient dit qu'ils partaient quelque part, mais supposons qu'ils soient revenus et qu'ils le voient sortir avec un carton. Comprendraient-ils qu'il était en train de se débarrasser du trophée ? Par chance, son allée se trouvait du côté opposé à leur maison, si bien que ses voisins n'auraient qu'une dizaine de secondes pour le voir, le temps qu'il sorte de chez lui et rejoigne sa voiture. C'était un risque raisonnable.

Il faisait chaud dehors, on se serait cru en plein été plutôt que fin septembre. De l'autre côté de la rue, Jim Mills était encore en train de tondre sa pelouse, qu'il avait tondue quelques jours plus tôt, et une odeur d'essence et d'herbe fraîchement coupée imprégnait l'air, suscitant chez Matthew une légère nausée. Enfant, l'une de ses corvées consistait à tondre le gazon derrière la maison familiale. Ses mains le démangeaient sous les vibrations du moteur, son nez coulait, et les jours de pluie, l'herbe coupée formait des mottes sous la tondeuse et lui collait aux jambes. Il monta dans sa Fiat et posa le carton sur le siège passager, puis activa la climatisation. Distrait par les odeurs de tondeuse, il s'était à peine inquiété d'être aperçu par Hen ou Lloyd. Jeter un regard coupable en direction de leur maison aurait sans doute été une mauvaise idée, de toute manière.

Il lui fallut vingt minutes pour rallier Sussex Hall. Le lycée privé accueillait environ sept cents élèves, dont une moitié était pensionnaire et l'autre venait des villes riches environnantes de cette partie du Massachusetts. Construits sur une colline, tous les bâtiments de l'école, à l'exception du gymnase plus récent, étaient en brique et dataient du début du siècle précédent. Matthew n'aimait pas forcément son métier tous les jours, en revanche il adorait le campus de Sussex Hall, avec ses dortoirs de style gothique et sa chapelle non confessionnelle en pierre. Il se gara sur une place réservée aux professeurs, bien qu'on fût dimanche et qu'il pût se garer n'importe où. À l'aide de son trousseau de clés, il entra dans Warburg Hall par la porte arrière et descendit directement au sous-sol par l'étroit escalier. L'une de ses fonctions au sein de l'école était de gérer les manuels d'histoire, stockés pour la plupart sur des étagères, dans un local fermé de la partie aménagée du sous-sol. Mais il disposait également d'une clé pour accéder à une partie plus ancienne, où l'on entreposait les sièges de jardin utilisés pour les cérémonies de remise de diplômes et, derrière ceux-ci, le mobilier caduc – essentiellement des tableaux noirs et de vieilles chaises d'école. Dans un coin au fond, une pile de caisses contenaient les anciens couverts du réfectoire. C'est là qu'il glissa son carton de souvenirs, certain que jamais personne n'y toucherait ou ne le découvrirait, même en le cherchant. Et quand bien même on le trouverait, il avait pris soin d'essuyer toutes ses empreintes et vérifié que son nom ne figurait dans aucun des vieux manuels.

Une fois remonté, et après s'être lavé les mains dans les toilettes des professeurs, Matthew se rendit dans sa salle de classe pour préparer son programme de la semaine. L'essentiel reprenait des cours qu'il avait déjà donnés des dizaines de fois, mais ce semestre, il dirigerait un séminaire de dernière année sur la guerre froide, et il avait besoin de remettre à jour ses connaissances. Ils se concentreraient cette semaine sur la réorganisation de l'après-guerre. Matthew travaillait à son bureau depuis presque une heure quand il entendit le grincement métallique de la porte arrière du bâtiment qu'on ouvrait, suivi d'un pusillanime : "Il y a quelqu'un ?"

Il sortit dans la pénombre du couloir et cria :

— Oui.

La voix de Michelle Brine lui parvint depuis l'escalier :

— Dieu merci. J'ai horreur de me retrouver seule ici le week-end. Ça me fiche la frousse.

Matthew n'était guère étonné de voir Michelle ici. C'était sa deuxième année d'enseignement, et il était stupéfait qu'elle ait survécu à la première. Pétrie de la conviction sincère que les élèves s'intéressaient réellement à l'histoire, la jeune femme timide et effacée avait traversé sa première année dans les tâtonnements et les pleurs. Matthew l'avait prise sous son aile, la faisant profiter de ses plans de cours, de ses stratégies disciplinaires, et, vers la fin du semestre de printemps, lui faisant également part de son opinion sur ses problèmes personnels et l'aiguillant dans sa relation avec son connard de petit ami.

— Je suis soulagée de voir que je ne suis pas la seule à paniquer et à venir travailler le dimanche. J'ai tellement de retard.

Elle suivit Matthew dans sa classe. Michelle portait un jean, chose qu'elle ne faisait jamais en semaine, mais il reconnut le chemisier noir boutonné jusqu'en haut qu'elle associait parfois à une jupe.

— C'est tranquille ici, le week-end, tu ne trouves pas ?

— Non. J'ai horreur d'être seule. Tu restes longtemps ?

— À vrai dire, j'allais partir.

— Oh non, fit-elle en ouvrant son sac à dos. Est-ce que tu pourrais jeter un œil à quelque chose très rapidement ? Je comptais essayer ça avec mes première année.

À peine eut-il fini de parcourir l'ébauche de cours qu'elle lui avait tendue – Michelle demandait à ses élèves d'élaborer leur propre Constitution et il lui suggéra de commencer par leur enseigner la *vraie* Constitution – qu'elle se lança dans une nouvelle confidence à propos de son petit ami, Scott. Elle expliqua que deux jours plus tôt, il avait fait un concert avec son groupe et n'était pas rentré avant trois heures du matin. Elle avait tenté de fouiller son téléphone pendant qu'il dormait, mais il avait modifié son mot de passe.

— C'est mauvais signe, déclara Matthew.

— Je sais. Je sais. Il me trompe, c'est ça ?

— Répète-moi exactement ce qu'il t'a dit quand tu as abordé le sujet.

Matthew, qui avait déjà envoyé un message à Mira pour l'informer qu'il avait pris un peu de retard, se carra sur sa chaise derrière son bureau et fit l'une des choses auxquelles il excellait. Il prêta l'oreille à une femme.

3

Le dimanche, Hen envisagea d'appeler la ligne de signalement de la police, ou de contacter l'inspecteur en charge de l'enquête sur le meurtre de Dustin Miller – qui datait de deux ans et demi. Elle savait cependant qu'elle ne pouvait pas prévenir la police sans en parler d'abord à Lloyd. Elle estimait qu'il était encore trop tôt.

Alors, une fois son café bu et son petit déjeuner avalé, Hen attendit que Lloyd sorte courir, puis elle s'installa avec son ordinateur sur les genoux et tapa MORT DUSTIN MILLER dans le moteur de recherche. Dès que la liste d'articles apparut à l'écran, elle sentit monter en elle un mélange de dégoût et d'excitation. Trois ans plus tôt, Hen avait accepté, sur l'avis du nouveau psychopharmacologue qui l'avait prise en charge après que Lloyd eut changé d'emploi et de mutuelle, d'essayer un nouveau traitement. Le traitement avait déclenché une phase maniaque, qui, si elle l'avait rendue capable d'abattre une quantité de travail monstre, avait aussi développé en elle une obsession autour du meurtre de Dustin Miller, un résident de leur quartier.

Un jour qu'elle se baladait dans Huron Village, à Cambridge, Hen avait vu des secouristes sortir de la demeure victorienne en contrebas de là où ils habitaient ; ils poussaient un brancard chargé d'une housse mortuaire. Elle s'était arrêtée pour regarder, observant l'arrivée en nombre des véhicules de police et des voitures banalisées, puis celle de deux grands types en costume gris.

Ce soir-là, les infos annoncèrent qu'un étudiant de l'université de Boston avait été retrouvé mort à son domicile, supposément assassiné. Dans les premiers temps, Lloyd, aussi choqué qu'elle par ce crime commis dans leur voisinage, avait suivi l'affaire avec intérêt. Les semaines passant, à mesure que les informations filtraient et qu'il devenait évident que la police, en dépit de "pistes prometteuses", n'avait toujours pas identifié le moindre suspect, Hen était devenue de plus en plus obnubilée par l'enquête, examinant chaque renseignement que la police diffusait et passant plusieurs fois par jour devant la bâtisse victorienne en brique rose. Puisqu'il n'y avait eu aucun signe d'effraction, Hen en avait déduit que Dustin connaissait sans doute son assassin. On l'avait retrouvé ligoté à une chaise, asphyxié par un sac plastique attaché autour de son cou par du ruban adhésif. Quelques objets avaient disparu de chez lui, parmi lesquels son portefeuille, son ordinateur portable, ainsi qu'un trophée d'escrime qu'il avait remporté lors d'Olympiades junior. Il ne pratiquait plus l'escrime à l'université de Boston – il jouait au tennis –, mais il l'avait pratiquée à Sussex Hall, le lycée privé en dehors de Boston qu'il avait fréquenté de quinze à dix-huit ans.

Dustin avait laissé derrière lui une page Facebook, que Hen examina pendant des heures – pas seulement les photos et publications les plus récentes, mais également les messages de ses amis après sa mort. La plupart des commentaires figuraient sous sa dernière publication : une photo de sa rue – la rue où elle-même habitait. On y voyait des poiriers en fleur et un ciel zébré de rose au-dessus des toits. Dans un coin, une femme en jupe courte s'éloignait de l'objectif. La légende disait : WAOUH, J'ADORE MA NOUVELLE RUE. Hen s'était longtemps demandé s'il faisait référence aux arbres en fleur, aux jolies maisons et à l'ambiance printanière, ou à la fille aux longues jambes sur la photo.

— Lloyd, toi qui es un mec, quel message crois-tu qu'il voulait faire passer en publiant cette photo ? Est-ce qu'il parlait de la fille ?

Lloyd avait regardé l'écran cinq minutes avant de répondre :

— Quelle importance ?

— Il a dû la prendre quelques heures avant d'être assassiné.

— Et tu crois qu'elle a quelque chose à voir avec son meurtre ?

— Je n'ai pas dit ça. C'est juste que… tu ne trouves pas ça bizarre ?

— Si. Je trouve ça très bizarre, et c'est justement pour ça que je n'ai pas envie d'y penser et d'en parler en permanence. Tu devrais faire comme moi.

Depuis que Hen avait eu l'âge de choisir ses propres livres à la bibliothèque, elle avait toujours éprouvé une fascination pour le morbide, un intérêt pour la mort. Elle n'avait jamais vu cela comme un problème – en fait, ses illustrations sombres et dérangeantes lui avaient même valu de remporter plusieurs prix artistiques au lycée –, mais peu après son arrivée à l'université de Camden, elle avait fait sa première crise bipolaire, alternant de courtes phases de confiance en soi débordante et d'immense désarroi. Incapable de trouver le sommeil, elle passait ses nuits à visionner en boucle la saison 1 de *Twin Peaks*, de manière obsessionnelle, s'endormant d'épuisement au lever du jour. Elle commença ainsi à rater les cours du matin. Constamment pétrie d'idées noires, l'esprit en proie à une frénésie d'images macabres, elle échafaudait des stratégies de suicide compliquées et se rongeait les ongles jusqu'au sang. Au cours de cette période, Sarah Harvey, une autre première année de son bâtiment, avait eu la grippe et était tombée si malade qu'elle avait dû rentrer chez elle jusqu'à la fin du semestre. Le bruit avait couru dans les couloirs que sa camarade de chambre, Daphne Myers, avait volontairement laissé leurs fenêtres ouvertes afin que l'état de Sarah empire. Hen opéra une fixation sur Daphne – elle l'avait détestée dès le départ, quand elles s'étaient croisées à la session d'orientation des étudiants de première année – et se mit en tête que

Daphne n'avait pas seulement voulu aggraver l'état de Sarah : elle avait cherché à la tuer. C'était l'évidence même. Daphne, cette grande perche blonde au regard éteint, étudiante en psychologie, était une psychopathe.

Hen se convainquit que le destin l'avait placée à Camden à cette période précise pour une seule raison : démasquer Daphne. Elle se mit à l'espionner en continu, et plus elle l'observait, plus elle devenait sûre que Daphne était une personne mauvaise. En novembre, Daphne, qui se montrait de plus en plus amicale avec elle – très suspect, pensait-elle –, lui annonça qu'elle avait décidé d'abandonner la psychologie pour s'inscrire en section beaux-arts et lui demanda de lui recommander des professeurs. Elle était allée jusqu'à lui montrer l'une de ses œuvres : un dessin à l'encre et à la plume qui, selon Hen, plagiait sans vergogne son propre style. Y voyant une provocation délibérée, Hen alla se plaindre, d'abord à son directeur d'études, puis à la police, déclarant qu'elle se sentait menacée de mort par Daphne Myers, qui avait déjà tenté d'assassiner Sarah Harvey. Ces deux entretiens s'étaient soldés par une crise de larmes hystérique. On avait prévenu ses parents, et sa mère avait accepté de faire le déplacement. Mais la nuit précédant son arrivée, Hen était sortie de son bâtiment à trois heures du matin, vêtue seulement d'un T-shirt trop grand pour elle, la peau parcourue de picotements d'anxiété et l'esprit bourdonnant de pensées terribles, et avait jeté un pavé dans la fenêtre de Daphne. Quand celle-ci avait passé sa tête au-dehors, Hen lui avait foncé dessus, s'ouvrant au passage les veines du poignet sur un morceau de verre. Hen avait été transportée aux urgences, puis admise dans un hôpital psychiatrique où elle était restée dix jours, en ressortant avec un diagnostic de troubles bipolaires de type 1 et une ordonnance du tribunal lui interdisant d'approcher à moins de cinq cents mètres de Daphne Myers. Elle fut inculpée d'agression.

Le père de Hen, qui était avocat, avait tenté de convaincre la famille de Daphne d'abandonner les poursuites, mais ils avaient refusé. En fin de compte, l'affaire s'était soldée par une négociation de peine : Hen dut accepter de poursuivre son traitement psychiatrique et ses travaux d'intérêt général. Elle consentit également – et de bon cœur – à quitter Camden et à ne plus jamais entrer en contact avec Daphne. Le père de Hen avait demandé à la juge de préserver la confidentialité des témoignages. Elle avait accédé à sa requête, mais entre-temps, plusieurs médias locaux avaient déjà relaté le fait divers. À sa décharge, Daphne n'avait jamais donné d'interviews aux journalistes, pas plus que Hen évidemment, et l'affaire était finalement tombée aux oubliettes, ne laissant qu'un article intitulé "Un crêpage de chignons entre deux première année de Camden College vire au drame."

— J'aurais parié que tu étais schizophrène, lui avait dit sa mère sur la route qui les ramenait dans le nord de l'État de New York. À cause de ton oncle. Mais finalement, tu es juste frappée du cerveau comme tout le monde dans cette famille.

Elle avait éclaté de rire, avant de s'excuser. Typique.

Au bout d'une année de retour à la maison – six mois qu'elle avait passés dans un gouffre si noir et si profond qu'elle doutait de retrouver un jour le sourire, et six autres à recouvrer peu à peu une vie normale –, Hen s'était inscrite à l'université d'État d'Oneonta. C'est là qu'un de ses professeurs l'avait initiée à la gravure : elle avait eu l'impression de trouver un sens à sa vie.

Lloyd, qui savait combien le bref passage de Hen à Camden avait été désastreux, lui avait rafraîchi la mémoire lorsque son intérêt pour l'affaire Dustin Miller avait viré à l'obsession.

— C'est différent, avait-elle rétorqué, la gorge rougie d'agacement.

— En quoi est-ce différent ?

— Cette fois il y a bel et bien eu un crime, dans *notre* rue. Je ne persécute personne. Je ne suis pas parano.

— Mais je vois bien que la crise maniaque n'est pas loin.

Plus tard, quand les choses avaient empiré, Hen s'était mis en tête que c'était Lloyd, qui, en prononçant le mot *maniaque*, avait d'une certaine manière tout déclenché, ces trois mois durant lesquels elle avait entrepris d'analyser toutes les affaires d'homicides non résolues en Nouvelle-Angleterre des dix dernières années, en quête d'un lien avec Dustin Miller. Durant cette période, elle s'était également disputée avec son chef d'équipe au magasin où elle travaillait à mi-temps. Elle avait abandonné son poste, expliquant à Lloyd qu'elle comptait devenir artiste à plein temps. Ils pourraient sans doute se débrouiller, avait-il répondu, mais il tenait à ce qu'elle leur porte au moins sa démission en mains propres.

— Il se peut qu'un jour tu aies besoin d'une recommandation, lui dit-il. Tu ne devrais pas couper brutalement les ponts avec eux.

— Tu as raison, répondit-elle, mais elle n'avait pu se résoudre à les contacter.

Cessant tout bonnement de sortir de chez elle, elle s'était plongée dans le travail tout en continuant d'étudier les meurtres non résolus, poussant même ses recherches en dehors de la Nouvelle-Angleterre. Et puis, un jour de novembre, elle s'était réveillée très tard, en proie à la confusion et le corps douloureux, ayant perdu toute envie de créer de nouvelles œuvres. En rentrant, Lloyd l'avait trouvée au lit. Il avait bien tenté de discuter avec elle, mais elle ne cessait de pleurer.

— On va s'en sortir, promit-il. Mais fais-moi plaisir, tu veux bien ?

— D'accord.

— Si tu te sens des idées suicidaires, je veux que tu me le dises. Tu ne dois pas me quitter, quoi qu'il arrive. Il faut que tu restes en vie.

Hen lui avait promis qu'elle ne le quitterait pas, et elle avait tenu parole. Deux mois durant, elle avait survécu dans l'angoisse et le désarroi, avec pour seules pensées constructives celles où elle échafaudait des moyens de mettre fin à ses jours. Mais elle avait fait une promesse à Lloyd, quand bien même elle savait en son for intérieur qu'il serait mieux sans elle. Et puis, un jour, après avoir pris leur voiture avec l'intention de conduire jusqu'à North Shore et de se jeter dans l'océan, elle avait annoncé à Lloyd, à son retour du travail, qu'elle voulait se faire hospitaliser. Le soir même, il l'avait conduite aux urgences.

Hen avait passé deux semaines dans un service de psychiatrie, puis deux autres en soins ambulatoires, recevant, outre un nouveau cocktail médicamenteux, une série de traitements par électrochocs. Peu à peu, elle commença à se sentir mieux. Son monde d'avant refit surface, et avec lui, le désir de créer, de rencontrer des amis, d'organiser des voyages. L'épisode dépressif ne fut bientôt plus qu'un mauvais souvenir. Elle recevait plus de commandes qu'elle n'avait le temps d'en honorer, et son obsession pour le meurtre de Dustin Miller et les meurtres non résolus en général s'évanouit. Un des bienfaits de la thérapie par électrochocs était qu'elle avait effacé le souvenir d'une partie de la crise, et jeté un voile flou sur le reste. Hen et Lloyd, qui avaient autrefois envisagé d'avoir des enfants, résolurent une fois pour toutes de ne pas en avoir. Ils décidèrent également de quitter Cambridge pour s'installer dans une maison plus grande, à la campagne.

Hen termina son café, qui avait refroidi dans sa tasse. Maintenant qu'elle s'était replongée dans l'affaire Dustin Miller, elle était plus que jamais convaincue que leur nouveau voisin l'avait tué. La plupart des articles qu'elle avait lus étaient anciens, mais en juillet dernier, le *Boston Globe* avait publié un long papier sur ce meurtre non élucidé. À l'époque, Hen avait été occupée à orchestrer leur éreintant déménagement ("Dis-toi bien que c'est la dernière fois qu'on déménage", lui avait dit Lloyd) et elle était passée à côté. L'article apportait peu d'éléments nouveaux, mais livrait quelques détails sur la période où Dustin fréquentait Sussex Hall, et évoquait l'agression sexuelle sur une autre élève dont on l'avait accusé. Soit Hen avait oublié cet élément, soit il n'avait pas encore été révélé. Non, se dit-elle, elle n'aurait pas pu l'oublier. Impossible. Ça expliquait tout. Le viol présumé s'était produit durant un tournoi d'escrime qui avait eu lieu à Saint-Louis, dans le Missouri. Son voisin, Matthew Dolamore, qui enseignait à Sussex Hall, connaissait forcément Dustin – il l'avait peut-être même eu dans sa classe. Possible que Matthew ait su que le viol, qu'on n'avait jamais pu prouver, s'était bel et bien produit. Cinq ans plus tard, il avait alors assassiné Dustin, par vengeance, ou par simple souci de justice, et dérobé le trophée. Aussi insensé que cela puisse paraître, c'était tout à fait plausible. Hen avait cependant besoin de revoir le trophée, afin de s'assurer que la date et le lieu correspondaient. Alors, et alors seulement, elle alerterait la police. C'était son devoir, après tout, non ? Peut-être même qu'elle pouvait faire une déclaration anonyme ?

Hen ferma son ordinateur et sortit sous son porche, jetant un regard vers la maison de ses voisins. Il n'y avait aucune voiture dans l'allée, mais comme eux, ils disposaient d'un garage. Hen se rappelait y avoir vu une voiture, petite et de couleur foncée, la veille au soir. Comment allait-elle s'y prendre pour examiner le trophée d'escrime ? Elle pouvait tenter de s'introduire chez eux en leur absence, ou mieux, s'arranger pour que Mira l'invite à nouveau. Pourquoi ne pas lui envoyer un e-mail en demandant si elle pouvait jeter un deuxième coup d'œil à leur maison, histoire de s'inspirer de la décoration ? Leurs maisons étaient bâties à l'identique, après tout.

Il faisait chaud au dehors, plus chaud qu'à l'intérieur. Hen ôta son pull, s'assit dans l'un des fauteuils à bascule, la tête au soleil. Elle se trouvait toujours dans cette position quand Lloyd revint de son jogging, essoufflé et ruisselant de sueur.

— Je me plais beaucoup ici, dit-il en se tenant à la balustrade pour faire ses étirements.

— Ici dans cette maison ou dans cette ville ? demanda-t-elle.

— Les deux. Et toi ?

— Moi aussi, les deux, dit-elle en se levant.

Une brise tiède amena jusqu'à eux une odeur de barbecue et Hen eut soudain faim.

4

Mira entrait rarement dans le bureau de Matthew, mais ce dimanche soir-là, il la trouva en train de se brosser les dents devant les livres sur l'étagère.

— Je cherchais un nouveau truc à lire, dit-elle en projetant des particules de mousse. Désolée, s'excusa-t-elle aussitôt en ressortant.

Elle revint quelques instants plus tard sans sa brosse. Elle avait tiré ses cheveux sous un bandeau et s'était démaquillée. La peau de son visage brillait sous la crème hydratante qu'elle s'appliquait chaque soir.

— Pourquoi pas celui-ci ? dit-il en lui tendant une copie des *Piliers de la terre*.

— Il m'a l'air épais, répondit-elle. Et puis je préfère une édition de poche.

— Ton avion décolle à quelle heure ?

Matthew venait de se rappeler que Mira partait le lendemain pour Charlotte.

— Pas avant trois heures. J'ai toute ma matinée.

— Tu as lu *La Fille du temps* ? demanda-t-il en lui présentant un vieux livre de poche dont la couverture montrait une pièce d'échec renversée – le roi.

— Ça parle de quoi ?

— C'est un roman policier, mais ça se passe à l'époque de Richard III.

— D'accord, dit-elle. Ça me va. Il est petit. (Elle l'ouvrit à la page de garde.) Qui est Christine Truesdale ?

— Je ne sais pas. Je l'ai acheté d'occasion.

Mira lut l'inscription manuscrite :

— "Christine Truesdale. Terminé le 17 mars 1999. Cinq étoiles." Eh bien, en tout cas, elle l'a aimé.

— Il va te plaire. C'est un excellent roman.

— Tiens, où est passé ton trophée ? demanda-t-elle en scrutant le manteau de la cheminée, où trônait jusque-là le trophée d'escrime de Dustin Miller.

Matthew lui avait substitué une réplique sur socle de la pierre de Rosette, qu'il avait rapportée du British Museum.

— J'en ai eu assez de le voir. J'ai décidé de le remplacer.

Mira s'avança pour toucher la pierre de Rosette.

— Il avait l'air de drôlement intéresser Hen, la voisine, l'autre soir. Tu as remarqué ?

— Non.

— Elle a peut-être fait de l'escrime ?

Un peu plus tard, ils étaient tous les deux couchés avec leurs livres. Mira commençait *La Fille du temps* tandis que Matthew terminait *Un lointain miroir*, qu'il lisait probablement pour la troisième fois. Il aimait l'histoire en général, mais rien ne le captivait tant que le Moyen-Âge – l'ubiquité de la mort, la faible valeur de la vie, la rudesse et la vitalité de cette époque, sans doute.

— Tu crois qu'on les reverra ? dit soudain Mira.

Matthew savait qu'elle parlait de leurs voisins, mais il demanda malgré tout :

— Qui ?

— Hen et Lloyd.

— Certainement oui. Souvent même. Ils habitent juste à côté.

— Tu sais bien ce que je veux dire. Je parle de se fréquenter.

Matthew et Mira se disputaient rarement – ni lui ni elle n'était porté de près ou de loin à la confrontation –, mais Mira évoquait régulièrement son regret qu'ils n'aient pas davantage d'amis. Elle n'en parlait pas encore à l'époque où ils essayaient de fonder une famille, mais à présent qu'ils avaient décidé de ne pas avoir d'enfants, le sujet revenait de plus en plus souvent.

— Je ne sais pas. Ce n'était pas vraiment ce qu'on peut appeler une soirée pétillante, non ?

Il regretta ses paroles dès qu'il les eut prononcées.

— Ah bon ? Tu trouves ?

— C'était sympa. C'était bien. C'est juste qu'il n'y a pas eu… nous n'avions pas nécessairement d'atomes crochus.

Mira se massa la tempe du bout du doigt.

— J'avais l'impression d'avoir accroché avec Hen. Un peu, au moins. Je l'ai trouvée très intéressante, pas toi ?

— Si, si. Vous devriez sortir ensemble. On n'est pas obligés de toujours tout faire en couple.

— Je sais. Mais ce serait tout de même bien qu'on s'entende.

— Invite-la à déjeuner un de ces jours, proposa Matthew.

— Bonne idée, dit-elle, avant de continuer : Toi, en revanche, tu n'as pas trop apprécié Lloyd, je me trompe ?

— Ma foi. Sans plus. Il est quelconque à côté d'elle. Elle mérite mieux. Il a eu de la chance de la rencontrer.

— Tu fais toujours la même remarque.

— En général j'ai raison.

Ils retournèrent à leurs lectures. Comme d'habitude, Mira fut la première à poser son livre sur sa table de chevet. Elle éteignit sa lampe et se blottit contre Matthew.

— Je ne sais pas ce que je serais devenue sans toi, lui dit-elle, comme elle le faisait chaque soir, du moins chaque fois qu'ils couchaient dans le même lit.

C'était sa manière de lui souhaiter une bonne nuit. C'était aussi une sorte de prière, songea-t-il encore. Il le lui avait presque dit en ces termes un jour, avant de se rendre compte que cela revenait à se qualifier lui-même de dieu.

Matthew continua de lire jusqu'à ce que Mira se fût endormie. Il ne lui fallait généralement pas plus de dix minutes. Elle se tournait vers le mur, en chien de fusil, sa respiration se faisait plus lente, et, la plupart du temps, il l'entendait marmonner des paroles inintelligibles. À son tour, il ferma son livre, éteignit sa lampe et s'allongea. La chambre baignait dans une pénombre grise ; l'obscurité n'y était jamais totale comme dans celle où il avait dormi durant les dix-sept premières années de sa vie. Matthew gardait les yeux grands ouverts. C'était ainsi qu'il abordait son processus d'endormissement. Ce moment de la journée était son préféré, et il s'abandonna à ses réflexions, se demandant quelle histoire il allait se raconter pour s'endormir. Ces dernières semaines, il y en avait deux qui revenaient. Dans la première, il remontait le temps – d'un an, presque jour pour jour – et se revoyait descendre en voiture dans le New Jersey pour assassiner Bob Shirley, dans la garçonnière que celui-ci cachait à son épouse. Bob, conseiller municipal, était un ancien ami de son père ; il était vieux et faible. Matthew n'avait eu qu'à poser un genou sur sa poitrine et à lui coller une main sur la bouche et le nez. Dans la seconde histoire, il imaginait ce qu'il ferait au petit ami de sa collègue Michelle s'il trouvait un jour le moyen de le rencontrer seul à seul. En fait, c'était cette histoire qu'il se racontait le plus souvent. Mais ce soir-là, à cause du trophée d'escrime et des sensations que son contact avait réveillées après toutes ces années, Matthew décida d'exhumer un bon vieux classique : l'histoire de Dustin Miller.

Matthew avait eu le projet de tuer Dustin Miller depuis le jour où Courtney Cheigh l'avait accusé de l'avoir violée, lors d'un voyage à Saint-Louis, pour un tournoi national d'escrime. À l'époque, tandis que certains professeurs soutenaient Dustin, la plupart étaient restés neutres, expliquant qu'ils avaient besoin d'entendre les deux parties. Mais Matthew, qui n'avait jamais porté l'arrogant petit merdeux dans son cœur – il l'avait eu comme élève en quatrième dans son cours d'histoire américaine – savait que Dustin était coupable.

Il savait aussi que justice serait rendue. Il s'en assurerait. Le temps joua en sa faveur, comme toujours. Un beau matin, Dustin, son diplôme de l'université de Boston en poche, publia sur sa page Facebook l'adresse de l'appartement que ses parents louaient certainement pour lui à Cambridge.

Tout au long des dernières semaines d'hiver et des premières semaines de printemps, Matthew avait passé des heures dans le quartier de Huron Village à espionner Dustin. Il profitait que Mira soit en déplacement. S'étant laissé pousser la barbe comme il le faisait souvent en hiver, il coiffait une casquette en tweed et se tenait à distance pour ne pas que Dustin le reconnaisse. Un soir pourtant, il s'en était fallu de peu. C'était au Village Inn, le seul bar existant dans cette partie de la ville, où Dustin pointait parfois son nez le jeudi soir. Matthew était assis dans un des box du fond avec un ginger ale quand Dustin était entré. Il cherchait visiblement quelqu'un, scrutant les visages l'un après l'autre. Matthew avait senti le regard de Dustin passer sur lui, sans s'arrêter. Il devait chercher une femme, une en particulier, ou n'importe laquelle pourvu qu'elle fût disponible. Il s'était installé au comptoir et avait commandé une pinte de bière avant de suivre le match de hockey sur l'écran au-dessus du bar.

Cette soirée durant laquelle il avait failli se faire repérer avait inspiré à Matthew le moyen de tuer son ancien élève. Deux semaines plus tard, alors que Mira se trouvait à Kansas City, Matthew était retourné au Village Inn un jeudi soir. Mais il avait attendu dans sa voiture, garée de l'autre côté de la rue, un œil sur les grilles de mots croisés du *Boston Globe*, l'autre sur l'entrée du bar. Un peu avant dix heures, Dustin était apparu, marchant d'un pas légèrement titubant en direction du bar, dont il avait poussé la porte.

La suite de la soirée avait consisté en une succession de coups de chance. À leur seul souvenir, Matthew sentit sa peau frémir et sa respiration s'accélérer, un peu comme quand on visionne un film à suspense pour la seconde fois et que l'on ressent à nouveau un frisson, bien que l'on en connaisse déjà la fin. Passant par les jardins des maisons, Matthew avait réussi, en toute discrétion, à gagner l'arrière de la bâtisse victorienne convertie en appartements. Celui de Dustin était au premier étage et disposait d'un balcon.

Non sans mal, Matthew se hissa sur la balustrade et grimpa sur le balcon. Il avait misé sur le fait que la fenêtre serait déverrouillée et ne s'était pas trompé. Les mains gantées et le visage dissimulé sous un passe-montagne, Matthew pénétra dans l'appartement. Il jeta un bref regard autour de lui pour prendre ses repères, puis chercha un endroit où se cacher. Il avait tablé sur un placard encastré dans le mur, mais les deux que comptait l'appartement étaient encombrés de bazar – Dustin était un de ces imposteurs qui font croire qu'ils sont ordonnés mais qui en vérité, planquent leur fourbi hors de vue. Matthew se glissa sous le lit et attendit, en espérant que Dustin, quand il reviendrait, serait seul.

Non seulement ce fut le cas, mais il était également saoul. Depuis sa cachette, Matthew entendit la porte d'entrée claquer, un bruit de pas lourds, puis Dustin entra dans la salle de bains attenante à la chambre et pissa longtemps et abondamment. Tout en se vidant la vessie, il se parlait à lui-même – Matthew distingua le mot "putaaain" –, puis il passa dans le salon. Matthew s'attendit à entendre la télévision, mais non, il n'y eut que le silence.

Il se força à patienter une bonne heure, puis sortit en rampant de sous le lit et marcha sans bruit jusqu'au salon, son sac à dos à la main.

Dustin dormait dans un fauteuil inclinable, encore habillé, tenant dans la main une télécommande, comme s'il avait eu l'intention d'allumer la télé. Les circonstances étaient idéales. Dans son sac, Matthew avait un rouleau de ruban adhésif, un Taser, plusieurs sachets plastique ainsi qu'un couteau de poche, même si voir le sang couler était la dernière chose qu'il souhaitait.

Tenant le Taser dans sa main gauche en cas de problème, Matthew saisit les jambes de Dustin et les scotcha au repose-pieds de la chaise pendant que ce dernier dormait. C'est seulement quand il lui attacha le torse et les bras qu'il se réveilla.

— C'est quoi ce bordel ? demanda Dustin, et Matthew lui envoya une première décharge électrique du Taser, qui lui servait aussi de lampe de poche.

Avant qu'il revienne à lui, Matthew lui plaqua un morceau de Scotch sur la bouche, puis lui attacha la tête à l'appuitête. Dustin était beau garçon : chevelure blonde et souple, fossette au menton, peau impeccable. La pire espèce de prédateur, celle au visage d'ange.

Matthew retourna la torche vers lui-même et, quand les yeux de Dustin eurent fait la mise au point et qu'une lueur de compréhension sembla s'y allumer, il dit :

— C'est pour Courtney.

Puis il glissa le sachet sur la tête de Dustin, le lui scotcha autour du cou, et le regarda mourir.

Sa tâche accomplie, Matthew s'attarda un peu dans l'appartement, cherchant quelque chose qu'il pourrait prendre. Il avait déjà prévu d'emporter le portefeuille et l'ordinateur portable de Dustin, histoire de faire croire à un cambriolage. Mais il s'en débarrasserait le soir même en les jetant dans une benne ou une décharge une fois sorti de Cambridge. Ce qu'il voulait, c'était un objet pour lui, quelque chose qu'il pourrait conserver. Ses yeux tombèrent dessus dans la chambre de Dustin : un trophée, intercalé entre un déodorant Axe et un flacon de bain de bouche. Il souleva la statuette poussiéreuse et constata dans la pénombre qu'elle provenait du tournoi d'escrime lors duquel Dustin avait violé Courtney. C'était le souvenir parfait.

Matthew était reparti par où il était venu. C'était une nuit de printemps assez fraîche et il n'y avait pas un chat dans les rues. Il avait regagné sa voiture avant de reprendre la route de West Dartford, en veillant à ne pas dépasser les limitations de vitesse.

Le rappel de cette nuit presque magique suffit à le détendre. Matthew s'allongea sur le ventre et glissa une main entre ses jambes. Il aimait s'endormir ainsi. Du plus loin qu'il s'en souvienne, il s'était toujours endormi ainsi, en s'empoignant, à la manière d'un alpiniste cramponnant une aspérité rocheuse. À côté de lui, Mira bougea et marmonna d'autres paroles inintelligibles. Il était heureux qu'elle reparte le lendemain. Peut-être était-il temps pour lui de s'atteler à un nouveau projet ? Le dernier commençait à dater. Ou sinon, essayer de voir son frère pendant que Mira serait absente. Leur dernière rencontre datait elle aussi, et Matthew craignait que Richard, qui savait que Mira ne le portait pas dans son cœur, pense que Matthew ne l'aimait pas non plus. Il l'appellerait le lendemain, pour voir s'il était libre. Puis il se préparerait des côtelettes de porc. Non, il n'était pas mécontent que Mira s'envole à nouveau. Il était content de la voir partir, et tout autant de la voir revenir. N'était-ce pas là la définition même d'un mariage réussi ?

5

Bien que son temps fût compté – elle devait rendre deux nouvelles illustrations pour un roman jeunesse –, Hen passa sa matinée assise du côté ouest de la maison, à dessiner un peu, mais surtout à scruter par la fenêtre ce qu'elle pouvait voir de la maison des Dolamore.

Leur allée était vide. Matthew avait sûrement pris la voiture pour se rendre à son travail à Sussex Hall. Hen attendait maintenant que Mira parte à son tour avec sa propre voiture, qui était dans le garage situé de l'autre côté de leur maison. Peut-être était-elle déjà partie, même si Hen tenait sa vigie depuis huit heures du matin. Elle aurait préféré assister à son départ, histoire d'être sûre que la maison était vide. Elle aurait alors pu vérifier si la porte de derrière – celle qui donnait directement dans la cuisine – était fermée à clé. Et si elle ne l'était pas ? Eh bien… combien de temps lui faudrait-il pour entrer et aller lire l'inscription sur le trophée ? Trente secondes, maxi. Peut-être indiquerait-elle 1953, auquel cas elle pourrait souffler et oublier toute cette histoire. Mais imaginons que le trophée date de l'année où Dustin Miller était monté sur le podium des Olympiades d'escrime… Dans un cas comme dans l'autre, il fallait qu'elle vérifie.

Hen se leva et fit quelques étirements. La patience n'avait jamais été son fort et attendre ainsi l'épuisait. Pourquoi ne pas aller frapper à leur porte, tout simplement ? Si personne ne répondait et qu'elle ne voyait aucune trace de la seconde voiture, elle pourrait essayer la porte de derrière. Oui, mais si Mira lui ouvrait ? Que lui dirait-elle ? Eh bien, qu'elle venait la remercier pour le dîner de l'autre soir, par exemple. Un peu inhabituelle, comme démarche, mais ça n'éveillerait sans doute pas les soupçons de Mira... Elle ne l'imaginait certainement pas raconter à Matthew au cours du dîner : "Notre fouineuse de voisine est passée, elle avait l'intention de s'introduire chez nous, mais comme j'étais là, elle a dû inventer une excuse bidon et m'a dit qu'elle nous remerciait pour le dîner." D'autant qu'elle pouvait trouver un meilleur prétexte. Dire par exemple qu'elle voulait jeter un nouveau coup d'œil à leur décoration. Qu'elle cherchait des idées pour aménager son intérieur. C'était une bien meilleure idée. Si Mira était là, elle serait flattée et accéderait avec joie à sa demande. Hen ferait preuve d'une curiosité exagérée dans toutes les pièces, si bien qu'en arrivant dans le bureau, elle pourrait s'approcher du trophée pour lire l'inscription sans que Mira ne soupçonne quoi que ce soit.

Satisfaite de son plan et espérant maintenant trouver Mira chez elle, Hen enfila un jean et une chemise à manches longues, puis descendit au rez-de-chaussée. Alors qu'elle se dirigeait vers la porte d'entrée, Vinaigre fila le long du mur et le sang de Hen ne fit qu'un tour. Le "chat de Lloyd", ainsi qu'elle l'avait toujours considéré – Vinaigre adorait son mari tandis qu'il se contentait de tolérer sa présence à elle –, se figea et la fixa du regard.

— Mince, Vinny, tu m'as fichu la frousse ! dit-elle.

Le chat répondit par un miaulement plaintif.

S'en voulant de l'avoir disputé, Hen descendit à la cave pour vérifier la gamelle du chat, qui était vide, et sa litière, qui était pleine. Elle remédia à la situation et Vinaigre lui manifesta sa gratitude en se frottant contre ses jambes pendant qu'elle lui versait des croquettes.

Une fois remontée, Hen eut un bref moment d'absence : elle ne savait plus du tout ce qu'elle s'apprêtait à faire quand le chat l'avait effrayée. Puis la mémoire lui revint. Elle prit une grande inspiration tandis qu'elle se demandait à nouveau si sa décision était judicieuse. L'instant d'après, elle était sortie de chez elle et se dirigeait vers la maison de ses voisins.

Elle sonna, songeant subitement qu'elle aurait peut-être dû apporter quelque chose en guise de remerciement pour le dîner – un sachet de muffins ou autre chose. Mais à ce moment-là, la porte s'ouvrit et Mira se tenait devant elle, souriante.

— Bonjour, Hen, dit-elle.

— Bonjour Mira. Je passe sans prévenir, j'espère que je ne te dérange pas. J'allais t'envoyer un mail, et puis je me suis dit que c'était ridicule d'envoyer un mail à sa voisine, alors je suis passée. Tu as un peu de temps ?

— Oui, entre, répondit Mira en lui tenant la porte.

Elle portait un pantalon de yoga et un T-shirt élimé de l'université du New Hampshire.

— Désolée de débarquer à l'improviste. Tu faisais de la gym ?

Mira eut un sourire qui dévoila ses gencives supérieures.

— Non, non. Je préparais ma valise. Je pars en déplacement professionnel cet après-midi.

— Ah mince. Désolée. Vas-y, continue, je repasserai une autre fois.

Hen s'apprêtait à ressortir, mais Mira referma la porte.

— T'inquiète pas. J'ai presque fini, et mon taxi n'arrivera pas avant une bonne heure. Tu ne me déranges pas du tout. Je peux te servir quelque chose ? Un café ?

— En fait, Mira, j'espérais pouvoir jeter un autre coup d'œil à votre déco. Pour tout te dire… en rentrant chez nous samedi soir, j'ai trouvé notre intérieur tellement fade. Depuis, mon esprit bouillonne d'idées pour redécorer et réagencer le mobilier. Et vu que nos maisons sont pour ainsi dire identiques…

— Je comprends. Je serais ravie de te refaire visiter. Laisse-moi juste monter me changer, et je te refais un tour du propriétaire, sans les maris qui soufflent d'ennui.

— Merci. C'est super.

— Tu es sûre que tu ne veux pas de café ? Il est déjà prêt, dans la cuisine. Tu n'as qu'à te servir.

Mira pivota sur ses talons et gravit les marches deux par deux. Hen s'en voulut tout à coup d'avoir débarqué sans prévenir. Mira – dont elle avait remarqué la mise élégante le soir du dîner – était certainement de ces femmes qui détestent qu'on les surprenne en tenue négligée. Hen se souvint alors du motif de sa visite. Elle entra dans la cuisine. Ça sentait effectivement bon le café. Elle aperçut une tasse propre près de la cafetière et s'en versa une dose. C'était un café aromatisé, noisette ou vanille, le genre de produit qu'elle n'achèterait jamais pour elle-même mais qu'elle appréciait chez les autres. Adossée contre le plan de travail en granite, elle contempla la cuisine impeccable et sophistiquée. On avait l'impression de feuilleter un catalogue, tout s'accordant parfaitement avec les tendances actuelles. Le sol semblable à du liège, le carrelage anti-éclaboussures style métro, les placards blancs, et les équipements en inox. Dans sa propre cuisine, les meubles étaient rustiques, le sol revêtu d'un lino qui avait sans doute été blanc au départ, et le réfrigérateur d'origine couleur moutarde. Hormis le frigo au look rétro, Hen détestait tout le reste. Il n'empêche, si elle avait dû opérer des changements, elle aurait à coup sûr opté pour quelque chose d'un peu plus folichon que la cuisine de sa voisine.

— Ah, c'est bien, tu t'es servie, fit Mira en entrant dans la cuisine.

Elle n'avait pas vraiment changé de tenue mais juste enfilé un sweat-shirt – à l'effigie de la même université – par-dessus son T-shirt. Comme il ne faisait pas froid dans la maison, Hen en déduisit que Mira voulait pudiquement cacher les courbes que le T-shirt épousait.

— Oui, dit Hen. Il est délicieux. Où est-ce que tu pars, alors ?

Mira eut un instant d'hésitation.

— Charlotte, en Caroline du Nord.

— Ah, fit Hen, sans trouver aucun commentaire à faire sur la ville.

— J'avais presque oublié ma destination. C'est toujours pareil : je descends dans un hôtel Marriott près de l'aéroport et mange dans le restaurant de chaîne accolé… Chili's ou Outback.

— Ça ne te plaît pas ?

— Si, c'est très bien. Seulement… ce n'est pas très glamour. Quand tu annonces aux gens que tu voyages pour le travail, ils t'imaginent parcourant le monde à bord d'un jet privé, menant la grande vie.

— Je sais que tu me l'as déjà dit, mais tu es dans… les logiciels éducatifs, c'est ça ?

— Oui, nous travaillons principalement avec les districts scolaires. Celui de Charlotte est l'un de nos plus gros clients. J'y vais régulièrement.

— Et Matthew ? Ça ne le dérange pas ?

— Que je parte souvent en déplacement ? Il me dit que si, mais je ne sais pas. L'inverse m'embêterait. Je déteste rester seule. Lui en revanche je crois que ça ne lui fait rien.

— Tout le monde y trouve son compte dans ce cas, conclut Hen en posant son café.

— C'est parti pour le tour du propriétaire ? Tu veux voir l'étage ?

— D'accord. Si ça ne te dérange pas.

Mira lui refit visiter la maison en s'attardant longuement dans chaque pièce, prenant visiblement beaucoup de plaisir à justifier chacun de ses choix de décoration, au point que Hen crut un moment qu'elles n'arriveraient jamais au bureau de Matthew. Alors qu'elles regardaient la grande chambre à l'étage, Mira déclara :

— Je trouve le choix de l'emplacement du lit très important. Tu as remarqué comment le soleil éclaire les chambres le matin ?

Hen répondit que oui, mais seulement parce qu'il la réveillait à des heures indues.

Elles passèrent à la chambre d'amis – deux lits, et une couverture suspendue au mur qui lui paraissait indienne – puis à la troisième pièce de l'étage, située à l'avant de la maison, avec un plafond en soupente. Ses murs étaient peints d'un jaune vif et joyeux. Sur une table étaient posés une machine à coudre et quelques lés de tissus.

— Voici mon atelier, dit Mira. Pour être honnête, je ne l'utilise jamais. On comptait en faire une chambre d'enfants, mais…

— Vous avez essayé d'en avoir ? demanda Hen.

— Oui. Pendant environ trois ans. Ça ne s'est pas fait, et on s'y est résignés. La vie est plus simple quand on n'a pas d'enfants, tu ne crois pas ?

— Si. Beaucoup plus simple.

— Attends. Je ne voulais pas… Est-ce que vous comptez… ?

— Non, ce n'est plus au programme.

— Je peux te demander pourquoi ?

La question de Mira la surprit plus qu'elle ne l'agaça.

— J'ai des soucis de santé… commença-t-elle.

— Excuse-moi, je ne voulais pas être indiscrète.

— Non, ce n'est rien. En fait… je souffre de dépression. Honnêtement, je ne suis pas prête à arrêter mon traitement, et j'y serais forcée si je tombais enceinte. Je ne suis pas sûre non plus de vouloir qu'un enfant hérite d'un cerveau comme le mien.

Elle rit pour chasser le malaise qui s'était installé.

— Je suis vraiment surprise, dit Mira. À te voir, tu as l'air parfaitement heureuse.

— Je vais très bien en ce moment, expliqua Hen.

C'est vrai, je suis d'une nature heureuse, je l'ai toujours été. Mais il y a une différence entre ma personnalité et ce cerveau malade qui me répète régulièrement, au point de m'en convaincre parfois, que je suis une inutile qui ne mérite pas de vivre.

— Mon grand-père, dont j'étais très proche, souffrait lui aussi de dépression, dit tout à coup Mira.

— Ah oui ?

Hen avait choisi de jouer la transparence sur sa maladie mentale, mais cela amenait souvent les gens à qui elle en parlait à partager une expérience personnelle similaire, allant de l'anecdotique au tragique.

— Il s'est suicidé quand j'avais quatorze ans, dit Mira.

— Oh, mince. Je suis désolée, Mira.

— C'est du passé. Je me dis qu'il était malade et que sa maladie l'a tué.

— C'est une bonne façon de voir la chose, reconnut Hen, et elle ressentit un élan de sympathie pour sa voisine.

Bien qu'elle n'en fût pas particulièrement fière, Hen avait tendance à ne s'intéresser qu'aux personnes qui avaient connu la souffrance sous une forme ou une autre.

Elles descendirent au rez-de-chaussée et revinrent dans la cuisine, où Hen s'obligea à poser un tas de questions à Mira, afin que son intérêt pour les bibelots de Matthew sur la cheminée ne lui paraisse pas suspect quand elles visiteraient le bureau. Après la cuisine, puis un bref détour par la salle à manger, Hen espérait qu'elles se rendraient directement dans le bureau au fond de la maison, mais Mira la fit d'abord traverser le salon, où elle expliqua dans les détails comment ils avaient abattu le mur du vestibule pour ouvrir l'espace. Quand elles arrivèrent devant la porte du bureau, Mira précisa :

— Rien dans cette pièce ne relève de mes choix évidemment. C'est le domaine de Matthew.

— Justement, je voudrais vérifier la taille du bureau. Nous comptons en acheter un.

Elles pénétrèrent dans la pièce, et Hen fut à nouveau choquée par le contraste saisissant qu'elle présentait avec le reste de la maison. Son regard se dirigea aussitôt vers le manteau de la cheminée, et elle vit que le trophée d'escrime avait disparu. À sa place était posé un bloc de pierre plat gravé d'une inscription et fixé sur un socle. Hen se força à détourner les yeux de la cheminée et balaya la pièce du regard pour vérifier s'il n'était pas ailleurs.

— Tu veux que j'aille te chercher un mètre-ruban pour le mesurer ? proposa Mira.

— Euh oui. Pourquoi pas…

Mira ressortit et Hen l'entendit monter l'escalier, sans doute pour aller dans son atelier. Elle s'approcha de l'endroit où s'était trouvé le trophée. L'espace d'un instant, elle se demanda si elle n'avait pas confondu, l'autre soir, en croyant voir quelque chose qu'elle avait vu ailleurs. Pourtant non, elle était certaine qu'il avait été là, trônant au centre du manteau de la cheminée. Matthew l'avait déplacé.

Il l'avait retiré parce qu'il avait vu sa réaction. Il savait qu'elle savait.

Hen était à présent certaine que Matthew avait tué son ancien élève. Elle en était aussi certaine que si le nom de Dustin Miller avait été gravé sur la statuette.

— Je l'ai trouvé, dit Mira en revenant dans la pièce avec le mètre.

Elle tira une longueur de ruban jaune et celui-ci se réenroula aussitôt avec un bruit sec qui les fit toutes les deux sursauter. Elles éclatèrent de rire. Hen aida alors Mira à mesurer le bureau en bois.

6

MATTHEW se prépara une côtelette de porc pour le dîner, comme il les aimait : un peu de sel et de poivre, puis cuisson au beurre dans une poêle en fonte. En accompagnement, pommes de terre bouillies et brocolis vapeur. Il versa une généreuse cuillerée de sauce aux pommes sur la côtelette.

Il prit son repas avec un verre de lait, en regardant les informations régionales. Une autre école privée, située dans l'ouest de l'État, venait de reconnaître que sept de ses anciens professeurs avaient abusé sexuellement d'élèves dans les années 1980. Sussex Hall, à sa connaissance, n'avait jamais employé de telles personnes. Il y avait bien eu le scandale impliquant William Roth, un professeur d'anglais de troisième, qui avait démissionné après avoir eu une aventure avec une élève de terminale. À l'époque, la mixité venait tout juste d'être instaurée à Sussex Hall, et la plupart de ses collègues avaient imputé l'incident à cela, plutôt qu'à l'incapacité de William à contrôler ses pulsions. Au final, tout avait tourné pour le mieux : William Roth avait quitté l'école, et Maggie Allen, qui n'avait jamais porté plainte officiellement, avait poursuivi ses études et terminé première de sa promotion.

Après le dîner, Matthew reçut la visite de son frère Richard. Matthew l'avait prévenu que Mira était en déplacement, et Richard en avait profité pour passer. Il y avait eu une époque où Richard et Mira pouvaient occasionnellement se trouver dans la même pièce, mais cette époque était depuis longtemps révolue.

— Tu m'accompagnes, dit Richard, comme Matthew lui versait une généreuse dose de scotch soda, la boisson de prédilection de leur père.

— Non merci, répondit-il.

Ils s'installèrent dans le bureau de Matthew. Il savait que c'était ridicule, mais le fait de recevoir Richard dans son bureau lui donnait l'impression de trahir un peu moins Mira qu'en le recevant dans une des pièces qu'elle avait décorées.

— J'ai pensé à toi la semaine dernière, dit Richard.

— Ah oui ?

Richard se pencha et se passa la main dans les cheveux. Ils formaient un V au milieu de son front, un point commun de plus avec leur père, encore que les cheveux de Richard, eux, semblaient ne pas avoir été lavés depuis plusieurs jours.

— Eh ben, je descendais Merrimack Avenue, et je suis resté bloqué cinq minutes au stop parce qu'un troupeau d'élèves à toi défilait à petites foulées. Nom d'un chien, Mattie. Qu'est-ce que c'était ? L'équipe de cross féminine ?

— Je ne sais pas. Elles étaient en uniforme ?

— En vert, oui. La moitié portait ces petits shorts moulants. Comment tu fais, bon Dieu ? Tous ces petits culs. J'ai cru que j'allais faire une attaque.

— Je ne les vois pas avec les mêmes yeux. Ce sont mes élèves, elles ne sont pas encore sorties de l'enfance.

— Raison de plus. T'as remarqué combien les bourrelets sont sexy sur les gamines ? Non mais comment elles font ça ?

Matthew parvint à changer temporairement de sujet et ils parlèrent de leur enfance, de leurs parents. C'était l'unique raison pour laquelle Matthew gardait Richard dans sa vie, afin qu'ils puissent partager leurs souvenirs. Ils avaient une histoire commune, une histoire misérable, avec des parents qui l'étaient tout autant, et cela créait un lien entre eux. Quand Matthew avait commencé à sortir avec Mira, il avait tenté de lui décrire le degré de cruauté avec lequel son père traitait sa mère, mais il n'avait jamais réussi. Très lentement, leur père avait dépouillé sa femme de toute dignité et de toute confiance en elle, la réduisant à une créature qui n'avait presque plus rien d'humain. Porter Dolamore avait un don : c'était un spécialiste de la torture, si patient qu'il pouvait écorcher sa victime jour après jour, millimètre après millimètre, afin qu'elle continue à vivre et à souffrir. Pour tenir, Natalia Dolamore fit la seule chose qu'elle jugeait possible. Elle devint la femme que Porter l'accusait d'être, couchant avec la moitié des hommes mariés de la ville. C'est ainsi qu'elle avait pris sa revanche, mais elle le paya au prix fort. Lorsque Porter mourut à l'âge de cinquante ans, elle n'était plus la même femme. Taciturne et morose, elle ne sortait pratiquement plus de chez elle. Trois ans plus tard, elle avait rejoint son mari dans la tombe.

Richard descendit trois autres verres, mais Matthew s'arrangea pour verser beaucoup plus de soda que de scotch dans le dernier. Il lui tardait que Richard reparte. En aucun cas il ne tolérerait qu'il reste toute la nuit.

Avant de repartir, Richard dit quelque chose qui étonna Matthew.

— J'ai vu que quelqu'un avait emménagé à côté.

— C'est un couple. Lloyd et Henrietta.

— Ah. Eh ben j'ai pas vu Lloyd, mais j'ai vu Henrietta.

— Elle préfère qu'on l'appelle "Hen".

— En tout cas, on dirait bien qu'elle attend que ça... susurra Richard, en se pourléchant la lèvre supérieure.

— Pourquoi tu dis ça ? voulut savoir Matthew.

Il était très intéressé d'entendre la réponse de Richard, car il se demandait pourquoi il faisait cette remarque. Comme leur père, Richard voyait toute femme qui traversait son champ de vision comme un objet sexuel, un morceau de viande. La différence entre leur père et lui était que leur père attrapait occasionnellement ses proies. Richard, lui, se contentait de brasser du vent. S'il se retrouvait un jour avec une femme entre les bras, Matthew doutait même qu'il sache quoi faire.

— Ça saute aux yeux, répondit Richard. Vise un peu ses tenues.

— Quand l'as-tu vue ?

— Il y a quelques semaines quand je suis passé. Elle était devant chez elle, assise sous son porche, les jambes posées sur la balustrade. On voyait son entrejambe sous sa jupe. Elle a remarqué que je la matais et elle n'a pas bronché. Elle n'attend que ça, je te le dis.

— Je pense que tu te trompes. Et je crois qu'il est temps que tu partes. Je dois aller me coucher.

— Je t'ai choqué ?

— Non, Richard, pas choqué, mais on croirait entendre papa.

— Il connaissait les femmes.

— Et tu crois les connaître aussi ? C'est moi qui suis marié et heureux, je te rappelle. Tu ne peux pas en dire autant, et papa encore moins.

— Tout doux, Matthew. Je disais ça comme ça. Ne le prends pas au premier degré. Sauf pour ta voisine. Pour ça tu peux me croire : elle va t'attirer des ennuis.

Richard appuya le dernier mot, en détachant les syllabes. Matthew, qui sentait une boule se former dans son estomac, lui demanda de partir.

Le lendemain, Matthew, encore nauséeux après la visite de son frère, eut un moment de trouble avec une élève durant l'un de ses cours préférés, son séminaire de terminale sur la guerre froide. Le groupe se réunissait après le déjeuner. Matthew avait terminé son sandwich dinde-fromage et déplaçait les tables afin de former un cercle. Son séminaire ne comptait que huit élèves, et non seulement il leur avait laissé le choix du sujet d'étude au début de l'année, mais il leur demandait également de préparer des présentations. Aujourd'hui, ils s'intéressaient à la conférence de Yalta, et c'était Hilary Margolis – sans doute l'élève la plus brillante de sa classe de terminale – qui animait la discussion. Matthew était assis juste en face d'elle, et tandis qu'elle parlait, elle croisait et décroisait nerveusement les jambes sous la table. Sans le vouloir, Matthew entrevit l'intérieur de ses cuisses sous sa jupe vert foncé, et l'espace d'un instant, un triangle de tissu blanc attira son regard. C'était le genre de chose qu'il voyait au quotidien – les jeunes filles de son école semblaient parfois ne pas avoir conscience de leurs corps juvéniles, de leurs tenues légères –, mais pour une certaine raison, le fait que cela se produise juste après une visite de Richard lui fit voir l'incident différemment. Il entendit la voix de son frère dans sa tête – *elle n'attend que ça* – et pendant une seconde imagina même combien la peau d'Hilary devait être douce. Il sentit le sang affluer à son cou et surprit le regard de Justin Knudsen fixé sur lui, un regard un rien intrigué.

À la fin de la journée, une fois assis dans sa Fiat sur le parking de l'école, Matthew repensa à l'incident. Il imputa à Richard le regard qu'il avait porté sur Hilary et les pensées qui lui avaient traversé l'esprit. Il n'aurait jamais dû le recevoir la veille. Le fait qu'ils soient frères ne signifiait pas qu'ils devaient passer du temps ensemble. Ils n'avaient absolument rien en commun.

Il essaya de se calmer en réfléchissant au menu de son dîner, et décida de faire un détour par le marché aux poissons afin d'acheter un beau filet de cabillaud, puis de s'arrêter à l'épicerie pour prendre des crackers en guise de garniture. C'était la recette de poisson favorite de Matthew, mais Mira n'en raffolait pas et préférait le saumon laqué aux épices asiatiques.

Alors qu'il démarrait, Michelle Brine traversa l'asphalte en courant pour rejoindre sa voiture. Reconnaissant le ronflement de la Fiat, elle tourna la tête, sourit à Matthew, et bifurqua vers lui. Il baissa sa vitre.

— Je voulais te remercier, dit-elle. Hier, j'ai fait un cours en classe complète sur les bases de la Constitution. Je pensais que ça les endormirait, mais en fait ça s'est plutôt bien passé. Aujourd'hui je leur ai fait rédiger leur propre constitution, et tout a marché à merveille. Ils semblaient vraiment impliqués.

— Je suis content pour toi.

— Et j'ai mis en pratique ton astuce pour que Ben Gimbel cesse de bavarder, et crois-le ou non, ça a fonctionné.

— Mon astuce ?

— Il était en train de bavarder, alors au lieu de lui demander de se taire, je me suis arrêtée de parler et je l'ai regardé fixement. Toute la classe a commencé à l'enguirlander. Tu aurais dû voir ça.

Un souffle de vent chaud fit entrer quelques mèches des longs cheveux de Michelle dans l'habitacle. Elle les retira et les retint avec sa main.

— Et pour Scott ?

— Oh là là. On n'a pas arrêté de se chamailler. Je l'ai accusé de cacher des choses dans son téléphone, alors il m'a donné son nouveau code en m'expliquant qu'il l'avait changé parce que des "gamins suspects" (elle mima les guillemets avec ses doigts) l'avaient vu taper l'ancien au café. Ensuite, il m'a tendu le téléphone en me disant que je pouvais vérifier tout ce que je voulais. Mais en vingt-quatre heures, il avait eu largement le temps d'effacer ce qu'il souhaitait.

— Tu penses vraiment qu'il te trompe ?

— Je ne sais pas, peut-être… sans doute.

Matthew vit les yeux de Michelle s'embuer de larmes.

— Si c'est le cas, il ne te mérite pas.

— Je sais, je sais. Écoute, je ne veux pas… je ne vais pas te retenir plus longtemps.

— C'est bon. Mira est encore en déplacement. Je suis seul toute la semaine.

— Oh, fit-elle en rougissant légèrement.

Matthew se demandait parfois si Michelle n'était pas secrètement amoureuse de lui.

— Quoi qu'il en soit, je vais tout de même devoir rentrer, reprit-il. J'ai mon dîner à cuisiner, des cours à préparer… et une quantité de séries à regarder.

Michelle éclata de rire. Elle commença à lui demander lesquelles il suivait mais se tut brusquement et recula.

— Arrête un peu de bavarder, Michelle, lança-t-elle en riant de plus belle. Bon. Passe une bonne soirée, Matthew. Merci encore.

Tandis qu'il rentrait chez lui, le soleil bas sur l'horizon, Matthew songea avec soulagement qu'il disposait désormais pour occuper ses pensées d'un autre sujet que sa voisine Hen et sa réaction lorsqu'elle avait découvert le trophée. Il pensa à Scott, le petit ami de Michelle ; il semblait clair qu'il la trompait effectivement. Il n'y a pas de fumée sans feu, songea-t-il. On ne change pas le code de son téléphone sans une bonne raison. Matthew n'avait jamais rencontré Scott, mais il avait vu des photos de lui sur la page Facebook de Michelle. Le teint blafard, un nez mince et pointu comme une lame de couteau, et une pleine barbe rousse. Si ses souvenirs étaient bons, sur l'une des photos, Scott portait un T-shirt à l'effigie de son groupe, les C-Beams. S'assurer de l'infidélité de Scott ne serait sans doute pas bien compliqué. Après quoi, il libérerait Michelle de ce salopard. Cette pensée l'excita. Il sentit l'adrénaline affluer dans ses veines. Matthew se mit à tapoter sur son volant, en rythme avec le son de batterie qui sortait de sa radio. Il vivait depuis trop longtemps sur ses anciens souvenirs. Il était temps qu'il s'en crée de nouveaux. Scott serait peut-être un bon candidat.

Une fois rentré, il se prépara à dîner, en commettant l'erreur de laisser le poisson un peu trop longtemps sous le gril, si bien que la croûte de crackers avait un peu brûlé. C'était tout de même bon, et au lieu de manger devant la télévision, il prit son repas dans son bureau en regardant des vidéos postées sur le site Internet du groupe. Leur page “agenda” indiquait qu’ils jouaient le jeudi soir suivant dans un bar du coin appelé le Owl’s Head. Matthew pouvait presque y aller à pied. Il décida que, s’il pouvait s’assurer que Michelle n’y serait pas, il irait, jetterait un coup d’œil à ce Scott, puis aviserait.

7

L'APRÈS-MIDI touchait à sa fin. C'était le pire moment de la journée pour Hen : sa créativité était au plus bas, son énergie en berne et elle ne savait jamais à quoi s'occuper. Il était trop tôt pour penser au dîner, et si elle ouvrait un livre, elle piquait du nez ; après quoi, si elle dormait trop longtemps, elle était somnolente et ronchonne pour le restant de la soirée. Ce jour-là, elle tournait en rond, incapable de décider quoi faire au sujet de son voisin. Une des options possibles était tout simplement d'appeler la police de Cambridge et de leur raconter ce qu'elle avait vu. Ça paraîtrait fou, mais imaginons que Matthew Dolamore figure déjà au nombre de leurs suspects. Et que le fait de leur parler du trophée d'escrime les pousse à creuser cette piste et à obtenir un mandat de perquisition. Qui sait, peut-être des preuves physiques retrouvées sur la scène de crime – de l'ADN ? – permettraient-elles de l'inculper.

Elle chercha le numéro de téléphone du commissariat de Cambridge, mais au dernier moment, renonça à appeler. Elle n'avait pas assez d'éléments.

Son téléphone vibra. C'était un texto de Lloyd disant qu'il était dans le train – il serait rentré dans une heure. Elle partit dans le salon et s'assit sur le canapé avec son bloc à dessin, prit une page blanche, ferma les yeux trente secondes, puis esquissa le trophée de mémoire, notant même les mots qu'elle se souvenait y avoir lus : TROISIÈME PLACE ÉPÉE ; OLYMPIADES JUNIOR. Elle examina alors son dessin. Il lui semblait fidèle : un escrimeur en position de fente, sur un piédestal circulaire. Elle rapporta son ordinateur sur le canapé, puis entra les termes TROPHÉE D'ESCRIME et OLYMPIADES JUNIOR. Les résultats de la recherche furent décevants : d'abord les images obtenues n'étaient pas nombreuses, ensuite certains des trophées affichés étaient en réalité des coupes. Une photo retint néanmoins son attention : celle d'une adolescente souriant au photographe et tenant un trophée qui ressemblait beaucoup à celui qu'elle avait vu sur le manteau de cheminée de Matthew. La photo provenait du site Internet d'un journal scolaire et était rattachée à un article datant de huit ans : "Une élève de seconde du lycée de Lubbock remporte la première place des Olympiades junior d'escrime." Hen agrandit la photo, mais elle était trop pixellisée pour qu'on puisse lire l'inscription sur la base. Cela la convainquit cependant que le trophée vu chez ses voisins provenait du même événement sportif.

Hen sursauta en entendant Lloyd rentrer. Il lui semblait qu'elle venait juste de recevoir son message disant qu'il était en chemin.

Il se servit une Lagunitas dans le réfrigérateur, la versa dans son verre à bière fétiche, et s'installa sur la chaise en face d'elle.

— Comment s'est passée ta journée ? demanda-t-il.

— Bien. J'ai travaillé un peu, je suis sortie marcher.

— Tu es allée à ton atelier ?

— Non, mais j'irai demain.

Hen réalisa, un peu surprise, qu'elle ne comptait pas avouer à Lloyd qu'elle était retournée chez leurs voisins et avait de nouveau visité la maison. Ça l'inquiéterait plus qu'autre chose.

— Et toi, ta journée ?

— La routine, dit-il, avant de lui relater son échange avec un client particulièrement pénible.

Lloyd travaillait dans les relations publiques. "C'est ma pénitence", ajoutait-il chaque fois que quelqu'un lui demandait quel était son métier. Hen ne savait pas exactement ce qu'il entendait par là, d'autant qu'il adorait son métier. Il venait d'être promu à la tête du service marketing des réseaux sociaux de la petite entreprise pour laquelle il travaillait et s'était vu confier leur plus gros client, une micro-brasserie en plein essor basée juste en dehors de Boston, sur le point de s'étendre au niveau national.

— Tu veux manger à l'extérieur ? demanda-t-il après avoir terminé sa bière.

— On a des restes sinon.

— Quoi déjà ?

— Chili et pain de maïs.

— Ah, oui. Comme tu veux. L'un ou l'autre, ça me va.

Il faisait doux ce soir-là et ils marchèrent finalement jusqu'à ce qui correspondait au centre-ville de West Dartford. On y trouvait une église congrégationaliste, une supérette, un café qui ouvrait pour les petit déjeuner et déjeuner, et un bar appelé le Owl's Head – "la tête de hibou" – qui servait à manger et accueillait occasionnellement des groupes de musique. Il y avait de la place au comptoir et Hen et Lloyd commandèrent chacun une bière. Lloyd demanda ensuite un burger végétarien, Hen une soupe de palourdes. Le barman, un homme grand et voûté avec une moustache en guidon de vélo, se souvenait de leurs noms depuis leur dernière visite. Il se rappelait même le nom de la brasserie que Lloyd avait pour cliente et était allé jeter un coup d'œil sur leur site. Les plats arrivèrent et un match de base-ball débuta – les Red Sox affrontaient les Orioles, tous deux ex aequo au classement à cinq matchs de la fin de la saison. Hen s'intéressa au décor autour d'elle : malgré son cachet faussement ancien, l'établissement était agréable, avec ses murs en brique, ses poignées de tireuses en bois poli, et même ses deux hiboux empaillés, un à chaque bout du comptoir. Elle pensa au nombre de fois qu'elle y reviendrait dans l'avenir, et cette pensée l'emplit d'un bonheur soudain. Hen se sentait bien dans sa vie. Après les tempêtes et les bourrasques qu'elle avait traversées, elle avait enfin trouvé sa place au soleil. Ce sentiment d'apaisement la poussa à dire à Lloyd :

— J'ai un aveu à te faire.

— Hmm oui, répondit-il sans quitter le match des yeux.

— Tu te rappelles quand tu as dit que tu m'avais trouvée étrange chez nos voisins, Matthew et Mira ?

— Quand ça ?

— Après le dîner, quand on a visité le bureau de Matthew.

Lloyd se tourna vers elle pour la regarder.

— Je me souviens. Tu étais toute pâle.

— C'est que... j'avais vu quelque chose. Tu te rappelles la question que j'ai posée à propos du trophée d'escrime sur la cheminée ?

— Vaguement.

— Tu te souviens de Dustin Miller ?

Lloyd but une gorgée de sa bière.

— Évidemment.

— Eh bien, l'information n'a pas été divulguée sur le coup, mais récemment, la police a révélé que l'un des objets qui avait disparu de chez lui la nuit de son meurtre était un trophée d'escrime.

— Hmm oui.

— Et tu te souviens du lycée que Dustin Miller avait fréquenté ?

— Il était à Sussex Hall ?

— Exact.

— Je ne sais pas, Hen. C'est un peu tiré par les cheveux.

— Attends au moins d'entendre...

— Tu crois que Matthew, notre voisin, a tué Dustin Miller, et qu'il a pris ce trophée pour l'exposer sur la cheminée de son bureau ?

— D'après l'inscription dessus, le trophée de Matthew provenait des Olympiades junior d'escrime, et c'est là-bas que Dustin Miller avait gagné le sien. Autre chose... laisse-moi terminer : Dustin Miller avait été accusé d'agression sexuelle quand il était à Sussex Hall. Imagine que Matthew ait su que Dustin était coupable, ou qu'il l'ait soupçonné ? Il aurait eu un mobile pour tuer son ancien élève.

— Pas vraiment, répondit Lloyd en faisant pivoter son tabouret vers elle, avant de continuer à voix basse : Même s'il avait pensé que Dustin avait commis un viol sans être inquiété, il ne l'aurait pas assassiné pour autant. Et pourquoi aurait-il emporté ce trophée ? En souvenir ?

— Je dis seulement que c'est possible.

— Ce serait une sacrée coïncidence.

— Pourquoi ? Dustin Miller a bien été tué par quelqu'un.

— Oui, mais la coïncidence serait qu'on ait habité la même rue que la victime, puis déménagé dans la même rue que le meurtrier.

— Oui, d'accord. Ça, c'est une coïncidence.

Ils passèrent quelques minutes sans parler. Le match des Red Sox venait d'être suspendu à cause de la pluie et les employés du stade étaient en train de bâcher le terrain. Instinctivement, Hen regarda par la baie vitrée du bar pour voir s'il avait commencé à pleuvoir à West Dartford.

— Pour te parler franchement, dit Lloyd, je m'inquiète davantage pour toi que de savoir si notre voisin a tué Dustin Miller.

— Je vais bien. Promis.

— Ce n'était pas le cas la dernière fois que le meurtre de Dustin Miller t'a obsédée comme ça.

— Peut-être, mais aujourd'hui c'est différent. Et puis, pendant que je regardais le trophée, j'ai senti le regard de Matthew sur moi. Comme s'il savait que j'avais deviné.

— Super.

— Il y a autre chose encore, dit-elle.

— Je t'écoute.

— Je suis allée sonner chez eux aujourd'hui, et Mira était là. Je lui ai demandé si je pouvais revisiter leur maison, histoire de m'inspirer de leur déco.

— Sérieux ?

— Ce n'était pas tout à fait un mensonge. Je voulais vraiment revoir leur intérieur, mais je voulais surtout examiner le trophée de plus près.

— Et elle t'a laissée entrer ?

— Oui. Elle était très heureuse de me voir.

— Et donc tu as regardé sur le trophée, et le nom de Dustin Miller était écrit dessus.

— Pas exactement. Il avait *disparu*, Lloyd. Matthew l'avait déplacé, ou il s'en était débarrassé. Dans un cas comme dans l'autre, je suis sûre que c'est parce qu'il a vu ma réaction. Je ne fais pas de la parano ni une fixation, et je ne pense pas être dans un épisode maniaque. Je le sais, c'est tout : notre voisin a tué Dustin Miller.

Lloyd resta silencieux un moment ; il réfléchissait. Hen savait comment Lloyd fonctionnait. Il pesait ce qu'elle venait de lui dire, mais comme toujours, il s'interrogeait également sur la santé mentale de Hen. C'est ainsi qu'il appréhendait les choses dans leur relation et leur mariage. Hen l'aimait, et elle était convaincue que, sans Lloyd Harding, sa vie serait bien pire qu'elle ne l'était, mais elle s'était si longtemps reposée sur lui qu'aujourd'hui, il ne pouvait s'empêcher de la materner. Depuis sa dernière crise, lorsqu'ils habitaient encore Cambridge, Lloyd faisait régulièrement le point sur son humeur, surveillait ce qu'elle mangeait et buvait, s'assurait qu'elle dormait bien. Elle appréciait qu'il soit aux petits soins – et l'en aimait d'autant plus –, mais il lui arrivait de regretter le Lloyd qui avait répondu à la même petite annonce qu'elle pour emménager dans une maison à six chambres située dans le quartier de Winter Hill à Somerville. À l'époque, ils sortaient tous les deux de l'université. Hen entamait une formation en art-thérapie à l'université de Lesley – qu'elle n'avait jamais terminée – et Lloyd cumulait un petit boulot de barman et un stage non rémunéré dans la télévision publique. Ils avaient immédiatement sympathisé, en grande partie parce que les quatre autres occupants du logement plein de courants d'air et d'humidité constituaient une sorte de secte de reclus végans. La maison empestait le patchouli et les odeurs corporelles et chaque article dans le frigo "sans animaux" était étiqueté du nom de son propriétaire. Lloyd et Hen formaient leur propre groupe dissident, fumant des cigarettes sur le balcon branlant et faisant ensemble leurs courses, qui incluaient du lait issu de vaches.

L'attirance avait été immédiate, du moins pour elle. Lloyd était grand et maigre, avec une coupe de cheveux atroce, mais il avait de magnifiques yeux marron clair et sentait toujours bon, un parfum de cannelle et de café. À l'époque, Hen sortait avec un garçon de son école, un dessinateur de comics du Midwest, très dévoué, et Lloyd, techniquement, était toujours en couple avec sa petite amie de l'université, qui à cette période, se trouvait en Moldavie avec le Peace Corps*. Leur première nuit ensemble, après un dîner chaleureux sur le balcon à boire du mauvais vin et à fumer des American Spirits, avait presque tenu de la course, l'un comme l'autre s'empressant de terminer l'acte avant d'être rattrapé par la culpabilité. Hen et Lloyd jurèrent que cela ne se reproduirait plus. Mais deux semaines plus tard, la veille du jour où la petite amie de Lloyd – qui avait quitté le Peace Corps sur un coup de tête – devait rentrer, Lloyd s'était glissé dans le lit de Hen, l'haleine chargée de bière et les yeux embués de larmes, et lui avait retiré le caleçon et le T-shirt dans lesquels elle dormait. Cette nuit-là fut la première fois qu'un rapport sexuel classique lui procura un orgasme. Lloyd était ressorti de sa chambre sans avoir prononcé le moindre mot.

Ils attendirent six mois avant d'officialiser leur relation. Entre-temps, ils avaient tous les deux rompu avec

---

* Agence gouvernementale américaine dont la mission est de promouvoir la paix et l'amitié dans le monde, et en particulier auprès des pays en développement. (Toutes les notes sont du traducteur.)

leurs partenaires respectifs – pour Hen, cela avait été facile, beaucoup moins pour Lloyd – et avaient quitté leur semi-communauté à Winter Hill pour se trouver des solutions de colocation guère meilleures chacun de leur côté. À bien des égards, cette période avait été terrible et très éprouvante pour Hen. Lloyd, rongé par son sentiment de culpabilité envers sa petite amie, passait une partie de son dégoût de lui-même sur Hen. Ils eurent beaucoup de disputes alcoolisées et de coïts frénétiques, parfois les deux ensemble. Hen n'était pas heureuse, mais, maintenant encore, ses souvenirs de cette période restaient très vivaces, au point qu'ils en éclipsaient ceux des années de bonheur apaisé – entachées seulement par ses épisodes maniaco-dépressifs – qui étaient venues plus tard. À cette époque, Lloyd avait dévoilé un côté sombre de sa personne. Le type gentil était devenu un homme qui cherchait la confrontation, parfois même la bagarre, ne ratant jamais une occasion de lui balancer des reproches au visage. Lorsqu'ils faisaient l'amour, il y avait toujours un moment où Lloyd prenait le contrôle. Hen se sentait réduite à l'état d'objet, mais loin d'éprouver un malaise, elle aimait ça, comme si cela débloquait quelque chose entre eux. Seulement, depuis sa première crise de dépression qui l'avait conduite à abandonner sa formation d'art-thérapeute, cette facette de Lloyd avait disparu. Il s'était mué en une sorte de garde-malade, excessivement soucieux et attentionné. Désormais, ils ne se disputaient plus, et lorsqu'ils faisaient l'amour, il se montrait presque révérencieux. Hen en avait discuté avec sa meilleure amie Charlotte, à présent mariée et mère de quatre enfants, et Charlotte avait répondu en riant que la monotonie sexuelle n'avait absolument rien à voir avec sa santé mentale, et à peu près tout à voir avec l'institution du mariage.

Aujourd'hui, assise dans ce bar à côté de Lloyd, qui pesait longuement sa réponse, Hen imagina le Lloyd des premiers jours et se demanda ce qu'il aurait répondu. Qu'elle était dingue, évidemment, et qu'elle se faisait des films. Mais jamais il ne lui dirait cela maintenant, même s'il le pensait. Il se décida finalement à parler :

— Le mieux serait certainement de passer un appel anonyme à la police et de leur faire part de tes soupçons. Puis de tourner la page. Ils aviseront. Mais mener ta propre enquête pour savoir si notre voisin est un tueur psychopathe ne t'avancera à rien.

— J'y ai pensé.

— Si tu fais ça, il faudra vraiment tourner la page sur cette histoire une fois que tu auras raccroché.

— Je sais. C'est sans doute le mieux à faire. Mais qu'en penses-tu, toi ? Est-ce que je suis folle ou y a-t-il bien quelque chose ? Matthew et Dustin étaient dans le même lycée. Matthew avait ce trophée d'escrime, et il s'en est débarrassé après que je l'ai vu.

Lloyd réfléchit encore un moment avant de répondre. Le match des Red Sox n'avait pas repris, et la pluie crépitait maintenant contre les vitres du bar. Ils auraient dû prendre leurs parapluies.

— Honnêtement, chérie, je crois que tout ça n'est qu'une coïncidence. Matthew déplace sans doute régulièrement les objets dans son bureau. Mais appelle si tu veux, et ensuite tourne la page, d'accord ? Tu te fais du mal.

8

Le jeudi suivant, dans la salle des professeurs, Matthew demanda à Michelle si elle comptait assister au concert du groupe de son petit ami ce soir-là.

— Houlà non, j'ai soixante copies à corriger. Pourquoi ?

— Tu sais que j'habite à quelques minutes à pied du Owl's Head ?

— Oui. Tu vas y aller ?

— Peut-être bien.

— Tu es sérieux ? demanda-t-elle, en plaquant automatiquement une main sur sa bouche pour étouffer un rire. (Matthew avait remarqué qu'elle faisait toujours ce geste quand un rire lui échappait.) Je ne voulais pas dire… non mais c'est un bon groupe, c'est juste que…

— Tu ne pensais pas que j'aimais ce genre de musique ?

— C'est vrai, oui.

Dylan Hembree, un des professeurs, entra dans la salle et se dirigea droit vers la machine à café. Matthew remarqua la braguette de son pantalon à moitié baissée et se demanda s'il avait fait cours dans cette tenue.

— En fait, j'envisageais de manger à l'extérieur ce soir, expliqua-t-il à Michelle. J'ai cuisiné toute la semaine. Et je me suis justement souvenu que les C-Beams jouaient au Owl's Head.

— On y mange bien ? demanda-t-elle. J'y suis seulement allée quelques fois pour boire un verre.

— Assez bien, oui. J'aime beaucoup leur tourte au poulet.

— Vous allez voir Scott et son groupe au Owl's Head ce soir ?

Dylan venait de récupérer son café et s'était immiscé dans la conversation.

— En ce qui me concerne, je ne pense pas, répondit Michelle en même temps que Matthew lançait à son collègue :

— Ta braguette, Dylan.

— Oh, merci. (Il posa son café au bord de la table pliante sur laquelle la cafetière était installée.) Aïe, la honte, dit-il en remontant sa fermeture Éclair.

— Une fois, j'ai passé toute la journée à enseigner avec une graine de pavot coincée entre les dents, dit Michelle.

— Je comptais aller dîner au Owl's Head en début de soirée, expliqua Matthew à l'intention de Dylan. Et sachant que le petit ami de Michelle y joue avec son groupe, je me demandais si je la verrais.

— Ah mince, je serais bien venu, déclara Dylan, comme si quelqu'un l'avait invité, mais je suis débordé.

— Moi pareil, dit Michelle.

— C'est quand le prochain vendredi soir où il joue ? demanda Dylan. On devrait y aller tous ensemble. Ça fait une éternité que je n'ai pas vu Scott.

Matthew ignorait que Dylan et Michelle se fréquentaient et cette information le déstabilisa un peu. Il fut en revanche soulagé d'apprendre qu'il serait seul au concert des C-Beams.

— Si tu décides d'y aller, lui dit Michelle, présente-toi à Scott. Je crois que je lui ai parlé de toi.

— Je verrai, répondit-il.

Le groupe jouait à huit heures. Matthew, qui dînait habituellement vers six heures, attendit sept heures pour sortir de chez lui. La nuit était tombée et il entendait le vent siffler dans les cimes des arbres bordant sa rue, mais ne le sentait pas. La température était idéale, ni trop fraîche ni trop chaude, et Matthew éprouvait un sentiment de bonheur rare. Il marchait seul dans la nuit, avec l'espoir d'avoir trouvé en Scott Doyle – il avait découvert son nom de famille sur le site du groupe – une nouvelle victime potentielle. Stimulé par cette pensée grisante, Matthew sentit son pas s'accélérer, le vent soufflant contre lui et s'engouffrant sous sa veste, si bien qu'il dut en fermer deux boutons. Il se força à ralentir le pas : ce soir il partait simplement en reconnaissance, c'était l'occasion d'observer le petit ami de Michelle et de parvenir à une décision. Il devait rester calme et serein. Une phrase lui vint à l'esprit, une citation qu'il avait retenue à l'université dans un cours sur les poètes romantiques : elle disait que la poésie naissait de "l'émotion remémorée dans la quiétude". Il repensait souvent à cette formule en l'appliquant à sa propre vie. Lui-même aspirait à la quiétude, pas seulement après avoir commis un meurtre, mais aussi avant. C'était ce qui donnait un sens à son acte, et ce qui le plaçait, lui, au-dessus de tout soupçon.

Arrivé au bar, il s'assit à une petite table dans la salle principale, vers le fond, mais de manière à avoir vue sur la scène. Bien qu'il fût sobre (le buveur, c'était Richard), il commanda une Guinness à la jeune serveuse en plus d'une tourte au poulet. Lorsque sa consommation arriva, il en but une petite gorgée, avec l'impression de revêtir un déguisement. Il promena son regard autour de la petite salle, et jusqu'au bar du fond : tous les hommes avaient des pintes remplies de bière pareilles à la sienne. Certains étaient seuls, d'autres accompagnés de leur femme ou de leur petite amie, mais tous affichaient l'expression vide et l'air fourbu d'hommes ayant survécu de justesse à leur journée de travail et se récompensant à coups d'alcool et de cheeseburgers. Matthew ne reconnut personne dans le restaurant. Aucun voisin ni ancien élève. Ça n'aurait pas été un problème – échanger des banalités était dans ses cordes –, mais l'anonymat était une sensation bien plus agréable.

Il en était à la moitié de son repas lorsque le groupe de trois musiciens commença à installer ses instruments sur scène. Matthew reconnut le petit ami de Michelle d'après la photo sur leur site. Scott avait environ vingt-cinq ans, les cheveux courts et une barbe rousse fournie. Il portait un jean noir et une chemise Oxford volontairement déchirée à demi rentrée dans son pantalon. Pendant qu'il réglait son pied de micro, une femme qui venait d'arriver courut vers lui et l'étreignit. Les deux autres la saluèrent par des sourires et des hochements de tête, puis elle se dirigea vers le comptoir. Malgré la fraîcheur du début d'automne en Nouvelle-Angleterre, elle portait une minijupe en cuir noir et un T-shirt sans manche. Ses cheveux étaient châtain clair et son rouge à lèvres rose brillait. Était-ce une groupie ? se demanda Matthew. Les C-Beams avaient-ils seulement des groupies ? Le concert était sur le point de débuter et le bar était bondé, mais surtout parce que beaucoup de gens n'avaient pas terminé de dîner. Quelques personnes étaient apparemment là pour écouter la musique, mais elles n'étaient pas nombreuses.

Lorsque la serveuse vint débarrasser l'assiette de Matthew, elle lui demanda :

— Vous restez pour le concert ?

— J'ai bien envie, répondit-il.

— Vous devriez. Ils sont bons.

— Ils ont déjà joué ici ?

— Une fois, je crois. Mais je les ai vus jouer deux fois à Lowell. C'est la ville où j'habite.

Matthew commanda une autre bière. Il comptait la boire très lentement pendant qu'il assisterait au concert. La serveuse était-elle elle aussi une groupie ? Une autre maîtresse possible de Scott ? Elle semblait très excitée par leur présence, mais peut-être avait-elle juste dit ça pour bavarder. Lorsqu'elle revint avec sa bière, il faillit lui demander le nom de l'endroit où ils s'étaient produits à Lowell, mais il ne voulut pas paraître trop intéressé, ni marquer sa mémoire. Une fois qu'elle eut posé la Guinness sur la table en bois, il la suivit du regard tandis qu'elle regagnait le comptoir, sa démarche lui rappelant celle de Mira. Matthew entendit la voix plaintive de Richard dans sa tête – *Bon sang, ce cul* – et retint un sourire. Elle avait beau être jolie, cette fille ne devait pas avoir plus de vingt ans. Son regard avait l'expression alarmée d'une biche effrayée, écarquillant les yeux avec nervosité. Elle en pinçait probablement pour l'un des membres du groupe. Il les observa à nouveau l'un après l'autre. Le batteur était rasé de près, il avait un nez retroussé et une légère bedaine de buveur de bière ; le bassiste était dégingandé, limite squelettique, avec une de ces pommes d'Adam proéminentes dont Matthew trouvait la vision dérangeante. Si la serveuse avait le béguin pour l'un d'eux, c'était assurément pour le petit ami de Michelle, avec sa barbe de hipster et ses pommettes saillantes. Matthew tentait de déterminer s'il était beau garçon, mais il avait beaucoup de mal. À ses yeux, tous les hommes se ressemblaient. Ils avaient soit des faces de renard, soit des faces de cochon. Scott avait une face de renard, tandis que le batteur et le bassiste avaient tous deux des faces de cochon.

Le groupe commença par interpréter une version correcte de *Not Fade Away*. Des trois musiciens, le batteur était sans doute le plus talentueux, mais c'était résolument Scott le leader du groupe, même s'il chantait d'une voix nasillarde agaçante. La fille qui avait servi Matthew avait les yeux rivés sur lui, et la blonde en minijupe, qui avait maintenant à la main ce qui ressemblait à une vodka canneberge, se tenait au bord de la scène, battant le rythme, les yeux également sur Scott. Après la première chanson, le groupe joua deux morceaux originaux, puis s'attaqua à une reprise de Johnny Cash. Quelques personnes de plus entrèrent pour assister au concert, s'installant aux tables libérées par les clients ayant terminé leur dîner. Matthew constata immédiatement qu'ils étaient bien meilleurs sur les reprises que sur les compositions originales. La suite de leur prestation confirma son opinion. Leurs chansons étaient brouillonnes et insipides, et chaque fois qu'ils en jouaient une, l'ambiance dans la salle retombait aussi sec. Leurs reprises – *Paperback Writer*, et le titre *Atlantic City*, de Springsteen – eurent en revanche un franc succès, certains fans poussant même des cris d'encouragement en reconnaissant les premières notes. Lorsqu'ils jouèrent leur rappel – *Positively 4th Street* –, le Owl's Head était quasiment rempli et un certain nombre de spectateurs, en majorité des femmes, dansaient devant la scène.

Il était presque minuit, et Matthew, après avoir réglé sa note en espèces, sortit du bar juste au moment où les C-Beams jouaient leur dernière chanson. Durant les quatre heures qu'il avait passées à l'intérieur, la température au-dehors avait chuté de dix bons degrés. Il faisait nuit noire et on distinguait des amas d'étoiles brillant au-dessus de la ligne des arbres. Il pressa le pas pour rentrer, se demanda s'il devait aller chercher un sweat-shirt avant de prendre sa voiture, et décida que non. Au lieu de ça, il s'installa aussitôt au volant de sa Fiat, alluma le chauffage, et retourna au Owl's Head où il se gara dans la partie la plus sombre du parking. Il coupa le moteur, éteignit ses phares, puis s'enfonça légèrement au fond de son siège. Il disposait d'un bon point de vue sur l'entrée du bar, devant laquelle un petit groupe de fumeurs s'étaient réunis, parmi lesquels Scott, facilement reconnaissable de loin à sa barbe rousse. À ses côtés, comme Matthew s'y attendait, il reconnut la blonde en minijupe. Elle écrasa son mégot sous sa semelle de botte, puis enroula ses bras autour d'elle en frissonnant. L'ignorant visiblement, Scott discutait avec le bassiste maigrichon ; puis il aida le batteur à charger son kit de batterie à l'arrière d'une vieille camionnette. La blonde alluma une nouvelle cigarette tandis que d'autres clients sortaient du bar, regagnant leur voiture avant de s'en aller. Le parking se vidait et Matthew commençait à se sentir un peu exposé, même si l'endroit où il se trouvait était plongé dans l'obscurité. Mais il n'avait pas attendu tout ce temps pour partir maintenant : il voulait voir si Scott rentrerait directement chez lui ou s'il ferait un détour…

Une fois sa batterie dans la camionnette, le batteur s'en alla à son tour. Scott continuait de discuter et de fumer avec le bassiste. Au bout d'un moment, la blonde partit après avoir échangé une étreinte prolongée avec Scott. Sa voiture était garée près de celle de Matthew et il la vit s'asseoir derrière le volant et attendre un moment avant de démarrer. Elle continuait de regarder en direction de l'entrée du bar. Finalement, elle sortit du parking. Scott suivit des yeux la voiture qui s'éloignait, puis il dit au bassiste quelque chose qui les fit tous deux éclater de rire. Peu après, ils se dirent au revoir – avec une de ces accolades viriles assorties de claques dans le dos – et chacun regagna son véhicule. Le bassiste démarra et partit aussitôt. Scott, lui, s'adossa à sa voiture, une Dodge Dart ("il l'a depuis le lycée" lui avait raconté un jour Michelle). Il vérifia son téléphone, la lumière de l'écran lui illuminant le visage. Il s'installa derrière le volant, mais au lieu de partir immédiatement, il attendit environ cinq minutes encore.

Matthew ne fut guère surpris de voir la serveuse – la jeune femme qui habitait Lowell – sortir du bar et marcher rapidement jusqu'à la voiture de Scott pour monter du côté passager.

La Dodge démarra dans un vrombissement et Scott sortit du parking, ses roues dérapant sur les graviers.

9

Assise dans sa voiture en face du Owl's Head, Hen se demandait ce que Matthew Dolamore, assis lui aussi derrière son volant sur le parking du bar, avait en tête. Qui surveillait-il, lui ?

On était jeudi soir. Hen et Lloyd avaient cuisiné des tacos de poisson, puis regardé deux épisodes de *Better Call Saul*, avant que Lloyd annonce qu'il allait se coucher avec un bouquin. Malgré l'heure peu avancée, Hen avait décidé de l'imiter. Elle venait d'acheter le nouveau Margaret Atwood, et même s'il y avait plusieurs mois qu'elle n'avait pas réussi à se plonger dans un livre, elle ne perdait pas espoir.

Il faisait froid dans la chambre. Un peu plus tôt dans la journée, Hen avait entrebâillé la fenêtre pour Vinaigre, qui adorait s'asseoir devant les fenêtres ouvertes, mais les températures avaient chuté et la pièce était maintenant glaciale. Alors qu'elle refermait la fenêtre, Lloyd, insensible aux fluctuations de température, entra dans la chambre, un nouveau livre de poche à la main. De la SF. Il affichait son air torpide caractéristique de ce moment de la journée, comme s'il dormait déjà à moitié, et c'était sans doute le cas, puisqu'une fois couché, le sommeil l'emportait trente secondes après qu'il avait posé son livre et éteint sa lampe de chevet. Hen, en revanche, restait allongée quarante-cinq bonnes minutes, à se repasser la journée en boucle, baissant lentement le régime de son cerveau afin de laisser sa conscience sombrer.

Ce soir-là n'avait pas été différent. Hen avait à peine eu le temps d'extirper son pyjama en flanelle d'un des grands paniers sous le lit, de l'enfiler et de se coucher que Lloyd dormait déjà profondément. Elle entama sa lecture, mais son cerveau refusait d'enregistrer les mots. Trois jours s'étaient écoulés depuis qu'elle avait confié à Lloyd ses soupçons sur leur voisin. Depuis, elle n'avait plus rien fait. Enfin, ce n'était pas entièrement vrai : elle était retournée sur Internet afin de glaner toutes les informations qu'elle pouvait sur Matthew Dolamore – il n'y avait pas grand-chose sur lui ni sur le meurtre de Dustin Miller. En revanche, elle n'avait pas – encore – fait part de ses soupçons à la police. Lloyd, lui, n'avait plus abordé le sujet : il espérait clairement qu'il tomberait aux oubliettes.

Hen posa son livre – sans prendre la peine de marquer sa progression jusqu'à la page deux – et éteignit sa lampe à son tour. Elle s'allongea, les yeux rivés au plafond, grands ouverts. Elle entendit le cliquetis des griffes de Vinaigre sur le parquet de la chambre ; il venait vérifier si la fenêtre était toujours ouverte. Elle ne l'était pas, mais il sauta tout de même sur le rebord, et lorsqu'elle tourna la tête, Hen vit la queue du chat s'agiter sous le rideau. Une image lui apparut, une idée d'illustration : celle d'un chat de taille humaine couché dans un lit, et d'une fille nue et toute petite endormie sur un rebord de fenêtre. Au dehors, un garçon aux grands yeux félins, également nu et tout aussi petit, était perché sur une branche d'arbre. Comme chaque fois qu'elle imaginait une gravure, la scène complète se matérialisa d'un coup dans son esprit, exactement telle qu'elle devrait être et exprimant exactement ce qu'elle devait exprimer. Hen sortit de son lit, descendit dans le salon et esquissa l'idée comme elle lui était apparue. Elle éprouva un sentiment de satisfaction ; il y avait des mois qu'elle n'avait pas eu une idée de gravure originale, au moins depuis leur arrivée à West Dartford. Elle n'était pas sûre que celle-là soit vraiment bonne – la transposition entre l'animal domestique et son maître, c'était un petit peu trop prévisible –, mais quelque chose dans le rendu de l'esquisse fonctionnait, de son point de vue. Elle lui donnait la chair de poule, mais dans le bon sens, et Hen éprouva un frisson familier, cette sensation de vitalité dans la poitrine qu'elle ressentait lorsqu'elle créait une œuvre. Elle ajouta une légende : “Le lendemain soir, le garçon revint.” Elle avait toujours donné ce genre de titres à ses œuvres, comme si elles étaient tirées d'un livre inexistant, qu'elles faisaient partie d'une histoire en train de s'écrire.

Elle posa son bloc à dessin ; il lui tardait déjà d'être au lendemain pour contempler son esquisse avec un regard neuf. Le problème, c'était qu'elle n'avait maintenant plus du tout sommeil. Elle envisagea de retourner se coucher et de reprendre sa lecture, mais elle savait que c'était peine perdue : son esprit bouillonnait.

Elle remonta dans la chambre, mit une paire de chaussettes et des chaussons, et enfila un épais gilet au-dessus de sa veste de pyjama. Vinaigre avait sauté sur le lit et s'était installé aux pieds de Lloyd. Il lui lança un regard suspicieux.

Hen redescendit et mit la bouilloire en marche pour se préparer une tisane. En attendant que l'eau chauffe, elle se posta à la fenêtre du salon et contempla la nuit. Le ciel était rempli d'étoiles, un spectacle auquel elle n'avait que rarement eu l'occasion d'assister à Cambridge, située bien trop près des lumières de Boston. La maison des Dolamore était plongée dans une obscurité quasi totale, à l'exception d'un filet de lumière filtrant par les rideaux du salon. Hen s'apprêtait à repartir vers la cuisine quand un mouvement dans la rue capta son attention. Plissant les yeux, elle vit un homme qui remontait l'allée des Dolamore. Lorsqu'il approcha de la porte d'entrée, un éclairage automatique se déclencha et Hen reconnut Matthew. Elle s'attendait à le voir rentrer chez lui, mais au lieu de ça, il se dirigea vers sa voiture et s'installa derrière le volant. Hen regarda sa montre : il était presque minuit. Où pouvait-il aller ? Et d'où venait-il à pied ? Deux mots lui vinrent à l'esprit : *suis-le.*

Matthew avait clairement une idée derrière la tête, et elle découvrirait peut-être laquelle. Sans réfléchir, elle attrapa ses clés de voiture sur le crochet près de la porte et sortit, marchant rapidement jusqu'à sa Volkswagen tandis que les feux arrière de Matthew s'estompaient déjà dans Sycamore Street, en direction du centre-ville.

Alors qu'elle pensait l'avoir perdu, elle repéra ses phares au loin et vit le véhicule tourner sur le parking du Owl's Head. Hen ralentit, et au lieu de le suivre, recula dans une allée de l'autre côté de la rue, coupa son moteur et éteignit ses phares. C'était risqué, pensa-t-elle, mais moins que de le rejoindre sur le parking. D'où elle se trouvait, elle disposait d'une bonne visibilité. Une fois garé, Matthew avait éteint ses phares. Hen attendit qu'il descende de voiture. Il ne bougeait pas. Il y avait du mouvement devant le bar, bien que l'enseigne lumineuse soit éteinte. Elle aperçut un petit groupe rassemblé en cercle près de l'entrée, cependant à cette distance, elle ne distinguait pas leurs visages. Il devait s'agir des musiciens qui avaient joué dans le bar. La vue d'un kit de batterie qu'on chargeait à l'arrière d'une camionnette confirma sa supposition. Mais Hen s'intéressait avant tout à Matthew, assis dans sa voiture au bord du parking. Tout laissait penser qu'il s'était garé volontairement dans le coin le plus sombre. De toute évidence, il espionnait quelqu'un, tout comme elle en ce moment même. Mais qui ? Et d'où revenait-il avant de prendre sa voiture ? Peut-être de l'Owl's Head, songea-t-elle. Ils n'habitaient pas très loin. Était-il revenu en voiture afin de pouvoir suivre quelqu'un ?

La camionnette sortit du parking. Puis une femme monta seule dans sa propre voiture et partit aussi. Une silhouette dégingandée, pourvue de ce qui semblait être une barbe fournie, monta à son tour dans un long véhicule rectangulaire. Matthew ne bougeait pas. Hen distinguait à peine les contours de sa tête dans l'habitacle obscur. Les lumières du bar s'éteignirent alors et Hen vit une femme aux cheveux longs sortir et marcher jusqu'au véhicule rectangulaire, ouvrir la portière passager et monter. La voiture quitta le parking et prit vers l'ouest. Dix secondes plus tard, Matthew alluma ses phares. Il sortit du parking et partit dans la même direction.

Hen démarra à son tour, soulagée de pouvoir remettre le chauffage en marche, et suivit Matthew. Ses feux arrière – deux cercles aplatis – ressemblaient à une paire d'yeux trop espacés. Tous avançaient sur Acton Road, en direction de Middleham, une localité voisine se résumant plus ou moins à des fermes et des forêts de pins. Hen tâchait de garder ses distances, mais Matthew roulait lentement. Risquait-il de remarquer qu'elle le filait, sachant que lui-même suivait l'autre voiture et la personne à son bord ? Les deux personnes, en fait, puisque Hen avait vu une femme monter du côté passager. Elle décida de prendre le risque, et se retint d'éclater de rire devant l'absurdité de la situation : prendre ainsi son voisin en filature au beau milieu de la nuit ! Mais maintenant qu'elle avait commencé, elle tenait réellement à connaître le fin mot de l'histoire. Elle se mit à spéculer, puis s'arrêta pour se concentrer sur la conduite et surveiller les phares de Matthew. Il bifurqua sur une petite route qui serpentait à travers une zone boisée, où il faisait si sombre que ses phares peinaient à percer l'obscurité. Hen craignit soudain qu'en suivant Matthew sur cette route peu fréquentée – dont elle n'avait pas pu distinguer le nom –, elle se fasse repérer. Elle craignait également de se perdre, car elle n'avait pas emporté son téléphone, et il y avait des années qu'elle ne se déplaçait plus sans GPS. Mais elle tenait à tout prix à savoir ce que Matthew avait derrière la tête.

Après une série de virages en épingle à cheveux, elle parvint au sommet d'une côte derrière laquelle le paysage se déploya subitement, la route sillonnant des terres agricoles baignées par le clair de lune, et pendant quelques secondes, Hen put distinguer les phares des deux voitures qui la précédaient. Elle ralentit. Devant, la première voiture quitta la route pour tourner sur ce qui, dans l'éclairage des phares, semblait être un parking désert.

Matthew le dépassa sans s'arrêter, et elle fit de même, ralentissant toutefois suffisamment pour discerner une pancarte en bois sur un poteau, avec une carte. Hen supposa que le petit parking permettait d'accéder à une piste de randonnée. Comme elle tournait la tête pour voir si la première voiture s'y était arrêtée, elle manqua d'accrocher la Fiat de Matthew. Il s'était garé sur le bas-côté, une centaine de mètres plus loin. Elle le dépassa et continua sur une distance identique, avant de tourner dans une allée privée, de couper son moteur et d'éteindre ses phares.

Hen attendit un moment derrière son volant, la main posée sur sa poitrine, sentant son cœur battre la chamade sous sa veste de pyjama. Elle secoua la tête et éclata de rire. Mais à quoi jouait-elle ? Il était temps de faire demi-tour et de rentrer chez elle. Allez savoir de quoi il s'agissait. Sans doute d'un sordide triangle amoureux : Matthew avait une liaison avec une autre femme – ou avec un homme – et avait décidé de la ou le rejoindre. Mais ce n'était pas l'impression que ça donnait. Il semblait les espionner, tout comme il avait sans doute espionné Dustin Miller à Cambridge avant de l'assassiner.

Tout en sachant que c'était stupide, Hen ouvrit sa portière et sortit dans l'air frais nocturne en la refermant rapidement derrière elle pour que la lumière du plafonnier s'éteigne. Durant un moment, elle resta immobile tandis qu'un vent mordant plaquait son pyjama contre son corps. Elle entendit un bruit, puis vit un mammifère apparaître avec lenteur à l'angle de la ferme voisine plongée dans l'obscurité. Hen et l'animal se regardèrent fixement, figés l'un comme l'autre. Ses yeux s'accoutumant à la nuit noire, elle reconnut la queue touffue et la face blanche d'un opossum. Alors qu'elle rouvrait sa portière pour remonter dans sa voiture, l'opossum émit un sifflement. Il était vraiment temps de rentrer. Elle avait été idiote de croire qu'elle pourrait s'approcher du parking en pleine nuit pour voir ce qui s'y passait.

Hen ressortit de l'allée et reprit la direction d'où elle était venue. Dès qu'elle eut dépassé la voiture de Matthew, toujours garée sur l'accotement, elle alluma ses pleins phares. À l'approche du parking, elle ralentit. La route tournait, et l'espace de quelques secondes la lumière de ses phares éclaira la voiture garée en contrebas. Elle vit distinctement Matthew – ça ne pouvait être que lui – penché près de la voiture, épiant ses occupants à travers la vitre.

Tout en continuant sa route, Hen vérifia machinalement dans le porte-gobelet si son téléphone s'y trouvait, mais elle se souvint l'avoir laissé à la maison. Devait-elle appeler le 911 à la première occasion ? Matthew comptait-il s'en prendre aux occupants de la voiture ou se contenterait-il de les épier ? Et dans ce cas, était-ce parce qu'il les connaissait, ou avait-il l'habitude de faire ce genre de chose ? Était-il un voyeur ?

Ses pensées se bousculaient si rapidement dans sa tête qu'elle prit la mauvaise route en revenant sur Acton Road et dut faire demi-tour. Sans savoir pourquoi, alors même qu'elle rentrait, elle était plus nerveuse que jamais. Elle ressentit une douleur à la poitrine et se surprit à se mordiller le bord du pouce, une vieille habitude. Devait-elle appeler la police une fois rentrée ? Avait-elle failli être le témoin d'une agression ? Peut-être pas, mais Matthew était assurément en train d'espionner quelqu'un, allez savoir pourquoi.

Alors qu'elle descendait Sycamore Street, Hen vit que les lumières de son porche étaient allumées.

En se rapprochant, elle reconnut Lloyd, debout devant l'entrée, en robe de chambre. Elle tourna dans leur allée, baissant sa vitre comme Lloyd accourait vers elle. Il paraissait à la fois furieux et soulagé.

— Où étais-tu ?

— Désolée, dit-elle. Je suis partie faire un tour en voiture. Je ne pensais pas que tu te réveillerais.

— Tu as laissé la bouilloire en marche.

— Oh, bon sang. Je l'avais complètement oubliée.

— Et tu es en pyjama.

— Je sais, je sais. Rentrons, il gèle. Je suis vraiment désolée.

Une fois à l'intérieur, elle serra Lloyd dans ses bras et s'excusa encore. Il lui avoua qu'il avait été sur le point de prévenir la police, il redoutait vraiment qu'il lui soit arrivé quelque chose de grave.

— Je ne serais pas sortie si j'avais su que tu te réveillerais. Je n'arrivais pas à fermer l'œil et la nuit étoilée était si belle.

— Ça n'a rien à voir avec notre voisin, n'est-ce pas ? demanda-t-il.

— Non, répondit-elle en mentant, sans savoir vraiment pourquoi. Non, pas du tout. Je suis juste sortie faire un tour et admirer les étoiles.

10

MATTHEW passa sa nuit à se réveiller et à se rendormir, à la fois excité et enragé par le souvenir de ce qu'il avait vu dans la voiture de Scott Doyle.

Après avoir stationné sa Fiat sur le bas-côté, juste après l'entrée du parc d'État de Pocumtuck, il avait rebroussé chemin jusqu'à un point d'où il pouvait observer la Dodge Dart de Scott, garée sous un grand érable au bord du parking. Il avait failli repartir, mais avait finalement décidé de s'aventurer jusqu'à la voiture afin de confirmer ses soupçons. Il voulait s'assurer qu'il s'agissait bien de ce qu'il pensait. Mais que pouvaient-ils être en train de faire sinon ? Bavarder entre amis ? Prendre de la drogue ?

Il s'était approché discrètement. Les vitres étaient remontées et un peu embuées, mais il avait réussi à voir à travers la lunette arrière. La serveuse était agenouillée, la tête appuyée contre l'autre vitre, et Scott derrière elle, le jean baissé autour des cuisses. Dans les trois secondes qu'avait duré son coup d'œil, il avait vu ses fesses blanches aller et venir de manière frénétique, faisant légèrement tanguer la Dodge. De la bile lui était montée du fond de la gorge.

Une voiture était passée à vive allure sur la route principale, la lumière de ses phares balayant brièvement le parking, et Matthew s'était baissé, avant de regagner sa voiture à petites foulées.

Il n'était pas étonné de ce qu'il avait vu. Il l'aurait été davantage si Scott était rentré directement chez lui après son concert. Le souci n'était pas seulement que Scott soit le prédateur mâle type, prêt à profiter du plus petit degré de célébrité qu'il avait acquis à travers son groupe pour séduire tout ce qui portait une jupe, c'était surtout que Michelle était une victime, une de ces femmes qui croient à la bonté de l'espèce humaine. Elle croyait que ses élèves aimaient réellement apprendre. Elle croyait que l'arc de l'univers tendait vers la justice. Et elle croyait également que son raté de petit ami, avec sa face de renard, était sincère. Toutes ces convictions la condamnaient indubitablement à souffrir, mais Matthew allait y remédier.

S'il pouvait trouver un moyen – un moyen infaillible – de tuer Scott Doyle, il n'hésiterait pas. Il sauverait Michelle.

Le lendemain matin, avant de partir pour son travail, Matthew appela Mira sur FaceTime.

— En me réveillant tout à l'heure, dit-elle, je ne me rappelais plus où j'étais. Il m'a fallu cinq minutes pour m'en souvenir.

— À quelle heure ton avion arrive-t-il ?

— Tard. Je ne sais plus. Mais je pense que je serai à la maison vers minuit.

— Je t'attendrai pour me coucher, dit-il.

— Ne sois pas bête. Couche-toi, et dès que je rentrerai, je viendrai te rejoindre sous la couette.

— D'accord. J'ai hâte d'être à ce soir.

Il se rendit compte, alors qu'il prononçait ces mots, que c'était vrai. À chacun de ses déplacements, il lui tardait de la voir partir, et il lui tardait qu'elle revienne.

Ce jour-là, à l'école, il ne vit Michelle qu'une seule fois, lorsqu'il la croisa dans le couloir à l'heure du déjeuner. Elle serrait contre elle une chemise remplie de copies et avait le visage rouge, comme si elle était pressée. Elle s'arrêta cependant dès qu'elle le vit.

— Tu y es allé hier soir ? demanda-t-elle.

— Oui, finalement. Ils ne sont pas mauvais.

Elle parut surprise.

— Tu as vu ? Ils sont bons, hein ?

— Je n'ai pas dit ça, lui renvoya-t-il, et ils se mirent tous les deux à rire. Non, je les ai trouvés vraiment bons. Scott a une jolie voix.

Michelle demanda à voix basse :

— Tu as vu des femmes se jeter à son cou ?

— Honnêtement, je n'ai pas fait attention. J'y suis surtout allé pour dîner, et je suis resté un moment pour écouter la musique, mais…

— Je plaisantais. Enfin, à moitié, comme tu le sais.

— Je n'ai rien vu.

— Alors tant mieux. Il m'a dit qu'il y avait du monde et que les gens étaient restés tard.

— Je change de sujet. Ça fait un moment que je ne t'ai pas demandé de nouvelles de ton père ? Comment va-t-il ?

— Pas très bien. Je comptais rentrer voir mes parents ce week-end, comme c'est le Columbus Day, mais je n'arrête pas de me demander si je ne devrais pas y aller plus tôt.

— Que dit ta mère ?

— Malheureusement, elle délire complètement. Elle me répète qu'il va se remettre et que je ne devrais pas rentrer pour si peu.

Matthew ne se souvenait plus de quel type de cancer le père de Michelle était atteint, mais il savait que c'était grave.

— Tu devrais tout de même y aller, dit-il. Demande à Scott de t'accompagner.

— Tu parles. Je crois qu'il a un concert ce week-end, et même si ce n'est pas le cas, il trouvera une autre excuse.

Le couloir avait commencé à se remplir d'élèves et Matthew s'aperçut que la pause déjeuner était quasiment terminée. Michelle et lui mirent fin à leur conversation et, tandis qu'il regagnait sa classe, en ayant juste assez de temps pour manger son sandwich œuf-salade, il se félicita d'avoir réussi à soutirer à Michelle l'information qu'il cherchait à obtenir : le week-end de Columbus Day. Dans l'après-midi, il irait sur Internet vérifier où jouaient les C-Beams.

11

HEN avait très peu dormi. Elle ne cessait d'imaginer comment elle réagirait quand elle entendrait aux infos du matin qu'un couple avait été retrouvé assassiné dans sa voiture, à Middleham. Elle essayait alors de se convaincre que personne n'avait été tué – pourvu qu'elle ait raison – et de se dire que, dans le cas contraire, elle connaîtrait au moins le nom du meurtrier. Cette fois, Matthew Dolamore ne s'en tirerait pas.

Mais le lendemain matin, il n'y avait rien sur aucun des sites d'informations qu'elle consultait régulièrement. Elle chercha avec MIDDLEHAM et MEURTRE, mais n'obtint aucune réponse. Si elle était évidemment soulagée, elle restait persuadée d'une chose : elle avait bel et bien vu un harceleur suivre sa victime. Le simple fait qu'il n'ait pas commis de crime hier ne signifiait pas qu'il n'allait pas en commettre un prochainement.

Une fois Lloyd parti pour son travail, Hen appela la police de Cambridge depuis son téléphone fixe, et demanda à parler à la personne en charge de l'enquête sur le meurtre de Dustin Miller.

— L'inspecteur Martinez n'est pas encore arrivé, lui répondit-on. Souhaitez-vous que je vous passe un autre inspecteur ?

— Je préférerais lui parler personnellement, dit-elle. Je peux vous laisser mon numéro ?

L'inspecteur la rappela vingt minutes plus tard.

— En quoi puis-je vous aider ? demanda-t-il, d'une voix qui lui fit supposer qu'il prenait son petit déjeuner pendant qu'il parlait.

— Je dispose d'informations qui pourraient concerner le meurtre de Dustin Miller.

— D'accord. Je peux avoir votre nom ?

— Henrietta Mazur, mais je préférerais rester anonyme. Pas vis-à-vis de la police, mais j'aimerais que mon nom ne soit pas communiqué au public d'une manière ou d'une autre.

— Je ferai mon possible, mademoiselle Mazur. Promis.

— Vous pouvez m'appeler Henrietta, ou Hen.

— De quelles informations disposez-vous, Henrietta ?

Elle raconta l'invitation à dîner chez leurs nouveaux voisins, et parla au policier du trophée d'escrime qu'elle y avait vu exposé sur la cheminée, comment cela lui avait remis en mémoire un détail qu'elle avait lu sur le meurtre non résolu de Dustin Miller. Elle expliqua qu'elle n'y aurait pas prêté plus d'attention si Dustin n'avait pas été un ancien élève de Sussex Hall, le lycée où son voisin, Matthew Dolamore, était justement enseignant.

— Qu'est-ce qui vous dit que ce trophée n'appartient pas tout bonnement à votre voisin ?

— Je lui ai demandé s'il faisait de l'escrime, et il m'a répondu que non, que le trophée lui avait simplement plu. Je crois qu'il m'a dit l'avoir acheté dans un vide-grenier.

— Et vous ne l'avez pas cru ?

— Il y a autre chose. Je suis retournée voir le trophée, et il n'était plus là.

— Quand y êtes-vous retournée ?

— Le dîner a eu lieu samedi dernier et j'y suis retournée lundi. Mira Dolamore, sa femme, était là, et elle m'a refait visiter la maison.

— Que lui avez-vous dit ?

— Pour justifier ma visite ?

— Oui.

— Que je voulais jeter un nouveau coup d'œil à leur intérieur, à la manière dont elle l'avait décoré. Ce n'était pas entièrement faux, car nos maisons sont identiques, dans la disposition des pièces, je veux dire. En réalité, je voulais vérifier quelque chose sur le trophée. Il y avait une inscription sur la base que je n'avais pas réussi à lire la première fois.

— Mais il y avait bien une inscription.

— Oui. Je suis presque sûre d'avoir lu les mots OLYMPIADES JUNIOR.

— Presque ?

— Non, je suis certaine que c'est ce qui était écrit. Je ne sais pas pourquoi j'ai dit presque.

— D'accord, dit l'inspecteur. Donc vous êtes retournée chez vos voisins, à la fois parce que vous vouliez revoir leur intérieur, et parce que vous vouliez examiner ce trophée de plus près. Et vous l'avez revu ?

— Non, il n'était plus là. On l'avait retiré.

— Vous en êtes sûre ?

Hen arpentait la pièce de long en large. C'était une habitude quand elle parlait au téléphone.

— Certaine. Le samedi soir, il était là, et le lundi matin, il n'y était plus. Il l'avait déplacé, ou il s'en est débarrassé, et je suis quasiment certaine que c'est parce qu'il a remarqué ma réaction en le voyant.

— Le soir du dîner ?

— Oui. Je crois que mon regard s'est attardé dessus un peu trop longtemps. Et je lui ai posé une question à ce sujet. Il l'a remarqué. Je l'ai senti.

L'inspecteur toussa, puis elle l'entendit siroter une boisson. Il s'excusa.

— Puis-je vous demander ce qui fait que vous avez remarqué ce trophée le premier soir ? Ce n'est pas un objet particulièrement inhabituel. Avez-vous fait le lien immédiatement ? Et déjà, comment saviez-vous qu'un trophée d'escrime avait disparu de la scène de crime chez Dustin Miller ?

— Vous avez diffusé l'information dans les médias, non ?

— Effectivement, mais ça remonte à un moment. Vous vous êtes souvenue de ce détail, comme ça ?

Hen expliqua qu'elle habitait auparavant à Cambridge et qu'elle s'était intéressée au meurtre. Elle ne mentionna pas qu'elle résidait en fait à quelques maisons de chez Dustin – elle entendait encore Lloyd lui dire quelle *sacrée coïncidence* ce serait d'habiter dans la même rue que la victime d'un meurtre, puis de déménager dans celle où vivait le meurtrier – et passa également sous silence son obsession pour ce meurtre. Pour Dustin, en fait.

— Je crois que c'était resté dans un coin de ma tête, dit-elle en regardant par la fenêtre de la chambre d'amis à l'étage. Le trophée d'escrime. Sussex Hall. J'ai simplement relié les pointillés.

— Pourquoi avoir attendu tout ce temps pour me contacter ? Pourquoi ne pas m'avoir appelé lundi, ou juste après avoir vu le trophée samedi soir ?

Hen avait décidé qu'elle ne dirait rien au policier de ce qu'elle avait vu la nuit précédente. Elle savait qu'elle passerait pour une folle si elle avouait avoir suivi son voisin en voiture au milieu de la nuit. Elle pourrait toujours le rappeler plus tard, si nécessaire.

— Je n'étais pas sûre de ne pas tirer des conclusions hâtives, mais au fil de la semaine, ma conviction s'est renforcée. Et puis en lisant des articles sur l'affaire, j'ai découvert que Dustin Miller avait été accusé de viol lorsqu'il était au lycée. J'ai pensé qu'il pouvait y avoir un lien.

— Effectivement, reconnut le policier. Quand exactement avez-vous déménagé de Cambridge à Dartford ?

— West Dartford. En juillet dernier.

— Et que faites-vous dans la vie, Henrietta ?

— Hen. Appelez-moi Hen.

— OK, Hen. Que faites-vous dans la vie ?

Hen répondit qu'elle était illustratrice de livres pour enfants. Elle s'attendait à un commentaire ou à une question – du genre "Intéressant" ou "Sur quels livres avez-vous travaillé ?" – mais l'inspecteur se contenta de la remercier pour son aide et de lui demander s'il pouvait la recontacter au cas où il aurait d'autres questions.

— Vous allez l'interroger ? voulut-elle savoir.

Elle pensait qu'il resterait vague, mais il déclara :

— Oui. J'irai l'interroger en personne. Savez-vous s'il est chez lui aujourd'hui ?

— Normalement oui. Il travaille en journée, mais je crois qu'il rentre vers quatre heures.

— Je passerai à ce moment-là. Et je ne lui parlerai pas de votre appel.

— Merci beaucoup.

Lorsque la conversation fut terminée, Hen resta un moment immobile, le téléphone à la main, cherchant à déterminer si elle avait fait le bon choix. Son corps, qui se détendait un peu, lui répondit que oui, et elle raccrocha.

12

Quand Matthew se gara dans son allée un peu avant quatre heures, il remarqua une Ford bleu foncé le long du trottoir, entre sa maison et celle de ses nouveaux voisins. Police, devina-t-il rien qu'en regardant le véhicule. Alors qu'il descendait de sa Fiat, un homme en costume sortit de la voiture et marcha lentement vers lui.

Comme Matthew lui tournait le dos, le policier, grand et anguleux, appela :

— Matthew Dolamore ?

— Hmm oui, répondit Matthew, en composant une expression perplexe.

— Inspecteur Martinez, de la police de Cambridge.

Le policier déplia un écusson ; Matthew l'examina.

— La police de Cambridge ? répéta-t-il.

— Je suis venu à la pêche aux informations, dit-il en souriant. Avez-vous une minute pour répondre à quelques questions ?

— Hmm, bien sûr. À quel sujet ?

— Est-ce qu'on peut discuter à l'intérieur ?

L'inspecteur Martinez suivit Matthew dans la maison.

— Je n'étais jamais venu jusqu'à Dartford, dit-il. C'est joli. L'immobilier est plus abordable qu'en ville, je suppose ?

— Je ne saurais vous dire, répondit Matthew. Voulez-vous vous asseoir ? Je vous sers quelque chose ?

— Non, ça ira.

Matthew déposa son cartable en cuir près de la table basse et s'assit sur le bord d'un des fauteuils tandis que l'inspecteur Martinez s'installait sur le canapé ; ses jambes étaient si longues que ses cuisses formaient un angle aigu avec son corps. Il sortit un carnet à spirale et commença :

— Ça ne devrait pas être long, monsieur Dolamore. Votre nom est apparu dans une enquête et j'ai besoin de vous poser quelques questions.

— Quelle enquête ?

— Vous enseignez à Sussex Hall, c'est exact ?

— Oui.

— Vous souvenez-vous d'un de vos élèves nommé Dustin Miller ? Il a quitté le lycée il y a sept ans.

— Il a été assassiné, répondit Matthew.

Le policier acquiesça du chef.

— C'est exact. Vous vous souvenez donc de lui ?

— Pas très bien. Je l'avais dans un de mes cours. Mais je ne pense pas que je me serais souvenu de lui s'il n'était pas… enfin s'il n'avait pas fait les gros titres. Vous enquêtez toujours sur son meurtre ?

— Il n'a toujours pas été élucidé, donc oui, nous enquêtons toujours. De nouvelles informations nous portent à croire que sa mort pourrait avoir un lien avec l'époque où il fréquentait Sussex Hall. C'est pourquoi j'espérais que vous pourriez m'éclairer sur cette période de sa vie.

— En fait… pour vous dire la vérité, je l'ai à peine connu. Ce n'était pas un élève mémorable.

— En quoi n'était-il pas mémorable, monsieur Dolamore ?

— Vous pouvez m'appeler Matthew.

— Entendu, Matthew. Et vous pouvez m'appeler Iggy.

En plus d'être dérangé par la présence de l'inspecteur, Matthew était également dérangé par son visage. Il n'avait ni une face de renard ni une face de cochon. Avec son crâne rond, ses yeux creux et son menton en retrait, il constituait une nouveauté. Un hibou, peut-être ?

— Quelle était la question ? demanda Matthew.

— Vous disiez que Dustin Miller n'était pas mémorable. Je vous demandais pourquoi. En quoi n'était-il pas mémorable ?

— Eh bien, commença Matthew, quelque peu troublé par la question, on se souvient des bons élèves, et on se souvient des cancres. Lui n'était ni l'un ni l'autre. Pas particulièrement brillant et pas particulièrement problématique.

— Et ses amis ? Vous souvenez-vous de ses fréquentations ?

Matthew secoua la tête en fronçant les sourcils.

— Non.

— Pratiquait-il un sport ?

— La plupart des gamins à Sussex Hall pratiquent un sport. Je ne fais pas vraiment attention, pour être honnête.

— Donc vous ne savez rien de ce qui s'est passé quand Dustin Miller s'est rendu aux Olympiades junior d'escrime ?

Matthew fit mine de réfléchir. L'affaire avait été assez médiatisée à l'époque, les ragots circulaient parmi le corps enseignant.

— Ça me dit quelque chose. Une sale histoire, non ?

— Une de ses camarades l'avait accusé de viol.

— Ça y est, ça me revient maintenant.

— Vous souvenez-vous de Courtney Cheigh ?

— Encore une fois, pas très bien. Je crois l'avoir eue dans mon cours d'histoire mondiale de seconde, et elle s'était inscrite à mon séminaire, en terminale. Sur la Rome antique.

— A-t-elle terminé son année ?

— Non, maintenant que j'y repense. Elle a quitté Sussex Hall en cours d'année pour le lycée de Lincoln-Sudbury.

Ça m'a fait beaucoup de peine de la voir partir. Elle avait des paupières d'une pâleur extrême, presque translucides, et elle était menue, avec des épaules frêles ; peu après son arrivée à Sussex Hall, elle avait développé une forte poitrine, qu'elle faisait beaucoup d'efforts pour cacher. C'est probablement pour cette raison qu'elle avait arrêté le hockey sur gazon pour se mettre à l'escrime, à cause de la tenue, la matière est plus rigide, elle couvre mieux le corps. Seulement elle y a excellé. Avec Dustin Miller et Brandon Hsu, elle s'est qualifiée pour les Olympiades junior après s'être distinguée aux sélections de Nouvelle-Angleterre.

Elle était venue me voir, trépignante d'excitation, en apprenant où se déroulerait le tournoi. Elle voulait que je lui en dise plus sur l'histoire de Saint-Louis, savoir si cela valait la peine de monter à l'intérieur de la Gateway Arch. Dustin l'a violée dans sa chambre d'hôtel. Il avait réussi à emporter de l'alcool dans ses bagages et l'avait rejointe dans sa chambre, et ils s'étaient saoulés. Après que Courtney eut quitté Sussex Hall – j'étais époustouflé, et admiratif qu'elle ait tenu le coup si longtemps –, j'ai surpris une conversation entre Dustin et l'un de ses copains. Ils cherchaient à savoir quelle fille de l'école avait les plus gros seins maintenant que Courtney n'était plus là.

— Alors que pouvez-vous me dire sur l'incident au tournoi d'escrime ?

— Je sais qu'elle avait déposé une plainte à la police, mais je ne suis pas sûr qu'elle ait engagé des poursuites. Je me rappelle avoir entendu dire qu'ils avaient tous les deux bu.

— Les élèves n'étaient pas accompagnés pour le voyage ?

— Je sais que l'entraîneur d'escrime y était allé, comme toujours, et peut-être un parent. Mais Courtney avait sa propre chambre.

— Vous vous souvenez de plus de choses que vous ne le pensiez, fit remarquer l'inspecteur, avec un léger sourire qui ne changeait rien à son regard triste.

— Il semblerait, oui. C'est le genre de chose qu'on souhaiterait pourtant oublier.

— Aviez-vous une opinion sur l'incident ?

— Je crois que je n'ai jamais eu assez d'éléments pour m'en forger une.

— Mais tout de même, vous deviez bien avoir un avis, sachant que vous aviez eu les deux parties comme élèves. Si ça avait été parole contre parole, qui auriez-vous cru ? Je précise que ce n'est pas une question officielle, je suis simplement curieux de connaître votre opinion.

— Vous pensez que la mort de Dustin Miller peut être liée à ce qui s'est passé lors de ce tournoi ?

— Non, pas vraiment. En toute franchise, on se contente d'explorer des pistes, et j'essaie d'obtenir un maximum d'informations. Encore une fois, je n'attends pas une réponse officielle, j'aimerais juste votre opinion.

— Eh bien, honnêtement, ça date, dit Matthew en se grattant le menton pour prendre un air songeur. Mais de vous à moi, d'après mes souvenirs, Dustin était un bon gamin. Ils avaient tous les deux trop bu, et peut-être qu'il aurait dû faire plus attention, mais elle aussi. C'est juste une histoire… comme il en arrive. Je ne crois pas que ce qui s'est passé justifiait qu'on fiche en l'air la vie de Dustin.

L'inspecteur esquissa un nouveau sourire de ses lèvres minces et scruta Matthew pendant un moment.

— Merci, dit-il, vous m'avez été d'une grande aide.

Il posa ses mains sur ses genoux, comme s'il s'apprêtait à se lever.

— C'est tout ? demanda Matthew.

— C'est tout. À moins que vous ne vous souveniez d'autre chose ?

— Comme je vous le disais, je ne me souviens pas très bien de lui.

— Mais vous vous souvenez que c'était un bon gamin ?

— En tout cas, je sais qu'il n'était pas mauvais.

L'inspecteur se leva tranquillement du canapé, et Matthew l'imita. Tandis qu'ils marchaient jusqu'à la porte, Matthew s'attendait à ce que l'inspecteur Martinez demande à utiliser les toilettes ou à faire un tour dans la maison. Il était là pour le trophée d'escrime, non ? Parce que sa nouvelle voisine l'avait dénoncé. Matthew espérait presque que l'inspecteur demanderait à visiter la maison pour qu'il puisse lui montrer son bureau. Mais une fois passé la porte d'entrée, l'inspecteur lui tendit la main.

— Vous êtes venu de bien loin pour si peu, dit Matthew en la lui serrant.

— Ma foi, qui ne tente rien n'a rien. Et puis c'est une belle journée pour faire un peu de route.

Matthew n'avait pas prêté attention au temps, mais c'était effectivement une belle journée : un air frais et sec, un ciel azur.

— Oui, il fait beau, dit-il.

— J'aime beaucoup le coin. Toutes ces jolies maisons. Il y a beaucoup d'enfants dans le voisinage ? Les écoles sont bien ?

— Oui, les écoles publiques sont de qualité, répondit Matthew. D'après ce que j'ai entendu dire.

Matthew attendit quelques minutes sur le pas de la porte et regarda le policier partir.

13

Ce matin-là, après avoir appelé la police de Cambridge, Hen avait fait les cent pas dans la maison, puis bu un deuxième café et tenté de s'asseoir avec son bloc à dessin. Elle n'avait toujours réalisé aucune esquisse pour les deux dernières illustrations du nouveau roman jeunesse sur lequel elle travaillait. Il s'intitulait *L'École des guerriers d'antan : l'Anti-Claus* et c'était le premier tome d'une série – aujourd'hui, tous les romans jeunesse paraissaient en série – qui se passait dans une école militaire où l'on apprenait à des ados à combattre des créatures surnaturelles. Ces dernières années, la plupart de ses commandes impliquaient du surnaturel. Ce n'était pas le genre de livres sur lesquels elle préférait travailler, car bien souvent, il fallait qu'elle imagine à quoi ressemblaient ces créatures imaginaires, et les auteurs n'étaient jamais satisfaits. Elle préférait de loin illustrer des romans de suspense pour jeunes adultes, comme ceux dont elle raffolait à cet âge : Lois Duncan, V.C. Andrews. Mais aujourd'hui, ce genre ne marchait plus vraiment.

En ouvrant son bloc à dessin, Hen tomba sur l'esquisse qu'elle avait faite la nuit passée : le grand chat couché dans un lit et la jeune fille sur le rebord de fenêtre. Elle l'avait complètement oubliée, et elle sursauta en la redécouvrant, surtout à cause des yeux du garçon perché sur la branche. Le croquis lui plaisait davantage que tout ce qu'elle avait pu dessiner depuis des années et soudain, elle se sentit attirée, presque physiquement, par son atelier et l'envie de mettre une nouvelle œuvre sur les rails. Montant les marches à la hâte, elle enfila ses sabots ainsi qu'un pull léger que plusieurs petits trous venaient de reléguer au rang de tenue de travail. Elle redescendit, attrapa son bloc à dessin et ses clés et sortit. Elle se sentit coupable de consacrer son temps de travail à autre chose qu'à ses commandes, mais se dit qu'une fois à son atelier, elle se ménagerait un créneau pour travailler sur les *Guerriers d'antan*. Elle remonta Sycamore Street, tourna à droite sur Crane Avenue, puis descendit l'autre versant de la colline jusqu'aux Black Brick Studios, où elle louait un espace. Le bâtiment en brique, une ancienne filature de textile construite au bord de la Scituate River, s'étendait sur trois niveaux et rassemblait un peu plus de soixante espaces de travail pour artistes. L'atelier de Hen se trouvait au sous-sol et était l'un des moins prisés, car il n'avait pas de fenêtres. Il disposait en revanche d'un évier, équipement qui lui était indispensable, et était assez spacieux pour héberger ses deux presses à gravure, déménagées à grands frais de son ancien atelier à Somerville.

Hen entra dans le bâtiment par la porte arrière, sur laquelle une affiche lui rappela l'arrivée imminente du week-end portes ouvertes. Participer à ces événements était un des aspects du métier d'artiste qu'elle redoutait. À Somerville, la structure où elle travaillait exigeait de tous les artistes qu'ils assistent à cet événement annuel. Les cinq premières années, Hen avait commis l'erreur de n'y voir qu'un vernissage ; elle mettait son plus beau jean et faisait le pied de grue, en conversant maladroitement avec le public de passage. Mais les cinq dernières années, elle avait traité l'événement comme un simple week-end travaillé, s'affairant à imprimer ses estampes devant le défilé de visiteurs. Personne n'y trouvait à redire, et de cette manière, les gens avaient le sentiment de l'observer dans son travail sans qu'elle ait besoin de l'expliquer. Et si quelqu'un lui parlait, c'était généralement des aspects techniques : comment gravait-on une plaque ? Quels produits chimiques utilisait-on ? Combien de temps cela prenait-il ? Hen avait toujours plaisir à détailler les procédés. Ce qu'elle n'aimait pas, c'était expliquer d'où lui venaient ses idées.

Toutes les lumières du sous-sol étaient éteintes, ce qui signifiait qu'elle était seule en bas. Hen entra dans son atelier et se dirigea directement vers sa table à dessin, où elle reproduisit l'esquisse du chat sur une feuille de papier de la même taille que la plaque de cuivre, puis commença à préparer cette dernière, en polissant les bords, la dégraissant, avant d'y appliquer le vernis. Elle travaillait en écoutant un CD d'Ani DiFranco sur son vieux lecteur. Chez elle, Hen écoutait sa musique en streaming, mais elle avait toujours eu un poste CD dans ses ateliers, et tous ses disques dataient d'une autre période de sa vie – antérieure à Lloyd, pour la plupart. Il y avait bien cinq ans qu'elle n'en avait pas acheté de nouveaux. Son gros poste multi-CD-cassette (car il lisait également les cassettes) était un peu comme une machine à remonter le temps. Elle avait beau prendre de l'âge et réaliser maintenant des illustrations de romans jeunesse au lieu de ses propres œuvres, sa musique, elle, restait inchangée. Hen était si absorbée dans son travail qu'elle ne remarqua même pas quand le CD d'Ani DiFranco céda la place à celui de Neutral Milk Hotel – elle avait déjà pris son stylo à pointe diamant pour commencer la gravure dans le vernis. Elle venait de s'y mettre quand elle entendit une porte claquer. Toutes les lumières s'éteignirent, à l'exception de celle de sa table à dessin.

— Hé, cria-t-elle avant de marcher jusqu'à la porte.

Les lumières se rallumèrent en bloc dans un clignotement et une voix d'homme lança :

— Désolé, je pensais qu'il n'y avait plus personne en bas.

— Pas de souci, dit-elle, tandis qu'un homme, plus jeune que sa voix ne l'avait suggéré, apparaissait à l'angle du couloir et venait vers elle.

Hen se rappelait l'avoir vu à la seule réunion des artistes à laquelle elle s'était rendue, mais elle ne se souvenait plus de son prénom.

— Salut, je m'appelle Hen, dit-elle.

— Oui, je me souviens, répondit l'homme. Moi, c'est Derek.

Il était anormalement petit, avec un front proéminent, et elle se demanda, comme elle l'avait déjà fait lors de l'assemblée, s'il était juste petit ou s'il était atteint d'une forme de nanisme.

— On se prépare pour les ateliers portes ouvertes ?

— Non. Je suis juste en train de travailler. Le matin des portes ouvertes, je viendrai aux aurores et j'imprimerai quelques estampes.

Hen s'efforça de se remémorer dans quel domaine artistique Derek exerçait. À ses habits propres, elle misa sur la photographie.

— Vous n'oublierez pas le bol de bonbons, dit-il en souriant.

— Oh, j'ai prévu une boîte géante de bretzels fourrés au beurre de cacahuète. Une année, j'avais apporté une bouteille de tequila avec du sel et des tranches de citron vert, histoire de voir si un des visiteurs s'enverrait un shot.

— Et quelqu'un l'a fait ?

— Quelle question ! Quand il s'agit d'alcool gratuit… C'était la fiesta dans mon atelier. On ne m'y reprendra plus.

Derek se balança d'un pied sur l'autre. Hen crut qu'il s'apprêtait à partir, mais il demanda :

— Vous avez quelques minutes à m'accorder ? J'aimerais beaucoup voir votre travail.

— Bien sûr, répondit-elle.

Il lui emboîta le pas dans son atelier, où elle ouvrit une caisse contenant certaines des gravures qu'elle comptait exposer durant les portes ouvertes. Il s'agissait essentiellement d'originaux réalisés des années plus tôt, mais dans le lot figuraient aussi quelques-unes de ses illustrations jeunesse préférées.

— Ouah ! Elles sont super, dit-il.

— Merci.

— Et si sombres…

— Oui, j'ai ce que ma mère appelait une "imagination fertile".

Après avoir contemplé toutes ses estampes, Derek tourna son regard admiratif vers la plus imposante des deux presses à gravure.

— Combien pèsent-elles ? demanda-t-il.

— Très franchement, je n'en ai pas la moindre idée. Mais beaucoup trop. Je me suis résignée à aimer cet atelier juste pour ne plus avoir à les déménager.

— Vous allez vous plaire ici, dit-il. L'ambiance n'est pas trop "secte". Les artistes sont encouragés à s'impliquer, mais si vous ne le faites pas, personne ne vous juge… Oh, ouah, c'est nouveau ?

Derek était en train de regarder sa nouvelle esquisse, celle qu'elle avait décidé d'intituler "Le lendemain soir, le garçon revint". Il l'étudia longuement, et Hen se rendit compte que le garçon sur la branche ressemblait davantage à un homme très petit. À un nain même. Elle craignit que Derek s'en offusque.

— C'est un peu comme contempler le rêve de quelqu'un, dit-il. Ça me donne la chair de poule.

— C'est exactement ce que j'ai ressenti, dit-elle, avant d'ajouter : C'est le genre d'œuvres que j'affectionne, celles qui vous donnent le frisson.

Avant que Derek parte, Hen lui promit de trouver un moment durant les portes ouvertes pour aller jeter un coup d'œil à son travail – même si elle ne savait toujours pas précisément en quoi il consistait. Une fois seule, elle termina de graver la plaque de cuivre, le lecteur faisant maintenant entendre la bande originale de *Lost Highway*. Elle déposa la plaque dans un bain acide, puis commença rapidement une esquisse pour les *Guerriers d'antan*. Il s'agissait d'une scène située vers le début du livre, dans laquelle le père

Noël maléfique surgit de l'âtre. Elle croqua rapidement une première idée, où seul un pied sortait de l'âtre, puis une seconde, sur laquelle on distinguait également une main griffue ainsi qu'une étroite partie du visage de la créature. Pas mal, songea-t-elle. Hen s'était tellement plongée dans son dessin qu'elle craignit d'avoir laissé la plaque tremper trop longtemps. Mais lorsqu'elle retira le vernis, qu'elle ajouta l'encre, et qu'elle effectua un premier passage sous la presse, l'estampe s'avéra parfaite, une des meilleures œuvres qu'elle avait produite depuis un moment. Elle en imprima quelques-unes de plus, puis esquissa une autre idée pour la seconde illustration qu'elle devait à l'éditeur. Avant qu'elle s'en rende compte, Ani DiFranco chantait de nouveau dans l'atelier, le lecteur ayant fait le tour des cinq disques, et Hen s'aperçut qu'elle était affamée. Elle avait bien travaillé. Elle ferma la porte de son atelier à clé, éteignit les lumières après avoir appelé pour s'assurer qu'il n'y avait plus personne au sous-sol, et ressortit dans la vive lueur du jour.

14

UNE fois l'inspecteur parti, Matthew ferma la porte. Il avait prévu de préparer une soupe mulligatawny, un des plats préférés de Mira, afin qu'elle ait quelque chose à avaler si elle avait faim en rentrant, mais finalement, il fouilla le congélateur en quête d'un dîner surgelé et opta pour une bruschetta.

Tout en mangeant, il entama ses recherches au sujet de sa voisine. Elle, ou peut-être son mari, avait de toute évidence contacté la police. À cause du trophée bien sûr. C'était elle qui l'avait remarqué, Hen (qui était loin d'être une poule*; elle était tout l'opposé : un renard), et d'une manière ou d'une autre, elle avait fait le lien avec Dustin Miller. Et voilà maintenant qu'elle envoyait la police à sa porte, chose qui ne lui était jamais arrivé. Il s'en était bien tiré, songea-t-il, ou du moins aussi bien qu'il avait pu l'espérer. Il se demandait cependant pourquoi l'inspecteur n'avait pas cherché à visiter la maison ni posé de questions sur le trophée. Sans doute pour ne pas que Matthew comprenne que c'était sa voisine qui l'avait dénoncé. De toute façon, il aurait pu refuser et exiger qu'on lui présente un mandat de perquisition. Non, à l'évidence il ne s'agissait de rien de plus qu'un interrogatoire à l'aveugle. Et le trophée n'étant plus là, la police n'avait plus rien pour le relier à Dustin Miller.

Matthew lança une recherche avec HENRIETTA, LLOYD et MARIAGE et tomba directement sur une page évoquant leur mariage. Leurs noms complets étaient Henrietta Mazur et Lloyd Harding. Il fut tenté de taper HENRIETTA HARDING

---

* *Hen* signifie "poule" en anglais.

mais se dit qu'il était beaucoup plus probable qu'elle n'ait pas changé son nom et chercha donc HENRIETTA MAZUR. En tant qu'illustratrice, Hen inondait Internet. Elle disposait de son propre site, était sur Twitter, Facebook et Instagram. Étonnamment, il y avait très peu de photos d'elle, mais une multitude d'images de son travail : des gravures sombres et très élaborées que Matthew trouvait intrigantes. Beaucoup provenaient de livres pour enfants, mais une galerie de Boston avait mis en ligne des miniatures de certaines de ses œuvres originales. Matthew les étudia. Il n'y connaissait pas grand-chose en art, mais elles lui paraissaient excellentes. On pouvait presque parler de génie. Sa préférée était une estampe représentant un dîner en famille – papa, maman et trois jolies jeunes filles. Sur la table était posé un rôti de bonne taille, dont chacun dévorait goulûment une tranche, le menton dégoulinant de jus pour un des convives. Même si ce n'était pas flagrant de prime abord, on voyait, en regardant sous la table, qu'une des filles n'avait plus qu'une jambe, l'autre étant amputée juste au-dessous du genou. Elle portait un pansement qui semblait récent. L'estampe s'intitulait : "Cette année-là, Noël est arrivé et s'en est allé de manière très plaisante."

L'œuvre de Henrietta Mazur s'avérait si captivante que pendant un moment, Matthew en vint à oublier le motif initial de ses recherches. Il se surprit à étudier plusieurs de ses gravures et à s'interroger sur le prix qu'une estampe signée pouvait atteindre. Il imaginait déjà l'une d'elles accrochée dans son bureau.

Avant d'éteindre son ordinateur, il fit une dernière recherche, avec HENRIETTA MAZUR, et vérifia s'il existait des articles de presse la concernant. Il trouva une annonce de galerie vieille de huit ans, ainsi qu'un article sur une Henrietta Mazur impliquée quinze ans plus tôt dans un fait divers à l'université de Camden. Matthew faillit l'ignorer, pensant qu'il s'agissait d'une homonyme, mais une phrase – "Mlle Mazur, étudiante en art et lauréate de plusieurs prix au lycée pour ses peintures et dessins sombres et saisissants" – indiquait clairement qu'il s'agissait de sa voisine. Elle avait été inculpée d'agression après avoir attaqué une autre étudiante. Matthew lut tout ce qu'il put trouver sur le sujet. Les faits exacts n'étaient pas vraiment clairs, mais en substance, Henrietta avait fait une sorte de crise et s'était mis en tête qu'une de ses camarades voulait la tuer. Elle avait fait part de ses inquiétudes à la conseillère de l'université ainsi qu'à la police, avant d'agresser elle-même l'autre étudiante, ce qui lui avait valu d'être envoyée dans un hôpital psychiatrique, puis devant un juge. Tandis qu'il lisait les résumés, Matthew avait le sentiment étrange que, même si la jeune Henrietta avait manifestement été en rupture avec la réalité, elle avait peut-être vu juste. Un des liens montrait une photo de l'autre fille – Daphne Myers – et, malgré la forte pixellisation, Matthew identifia quelque chose dans le regard éteint de l'étudiante.

Et aujourd'hui, c'était à lui que Henrietta Mazur s'en prenait, lui envoyant la police et l'espionnant sans doute. Il songea tout à coup que les antécédents judiciaires de Henrietta pourraient jouer en sa faveur. Sa nervosité s'envola aussitôt. Il se sentit étrangement calme, et un rien excité à l'idée que sa nouvelle voisine puisse soupçonner qui il était réellement.

Ce soir-là, Matthew reçut un coup de téléphone de son frère Richard.

— Quand est-ce que Mira rentre ? demanda-t-il.

— Dans la nuit.

— Dommage. Je voulais te rendre visite. J'ai quelque chose à te faire voir.

La dernière fois que Richard avait dit cela, il lui avait montré un site Internet particulièrement choquant.

— Pourquoi tu me montres ça ? avait demandé Matthew.

— Relax. C'est juste du cinéma. Je te montre ça parce que tu imagines un peu si papa avait connu Internet ? Il aurait pris son pied sur ce site, tu crois pas ?

— Ça semble être ton cas.

— Quoi, ces conneries ? Pas vraiment, non. Je te le montre juste parce que ça m'a rappelé papa. Tu te souviens ? On pensait qu'il était le seul à être comme ça, qu'il était unique en son genre, comme un Dracula ou un Frankenstein.

— Non, je ne me souviens pas.

— Eh bien, en tout cas, c'est ce que je croyais. Mais aujourd'hui, je me rends compte qu'il y a une chiée de types ici-bas qui pensent comme lui. Assez pour que des sites de ce genre existent. Le monde est bizarre, Matthew.

Ce jour-là, Richard avait presque eu l'air pensif. Mais ensuite il avait trop bu, et le lendemain matin, Matthew l'avait surpris dans le salon en train de se masturber, l'ordinateur portable ouvert sur les genoux, son visage exprimant un mélange de plaisir et de honte.

— Qu'est-ce que tu veux me montrer aujourd'hui ? demanda Matthew au téléphone.

— J'ai fait la connaissance de quelqu'un.

— Ah ? Elle t'a déjà rencontré ?

— Pas en personne, mais on a échangé quelques messages. Je voulais te montrer certaines des photos qu'elle a postées.

— Très peu pour moi merci.

— Tu ne sais pas ce que tu rates. Quand est-ce que Mira repart ?

— Pas avant un moment, Richard. Ça va aller, toi ?

Richard éclata de rire, mais répondit que oui, et ce fut la fin de la conversation. Malgré le dégoût que Richard lui inspirait, Matthew ne cessait de s'inquiéter pour son frère. Et pas seulement pour sa personne, il s'inquiétait aussi de ce qu'il avait en tête. Matthew savait mieux que quiconque de quoi les Dolamore étaient capables.

Quand Mira rentra un peu plus tard, Matthew était déjà couché.

— Chut… rendors-toi, dit-elle en se glissant près de lui, enroulant une main autour de son torse pour le serrer contre elle.

— Bienvenue à la maison, dit-il.

— Ton cœur bat la chamade. Ça va ?

— C'est juste que je suis content de te retrouver, répondit-il en se retournant pour l'embrasser dans le cou.

Elle portait un T-shirt sans rien en dessous et il glissa une main entre ses cuisses. Elle se tourna sur le dos et ouvrit les jambes. Aussitôt, avant que son sentiment ne s'éteigne, il se déplaça au-dessus d'elle, enfonçant son visage dans l'oreiller près de son cou. Matthew imagina sa voisine, et les sons qu'elle laisserait entendre s'il lui faisait la même chose. Il s'empressa de chasser ces pensées.

— Quelle surprise, dit Mira une fois qu'il eut roulé à côté d'elle et qu'ils eurent retrouvé leurs positions de départ, Mira collée derrière lui, une main enroulée autour de son torse.

— Tu m'as manqué, dit-il.

— Tu m'as manqué aussi.

— Le voyage a été long.

— Pas vraiment, lui renvoya-t-elle en riant. Mais je suis heureuse que tu le croies.

— Que fais-tu le week-end du Columbus Day ? demanda-t-il.

— Je ne sais pas. Pourquoi ?

— Ça te dirait qu'on parte quelque part ? Peut-être passer la nuit dans cet hôtel de Portsmouth ?

— Celui qui sert la mousse aux palourdes ?

Il rit.

— Oui, celui qui sert la délicieuse mousse aux palourdes. Je savais que tu te souviendrais de ça.

— Je me souviens aussi du reste. Oui, j'adorerais.

— Je réserverai demain, dit-il.

Avant qu'ils s'endorment, Mira lui murmura :

— Ton cœur a retrouvé son rythme normal.

15

L'INSPECTEUR Martinez téléphona juste au moment où Lloyd, de retour du bureau, fouillait dans le réfrigérateur.

— Un moment, s'il vous plaît, répondit Hen.

Elle dit à Lloyd qu'il s'agissait de son agent et qu'elle devait prendre l'appel dans le bureau, puis monta l'escalier à toute vitesse en se demandant si son mensonge était flagrant. Une fois dans la pièce minuscule où elle se colletait à toute forme de paperasserie, elle reprit :

— Oui ?

— Je tenais à vous informer que j'avais rendu visite à votre voisin, et que je m'étais entretenu avec lui.

— Et ?

L'inspecteur marqua un silence, et elle sut qu'il allait lui annoncer qu'aucune mesure ne serait prise contre lui.

— Et tout ce que je peux vous dire pour l'instant, c'est qu'il fait partie des personnes intéressant l'enquête.

— Donc vous le pensez coupable ?

L'inspecteur Martinez eut un petit rire.

— Je n'ai pas dit ça. Honnêtement, l'entretien n'a rien donné. Mais il avait tout de même connaissance de l'histoire entre Dustin Miller et Courtney Cheigh, donc vos informations étaient utiles. Je vous appelais pour vous remercier du tuyau.

— Ce n'était pas un simple tuyau. Il est coupable, vous savez.

— Quand bien même il y aurait eu un trophée d'escrime chez lui, il peut l'avoir…

— Ce n'est pas tout, le coupa-t-elle en poussant du pied la porte du bureau pour s'assurer qu'elle était bien fermée.

Je sais qu'il l'a tué. Je l'ai suivi l'autre nuit et il était en train d'espionner quelqu'un d'autre. Il le traquait.

— Quand était-ce ?

Hen lui raconta toute l'histoire, comment elle avait filé Matthew pendant que lui-même suivait le couple dans la voiture.

— En quoi son comportement vous fait-il penser qu'il a quelque chose à voir avec le meurtre de Dustin Miller ? demanda l'inspecteur lorsqu'elle eut terminé.

— D'après moi, ça prouve bien que c'est une espèce de tueur en série, ou tout au moins un "harceleur en série". Il y a quelque chose de pas clair chez lui. Il est louche.

— Croyez-moi, Hen, il y a un paquet de personnes louches dans ce monde. Mais la plupart ne sont pas des meurtriers.

— Je ne doute pas que vous ayez raison, mais il y a tout de même des meurtriers dans le lot, non ?

Il y eut un long silence, et Hen crut pendant un moment que l'inspecteur avait raccroché. Il reprit alors :

— Il y a un tas de raisons qui peuvent expliquer pourquoi il suivait ces personnes, et très peu sont liées à Dustin Miller.

— Je sais. Mais c'est tout de même suspect.

Nouveau silence, puis :

— Vous voulez bien me faire plaisir, Hen ?

— Bien sûr, répondit-elle, en devinant ce qu'il allait lui demander.

— À partir de maintenant, laissez la police prendre le relais, d'accord ? Si votre voisin a commis un meurtre, on lui mettra la main dessus, mais ça ne nous aide en rien que vous le suiviez partout où il va. Et vous pourriez vous mettre en danger.

— Bien sûr. Je comprends.

— Alors vous me le promettez ?

Elle partit d'un petit rire.

— Promis, juré, craché.

— Je suis sérieux, dit-il. Il n'est pas juste question de votre sécurité, ça pourrait également compromettre l'enquête. Vous comprenez ça, n'est-ce pas ?

— Oui, dit-elle.

Elle faillit ajouter "Iggy" – il se prénommait bien ainsi, non ? –, mais cela lui semblait déplacé.

— Très bien. Merci. Et n'hésitez pas à m'appeler à tout moment si vous pensez à autre chose. De mon côté, je vous tiendrai informée des avancées de l'enquête.

— Merci.

Lorsqu'elle redescendit, Lloyd lui demanda :

— Qui était-ce ?

— Je te l'ai dit. Mon agent. Mon contrat initial pour le bouquin les *Guerriers d'antan* prévoyait huit illustrations, en plus de la couverture. Ça vient de passer à douze.

— Tu les as toutes terminées ?

— Presque.

— Ils vont te payer une rallonge ?

— Oui. Mais le problème tient plus aux délais. Je suis censée avoir déjà commencé le tome 2 alors que je ne l'ai même pas encore lu. Et toi, comment s'est passée ta journée ?

— Plutôt bien, dit-il, lui renvoyant sa réponse standard.

Hen se servit un verre de vin et sortit des blancs de poulet ainsi qu'une tête de brocoli pour le dîner.

— Tu as réfléchi pour le week-end du Columbus Day ? demanda-t-il, et l'espace d'un instant, elle paniqua, incapable de se rappeler à quoi sa question faisait référence.

La mémoire lui revint soudain.

— La fête de Rob ?

— Oui.

— Euh, je ne pense pas que j'irai, Lloyd, si ça ne te fait rien…

Rob était le meilleur ami de Lloyd depuis l'université. Il habitait juste après la frontière entre le Massachusetts et l'État de New York, à environ deux heures et demie de route, et organisait chaque année une fête autour d'un grand feu le week-end du Columbus Day. Hen y avait assisté à de nombreuses reprises par le passé. Parfois même elle s'y était amusée, mais Rob était un fumeur de hasch invétéré, et il y avait dix ans qu'elle ne fumait plus. Il lui arrivait de regretter la manière dont les idées explosaient dans son cerveau lorsqu'elle fumait. Les terribles crises de paranoïa, en revanche, ne lui manquaient pas. Pas plus que les conversations idiotes.

— Ça ne fait rien, dit Lloyd.

— Tu passeras la nuit là-bas, c'est ça ? demanda-t-elle.

— Euh, oui.

— J'irai l'année prochaine.

— Rien ne t'y oblige. Je sais que tu ne portes pas Rob dans ton cœur.

— Je n'ai rien contre lui, c'est juste qu'on n'a aucun sujet de conversation. Joanna me manque par contre.

Joanna avait longtemps été la petite amie de Rob. C'était sa copie, en plus drôle, plus maligne et plus sarcastique. Hen n'avait pas été surprise d'apprendre qu'elle avait claqué la porte de leur ferme pleine de courants d'air pour se trouver un appartement dans la Pioneer Valley. Sa présence lui manquait néanmoins. Joanna partie, Lloyd et Rob avaient vite retrouvé leurs habitudes d'étudiants, et Hen se sentait exclue de leur microcosme qui tournait autour des joints et des blagues débiles.

— Joanna manque à tout le monde, dit Lloyd. Je peux te faire quelque chose ?

Hen lui tendit le brocoli, légèrement caoutchouteux, pour qu'il le coupe en tranches.

Après le dîner, pendant que Lloyd regardait le match des Red Sox, Hen alluma son ordinateur portable et se rendit à nouveau sur le site des C-Beams. Elle était à présent convaincue que l'homme à la grosse barbe que Matthew avait suivi l'autre nuit était le chanteur du groupe – les C-Beams jouaient au Owl's Head ce soir-là. Ça tenait parfaitement la route. L'homme devait faire partie du groupe puisqu'elle l'avait vu aider le batteur à charger ses instruments dans la camionnette – ou tout au moins être affilié au groupe. Selon toute vraisemblance, Matthew était allé voir les C-Beams jouer au Owl's Head, puis était revenu chez lui prendre sa voiture pour suivre le chanteur lorsqu'il avait quitté le bar après les autres. La question était évidemment pourquoi.

Le chanteur s'appelait Scott Doyle, et Hen essaya d'en apprendre plus à son sujet. Elle chercha par exemple s'il avait un lien avec Sussex Hall. Était-il un ancien élève ? Peut-être Matthew se voyait-il comme un justicier, exécutant ses élèves les moins vertueux bien après qu'ils avaient quitté l'école ? Mais tout ce qu'elle put trouver sur Scott concernait son groupe. Scott possédait un compte Twitter, mais n'y publiait que des liens vers ses chansons ou des annonces pour des concerts à venir. Le prochain, par un étrange hasard, tombait justement le samedi suivant, week-end du Columbus Day, le même soir que la fête de Rob. Ils ne jouaient pas au Owl's Head, mais dans un bar nommé le Rusty Scupper sur la côte nord. Rien n'empêchait Hen de prendre la voiture et d'aller y faire un tour, histoire de voir – et d'occuper la soirée qu'elle passerait seule. Et une fois là-bas, si elle trouvait une occasion d'aborder Scott Doyle, elle lui demanderait s'il était allé à Sussex Hall ou s'il avait un lien quelconque avec Matthew Dolamore. Car si c'était le cas, Hen était convaincue qu'il courait un danger.

Mais imaginons que Matthew soit également là-bas. Et qu'il la voie. Eh bien quoi ? Ce ne serait qu'une coïncidence. Et peut-être empêcherait-elle ainsi son voisin de commettre un nouveau meurtre.

— Sors de là ! hurla Lloyd devant la télévision.

Le grognement qui suivit indiqua à Hen que le *home run* que Lloyd espérait venait d'être intercepté par un joueur de l'équipe adverse.

16

— J'AI trop bu, Matthew, dit Mira.

— Ce n'est pas comme si on avait beaucoup de chemin à faire pour regagner notre chambre, lui renvoya-t-il. On peut prendre un dessert, si tu préfères.

— Houlà, non, je ne peux plus rien avaler. Un dernier verre, d'accord. Mais seulement si tu m'accompagnes.

Matthew commanda un rusty nail pour Mira et une seconde Guinness pour lui. Ils étaient assis au bar du Portsmouth Arms, un hôtel de charme sur trois étages situé dans une jolie rue pavée de Portsmouth, dans le New Hampshire. Le week-end du Columbus Day avait commencé par une pluie froide et cinglante venue de l'Atlantique, mais le ciel s'était ensuite dégagé et le samedi vers quatre heures, le soleil avait fait une brève apparition, teintant la ville d'une douce lueur rosée. Matthew et Mira s'étaient promenés le long du front de mer, avant de rentrer à leur hôtel pour boire un verre et savourer la mousse aux palourdes, spécialité du restaurant. Ils s'étaient partagé le rôti de bœuf du chef ainsi qu'une bouteille de vin, que Mira avait pratiquement terminée seule. Elle sirotait à présent son cocktail.

— Qu'est-ce qu'il y a, là-dedans ? demanda-t-elle d'une voix pâteuse. J'aime beaucoup.

Mira n'était pas une grande buveuse, même si bizarrement, elle adorait le goût de l'alcool. Sa limite se fixait en général à deux verres.

— Scotch et Drambuie.

Matthew buvait lui aussi sa bière à petites gorgées. Il comptait la vider dans la plante suspendue derrière lui à la première occasion. Il avait prévu de faire la route jusqu'à New Essex dans la soirée et devait rester sobre.

— C'est bon, dit Mira en terminant son cocktail, la glace cognant contre ses dents, j'ai eu ma dose.

— Moi aussi, fit Matthew.

Il poussa les deux verres vers le barman et demanda la note. Mira ne remarqua même pas que celui de Matthew était encore plus qu'à moitié plein.

Une fois dans leur chambre, elle laissa tomber son jean sur ses chevilles et s'écroula comme une masse sur le lit.

— Ça tourne, dit-elle.

Matthew l'aida à retirer le reste de ses vêtements et souleva les draps pour la coucher avant de remonter les couvertures. Il prit soin de les desserrer un peu au niveau des pieds. Il doutait qu'elle se réveille, mais si quelque chose pouvait la tirer de son sommeil, c'était bien de sentir ses pieds prisonniers.

Il entrouvrit la fenêtre – le radiateur sifflant et crépitant de la chambre chauffait beaucoup trop – puis ouvrit sa valise et en sortit les quelques accessoires dont il pensait avoir besoin : le Taser, la matraque télescopique, le couteau de poche, ses gants en vinyle et le bonnet pour cacher ses cheveux. Le simple fait de toucher ces objets fit s'emballer son cœur d'excitation. Du calme, se dit-il. Ce n'est peut-être pas pour ce soir. Sûrement pas même. Mais il savait que si une occasion se présentait, s'il parvenait à se retrouver seul avec Scott Doyle… Il esquissa une petite chorégraphie silencieuse, s'accroupissant puis serrant et desserrant le poing plusieurs fois pour évacuer sa nervosité. Il inspira alors par le nez et mit son manteau.

Avant de partir, il se pencha au-dessus de Mira et lui murmura à l'oreille :

— Je sors marcher un peu, chérie. Je n'arrive pas à dormir.

Elle émit un son rauque, plus par agacement que pour lui répondre. Il envisagea de la réveiller pour le lui répéter, mais décida que c'était inutile. Sa seule crainte était qu'une envie d'uriner la force à se lever. Fallait-il lui laisser un mot par précaution ? Il y avait un bloc-notes et un stylo sur le bureau, tous deux frappés du nom de l'hôtel. Matthew griffonna un message disant qu'il était parti marcher et qu'il ne tarderait pas. Il posa un verre d'eau par-dessus en couvrant certains mots, afin de pouvoir vérifier à son retour si elle l'avait lu.

Il sortit alors de la chambre et descendit sur le parking arrière de l'hôtel par l'escalier de service. Marchant dans la fraîcheur de la nuit, il enfila ses gants. Il ne vit personne sur le parking, mais perçut les cris enthousiastes d'un groupe de noctambules dans la rue au loin, qui faisaient la tournée des bars.

Il monta dans sa Fiat et prit la route de New Essex. Tout en conduisant, il songea à Mira qui dormait en sécurité à l'intérieur d'une chambre d'hôtel fermée à clé. Personne ne pouvait lui faire de mal, même quelqu'un de malveillant. Puis il pensa à Michelle, partie rendre visite à son père mourant pendant que son petit ami se tapait une serveuse dans son dos. Il sentit monter en lui une colère presque suffocante. Il suffisait qu'on donne à un homme le plus petit levier de pouvoir – une belle gueule, la capacité de chanter, un peu d'argent – et la première chose qu'il faisait, c'était détruire une femme, voire deux s'il le pouvait. Il s'autorisa brièvement à penser à son père, à la manière dont il avait réduit leur monde au creux de sa main tel un dictateur, et à sa mère qui n'avait pas eu d'autre choix que de vivre sous sa coupe. Matthew ne l'avait pas eu non plus, ce choix. Et Richard pas davantage.

Le panneau vert indiquant la sortie à trois kilomètres apparut dans le faisceau de ses phares. Il baissa la vitre pour s'emplir les poumons de l'air marin salé. Matthew avait mémorisé l'itinéraire jusqu'au Rusty Scupper afin de pouvoir laisser son portable dans la chambre d'hôtel.

Il passa deux feux rouges, franchit un petit pont enjambant le bras de mer, puis tourna à droite dans Seagrass Lane, la route qui menait au bar. Par la vitre ouverte, il entendit le martèlement distant d'une ligne de basse en dépassant le parking du bar. Une odeur de marée humide et marécageuse emplissait maintenant l'air, et Matthew reconnut également le parfum aigre typique de la marijuana provenant d'un groupe de quatre silhouettes rassemblées autour d'un pick-up.

Il roula deux cents mètres de plus pour aller se garer en retrait sur le parking d'une petite agence d'assurances. Il avait vu sur Google Maps que derrière, un sentier longeait la New Essex River et menait jusqu'au dos du bar. Il n'eut aucun mal à trouver la passerelle en bois – une pancarte indiquait PROMENADE DE LA NEW ESSEX RIVER – et il chemina tranquillement en direction du Rusty Scupper. Il vit un poisson bondir à la surface de l'eau à son passage et quelque chose détaler dans les broussailles rabougries. Le bar se rapprochant, il n'entendit bientôt plus que le son familier des C-Beams interprétant leur reprise de *Positively 4th Street*. S'il se fiait à leur dernière prestation, le concert touchait à sa fin. Matthew regarda sa montre : bientôt minuit.

Il remonta sur le parking du bar, passant en revue les véhicules en quête de la Dodge Dart de Scott. Elle était stationnée juste derrière le petit bâtiment à un étage, en contrebas d'une terrasse où les clients sortaient fumer. Matthew reconnut la camionnette à côté d'elle : c'était celle du batteur. Sachant sa propre voiture idéalement garée à distance, dans un coin sombre, Matthew ne pouvait réprimer un frisson d'excitation à l'idée que ce soir allait certainement être le bon. Tout se mettait en place.

Il jeta un regard alentour pour vérifier qu'il n'y avait personne en vue, déplia son couteau et l'enfonça dans le pneu arrière gauche de la Dodge. La lame resta plantée un instant, l'air vicié s'échappant avec un sifflement irrégulier. Matthew la retira puis regagna la promenade au bord de la rivière.

Un banc faisait face au cours d'eau, mais s'il se retournait, Matthew avait vue sur l'arrière du bar et la voiture de Scott. Il attendit. Une seule personne passa à sa hauteur, un homme d'âge moyen fumant un cigare nauséabond. Matthew pencha la tête en avant et fit mine de dormir, en espérant ne pas avoir affaire à un bon samaritain qui chercherait à s'assurer qu'il allait bien. Ce ne fut pas le cas.

Le son du groupe s'était tu du côté du Rusty Scupper, et Matthew observa le flot de clients sortir du bar et se disperser vers leurs voitures. Ils parlaient fort, des fragments de conversations creuses parvenant jusqu'au banc où il attendait. Entre deux coups d'œil aux portes du bar, Matthew contemplait la rivière, noire sous le ciel sans étoiles. Elle était calme en apparence, mais il sentait, malgré l'obscurité, la force de la marée descendante qui attirait l'eau vers l'océan. Des lumières s'allumèrent à l'étage du bar tandis qu'on invitait les derniers clients à rentrer chez eux avec un reste de dignité. Le parking s'était presque entièrement vidé. Un couple de quinquagénaires planté près d'un pick-up se disputait pour savoir qui conduirait pour rentrer. Les portes à l'arrière du bâtiment s'ouvrirent dans un claquement métallique et Matthew reconnut les deux musiciens des C-Beams qui sortaient leur barda, le batteur commençant à charger son équipement dans la même camionnette que l'autre nuit au Owl's Head. Le bassiste lui donnait un coup de main. Où était Scott ? Sans doute en train de chercher sa prochaine victime parmi les groupies encore présentes dans le bar. Mais en fin de compte, que Scott prenne son temps n'était pas plus mal. Matthew espérait que ses partenaires partiraient avant lui et que Scott se retrouverait seul sur le parking obscur pour changer sa roue. Il savait que ce n'était pas encore gagné, mais si les choses allaient suivant son plan, Matthew était prêt.

Vingt minutes s'écoulèrent avant que le batteur et le bassiste ne partent. Un moment plus tard, Scott sortit de l'arrière du bâtiment, mais il n'était pas seul. Une fille l'accompagnait, et bien qu'elle fût habillée différemment – une robe moulante à peine plus longue qu'un T-shirt –, il ne faisait aucun doute qu'il s'agissait de la serveuse du Owl's Head. Matthew n'était pas étonné de la retrouver là, en revanche il était désarçonné. Scott balança son étui à guitare sur la banquette arrière, et lui et la serveuse montèrent. Le moteur rugit et la Dodge fit une marche arrière rapide sur le bitume avant de s'arrêter tout aussi vite. Scott bondit de la voiture et examina son pneu arrière. Un "putaaain" sonore parvint jusqu'aux oreilles de Matthew, puis le bruit d'une seconde portière qui claquait. La serveuse était descendue à son tour et s'était agenouillée près de Scott. Matthew perçut des éclats de voix – celle de Scott, agacée, l'autre plaintive – sans pouvoir saisir ce qu'elles disaient. Scott ouvrit son coffre et sortit une roue de secours et ce qui devait être un cric. Il s'accroupit près de la roue pendant que la serveuse l'observait en retrait, les bras croisés. Matthew n'avait pas besoin d'être près d'elle pour deviner qu'elle grelottait. Scott, dans sa veste en jean, avait commencé à actionner le cric.

La serveuse dit une parole que Matthew ne comprit pas mais à laquelle Scott, toujours concentré sur sa tâche, répondit sans tourner la tête. La serveuse se dirigea vers le bar et tambourina contre les lourdes portes. Cinq secondes plus tard, elles s'ouvrirent et la fille disparut à l'intérieur.

Matthew sentit monter l'adrénaline. Il réalisa que, jusqu'ici, il n'avait pas vraiment cru que l'occasion se présenterait. Mais visiblement, la chance lui souriait.

Il se leva, enfonça son bonnet sur sa tête et scruta le parking. Il y avait encore quelques voitures, mais personne en vue. D'un coup sec, il donna à sa matraque télescopique sa pleine longueur : cinquante centimètres d'acier massif. La tenant le long du corps et le Taser dans l'autre main, juste par précaution, Matthew marcha d'un pas déterminé, mais sans hâte, jusqu'à la Dodge Dart, puis en fit le tour pour se poster derrière Scott. La voiture soulevée sur le cric, Scott s'efforçait de desserrer les boulons à l'aide de la clé. Il n'avait ni vu ni entendu Matthew dans son dos. L'espace de cinq secondes, Matthew se tint immobile, sentant l'acier dans sa main, savourant l'immense pouvoir qu'il détenait sur l'insecte accroupi devant lui. Levant le bras, il abattit la matraque aussi fort qu'il put sur le crâne de Scott. Un son rauque sortit de sa gorge et il s'écroula sur le côté, sans connaissance.

Matthew posa un genou à terre, leva à nouveau la matraque, et frappa de toute sa force au même endroit. Au lieu d'un bruit compact, le coup produisit une sorte de craquement. Matthew se releva rapidement, prêt à reculer au cas où du sang giclerait. Il regretta de ne pas avoir apporté un sac plastique et du ruban adhésif, même s'il ne pensait pas pouvoir s'attarder. De toute façon, Scott était pratiquement mort. C'était une satisfaction suffisante. Matthew voulait ajouter quelques coups, par sécurité, mais il craignait d'avoir mis trop de force dans le second et avait peur de sentir sa matraque s'enfoncer dans la matière molle du cerveau. Son estomac ne le supporterait pas.

Il se pencha une dernière fois pour rétracter la matraque en poussant la pointe contre le bitume. Puis il chercha des signes de vie sur le corps de Scott, prêt à foncer vers la promenade s'il entendait les portes du bar s'ouvrir derrière lui.

Constatant avec satisfaction que Scott était mort – terrassé par deux puissants coups –, Matthew se releva. À cinq ou six mètres de lui, au milieu du parking, une femme coiffée d'un bonnet de tricot le fixait avec stupeur. Il croisa brièvement son regard.

17

HEN ouvrit la bouche pour dire quelque chose à Matthew Dolamore, mais aucun mot n'en sortit. Il la dévisagea un instant – il lui sembla qu'il l'avait reconnue – puis fit volte-face et s'éloigna rapidement. Presque aussitôt, il se fondit dans l'ombre du Rusty Scupper.

— Hé ! parvint-elle à crier, mais sa voix lui paraissait étrangère et impuissante.

Elle courut à petites foulées jusqu'à la voiture et la contourna. Scott Doyle gisait au sol, enroulé sur lui-même, comme s'il dormait. Elle lui secoua l'épaule, certaine qu'il n'aurait aucune réaction, mais il roula sur le dos, les yeux grands ouverts et fixes. Il réussit à extirper de sa gorge quelques mots étranglés, comme si cette dernière était remplie de liquide.

Hen sortit son téléphone de son jean et composa le 911.

LE concert des C-Beams avait été une bonne surprise. Il y avait un moment qu'elle n'avait pas vu un authentique groupe de bar, un groupe qui cherchait vraiment à faire danser les clients. Elle était arrivée au Rusty Scupper alors qu'ils venaient juste de commencer et s'était installée au comptoir, entre deux couples. Elle avait commandé un dirty martini – ce n'était sans doute pas le meilleur endroit où en boire un, mais elle en mourait d'envie – et fait pivoter son siège pour regarder le groupe interpréter ce qui lui paraissait être une reprise des Kinks. D'un coup d'œil circulaire, elle avait cherché Matthew dans le bar mais ne l'avait pas repéré.

Elle n'avait pas encore décidé ce qu'elle ferait s'il était là. Elle se contenterait sans doute de le surveiller. En tâchant de ne pas se faire repérer. Elle s'était légèrement déguisée derrière un jean, des santiags et une chemise à carreaux, et avait enfilé un bonnet à visière en tricot, un truc qu'elle s'était acheté il y a plusieurs années et n'avait jamais porté.

Son martini arriva, le niveau du liquide dangereusement proche du bord du verre. Elle remercia d'un signe de tête et but une gorgée glacée et salée. Elle se sentait bien sous son déguisement, totalement anonyme. Que voyait-on quand on la regardait ? Elle n'en avait pas la moindre idée et elle se le demandait. Elle se savait attirante, mais savait aussi qu'il y avait quelque chose de rebutant chez elle, une froideur qui interpellait. Elle leva son verre et prit une grande gorgée. Hen remarqua deux femmes assises de l'autre côté du comptoir en U, l'une vêtue d'un maillot des Patriots et l'autre d'un jean moulant, d'une chemise noire brillante et les cheveux hérissés. Hen surprit l'une d'elles qui regardait dans sa direction. Il y avait eu un temps où les relations homosexuelles l'intriguaient. Sans raison particulière, elle se disait que sa vie aurait été bien plus intéressante si elle avait été lesbienne. Elle en restait persuadée, même si elle savourait sa vie inintéressante.

Le groupe jouait un morceau qu'elle ne reconnaissait pas, et elle supposa qu'il s'agissait d'une composition originale. Malgré la taille modeste de la scène et de la piste, les clients du Rusty Scupper dansaient vraiment, même sur la chanson du groupe. C'était une vision insolite pour Hen, habituée aux concerts des artistes préférés de Lloyd, des groupes de rock garage pseudo-underground pour la plupart, rassemblant un public masculin avec jeans, T-shirts noirs et bedaines de la quarantaine naissante, qui appréciait la musique debout, bras croisés. Quelques-uns hochaient occasionnellement la tête en rythme, mais cela n'allait jamais au-delà. Ce soir, elle voyait deux couples qui dansaient, ainsi qu'un groupe de quinquagénaires visiblement sorties entre copines. Il y avait également une fille seule sur le bord de la piste, vêtue d'une robe T-shirt grise et blanche à rayures et de cuissardes noires. Elle semblait trop jeune pour être dans ce bar mais tenait pourtant une bouteille de Miller High Life contre sa cuisse, et Hen vit qu'elle suivait les paroles de la chanson. Sans doute la petite amie d'un des musiciens, se dit-elle. Celle qui était montée en voiture avec le chanteur l'autre nuit au Owl's Head ? Peut-être.

Hen termina son martini – bien trop vite – et commanda une vodka tonic, en décidant de la faire durer plus longtemps. Régulièrement, elle balayait les visages dans la salle à la recherche de Matthew. Lorsqu'elle se leva pour aller aux toilettes, elle traversa une salle attenante abritant deux tables de billard et en fit le tour, juste pour s'assurer qu'il n'y était pas. À un homme qui lui demanda si elle voulait faire une partie, elle répondit qu'elle cherchait simplement quelqu'un.

— Je suis sûr qu'il fera pas faux bond à une fille comme toi, dit-il.

Il portait une casquette des Lowell Spinners ; Hen allait lui faire remarquer qu'on ne portait pas de couvre-chef à l'intérieur, mais elle se souvint qu'elle en portait également un.

— Qu'*elle*, corrigea-t-elle. C'est une femme.

— Intéressant, dit-il.

Une fois revenue au bar, elle se sentit légèrement étourdie et demanda si on servait encore à manger.

— La cuisine est fermée, mais on a des chips, lui répondit-on.

Elle commanda donc un Coca light et deux sachets de chips sel vinaigre. Ce qui lui fit penser à Vinaigre, qui à cette heure, dormait très probablement dans le salon sur le fauteuil inclinable de Lloyd. Elle pensa alors à Lloyd à la fête de Rob. À l'heure qu'il était, il devait être passablement défoncé, en train de discuter frénétiquement avec Rob ou un autre de ses copains d'université. De quoi ? Autrefois, ç'aurait été de musique, ou bien il aurait discouru de son grand projet : un documentaire musical qui brosserait le portrait d'un groupe sans jamais laisser les spectateurs entendre un seul de leurs morceaux. Ou un sujet de ce genre. Aujourd'hui, c'était sans doute de politique, ou de leurs solutions pour améliorer le monde.

— Tu veux prendre un verre avec nous ?

La proposition venait d'une moitié du couple de lesbiennes – celle en chemise brillante. La fille tourna la tête vers sa petite amie au maillot de foot des Patriots et au look masculin.

— Avec plaisir, répondit Hen en la suivant à l'autre bout du comptoir.

— Qu'est-ce que tu bois ? demanda la femme après avoir fait les présentations.

Le groupe jouait une version rockabilly accélérée d'une chanson des Beatles et Hen ne saisit pas vraiment leurs prénoms. Ça semblait être Stephanie et Mallory – aucun des deux ne leur convenait.

— Le narragansett me tente bien, répondit-elle.

Stephanie/Mallory en commanda trois. Elles s'assirent et bavardèrent pendant que le groupe terminait sa série de chansons. La moitié des clients sortirent alors fumer sur la terrasse, puis le concert reprit avec *November Rain*, avant un morceau de Bob Dylan que Hen aimait bien, mais dont elle ne se rappelait pas le titre. Hen et ses nouvelles amies dansèrent tout au long du rappel sur la piste bondée. Au milieu des odeurs de fumée et de sueur mêlées, tout le monde ou presque chantait les paroles – "You got a lotta neeerve" – et Hen oublia complètement la raison de sa présence dans le bar. Elle s'amusait – sans ironie – et se faisait de nouvelles amies.

Quand elles regagnèrent le comptoir du bar, qui, le concert fini, retrouvait un semblant de silence, Hen expliqua aux deux jeunes femmes qu'elle était venue en voiture depuis West Dartford.

— Qu'est-ce qui t'a amenée jusqu'ici ? voulurent-elles savoir.

— J'avais déjà vu ce groupe dans un bar près de chez moi, et j'étais toute seule ce soir, alors j'ai décidé d'aller les revoir dans un endroit que je ne connaissais pas. Je ne le regrette pas, dit-elle en aspirant la mousse de la canette qu'elle venait de décapsuler.

— Ça te fait un bout de route pour rentrer, fit remarquer Stephanie (Hen n'avait plus de doute sur son prénom, car elle avait entendu la fille au maillot de foot l'appeler ainsi). On habite juste au coin de la rue, si tu veux dormir sur notre canapé.

— Oh, non, non. Ça ira.

— En tout bien tout honneur.

— Non, je sais. C'est juste que… Il faut que je rentre.

— On te commande un Uber ?

Hen réalisa qu'elles essayaient simplement de s'assurer qu'elle ne prenne pas le volant dans son état. Elle reposa sa canette sur le comptoir.

— Ça ira, mais je ne vais pas finir cette bière.

Tout d'un coup les lumières s'allumèrent et Hen comprit que le bar fermait. Elle regarda autour d'elle. La salle était pratiquement vide, et dans l'éclat blafard des plafonniers, tous les visages avaient l'air piteux. Elle se retourna vers la scène et vit que le groupe avait remballé son matériel et était parti.

— Quelle heure est-il ? demanda-t-elle.

Une fois sur le parking, Hen dit au revoir aux deux jeunes femmes en leur donnant à chacune une étreinte. Elle taxa une cigarette à Mallory, qui la lui alluma avant de partir. Il y avait plusieurs années que Hen n'avait pas fumé. Elle tira deux grosses bouffées puis se sentit étourdie et écrasa la cigarette sur le bitume. Montant dans sa voiture, elle tenta d'évaluer son degré d'ébriété. Elle faisait peut-être une bêtise en prenant le volant. Elle ferma un moment les yeux, faillit s'endormir, puis se ressaisit. Les vitres de sa voiture s'étant embuées, elle rouvrit la portière pour aérer l'habitacle. Il ne restait que quelques voitures sur le parking. Elle sortit et sautilla dans l'air glacé pour se dégourdir les jambes. Le Rusty Scupper, rempli une heure plus tôt de musique et de gens buvant et dansant, n'était plus qu'un banal bloc de brique obscur. Dans l'ombre à l'arrière, un véhicule long et rectangulaire lui parut familier. Elle fit quelques pas dans sa direction, comme attirée. Elle entendit alors un juron étouffé et la voiture trembla légèrement sur ses suspensions. Une onde de peur palpable la traversa, la dégrisant net. Elle avança un peu plus et vit une silhouette apparaître derrière la Dodge. Un instant presque immobile, l'ombre s'anima brusquement et disparut derrière la carrosserie. Il y eut un bruit sourd, comme un service de tennis énergique, puis un second, comme une batte frappant une balle de base-ball. Hen sentit ses jambes sur le point de se dérober mais fit tout de même deux autres pas. La silhouette se releva derrière la voiture. L'homme se trouvait dans l'ombre – comment savait-elle avec certitude qu'il s'agissait d'un homme ? – et il portait un bonnet noir, mais un rai de lumière éclaira ses yeux lorsqu'il leva la tête pour la regarder. Elle reconnut Matthew Dolamore. Il se retourna et courut.

Elle venait d'appeler le 911 quand elle entendit de lourdes portes s'ouvrir dans son dos et vit une femme – ou plutôt une jeune fille – en surgir. Celle-ci resta un instant perplexe, puis se précipita vers Scott Doyle, qui gisait dos contre le bitume.

— J'ai alerté le 911, dit Hen.

— Est-ce qu'il est… qu'est-ce qui s'est passé ?

— Il y avait quelqu'un. Je crois qu'on l'a frappé avec quelque chose.

Les portes s'ouvrirent à nouveau et deux hommes en sortirent, tous deux latinos. Tandis que l'un s'allumait une cigarette, l'autre s'approcha de Hen.

— Il est en vie ?

— Je ne sais pas, répondit-elle. J'ai appelé le 911.

Scott était toujours conscient et disait quelque chose à la fille en robe moulante. Hen reconnut la fille qu'elle avait vue plus tôt sur le bord de la piste.

— Ça va aller, dit-elle à Scott. Ne bouge pas.

Il lui posa une question à laquelle elle répondit :

— Devant le Rusty Scupper. À New Essex.

Alors que Hen se rapprochait pour distinguer leurs paroles, une lumière s'alluma au-dessus des portes, inondant le parking de fluorescence. Un des deux hommes était retourné à l'intérieur et avait sans doute allumé. Sous l'éclairage jaune et cru des néons, Hen put constater l'ampleur de la blessure de Scott : une fêlure sombre et sanglante laissait voir un éclat blanc qui devait être le crâne, ou la matière cérébrale. Instinctivement, elle porta sa main à sa bouche.

— Quel État ? demanda Scott à la fille agenouillée.

On aurait dit qu'il parlait à travers une serviette humide.

— Le Massachusetts, Scott. C'est là que tu habites.

— J'aurais préféré le Maine, la plage, dit-il, et malgré les quelques pas qui les séparaient, Hen sentit la vie le quitter.

La fille se mit à hurler en lui secouant les épaules, et Hen perçut au loin le son des sirènes et le clignotement rouge des gyrophares.

Les secouristes furent les premiers sur place, suivis de deux agents de police en uniforme dans une voiture de patrouille. L'un d'eux demanda à Hen si elle avait assisté à la scène.

— Oui, dit-elle. Je veux faire une déposition. Je sais qui l'a tué.

18

MATTHEW avait passé un peu plus d'une heure dans la salle d'interrogatoire quand son avocat arriva. Sanjiv Malik portait un costume légèrement froissé et une barbe de trois jours.

— Désolé, dit-il en s'installant sur une chaise à côté de Matthew. Je viens seulement d'avoir le message de Mira il y a une heure. Depuis combien de temps êtes-vous là ?

— Nous sommes revenus de Portsmouth vers midi et la police m'attendait devant la maison. Que vous a dit Mira ?

— Tout ce qu'elle sait, autrement dit pas grand-chose. On vous a arrêté ?

— J'ai accepté de les suivre pour répondre à quelques questions, et une fois qu'ils ont eu terminé et que j'ai voulu repartir, là ils m'ont arrêté. Ils prétendent avoir un témoin qui m'aurait clairement identifié sur une scène de crime. C'est ridicule. J'ai passé la nuit endormi à côté de Mira, et…

— Elle l'a confirmé. Vous serez bientôt rentré chez vous. Ils ont dû faire une erreur, voilà tout.

— Je ne sais même pas… Qui a été tué, déjà ?

L'avocat jeta un coup d'œil à ses notes. Sanjiv était un cousin éloigné de Mira du côté de son père. Matthew avait toujours eu dans l'idée qu'ils avaient été présentés l'un à l'autre en vue d'un mariage potentiel, à l'époque où Matthew et Mira commençaient à sortir ensemble.

— Le chanteur du groupe qui jouait au Rusty Scupper hier soir : les C-Beams.

— Oui voilà, c'est ce qu'ils m'ont dit. J'ai répondu que je connaissais ce groupe parce qu'il s'était produit dans un bar près de chez moi, le Owl's Head.

— Oh.

— Enfin, je ne les connaissais pas avant ça, mais ils ont joué là-bas un soir où j'y étais allé dîner. C'est une coïncidence. Je m'en suis seulement souvenu parce qu'une personne avec qui je travaille connaît un membre du groupe.

— Lequel ?

— Je crois que c'est justement celui qui s'est fait tuer, mais je ne suis pas sûr. Le policier a dit que la victime s'appelait Scott.

— Scott Doyle.

— Il me semble que c'est lui, mais je ne connais pas son nom de famille. Qui leur a dit m'avoir vu là-bas ?

— Je ne sais pas encore, mais je vais le découvrir.

Matthew n'avait pratiquement pas dormi la nuit précédente. Il était resté allongé dans son lit à se repasser en boucle le film des événements. Hen se tenait à cinq, six mètres de lui. Il l'avait parfaitement reconnue, mais lui se trouvait dans l'obscurité et elle n'avait aucun moyen d'être sûre de son identité. En outre, il disposait d'un alibi sérieux. Mira confirmerait qu'il avait passé toute la nuit auprès d'elle. Il doutait qu'elle mentionnerait le fait qu'elle était saoule. Et il s'était débarrassé de toutes les preuves physiques. En rentrant à Portsmouth par les petites routes, il s'était arrêté dans une station-service désaffectée, au bord d'un marais salant. Après y avoir jeté la matraque nettoyée de ses empreintes, il avait enterré le canif et le Taser ainsi que son bonnet, ses gants et ses chaussures sous un morceau d'asphalte brisée de ce qui avait tenu lieu de parking à la station. Après quoi, il avait regagné sa chambre d'hôtel – sans être vu par personne – et s'était douché et couché sans même réveiller Mira.

Le moment le plus délicat de la journée avait été le retour dans Sycamore Street. Il s'était efforcé d'affecter la surprise quand les deux inspecteurs l'avaient interpellé, munis d'un mandat pour perquisitionner leur domicile.

— Matthew, demanda Sanjiv, connaissez-vous quelqu'un qui… Y a-t-il une personne qui pourrait vouloir vous créer des problèmes ?

C'était une question qu'aucun des deux inspecteurs ne lui avait encore posée.

Matthew prit une inspiration.

— Je crois bien en fait, répondit-il, et il entreprit de lui parler de sa voisine, qu'il soupçonnait d'avoir envoyé un inspecteur de police de Cambridge chez lui pour enquêter sur un crime ancien.

— Qu'est-ce qui vous fait croire que c'est elle ?

— Eh bien, c'est assez gênant, mais j'ai tapé son nom sur Google, par curiosité. Ce sont nos nouveaux voisins, donc voilà… Apparemment, elle a déjà accusé des gens injustement par le passé. Alors il se peut que… c'est ridicule, je sais, mais pour cette raison, j'ai immédiatement pensé à elle cet après-midi quand la police s'est présentée.

— Quel est son nom ?

— Henrietta Mazur.

— Il faut que vous répétiez tout ce que vous venez de me dire à la police. Mot pour mot, compris ?

— Compris, répondit Matthew.

Il fut relâché un peu avant cinq heures. Mira prit le volant, et lorsqu'ils passèrent devant la maison de Henrietta – le soir tombait et les fenêtres étaient éteintes –, il tendit le cou pour détecter les signes d'une présence.

— Qu'est-ce que tu regardes ? lui demanda Mira.

— Si nos voisins sont chez eux.

— Pourquoi ?

— Je crois bien que c'est Hen le témoin qui a déclaré à la police que je me trouvais dans ce bar hier soir.

— Quoi ?

Une fois rentré, après s'être servi un Pepsi light, dont il avait grand besoin, Matthew fit part de ses soupçons à Mira.

— Elle est repassée, déclara-t-elle.

— Que veux-tu dire ?

— Je n'ai pas eu l'occasion de t'en parler parce que c'était le jour où j'avais mon avion pour Charlotte, mais elle est passée à la maison en demandant si elle pouvait visiter à nouveau. Jeter un coup d'œil aux pièces.

— Que lui as-tu répondu ?

— Comment ça ? J'ai accepté évidemment. J'étais contente de la revoir.

— Alors elle a refait le tour des pièces ?

— Ne te fâche pas. Ce n'est pas comme si je l'avais laissée seule. On a fait le tour de la maison ensemble, comme le soir du dîner.

— Elle a demandé à voir une pièce en particulier ?

— Tu veux savoir si elle a vu notre chambre ?

— Non, mon bureau.

— On y est entrées pour mesurer le bureau, oui. Elle m'a dit qu'elle comptait en acheter un. À aucun moment il ne m'est venu à l'idée que…

— Je sais. Tu n'as rien à te reprocher. Je ne suis pas rassuré, c'est tout. Je crois qu'elle est folle, Mira. Elle s'est mis en tête que j'étais un meurtrier et maintenant elle cherche à me piéger. Je suis persuadé qu'elle a caché des preuves ou autre chose dans mon bureau.

Mira fronça les sourcils.

— Je te crois, mais je ne comprends pas. Pourquoi s'en prendre à toi ?

— Elle a dû trouver un lien entre moi et Dustin Miller. C'est un ancien élève de Sussex Hall qui s'est fait tuer il y a quelques années.

— À ton lycée ?

— Non, non. Des années plus tard. Je ne sais pas grand-chose de cette affaire en fait, mais l'enquête est encore en cours. Un policier de Cambridge est venu à la maison pour m'en parler.

— Quand ça ? Pourquoi ne m'as-tu rien dit ?

— Je ne voulais pas t'inquiéter. Tu étais en déplacement à Charlotte. Je pensais que ce n'était pas important. J'avais tort.

— Et tu crois que c'est Hen qui a envoyé ce flic ?

— J'en suis persuadé. (Matthew ne voulait pas lui parler du trophée ; il savait que le fait qu'il s'en soit débarrassé lui paraîtrait étrange.) Je ne pense pas que ce soit dirigé contre moi. Hen a simplement… un problème. C'est plus fort qu'elle. Elle voit des meurtriers là où il n'y en a pas.

— Enfin, pas vraiment, Matthew. Là il y a bien un meurtrier. Quelqu'un a bien tué ce chanteur hier soir.

— D'accord. Alors disons qu'elle jette son dévolu sur une personne et décrète qu'elle est coupable.

— Mais qu'est-ce qu'elle faisait là-bas ? Je veux dire, elle a assisté au crime. Tu ne trouves pas ça bizarre, toi ?

Mira se leva et marcha jusqu'à la fenêtre qui donnait sur la maison de ses voisins. Elle écarta le rideau de cinq centimètres.

— Les lumières sont allumées ? demanda-t-il.

— Non.

— Qu'est-ce que tu disais ?

Mira se retourna.

— Elle a peut-être quelque chose à voir avec le meurtre. Je veux dire, est-ce qu'ils l'ont interrogée ? Elle était sur place, contrairement à toi. Peut-être qu'elle a tout manigancé pour te faire accuser ?

— Ça ne tient pas debout.

— Pourquoi ? Elle pense que tu as tué quelqu'un et que tu t'en es tiré, alors elle tue quelqu'un et t'accuse du meurtre.

— C'est ridicule. Mais si c'est ce qui s'est passé, la police le découvrira.

— J'aimerais que tu me montres cet article sur son histoire à l'université.

Ce soir-là, une fois couché, Matthew prêta l'oreille à la respiration de sa femme, attendant qu'elle se fasse plus lente et se mue en léger ronflement. Mais alors qu'il la croyait endormie, elle demanda :

— À quelle heure penses-tu que les inspecteurs arrivent au commissariat le matin ?

— Aucune idée.

— Je les appelle dès que je me lève. On ne sait jamais, ils y sont peut-être de bonne heure.

Cinq minutes plus tard, elle posa une autre question.

— Tu as fermé le verrou de la porte d'entrée ?

— Oui, répondit-il, mais je peux descendre vérifier si tu veux.

— Non, je te crois. Quelle salope, dit Mira, comme s'ils n'avaient jamais cessé de parler de leur voisine.

Matthew n'avait jamais entendu sa femme utiliser ce mot.

— Ne tirons pas de conclusions hâtives. Si ça se trouve, tout ça n'est qu'un terrible quiproquo. Peut-être qu'elle a vraiment cru me voir là-bas.

— C'est aussi ce que j'ai pensé, mais tu as lu l'article. Tu as vu ce qu'elle a fait à cette étudiante.

— Je sais, dit-il.

Et maintenant c'est ma vie à moi qu'elle a saccagée. Avant de rencontrer Henrietta Mazur, j'avais deux vies toutes les deux très simples, chacune rassurante et gratifiante à sa manière. Et voilà qu'elle débarque de nulle part et fait fusionner ces deux existences en une seule. Un foutu sac de nœuds. Jamais je n'aurais cru être un jour couché à côté de Mira à l'écouter me parler de meurtres, et pourtant c'est le cas. Moi aussi j'ai envie de traiter Hen de salope, mais ce sont les mots que mon père aurait employés. Hen n'est pas une salope, mais sa perspicacité va lui attirer des ennuis. J'ai l'impression de me trouver dans une barque en plein cœur d'une tempête. Il faut que j'accompagne le mouvement des vagues en attendant qu'elle passe.

Avant de s'endormir, Mira lui dit :

— Je t'aime, ourson.

Il y avait au moins un an qu'elle ne l'avait pas appelé ainsi. Aussitôt, il se blottit contre elle, en passant une jambe par-dessus les cuisses de sa femme.

— Je t'aime aussi, dit-il, et il enfouit sa tête dans le cou de Mira.

— Là-là, dit-elle, tandis qu'il se serrait encore plus près, comme s'il avait froid et qu'elle était sa seule source de chaleur. Là-là, ça va aller.

— Tu promets ? demanda-t-il dans un murmure.

— Promis, ourson. Promis.

19

MIRA ouvrit les yeux à l'aube. Elle savait qu'elle avait dormi, pourtant son corps et son esprit ne semblaient pas reposés. Elle mit les pieds au sol sans faire de geste brusque pour ne pas réveiller Matthew, toujours recroquevillé de l'autre côté du lit.

Elle enfila une robe de chambre, descendit au rez-de-chaussée, fit du café, puis se versa un verre d'eau qu'elle but d'un trait. Elle se sentait encore déshydratée, un vestige de la gueule de bois qu'elle avait traînée toute la journée de la veille, après leur soirée arrosée de samedi au Portsmouth Arms. Son estomac restait barbouillé et une douleur lui martelait le crâne, un peu comme quand elle avait ses migraines, mais Mira savait que c'était l'effet de l'alcool et du stress. Elle alla dans le salon, songea un moment à s'allonger sur le canapé, mais décida d'essayer plutôt de méditer. Son père avait pris une habitude : chaque matin, il méditait dix minutes avant de boire son café. Il ne jurait que par cela, et on pouvait lui faire confiance, car, méditation mise à part, son père était sans doute la personne la plus pragmatique et anti-New Age qu'elle connaissait. Elle sortit son tapis de yoga et s'y assit en tailleur, se concentrant sur sa respiration et fixant son regard sur un rai de lumière qui traçait un losange sur le parquet. La douleur disparut presque entièrement, mais elle n'arrivait pas à chasser de sa tête les événements singuliers de la veille, en particulier la révélation que c'était Hen, leur nouvelle voisine, qui avait prétendu avoir vu Matthew sur la scène d'un meurtre. C'était grotesque – toute cette histoire était grotesque –, mais Mira tentait tout de même d'en dégager un sens. Hen lui avait dit souffrir de dépression, expliquant qu'elle ne voulait pas d'enfants pour ne pas leur transmettre son cerveau malade. Peut-être était-elle juste déséquilibrée et s'était-elle mis en tête, allez savoir pourquoi – c'est du moins ce que Matthew croyait –, que son voisin était une espèce de tueur en série. Le hic était que… Hen paraissait saine d'esprit. Et semblait sympa, même si Mira savait maintenant qu'elle n'était passée la voir le surlendemain du dîner qu'avec l'intention de chercher des preuves, ou peut-être même d'en dissimuler. Elle fut tout à coup terrifiée. Jusqu'où cette femme irait-elle ? Elle repensa à leur rencontre lors de la fête de quartier. Mira avait eu le coup de foudre pour sa nouvelle voisine, avec son style bohême, sa coupe pixie, et ses intrigants bijoux. Elle se souvint comment elle répétait à Matthew vouloir les inviter à dîner.

— Ce sont de parfaits inconnus, avait-il rétorqué.

— Un inconnu, c'est juste un ami qu'on ne connaît pas encore, avait-elle dit en riant.

Mira n'avait pas voulu ramener ce sujet de discussion – de discorde, même – sur le tapis, mais depuis quelques années, elle regrettait qu'ils n'aient pas davantage d'amis ; Matthew, lui, trouvait qu'ils en avaient déjà trop.

— Fais comme bon te semble, avait-il répondu.

Elle avait suivi sa propre idée. Résultat : elle se retrouvait avec une voisine psychotique, bien décidée à persécuter son mari.

Pourtant, il y a bel et bien eu un meurtre samedi soir. Un homme est mort.

Mira fit quelques étirements. Trop de pensées se bousculaient dans son esprit agité.

Calme-toi. Rappelle-toi la journée d'hier. Essaie de relativiser.

Tout en agrippant ses orteils entre ses doigts, elle se remémora la journée de la veille. Il y avait d'abord eu la gueule de bois, évidemment, la pire de ces dernières années – voire de toute sa vie. Pourquoi avait-elle bu autant ?

C'est ton mari qui t'a fait boire.

Matthew l'avait effectivement encouragée. Lui qui, comble de l'ironie, buvait tout au plus deux boissons alcoolisées dans l'année. Ils avaient terminé la soirée dans le charmant bar de l'hôtel, tout en boiseries sombres et chandeliers aux flammes dansantes, le vin était fantastique, puis elle avait goûté ce cocktail sucré à base de scotch, tout aussi délicieux. Elle se rappela avoir pensé : *Il essaie de me saouler. Matthew est en train d'essayer de me saouler.* Elle s'était demandé pourquoi et y avait vu une possible intention sexuelle : il voulait peut-être essayer quelque chose de nouveau au lit, une idée qui ne la rebutait pas totalement, mais qui ne l'attirait pas particulièrement non plus. La dernière fois que Matthew s'était montré un peu coquin – il y avait plus d'un an de cela –, il lui avait demandé de garder ses bas noirs pendant qu'ils faisaient l'amour. Cette partie-là avait été sympa – elle avait trouvé ça plutôt sexy en fait – et ça l'avait été tout autant quand il l'avait retournée sur le ventre pour terminer par-derrière. Ce qu'elle avait trouvé moins sympa en revanche – et assez horrible –, c'était quand elle s'était retournée vers lui et qu'il lui avait renvoyé une expression chargée d'un dégoût complet – elle n'était restée qu'un instant sur son visage, mais Mira l'avait bel et bien vue. Il avait alors piqué un fard et évité son regard.

— C'était sympa, avait-elle dit en espérant rattraper le coup, mais il était déjà parti dans la salle de bains pour se doucher.

L'idée lui avait donc traversé l'esprit, avant même qu'il la gave de mousse aux palourdes et d'alcool, que Matthew avait peut-être suggéré cette escapade au Portsmouth Arms pour essayer quelque chose de nouveau au lit. Elle avait pris soin de ne pas emporter de bas noirs. Elle ne voulait plus jamais revoir cette expression quasi haineuse sur son visage.

En fin de compte, à peine avaient-ils regagné leur chambre qu'elle s'était écroulée sur son lit tandis que toute la pièce se mettait à chavirer comme un bateau en pleine tempête. Elle revit Matthew l'installant gentiment sous les couvertures pendant qu'elle se demandait si elle réussirait à s'endormir dans cette chambre qui tanguait, mais ses souvenirs de cette nuit à l'hôtel s'arrêtaient là.

Le lendemain matin, elle s'était réveillée tôt, comme aujourd'hui, et était allée dans la salle de bains prendre quatre ibuprofènes, qu'elle avait fait descendre avec trois verres de l'eau au goût métallique de l'hôtel. Malgré les tiraillements de son estomac, elle avait réussi à se rendormir. Quand elle avait rouvert les yeux, Matthew, déjà habillé et les cheveux humides au sortir de la douche, lui apportait un plateau de petit déjeuner au lit. Il lui avait commandé une omelette fromage-tomate, son péché mignon, auprès du service de chambre, et après une première bouchée hésitante, Mira avait englouti le reste avec trois tranches de toast beurré et conclu que finalement, elle n'allait pas mourir.

À leur retour de Porstmouth, en début d'après-midi, ils avaient trouvé les policiers qui les attendaient dans une voiture banalisée, l'un à l'intérieur, l'autre adossé contre la portière. On a été cambriolés, avait-elle aussitôt pensé, tandis que Matthew lâchait un “Tiens ?” de sa voix feutrée.

Mais il ne s'agissait pas d'un cambriolage. Matthew avait accepté de suivre les policiers au commissariat pour répondre à leurs questions, malgré les relances constantes de Mira pour avoir des détails.

— C'est bon, avait-il dit. Je n'ai rien fait de mal, il n'y a pas lieu de s'inquiéter.

Elle aurait cru entendre son pragmatique de père, quoique le pragmatisme de son père l'aurait justement poussé à la réaction inverse. Être innocent n'était pas une garantie en soi.

— Dois-je contacter Sanjiv ? lui avait-elle demandé tandis qu'il montait dans le véhicule avec les deux policiers.

— Inutile de le déranger, avait-il répondu, mais elle avait tout de même appelé leur avocat, et elle avait été contente de l'avoir fait.

Après que Matthew eut accepté de se rendre au commissariat, un autre inspecteur s'était présenté à la maison, cette fois pour l'interroger elle ; il lui avait demandé où se trouvait Matthew la nuit précédente.

— Il a passé toute la nuit avec moi, répondit-elle. Pourquoi me demandez-vous ça ?

— S'est-il absenté à un moment ou à un autre au cours de la nuit ?

L'inspecteur avait l'air incroyablement jeune ; c'était un Noir à la peau claire, vêtu d'un costume ample laissant penser qu'il venait récemment de perdre beaucoup de poids.

— Non, dit-elle. Nous avons passé la nuit ensemble dans un hôtel de Portsmouth. Quoi que vous pensiez qu'il ait fait, vous vous trompez.

Mira s'était rendue au commissariat. Là-bas, après deux heures d'attente, elle avait fini par voir Sanjiv sortir en compagnie de Matthew, qui semblait étrangement serein pour quelqu'un qui, comme elle l'apprit, venait d'être accusé de meurtre. Il lui expliqua que leur voisine Hen l'avait accusé d'un crime, mais qu'il n'y avait pas lieu de s'inquiéter, car la police ne la croyait pas. Elle avait des antécédents d'accusations de ce genre.

Tout de même, pourquoi t'a-t-il fait boire autant ?

Mira chassa la question de son esprit. Elle savait dans quelle direction elle l'entraînerait et ne voulait pas y penser. Pas maintenant, avec tous ces événements. Il y avait certaines choses chez son mari – chez Matthew – qui le rendaient différent. Comment aurait-il pu en être autrement vu l'enfance qu'il avait eue et la famille dans laquelle il avait grandi ? Compte tenu des parents qu'il avait eus, Matthew était étonnamment normal en fait ; c'était un gars ordinaire, avec un travail stable, qui avait toujours été bon pour elle. Plus que bon même. Matthew était son sauveur. Il l'avait sauvée d'une vie entière de maltraitance aux mains de Jay Saravan.

Comment exactement t'a-t-il sauvée, Mira ?

Elle chassa la voix dans sa tête en se bornant à considérer qu'il avait simplement été présent après la mort de Jay, pour balayer les morceaux et l'aider à se reconstruire. C'était tout.

Et si ce n'était pas tout ?

Alors il n'en resterait pas moins qu'il m'a sauvée, songea-t-elle. Il m'a sauvée et…

Un camion passa bruyamment dans Sycamore Street. Mira se leva et marcha jusqu'à la fenêtre. La brume du petit matin recouvrait toutes les pelouses.

— Tu es matinale.

Matthew se tenait au pied de l'escalier, déjà habillé mais encore en chaussettes, raison pour laquelle elle ne l'avait pas entendu descendre.

— Je me suis réveillée et je n'ai pas réussi à me rendormir, expliqua-t-elle en se retournant.

— La journée d'hier a été un peu mouvementée, dit-il.

— Un peu ?

— Tu as fait du café ?

— Oui, une pleine cafetière. J'ai pensé qu'on en aurait besoin.

Mira suivit Matthew dans la cuisine, et, tant qu'elle s'en sentait le courage, lui posa la question qui lui avait brûlé les lèvres la nuit précédente.

— Est-ce qu'il s'est passé quelque chose autour de ce trophée d'escrime le soir où Hen et son mari sont venus dîner ?

— Comment ça ?

— Ce soir-là, quand je leur ai fait visiter, Hen a eu l'air bizarre en voyant le trophée. J'ai pensé que c'était peut-être lié à cet ancien élève de Sussex Hall qui s'est fait assassiner.

— Apparemment, répondit-il en allongeant la dernière syllabe. Une élève du lycée avait accusé Dustin Miller de l'avoir violée pendant un voyage à un tournoi d'escrime. Je crois que c'est à partir de là qu'elle a fait le lien.

— Comment ça, le lien ?

— Je pense que c'est à partir de là qu'elle s'est mis en tête que j'avais quelque chose à voir avec la mort de Dustin Miller. Peut-être que la vue du trophée a réveillé en elle le souvenir de l'affaire, et que, va savoir comment, elle m'a relié à tout ça. Je ne sais vraiment pas comment son esprit fonctionne.

— Elle a peut-être cru que le trophée appartenait à Dustin Miller et que tu l'avais pris après l'avoir tué ?

— Ça ne m'étonnerait pas.

— Mais tu t'en es débarrassé ? dit-elle d'un ton désinvolte.

Matthew termina d'ajouter de la crème et du sucre à son café et en but une gorgée.

— Oui.

— Pourquoi ?

Il prit une profonde inspiration.

— En fait… en fait voilà, je ne voulais pas qu'ils viennent dîner à la base…

— Pourquoi ne m'as-tu…

— Ce n'était pas si important, c'est juste que je crois… Tu me connais. Nos vies me conviennent telles qu'elles sont. Ils sont venus dîner, et tout s'est très bien déroulé, mais quand elle est entrée dans mon bureau, j'ai su qu'il s'était passé quelque chose de bizarre. J'ai vu comment elle regardait le trophée. Je veux dire, ça n'a échappé à personne, non ? On aurait dit qu'elle allait s'évanouir. Je n'ai pas du tout compris sa réaction, mais je l'ai remarquée et ça m'a dérangé. Je crois qu'en fait je ne voulais pas qu'ils rentrent dans mon bureau. Cet endroit est un peu sacré pour moi. Alors le lendemain, quand j'ai procédé à mon grand nettoyage, j'en ai profité pour me débarrasser aussi du trophée. J'ai fait ça sur un coup de tête.

— Où l'as-tu mis ?

Levant les yeux au plafond, Matthew fit mine de réfléchir et répondit qu'il l'avait jeté dans la benne à ordures de son lycée.

— C'était le jour où j'ai rapporté un carton de vieux manuels, j'en ai profité pour rassembler quelques vieux trucs d'ici pour m'en débarrasser aussi. Tu crois que je…

— Non, je me disais juste qu'on risquait de t'interroger à ce sujet. Si Hen pense que le trophée appartenait à Dustin Miller, alors la police pourrait obtenir un mandat de perquisition, et…

— Ça n'arrivera pas. Je ne pense pas qu'ils accorderont le moindre crédit à ses allégations. Elle est coutumière de ce genre d'histoires.

— Je me sens tellement impuissante. Elle est là, dans la maison d'à côté, et peut raconter n'importe quoi sur nous. C'est horrible. Peut-être qu'on devrait réclamer une ordonnance de protection ?

— Ça ne l'empêchera pas de raconter n'importe quoi.

— Non, je sais, mais au moins elle ne pourra plus s'approcher de nous ni de notre maison. Je ne sais pas si ce serait utile, mais ça ne pourra pas faire de mal.

— D'accord, dit-il. Si ça se trouve ils déménageront et tout reviendra à la normale.

— Espérons-le.

— Oui, espérons, répéta Matthew en ouvrant la porte du réfrigérateur pour reposer la crème sur son étagère.

20

— Vous l'avez laissé repartir ? dit Hen en tentant de contenir la colère dans sa voix.

— Il a un alibi.

L'inspectrice devant elle se nommait Shaheen. C'était une femme âgée d'une trentaine d'années, aux lèvres minces et aux yeux dénués d'humour.

— Je vous ai dit que c'était lui, insista-t-elle.

Hen était revenue au moins sept fois sur les détails de la nuit passée. Elle leur avait également donné des précisions sur celle où elle avait filé Matthew jusqu'au Owl's Head, quand il avait suivi et espionné sa prochaine victime. Elle avait décidé de dire toute la vérité, quand bien même elle passerait pour une folle.

— Vous êtes sûre que c'était lui ? demanda la policière.

— Sûre et certaine. On s'est regardés droit dans les yeux.

— Il faisait assez sombre derrière l'établissement. Les autres témoins affirment qu'il était difficile d'y distinguer quelque chose.

— Il faisait sombre, oui, mais pas assez pour ne pas voir ses yeux. Et quels autres témoins, d'abord ?

— Pas des témoins directs du crime, juste les autres personnes que nous avons pu interroger et qui se trouvaient derrière le Rusty Scupper hier soir. Les autres membres du groupe. Gillian Donovan.

Hen avait découvert que la fille en robe moulante, la petite amie de Scott Doyle, se nommait Gillian Donovan.

— Il y avait un clair de lune, précisa Hen.

La porte de la salle de réunion s'ouvrit brusquement. C'était la troisième pièce dans laquelle Hen était interrogée. On l'avait d'abord installée dans une salle d'interrogatoire avec une caméra qui la filmait, puis dans le bureau de l'inspecteur Whitney qui semblait être l'inspecteur en charge de l'affaire, même s'il avait apparemment dépassé l'âge de la retraite. Il n'avait que quelques cheveux sur le crâne et un petit bouc blanc comme neige. À chacune de leurs conversations, il avait eu l'air épuisé.

Hen était à présent assise dans une salle de réunion qui semblait n'avoir pas été utilisée depuis plusieurs mois. En scrutant le fond d'une tasse abandonnée sur la longue table en bois, elle avait aperçu une croûte de café circulaire couverte de taches de moisissure blanches.

— J'aimerais changer brièvement de sujet, madame Mazur, et vous interroger sur un tout autre point.

— Entendu.

— Auriez-vous des choses à me dire concernant votre première année à l'université de Camden ?

Hen n'était pas surprise que cette question surgisse – elle l'attendait à vrai dire –, mais les mots lui firent néanmoins l'effet d'un coup de poing en pleine poitrine.

— Vous faites allusion à mon arrestation pour agression ?

— Oui.

— Je souffre de troubles bipolaires et j'ai eu mon premier épisode maniaque lors de ma première année d'université. Je n'étais pas moi-même.

— Mais vous avez cependant accusé une de vos camarades de tentative de meurtre, vous confirmez ?

— Oui.

— Avant de l'agresser vous-même.

— Comme je le disais, à l'époque, j'étais malade. Cet incident n'a rien à voir avec ce qui s'est passé samedi soir.

— Pourtant… vous êtes toujours bipolaire, n'est-ce pas ?

Hen s'obligea à donner une réponse calme et mesurée.

— Je le suis toujours oui… Je le serai toute ma vie. Mais mes médicaments sont efficaces. Je ne traverse pas un épisode maniaque. Je ne suis pas en train d'imaginer des choses sur Matthew Dolamore.

L'inspectrice posa sa main à plat sur la table, à moins de cinq centimètres de la sienne.

— Je vous crois, madame Mazur. Je dois cependant étudier toutes les possibilités.

— Je comprends. Mais cette fois c'est différent. Complètement différent.

— Imaginons que vous traversiez un épisode bipolaire, dit l'inspectrice en se redressant légèrement sur sa chaise. Vous n'en auriez pas nécessairement conscience, pas vrai ? C'est l'une des caractéristiques principales d'une rupture avec la réalité, non ?

Hen songea que la policière avait dû se documenter avant d'entamer cette discussion, ou qu'elle avait été personnellement en contact avec quelqu'un souffrant de maladie mentale.

— C'est exact, répondit-elle, avant de décider de se taire.

Elle savait qu'elle ne ferait qu'aggraver son cas en protestant.

Un long silence s'ensuivit, puis l'inspectrice Shaheen se leva.

— Merci, madame Mazur. Votre mari est arrivé, au fait.

Hen avait attendu l'après-midi pour appeler Lloyd et lui raconter ce qui s'était passé. Elle voulait lui laisser une matinée de tranquillité après la fête de Rob, qui s'était probablement prolongée jusque tard dans la nuit. Elle s'inquiétait aussi de sa réaction et craignait que, à l'instar de la police, il croie qu'elle avait fait une crise.

Le visage soucieux, presque apitoyé qu'elle découvrit quand elle le retrouva, dans la salle d'attente du commissariat de police de Dartford où elle avait suivi l'inspectrice Sheehan, n'arrangea rien.

— Comment vas-tu ? demanda-t-il après qu'ils eurent échangé une étreinte.

Il était probablement vêtu des vêtements qu'il avait portés la veille au barbecue de Rob, et sentait la sueur froide et l'excès de déodorant.

— Je vais bien, Lloyd, mais notre voisin est un putain de meurtrier.

— On parlera de ça dans la voiture si tu veux bien.

Bien qu'elle fût fatiguée de la raconter, elle relata une fois de plus toute l'histoire dans les moindres détails, commençant dans la voiture pour terminer à la maison. Lloyd l'écouta patiemment, sans presque intervenir. La route semblait l'avoir éreinté et des cernes noirs lui creusaient les yeux, tandis que sa peau affichait une pâleur maladive. Son récit terminé, elle lui demanda :

— Tu me crois ? Et ne me mens pas.

Il marqua une pause, et elle se prit presque à espérer qu'il lui réponde par la négative. Elle préférait de loin affronter son doute que subir sa pitié.

— Apparemment, il a un solide alibi, dit-il. Il ne se trouvait pas sur place.

— Tu penses que j'invente ?

— Non, je pense que tu as cru le voir, mais qu'il s'agissait de quelqu'un d'autre.

— Explique-moi comment c'est possible ? Je soupçonnais notre voisin de vouloir tuer un homme et cet homme se fait justement tuer par une autre personne. Quelles sont les probabilités d'une telle coïncidence ?

— Je ne te suis pas.

— J'ai vu Matthew filer ce type… ce Scott Doyle. Excuse-moi de ne pas t'en avoir parlé sur le moment, mais je savais que tu t'inquiéterais. C'est pour ça que je suis allée au concert de son groupe hier soir. Je voulais vérifier si Matthew serait là.

— La police a dit que tu avais bu.

— Oui, un peu. Je le reconnais. Il n'empêche, réfléchis une minute. Quelles étaient les chances que Scott Doyle se fasse tuer par quelqu'un d'autre que notre voisin ?

— Mais… c'est pourtant ce qui s'est produit, d'après la police.

Les mâchoires de Hen se crispèrent et elle but une large rasade d'eau.

— Tu crois que je traverse un épisode maniaque ?

— Désolé, Hen, mais j'en ai bien l'impression. Tu réagis comme la dernière fois. Tu as un comportement obsessionnel.

— J'ai l'air d'être en crise ?

Lloyd s'accorda un moment de réflexion.

— Non, pas du tout en fait. Tu as l'air dans ton état normal, mais tes actions… je ne sais pas quoi penser. Je suis inquiet, Hen.

Au moment de se coucher, Hen avait accepté d'avancer son rendez-vous annuel avec son psychopharmacologue, afin de faire un nouveau bilan sanguin. Lloyd, de son côté, consentait à envisager la possibilité qu'elle ait raison sur toute la ligne.

— Que ferais-tu si tu me croyais à cent pour cent ? lui demanda-t-elle.

— Comment ça, qu'est-ce que je ferais ?

— Est-ce que tu irais trouver Matthew Dolamore ? Ou est-ce que tu déciderais de déménager ?

— J'imagine que je raserais les murs en attendant que la police découvre la vérité.

— Mira doit être au courant.

— Qui ?

— Sa femme, Mira. Elle doit savoir, autrement elle ne lui aurait pas fourni un alibi.

— Ne t'en mêle pas. Tu as dit tout ce que tu savais à la police. Laisse-les faire leur travail.

Une fois Lloyd endormi, Hen sortit discrètement de son lit et descendit au rez-de-chaussée. Elle savait que ses chances de dormir cette nuit-là étaient quasi nulles. Elle envisagea de prendre un somnifère mais se ravisa. Elle voulait garder l'esprit affûté.

Par la fenêtre du salon, elle scruta la maison des Dolamore. Hen entendit le tapotis des pattes de Vinaigre et le vit apparaître à l'angle du mur ; il s'arrêta, s'assit et fixa longuement Hen. Elle plongea son regard dans les yeux ronds de l'animal. Elle trouvait parfois qu'il ressemblait plus à un hibou qu'à un chat. Le vent souffla contre la maison, et Vinaigre se tourna vers la fenêtre qui cliquetait. Hen s'installa sur le canapé où elle s'étendit, les yeux rivés au plafond.

Ne fais rien. Dis la vérité quand on t'interroge, mais ne fais plus rien. Autrement ça ne fera qu'empirer les choses.

Quand l'aube arriva, elle s'emmitoufla dans une couverture, se roula en boule sur le côté, et s'endormit.

Elle fut réveillée par la sonnette. Elle rêvait qu'elle venait d'escalader une tour au sommet de laquelle se trouvait une cloche. Sous les rafales qui s'abattaient contre le clocher, les briques se dispersaient comme les feuilles d'un arbre. Dustin Miller était là avec elle au sommet de la tour ; il parlait, mais ses mots étaient emportés par le vent. Hen tendit les bras vers lui. J'avais oublié à quel point tu étais beau, pensa-t-elle, et la sonnerie retentit de nouveau, la réveillant. Elle se leva au moment où Lloyd descendait l'escalier ; il semblait avoir lui aussi été réveillé par la sonnette.

— Qui est-ce ? demanda-t-il à Hen en se dirigeant vers la porte.

C'étaient deux policiers en uniforme, l'un ressemblant à un joueur de football universitaire, l'autre une jolie femme d'une trentaine d'années aux cheveux blond platine et avec les dents du bonheur. La policière demanda à Hen si elle avait un moment à leur accorder.

— Je vous écoute, répondit Hen en demeurant devant la porte.

— À l'intérieur ?

— Oh, bien sûr.

Tout le monde prit place dans le salon. Hen avait couru à l'étage enfiler un pull et un jean. En redescendant, elle sentit le café qui commençait à embaumer l'air et alla s'asseoir en face des deux agents de police.

— Il s'agit plus d'une visite de courtoisie que d'autre chose, annonça la policière, qui se présenta comme l'agent Rowland. Je tenais à vous informer que Matthew et Mira Dolamore ont déposé ce matin une plainte officielle contre vous pour harcèlement, et qu'ils vont demander une ordonnance de protection.

— Pour harcèlement ? répéta Hen, et Lloyd posa une main sur sa jambe pour la calmer.

— Comment ça une "ordonnance de protection" ? demanda Lloyd. C'est la même chose qu'une ordonnance restrictive ?

— Plus ou moins. D'après ce que l'on sait, ils ne comptent pas exiger que vous quittiez votre domicile, en revanche ils vous demandent de cesser tout contact. De ne plus vous approcher de chez eux…

— Mais nous habitons la maison voisine, dit Hen.

— … et de ne plus les espionner ni les suivre.

— C'est une requête officielle ? voulut savoir Lloyd.

— Comme l'agent Rowland vous l'expliquait, dit l'autre policier, dont Hen n'avait pas saisi le nom, il s'agit d'une visite de courtoisie. En principe, ce genre de problème se résout sans avoir à recourir à une ordonnance du juge. Nous espérons que vous accepterez de vous soumettre à leur demande. D'après mon expérience, la plupart des conflits de voisinage peuvent se solutionner de manière pacifique.

Hen s'avança au bord du canapé, Lloyd retira sa main de sa cuisse.

— Ça n'est pas un banal conflit de voisinage. J'ai vu Matthew Dolamore commettre un meurtre. Ce n'est pas une ordonnance restrictive qui va me faire modifier mon témoignage.

Le policier leva les mains, paumes en avant, en se tournant vers elle.

— Je comprends parfaitement. Nous ne sommes pas ici pour discuter de l'affaire d'homicide. Nous sommes simplement venus vous informer que vos voisins avaient entamé une procédure pour obtenir une ordonnance de protection.

— D'accord, d'accord, dit Lloyd. Combien de temps cela va-t-il leur prendre ? Pour obtenir cette ordonnance ?

— Le juge dispose habituellement de vingt-quatre heures pour examiner le dossier, mais en général, la demande est approuvée bien avant. Elle peut être délivrée dans la journée.

— Très bien. Merci de nous avoir avertis.

— À l'heure qu'il est, les Dolamore n'ont pas encore fourni tous les documents nécessaires. Nous espérons que cette conversation...

— Je les emmerde, s'exclama Hen. Qu'ils la déposent leur demande. Je m'en fous.

Lloyd déplaçait sa main vers son dos, mais elle se leva.

— Merci à vous deux d'avoir fait votre travail.

Lorsqu'ils furent partis, Lloyd s'écria :

— Bon Dieu, Hen.

— Quoi ? Je pensais ce que j'ai dit. Ils pourront obtenir toutes les ordonnances qu'ils veulent, ça ne changera pas ce que j'ai vu.

— Parlons-en autour d'un café.

— Je ne veux plus en parler. Je sais que tu ne me crois pas. Et je ne sais plus comment te convaincre.

— Je te crois. Je pense simplement que tu t'es trompée. Est-ce que tu veux bien admettre que c'est une possibilité ?

— Non. Je veux bien admettre qu'avant samedi soir, je m'étais juste forgé une opinion d'après ce que j'avais vu.

Peut-être que ce trophée n'appartenait pas à Dustin Miller. Peut-être que Matthew Dolamore avait eu une autre raison de suivre ces gens au beau milieu de la nuit. Mais samedi soir, je l'ai bel et bien vu, lui, sur la scène du crime. De mes propres yeux.

— Tu avais bu.

— Pas tant que ça.

— Ce n'est pas ce qu'on m'a dit.

— Ce que t'a dit qui ?

— J'ai parlé à l'un des inspecteurs, hier, avant qu'on reparte du commissariat. Il m'a dit que tu étais très alcoolisée.

— Ce n'est pas vrai. J'avais bu, oui, mais…

— Ils ont interrogé le barman. Tu avais bu au moins cinq verres, dont un martini.

— Je n'ai pas compté.

— Tu sais qu'avec tes médicaments, ça équivaut à dix verres. Tu avais dîné au moins ?

— Je ne sais plus. Écoute, arrête de m'engueuler. J'avais bu, mais je sais ce que j'ai vu. Est-ce que tu leur as parlé de mes médicaments ?

— À qui ? À la police ? Ils m'ont demandé si tu buvais souvent, et j'ai répondu que non. Qu'à cause de tes médicaments, tu faisais généralement très attention à ne pas dépasser deux verres.

— Génial.

— Je suis de ton côté, Hen. Je m'inquiète pour toi.

— Tu ne devrais pas être à ton boulot ?

— C'est férié. C'est le Columbus Day.

— Oh, c'est vrai.

— J'ai effectivement du boulot, mais je peux travailler à la maison. Je ne veux pas te laisser seule.

Hen s'aperçut qu'elle serrait les mâchoires ; elle les relâcha.

— Je comptais aller à mon atelier aujourd'hui. Hors de question que je passe la journée à la maison. Pas avec… pas avec ce type à côté.

— D’accord. Tu devrais y aller, oui. C’est une bonne idée.

Hen but un peu de café et tenta de manger du pain grillé, mais la seule sensation de la nourriture dans sa bouche lui donnait la nausée. Elle changea à nouveau de tenue puis annonça à Lloyd, qui travaillait sur son ordinateur dans le salon, qu’elle partait pour son atelier.

— Tu veux bien me faire plaisir ? dit-il.

— Oui.

— Promets-moi que tu vas seulement à ton atelier. Et que tu ne feras rien de stupide.

— Promis, dit-elle, avant de franchir la porte et de monter dans sa voiture sans jeter le moindre regard vers la maison des Dolamore.

21

L'INSPECTRICE avait informé Matthew et Mira que des policiers s'étaient rendus chez Henrietta Mazur pour discuter avec elle, mais ils avaient tout de même décidé de poursuivre la procédure pour obtenir une ordonnance. Le juge la leur délivra à trois heures et on leur expliqua qu'un huissier de justice la remettrait en mains propres à Henrietta, soit l'après-midi même, soit au plus tard le lendemain matin.

— Ça ne l'empêchera pas de continuer à affirmer qu'elle vous a vu sur la scène du crime, expliqua l'inspectrice à Matthew au téléphone.

— Je sais. Je veux simplement qu'elle arrête de me suivre. Je ne veux plus qu'elle mette les pieds chez moi. Ni qu'elle parle à ma femme. La dernière fois qu'elle a eu ce genre de comportement, elle a agressé quelqu'un.

— Bien sûr. Nous ferons tout notre possible pour que ça ne se reproduise pas.

Prise d'une migraine, Mira était partie s'enfermer dans la chambre, stores baissés. Ses maux de tête n'étaient pas fréquents, mais chaque fois qu'ils survenaient – toujours à cause de l'anxiété, songea Matthew, bien qu'elle ne soit pas du même avis –, ils la mettaient K.-O. pour la journée. Matthew, dont l'estomac n'allait pas fort, dîna d'un bol de céréales. Il se rendit compte que depuis le samedi soir il n'avait pas eu un seul moment pour faire le point sur ce qu'il avait éprouvé quand il avait abattu sa matraque en métal sur le crâne de Scott Doyle, et senti le craquement signifiant que la vie le quittait. La saveur de ce moment avait été gâchée par la présence de Henrietta, qui était apparue comme un fantôme sur le parking, son regard rencontrant le sien. Il tenta de séparer les deux événements, d'accepter l'idée que l'on puisse accomplir un acte à la fois divin et irréfléchi. Malgré cela, il avait réussi à s'en tirer sans être inquiété. Tout s'était passé comme il l'avait pressenti. Henrietta Mazur n'était pas un témoin fiable. Pire, c'était un faux témoin. Une femme mentalement instable incapable de distinguer la réalité du fantasme. D'une certaine manière, tout s'était déroulé idéalement.

À mesure que la soirée avançait – Matthew lisait avec fébrilité tout ce qu'il pouvait trouver en ligne sur le meurtre de Scott Doyle –, il s'aperçut qu'il pensait davantage à Henrietta qu'au meurtre lui-même. Il n'arrêtait pas de se remémorer ce moment suspendu où leurs regards s'étaient croisés, un courant électrique passant entre eux, tandis que Scott gisait à ses pieds. Ça lui rappelait quelque chose... ça lui rappelait sa mère en fait, et il n'était pas certain de vouloir y penser. Mais il s'autorisa à le faire, juste pour cette fois. Ce regard fixe – éteint et plein de connivence –, Natalia Dolamore le maîtrisait à la perfection à la fin de sa vie. Il revoyait à présent cette expression sur le visage de sa mère tandis qu'elle ramassait leurs assiettes sur la table, et la sienne par terre... un de ces soirs où son père l'avait obligée à manger à quatre pattes sur le lino de la cuisine, son repas écrasé dans une gamelle pour chien. Elle lui avait obéi évidemment, car elle savait ce qui l'attendait si elle lui tenait tête, mais elle avait continué d'arborer son masque figé, indifférente à l'humiliation. Son visage était celui d'un témoin, observant sa propre vie. Elle ne la vivait plus mais l'observait de l'extérieur.

C'était exactement l'expression qu'avait affichée Henrietta. Elle avait eu le visage d'un témoin, et Matthew ne pouvait se départir de l'impression qu'à ce moment-là, elle avait vu clair en lui. Pas seulement les événements présents, mais tout ce qui lui était arrivé depuis qu'il avait l'âge de se souvenir. Elle avait vu la monstruosité de son père, la grâce et la fragilité de sa mère. Elle avait vu son frère, Richard, transformé lui-même en monstre. Elle avait vu la porte qui s'était ouverte en Matthew la première fois qu'il avait regardé quelqu'un mourir ; elle avait assisté à son entrée dans un monde en couleur dont il n'avait pas soupçonné l'existence. Elle avait vu Jay Saravan, évanoui sur le siège avant de sa voiture tandis que l'habitacle se remplissait de gaz d'échappement. Elle avait vu Dustin Miller, mort dans son fauteuil, et Matthew s'emparant du trophée d'escrime sur la commode. Elle avait même ressenti son besoin, son désir de se l'approprier. Et elle avait senti la pulsion stupide qui l'avait poussé à l'exposer sur la cheminée de son bureau.

Elle en avait parlé à la police de ce trophée qu'elle avait vu lorsqu'elle était venue dîner. Mais Matthew n'avait rien à craindre. Le trophée d'escrime n'était plus là. Si la police l'interrogeait à ce sujet, il n'aurait qu'à leur répéter ce qu'il avait dit à Mira dans la matinée : qu'il s'en était débarrassé – il l'avait acheté dans un vide-grenier et, trouvant que son bureau était trop encombré, il l'avait jeté dans une benne à ordures. Ça leur paraîtrait suspect, mais que pourraient-ils faire ? Le trophée était caché dans la réserve de son lycée, débarrassé de ses empreintes, enfoui derrière les sièges de jardin et les anciens couverts de table. Si la police se mettait à sa recherche, auraient-ils l'idée de chercher là-bas ? Ils perquisitionneraient peut-être sa maison, et sa classe, mais certainement pas cette réserve… ?

Il sentit son estomac se crisper. Peut-être que si finalement, et peut-être qu'ils mettraient la main dessus ? Il envisagea de se rendre à Sussex Hall afin de récupérer le carton et de l'emporter quelque part où on ne le trouverait jamais. Mais à cette idée, son estomac se noua de plus belle. Pas maintenant, se dit-il. C'était trop risqué.

Il retourna devant son ordinateur et actualisa les résultats de sa recherche pour voir s'il y avait du nouveau concernant

Scott Doyle. L'un des articles parlait de lui comme d'un musicien prometteur, une "future star du rock". Eh bien, il peut me dire merci, pensa Matthew. En un week-end, Scott Doyle était passé du rang de clone de chanteur leader d'un groupe de reprises à future star du rock. Aucun des articles n'évoquait Michelle Brine. Il trouvait cela un peu étrange, mais après tout, ce n'était pas comme s'ils vivaient ensemble ; elle n'était que sa petite amie, une parmi Dieu sait combien d'autres. Il se demanda si quelqu'un l'avait mise au courant et envisagea la possibilité qu'elle ne le soit pas. Elle était partie rendre visite à son père mourant. La police savait-elle seulement qu'elle existait ? Elle avait sûrement essayé de l'appeler le dimanche, pour lui demander comment son concert s'était passé. S'était-elle beaucoup inquiétée en constatant qu'il ne répondait pas ? Elle devait être rentrée à l'heure qu'il était, afin de se ménager du temps pour préparer sa semaine de cours. Peut-être devait-il l'appeler, lui dire qu'il avait eu vent des événements. Inutile de mentionner le fait qu'il avait été interrogé en tant que suspect. Il n'avait pas été inculpé et son nom ne figurait pas dans les rapports.

Il téléphona à Michelle sur son portable.

— J'allais t'appeler, lui dit-elle en décrochant.

Il devina à sa voix qu'elle savait.

— Toutes mes condoléances, dit-il. Je viens d'apprendre la nouvelle aux infos. Comment c'est arrivé ?

Elle inspira dans une saccade. Il comprit qu'elle venait de pleurer.

— Je n'avais pas arrêté de l'appeler le dimanche, pour savoir comment le concert s'était passé, mais il ne répondait pas. C'est drôle, mais je savais qu'il était arrivé quelque chose d'horrible. Je le sentais. Et puis Jeremy m'a appelée pour me l'annoncer. Je revenais en voiture de chez mes parents…

— Jeremy ?

— Excuse-moi. Je suis bête. Jeremy faisait partie du groupe de Scott. C'était le batteur. Il m'a appelée et m'a annoncé que Scott était mort, et j'ai failli lui répondre : "Je sais." Pour te dire à quel point ça me paraissait fatidique. Je ne sais pas… je suis peut-être dingue.

— Non, tu n'es pas dingue. Je suppose que tu es simplement sous le choc.

— Le truc, c'est qu'on avait rompu, le vendredi, juste avant mon départ. Tu aurais été fier de moi. Je lui ai redemandé une dernière fois s'il voulait m'accompagner voir mon père, en expliquant que son état avait empiré, et il m'a répondu qu'il ne pouvait pas, parce que son concert était très important. Alors je lui ai proposé qu'on parte en voiture le vendredi soir et qu'il vienne le voir rapidement le samedi matin. Il aurait pu rentrer l'après-midi avec ma voiture, et moi j'aurais pris le train. Il a répondu qu'il avait besoin d'être bien dans sa tête pour son concert. Alors je lui ai dit d'aller se faire foutre. Enfin, pas en ces termes, mais je lui ai dit que d'après moi il valait mieux qu'on se sépare. Il a protesté… un peu, mais toujours est-il qu'on en était arrivés là. On avait rompu.

Matthew perçut une certaine fierté dans la voix de sa collègue, presque comme si elle avait oublié que Scott n'était plus là. Mais l'instant d'après, elle émit un soupir brusque, pareil à un gémissement, et éclata en sanglots.

— Peut-être… commença-t-elle en laissant sa phrase en suspens.

— Tu sais ce qui s'est passé ? Un vol qui a mal tourné ?

Elle renifla deux fois, assez bruyamment, et répondit, d'une voix quasi normale :

— C'est arrivé après le concert. Il avait un pneu à plat, et pendant qu'il changeait sa roue, quelqu'un l'a frappé à la tête. Quand je suis allée au commissariat, ils m'ont demandé si je lui connaissais des ennemis, et s'il m'était fidèle, et aussi pourquoi nous avions rompu.

— Tu leur as dit que vous vous étiez disputés et que vous aviez rompu le vendredi ?

— Oui, je leur ai tout expliqué. De toute façon, je ne figure pas parmi les suspects. J'étais à Pittsfield tout le week-end.

— Tu te sens comment maintenant ?

— Mon Dieu, je ne sais pas. Toutes les émotions du monde se mélangent en moi. J'étais vraiment heureuse au début du week-end d'avoir réussi à me libérer de Scott. Enfin non, je veux dire, je ne peux pas dire que j'étais heureuse, parce que mon père va bien plus mal que ma mère ne le prétendait, mais je me sentais soulagée. À présent je ne sais plus quoi penser. Suis-je censée le pleurer ? Je suis complètement déboussolée.

— Tu devrais prendre ta semaine.

— Mon Dieu, surtout pas. C'est la dernière chose que je veux faire. Je vais devenir folle si je reste une journée de plus seule ici dans mon appartement. Tiens, justement, je ne sais pas si c'est bien convenable de te demander ça maintenant, mais je m'en fiche. Tu es libre ? Est-ce que tu voudrais passer à la maison ? Ou est-ce que ma proposition est déplacée ?

Matthew fit rapidement le point sur ses options. S'il décidait de révéler à Michelle que sa déséquilibrée de voisine l'avait accusé du meurtre, c'était maintenant ou jamais. D'un autre côté, l'information ne lui était pas encore parvenue aux oreilles, et elle ne lui parviendrait peut-être jamais. À l'évidence, la police n'avait même pas pris la peine de lui montrer une photo de Matthew. Ce qui indiquait très clairement qu'ils n'accordaient aucun crédit au témoignage de Henrietta Mazur. Il choisit de ne rien dire à Michelle. Si elle le découvrait par la suite, il n'aurait qu'à lui expliquer qu'il n'avait pas voulu ajouter à sa confusion.

— En fait, répondit-il, Mira ne se sent pas très bien aujourd'hui.

— Oh, je suis désolée. Excuse-moi.

— Rien de grave, mais elle fait parfois des migraines qui la lessivent pour la journée.

— Oh là là. Oublie ma proposition.

— Si tu décides d'aller travailler demain, voyons-nous après les cours. On discutera autour d'un café.

— Pas de problème, dit-elle.

— Et n'hésite pas à me rappeler plus tard, d'accord ? Si tu as besoin de parler à quelqu'un.

Une fois qu'ils eurent raccroché, Matthew sut qu'elle ne rappellerait pas. Il resta assis un moment, son esprit imaginant ce à quoi pourrait ressembler une visite chez Michelle – elle habitait une de ces résidences dotées d'un style vaguement tudorien et affublées du nom de Courtly Estates. Qu'éprouverait-il en consolant la petite amie (*ex*-petite amie) de l'homme qu'il avait traqué et tué ? Et que ressentirait-il quand il s'apprêterait à prendre congé et qu'elle l'attirerait contre elle pour le serrer dans ses bras et presser ses lèvres contre les siennes ? Il alla jusqu'à imaginer Michelle s'allongeant sur son lit, en soulevant les hanches afin qu'il puisse faire glisser son jean le long de ses jambes tremblantes et interminables. Cette dernière image l'émoustilla légèrement et il songea à Mira, seule dans son cocon d'obscurité. Il ne l'avait jamais trompée et ne la tromperait jamais. Le mari infidèle, c'était son père. Pas lui.

En outre, aussi tentante que fût la proposition de Michelle, désormais libérée pour toujours de la présence de Scott Doyle, Matthew réalisa qu'il continuait de penser à Henrietta Mazur. Que ressentirait-il en lui rendant visite ? Que dirait-elle s'il allait frapper à sa porte ? Ce ne serait sans doute pas elle qui ouvrirait, cela dit ; ce serait sûrement son mari, Lloyd, et il lui collerait probablement son poing dans la figure. Malgré cela, il ne pouvait s'empêcher de songer à elle. Il mourait d'envie de savoir ce qu'elle pensait. Une chose était sûre : il occupait lui aussi ses pensées. En permanence. Et quelque part au cours des prochaines vingt-quatre heures, elle recevrait l'ordonnance de protection lui interdisant formellement d'entrer en contact avec lui et Mira. Allaient-ils déménager ? Il en doutait. Tout comme il doutait qu'elle cesserait de fourrer son nez dans ses affaires. À cette idée, il ressentit un frisson d'excitation perverse qu'il ne parvenait pas vraiment à s'expliquer.

22

Le mardi matin, après qu'un huissier de justice imposant à la mine impassible lui eut remis l'ordonnance de protection, Hen appela Lloyd à son travail pour lui annoncer la nouvelle.

— Merde, dit-il. Alors ça y est.

— Ouais.

— Comment te sens-tu ?

— Je sais pas. Confortée dans mon idée, quelque part.

— Mais tu ne vas pas tenter autre chose, hein ?

— Comme quoi ? M'introduire chez eux ?

— Par exemple.

— Non. C'est bon. Je me suis exprimée. Je ferai ma prise de sang pour vérifier si mon traitement est toujours efficace. Et puis je me ferai oublier. Je vais bien en ce moment, Lloyd. Je ne suis pas en crise maniaque.

— Je te crois.

Il avait fallu à Hen toute sa force de persuasion pour convaincre Lloyd de partir au bureau ce mardi-là. Elle lui avait promis qu'elle se sentait bien et qu'elle lui donnerait de ses nouvelles toutes les deux heures.

— Mais je vais te dire une chose. Si l'enquête n'avance pas… que Matthew n'est pas arrêté, alors peut-être qu'on devrait envisager de déménager. Cet homme est un meurtrier.

— D'accord, répondit Lloyd, et elle entendit un son étouffé tandis qu'il posait sa main sur le micro du téléphone pour dire un mot à quelqu'un près de lui. Oui, d'accord. Ça marche.

— Je te rappelle tout à l'heure.

Hen marcha jusqu'à la grande fenêtre qui donnait sur Sycamore Street. Elle avait tiré les rideaux devant toutes celles qui faisaient face à la maison des Dolamore. Ayant eu la confirmation que Matthew était un meurtrier, et sachant qu'il était au courant qu'elle connaissait son secret, elle s'étonnait de ne pas avoir plus peur que cela. Ne risquait-il pas de s'en prendre à elle à un moment ou à un autre ? Elle ne le pensait pas, pour plusieurs raisons, l'une étant que s'il lui arrivait quelque chose, Matthew serait évidemment le premier à être suspecté, puisqu'elle l'avait accusé. Mais il y avait autre chose : elle ne pensait pas être son type. Matthew Dolamore ne tuait que des hommes. Elle ignorait pourquoi, mais c'était ainsi.

Une des mères du quartier marchait dans la rue. Elle portait un pantalon de yoga et tenait à la main de petits haltères. Elle se retourna et lança un regard vers la maison ; Hen se recula dans l'ombre. Cette femme savait-elle quelque chose ? Probablement pas. Les sujets d'information sur le meurtre de New Essex ne mentionnaient ni son nom ni celui de Matthew. Elle ne pouvait cependant s'empêcher de s'interroger.

Dehors la journée était magnifique, le ciel azur, et l'érable de l'autre côté de la rue maintenant entièrement rouge, n'ayant perdu que quelques feuilles. Hen aimait toutes les saisons, mais il y avait quelque chose dans les mois de grand changement – octobre et avril – qui lui causait une tristesse insidieuse et difficilement descriptible. Elle songea à ses parents qui venaient de rentrer chez eux, dans le nord de l'État de New York, après une croisière de trois semaines sur le Rhin. Son père devait être en train d'observer sa pelouse à la loupe tandis que sa mère planifiait déjà leur prochain voyage en Europe. Hen décida qu'elle les appellerait plus tard, mais d'abord, elle voulait marcher jusqu'à son atelier. Les ateliers portes ouvertes se tenaient le week-end suivant, et elle avait beaucoup de travail.

Tout au long de la semaine, le beau temps se maintenant et chaque journée offrant un ciel sans nuage et un air tonifiant, Hen s'astreignit à une routine immuable : après le petit déjeuner, elle se rendait à son atelier à pied, travaillait sur les illustrations pour les *Guerriers d'antan* jusqu'à midi, puis elle déjeunait au petit café sur la berge, à quelques pas des ateliers, et passait l'après-midi à préparer l'événement du week-end. Elle nettoya son espace, sélectionna quinze estampes – dont sa plus récente, celle avec le chat couché dans le lit et la fille sur la fenêtre – qu'elle accrocherait sur son mur. Elle partit même au Walmart acheter un de ces seaux géants de boules de bretzels au beurre de cacahuète, sa junk food préférée. Elle se l'autorisait uniquement lors des week-ends portes ouvertes, en disposant un grand saladier, officiellement destiné aux visiteurs, mais qu'elle considérait en fait comme une maigre compensation pour le calvaire que constituait ce défilé imposé de badauds aux regards critiques à travers son espace de travail.

Bizarrement, ce fut une semaine agréable, malgré le nombre de fois où ses pensées étaient revenues à Matthew Dolamore et à ce qu'elle l'avait vu faire. Le soir, elle et Lloyd préparaient le dîner ensemble. Les Red Sox s'étaient inclinés dans le premier tour de qualifications, et Lloyd avait fait la tête pendant vingt-quatre heures, mais ils avaient maintenant tout le loisir de rattraper la dernière saison de *Game of Thrones*.

Elle n'avait toujours pas rouvert les rideaux des fenêtres donnant sur la maison des Dolamore. Lloyd l'avait sûrement remarqué, mais il n'avait fait aucun commentaire.

Le samedi matin, Lloyd l'accompagna jusqu'aux Black Brick Studios pour voir comment elle avait arrangé son espace. Les portes ouvertes se déroulaient sur deux jours, de midi à cinq heures, et l'endroit grouillait d'activité, comme cela avait été le cas toute la semaine. Lloyd but un café en jetant un coup d'œil aux estampes qu'elle avait choisi d'exposer. La plupart lui étaient familières – à chaque exposition, elle ressortait immanquablement ses "grands succès" –, en revanche, il n'avait pas encore vu sa nouvelle œuvre, et après l'avoir étudiée, il demanda :

— Tu l'as déjà exposée, celle-ci ?

— Je viens de la faire.

— Je l'aime bien, dit-il. Elle fait froid dans le dos. Ça représente quoi ?

Cette question l'horripilait, et Lloyd aurait dû le savoir, mais parfois, il ne pouvait s'empêcher de la poser. Il adorait ses dessins, du moins c'est ce qu'il lui répétait, mais il ressentait un besoin vital de les décortiquer dans les moindres détails.

— Ça représente Matthew Dolamore.

Lloyd fit volte-face, l'inquiétude se lisant sur ses traits, et elle écarquilla les yeux en s'exclamant :

— Je plaisante. Je ne sais pas ce que ça représente. L'idée a surgi telle quelle dans ma tête.

Lloyd resta la majeure partie de la matinée à se gaver de bretzels jusqu'à ce qu'elle lui demande d'arrêter.

— Qu'est-ce que tu offres avec ça ? demanda-t-il. Ça donne soif.

— J'ai du cidre.

— Hmm… tu devrais le faire chauffer et y ajouter des épices. Ça parfumerait ton atelier.

Hen trouva l'idée très bonne. Disposant déjà d'un réchaud sur place, elle envoya Lloyd chercher une marmite et acheter un mélange d'épices pour cidre. Elle était heureuse de s'être débarrassée de lui. Elle savait qu'il l'abandonnerait de toute manière dès que les visiteurs commenceraient à arriver, mais elle voulait déjà rester seule un moment. Elle prépara sept ou huit plaques de cuivre en vue de les passer à la presse dans l'après-midi. Elle préférait de loin s'occuper plutôt que de faire le pied de grue en regardant des inconnus contempler ses œuvres. Lloyd revint juste avant midi. Il avait rapporté leur grande marmite, un sachet d'épices, et même une pinte de bourbon Maker's Mark.

— Tu penses que je devrais corser un peu le cidre ? demanda-t-elle en riant.

— Je me suis dit que ça pourrait être utile, juste au cas où.

Lloyd fit chauffer le cidre à feu doux, et bientôt un parfum de pommes et de clous de girofle emplit l'atelier. Ils en burent chacun une tasse, relevée de bourbon, et Hen ressentit subitement une sensation de bien-être enveloppant, le sentiment que tout rentrerait dans l'ordre. Dès que les premiers visiteurs apparurent – un couple de quinquagénaires, l'homme tirant une tête d'enterrement et visiblement blasé, la femme arborant une mèche violette dans sa chevelure et portant à son manteau deux broches faites main –, Lloyd s'éclipsa.

L'après-midi fut chargé. Le beau temps avait déplacé une foule de visiteurs, et à trois heures, tout le cidre était fini et il ne restait plus qu'une mélasse sombre au fond de la marmite. Hen, qui avait mis ses estampes en vente en dessous de leur valeur, vendit une quinzaine de pièces. Elle avait l'habitude de ce genre d'événements portes ouvertes auxquels elle avait participé des années durant à Somerville, mais ici, en banlieue, les visiteurs étaient légèrement différents. Ils posaient davantage de questions et dépensaient plus. À cinq heures, elle était épuisée. Elle appela Lloyd pour qu'il vienne la chercher en voiture. Il avait passé l'après-midi à préparer du chili, selon ses dires, et à suivre les matchs de football universitaire. Son haleine laissait cependant penser qu'il avait également bu un bon nombre de bières, et Hen était bien contente qu'ils n'aient qu'un kilomètre et demi de route à faire pour rentrer.

Le dimanche matin, le temps changea, le ciel se couvrit de lourds nuages et l'air se chargea d'humidité. Hen décida de prendre la voiture pour ne pas se faire surprendre par la pluie. La journée n'en finissait pas. À midi, le ciel s'était dégagé et une pluie diluvienne commença à tomber en continu. Dans son atelier au sous-sol, Hen ne s'en rendait pas compte, mais à voir les quelques courageux qui s'étaient déplacés dégouliner sur le sol, elle devina que le temps au dehors était pourri.

La pluie et le fait que les Patriots avaient un match cet après-midi-là réduisirent considérablement la fréquentation. Hen reçut la visite de collègues artistes désireux de voir ce qui se pratiquait en dehors de leurs ateliers, elle s'aventura elle-même dans les couloirs du sous-sol et passa voir Derek, un de ceux dont elle se rappelait le prénom.

— Salut, Hen, dit-il quand elle entra.

— Comment s'est passé votre week-end portes ouvertes ? demanda-t-elle.

— Aujourd'hui, c'est plutôt calme. Hier c'était la folie.

Elle jeta un coup d'œil aux photographies de Derek : assez intéressantes, que du noir et blanc, représentant essentiellement des édifices – centres-ville, galeries commerçantes, îlots de maisons de banlieue – mais souvent prises sous un angle particulier qui donnait la part belle au ciel. Hen se demanda si le choix de perspective de Derek avait un lien avec sa petite taille ; elle faillit lui poser la question, mais se retint. C'était le genre de question qu'elle ne supportait pas. "Qu'y a-t-il de vous dans cette œuvre ?" Elle était bien consciente de l'impopularité de sa position dans ce microcosme obsédé par l'individualité, mais parfois, l'artiste et son œuvre constituaient deux entités distinctes.

Elle demanda finalement :

— Vous en avez vendu beaucoup ?

— Une, hier.

Sur un coup de tête, elle déclara qu'elle souhaitait lui acheter celle qu'elle préférait dans le lot : un magnifique cliché argenté représentant un empilement de citrouilles lors de ce qui semblait être une fête d'automne. Accroupi devant les citrouilles, un enfant grattait la terre nue à l'aide d'un bâton. Un entrelacs de nuages couvrait le ciel.

— Ne vous sentez pas obligée, dit Derek.

— Non, mais j'adore ce cliché. Il m'inspirera pour le prochain livre que j'illustrerai.

Elle courut jusqu'à son atelier pour chercher sa carte bancaire et revint acheter la photo encadrée. Dès qu'elle l'eut entre les mains, elle en tomba amoureuse. Elle pensa qu'elle pourrait l'accrocher dans son salon.

À quatre heures et demie, elle commença à nettoyer, quasiment sûre qu'elle n'aurait plus de visiteurs. Elle se versa une dose de bourbon dans un verre à eau et mit la bande originale du film *Le Voile des illusions* sur son lecteur CD. Alors qu'elle se lavait les mains dans le grand évier, elle perçut soudain une présence dans son atelier. Elle se retourna, les mains encore mouillées. Matthew Dolamore se tenait à moins de deux mètres d'elle, les mains enfoncées dans les poches de son jean. Sa veste était constellée de gouttes de pluie.

Hen sentit son corps se glacer et ses yeux se déplacèrent rapidement vers la porte. Matthew recula d'un pas.

— Je ne suis pas venu vous faire du mal, dit-il.

— Alors que faites-vous ici ?

Hen fut surprise par le calme apparent de ses paroles.

Il haussa très légèrement les épaules.

— Je suis venu discuter. Et je voulais aussi voir vos œuvres.

Matthew promenait maintenant son regard autour de l'atelier, les mains toujours enfoncées dans son jean, et Hen se rendit compte qu'il était nerveux. Elle s'avança d'un pas.

— Je préférerais que vous vous en alliez, dit-elle. Comme vous le savez, je suis sous le coup d'une ordonnance de protection, et je ne veux pas l'enfreindre.

— Vous m'espionniez…

— J'avais de bonnes raisons.

— Écoutez… commença Matthew, avant de s'arrêter.

— Non, j'aimerais vraiment que vous partiez, dit-elle. Maintenant.

— Vous n'avez pas envie de discuter ? C'est tout ce que je suis venu faire. Je ne suis pas là pour vous faire du mal ou vous menacer.

— Ou me tuer…

Il sourit, et Hen eut l'impression de voir un enfant qu'on a surpris en train de dire un gros mot dans la cour d'école.

— Non, je ne pourrais jamais vous tuer, dit-il.

— Pourtant vous avez tué Scott Doyle. Et Dustin Miller.

Matthew jeta un coup d'œil par-dessus son épaule pour s'assurer qu'il n'y avait personne dans les parages.

— Oui, dit-il. Je les ai tués.

Hen eut à nouveau peur. Son visage devait la trahir, car Matthew sortit les mains de ses poches pour les lever devant lui dans un geste rassurant.

— Jamais au grand jamais je ne vous ferai du mal. Je vous le jure.

— Qu'attendez-vous de moi alors ? demanda-t-elle.

Matthew sourit une nouvelle fois, d'un air presque penaud.

— Je ne sais pas encore, dit-il. Je crois que j'aimerais que vous sachiez la vérité.

Richard

Je soupçonne mon frère de ne pas être celui qu'il paraît. Non pas que je le lui reproche. Quand on a survécu à une enfance comme la nôtre, on est bien libre de faire ce qu'on veut.

La vie a une dette envers nous.

Moi aussi il m'est arrivé d'avoir les mêmes pulsions, je le reconnais, mais je suis fier de dire que je ne les ai pas écoutées. Avec moi, le monde n'a rien à craindre, même si de temps en temps, j'aime aussi m'amuser. Pas de la même manière que mon père le faisait, si mes soupçons sont exacts. Un jour qu'il rentrait d'un de ses déplacements professionnels, je l'avais suivi dans la chambre où il défaisait sa valise. Maman était restée en bas. Elle lui cuisinait un rôti en cocotte, son plat préféré, et le surveillait pour qu'il ne brûle pas. Il avait été absent au moins une semaine (ça m'avait semblé plus long, mais tout semble plus long quand on est gamin) et je le regardais sortir ses habits de sa valise, essentiellement des chemises de costume, des sous-vêtements et des chaussettes qu'il balançait par terre, où maman les ramasserait.

Il tira alors de ses affaires une culotte de femme beige en dentelle, élimée par endroits. Il la leva pour me la montrer, en ouvrant une bouche souriante qui laissait voir tous ses plombages, puis la déposa au milieu du lit sur la courtepointe en jacquard. Il sortit ensuite un soutien-gorge qu'il posa cinquante centimètres au-dessus, les cônes épais des bonnets pointant vers le haut. J'étais juste assez âgé pour imaginer ce qu'il y avait eu sous ces bonnets, et je me souviens que j'étais excité. Un des deux bonnets était plus sombre et j'avais regardé à l'intérieur. Du sang foncé, moins rouge que brun, tachait le tissu à l'intérieur.

Mon père me lança un regard complice en haussant les sourcils.

— Elle voulait pas le retirer, mais j'ai réussi à la convaincre.

— C'est celui de maman ? demandai-je, même si j'étais presque sûr que ce n'était pas le cas.

En entendant ma question, mon père rit à gorge déployée.

— Crois-moi, ta mère aurait bien du mal à remplir ce soutif. Mais c'est pour elle que je l'ai rapporté, histoire qu'elle sache que j'ai pensé à elle pendant mon voyage. Oh, j'ai aussi quelque chose pour toi, petit gars.

C'était la vraie raison qui m'avait poussé à suivre mon père dans la chambre. J'espérais qu'il ait un cadeau pour moi – il me rapportait toujours un souvenir, même si ce n'étaient que quelques flacons de gel douche ou de shampoing. Farfouillant dans une des pochettes de sa valise, il en tira un jeu de cartes qu'il balança vers moi.

— De la part de mon bon ami Bill, dit-il. C'est des cartes spéciales. Faut pas que maman les voie.

Je sortis les cartes écornées de leur boîte. Au verso, des femmes nues dévoilaient intégralement leur intimité, y compris leur triangle touffu.

— Garde-les pour toi, compris ? Si tu les montres aux autres garçons à l'école, ils essaieront de te les piquer. Cache-les dans ta chambre.

Je ne me souviens plus du reste de cette soirée, ni de ce que ma mère avait fait en trouvant le soutien-gorge taché de sang posé de son côté du lit. Je me rappelle avoir pensé que ça devait être une farce, comme quand mon père faisait semblant de se retirer un doigt de la main, ou quand nous nous rendions à la carrière et qu'il faisait comme s'il allait me jeter dans le vide. J'ai toujours ces cartes, même si elles sont plus écornées qu'à l'époque. Ma préférée est la fille sur le 8 de pique – elle est à quatre pattes et regarde par-dessus son épaule ; sur sa fesse gauche, il y a une espèce de bleu gros comme le poing, mais peut-être que ce n'est qu'une ombre.

Je fais continuellement le même rêve. Je suis en train d'explorer une maison au fond des bois. Je me suis aventuré à l'étage, où je n'aurais pas dû aller. Un long couloir sombre s'étire devant moi, flanqué de nombreuses portes donnant sur des chambres, la plupart pourries et inoccupées. Au bout du couloir, une silhouette obscure m'observe, attendant de voir où je vais aller. Chaque fois que je vois ce personnage, j'éprouve la même sensation. Il faut que je sache qui c'est. Mais dès que je m'approche de lui, il disparaît dans l'une des chambres et je perds sa trace. J'ai peur de ce qu'il y a derrière ces portes, mais il faut que je les ouvre. Il faut que je le trouve.

Il y a trois jours, alors qu'il faisait beau, je me suis rendu dans le centre-ville de Winslow, sachant qu'elles y pulluleraient, ces nuées d'étudiantes de l'université de la ville dans leurs minijupes et leurs tenues de hockeyeuses sur gazon. Je me suis pris une salade thaï au bœuf au Winslow Market et me suis trouvé une table en terrasse. Je terminais ma salade – le steak était trop cuit et caoutchouteux – lorsque je l'ai aperçue. Elle était seule peut-être un peu trop âgée pour être étudiante, mais moins de trente ans. Elle portait un pantalon de yoga noir, une paire de baskets orange fluo, et un T-shirt où il était carrément écrit LE FUTUR EST FÉMININ. Elle venait de sortir du café d'en face – le Latte Da – et marchait d'un pas décidé vers le centre. J'ai laissé ma salade et j'ai commencé à la suivre jusqu'au sommet de la rue. Dès que je l'ai vue ouvrir la portière de sa Prius, garée de travers sur Main Street, je me suis retourné. J'étais stationné deux cents mètres plus bas, alors j'ai rebroussé chemin en marchant aussi vite que possible sans courir. Je suis revenu en voiture et j'ai tourné dans Main Street : elle avait disparu. Mais en regardant vers le haut de la côte, j'ai repéré la Prius verte qui bifurquait à gauche sur River Street. Je l'ai filée en laissant deux voitures entre nous. Au bout de deux kilomètres, elle est entrée dans un de ces nouveaux immeubles résidentiels surplombant la Waltham River – trois étages en brique, chaque appartement doté de son propre balcon. Je me suis garé sur une place visiteurs et je l'ai regardée traverser le parking, la tête baissée sur son portable, un grand sac à main en cuir ballotant au rythme de ses déhanchements.

J'ai sorti mon téléphone et je me suis rendu sur mon faux compte Instagram, où j'ai tapé #latteda, sans grand espoir. Je n'ai pourtant été qu'à moitié surpris en découvrant la publication la plus récente : un cœur tourbillonnant de mousse de lait posté par une certaine haleyfpetersen. Ses photos – pour la plupart des selfies – confirmaient qu'il s'agissait bien de la blonde que j'avais suivie jusqu'à son appartement. Elle se décrivait comme activiste, écrivaine, et professeure de yoga. Les hashtags sur la photo qu'elle venait de poster une minute et demie plus tôt étaient #shoplocal, #girlboss, #yogalife, #lefuturestfeminin, et #heureuxmaintenant.

Les places de parking de l'immeuble étaient numérotées ; j'ai marché jusqu'à celle où elle s'était garée : emplacement 17.

Et voilà, elle était à moi. J'avais son nom. Ses photos personnelles. Je connaissais son adresse et la marque de sa voiture. Je savais avec certitude que je pourrais la tuer dans les prochaines vingt-quatre heures sans me faire épingler. Elle passerait du statut de fille en vie, assez jolie pour attirer deux mille followers sur Instagram, à fille morte, assez jolie pour figurer aux infos nationales.

Je suis rentré à la maison, en réfléchissant à la manière précise dont j'opérerais. Pour l'instant, élaborer un plan me suffisait. Je me sentais beaucoup mieux qu'en me levant ce matin-là. Mais quelque part, ça m'avait paru trop facile, beaucoup trop facile, alors comme bien souvent, j'ai eu envie de pimenter le jeu, de passer à l'acte.

Où que mon frère aille, la mort s'ensuit. Quelqu'un d'autre l'a-t-il remarqué ? Ce jeune qui était à la fac avec lui, Jay quelque chose, un petit connard avec une moustache noire et frisée qui avait débarqué en première année au volant d'une BMW, et qui s'était tué à l'intérieur l'année suivante. C'est la première fois que j'avais eu des soupçons. Quand j'avais posé la question à Matthew, il avait répondu que Jay méritait de mourir, mais qu'il n'avait rien à voir avec sa mort.

Plausible.

Par les chaudes journées d'été, maman nous emmenait jusqu'à un plan d'eau dans une ville à proximité. Pendant qu'on pataugeait à l'intérieur de la partie autorisée, avec son fond couvert d'algues et de rocaille, maman s'installait dans la chaise longue qu'elle apportait et lisait ses magazines en fumant des cigarettes mentholées, dont le parfum nous parvenait jusque dans l'eau.

Parfois, un homme au torse velu venait s'asseoir à côté d'elle. Ils n'échangeaient jamais un seul mot, mais quand maman se rendait aux toilettes – "Ne bougez pas d'ici, disait-elle, maman revient" –, il la suivait.

— Le monsieur, c'est un ami à toi ? lui avait demandé Matthew un jour depuis la banquette arrière du break, alors qu'on rentrait à la maison.

— Quel monsieur ?

— Je vous ai vus ensemble dans les bois.

Elle était restée silencieuse pendant ce qui avait paru un long moment. J'avais mordu dans mon Fudgsicle, la glace anesthésiant mes dents.

— Si tu en parles à ton père, il me tuera. Tu comprends ?

Matthew avait répondu que oui.

DANS l'autre rêve que je fais, je suis au volant d'une voiture, seul, la nuit, et je roule sur une route sombre, mes phares creusant un cône de lumière blanche dans les ténèbres. Devant moi, je vois un homme qui court. C'est le même homme que celui qui m'observe dans la maison aux nombreuses chambres. J'en suis quasiment sûr. J'ai beau accélérer, je ne parviens pas à le rattraper. Il reste hors de portée de mes phares.

J'AI dit à mon frère que j'avais aperçu Henrietta Mazur sur son porche. C'était vrai, mais ça n'était pas la première fois que je la voyais. Il m'arrive de venir chez Matthew même quand il ne m'a pas invité. Je me gare à quelques rues de chez lui et je marche jusqu'à la maison. Je sais que Mira – cette pétasse prétentieuse – ne veut pas me voir, mais moi, j'aime bien la regarder des fois, ou espionner mon frère quand il est avec elle ; il l'aide à préparer le dîner et lui masse les pieds à la fin de la journée.

D'après moi, il fait semblant.

Maintenant je peux aussi observer Henrietta Mazur.

Je l'ai vue par la baie vitrée à l'arrière de sa maison. Henrietta, dans sa cuisine, sautillant au rythme d'une musique que je n'entends pas. Un autre jour, je l'ai aperçue, elle portait simplement une chemise Oxford et une petite culotte noire. Chaque fois qu'elle se mettait sur la pointe des pieds pour atteindre quelque chose, la chemise remontait, dévoilant deux fesses parfaites à peine contenues par le tissu soyeux.

Elle est petite, avec des cheveux bruns coupés un petit peu trop courts à mon goût, et elle bouge comme une danseuse. J'imagine qu'elle doit être souple et que si tu l'attrapes par les chevilles, tu peux lui relever les jambes de chaque côté de la tête. Je suis allé sur son site et j'ai jeté un coup d'œil à ses gravures – des gribouillis tordus et morbides. J'ose à peine imaginer ce qui se passe dans sa tête. Parfois, je l'imagine avec une toison pubienne touffue, comme les filles des cartes à jouer, et d'autres fois, j'imagine qu'elle se rase entièrement. C'est ce que font les gonzesses de nos jours, non ? Elles gardent cet endroit rasé toute l'année, parce qu'elles savent jamais quand un type viendra leur retirer leur petite culotte.

Il s'est produit un meurtre du côté de New Essex, à la sortie d'un bar. Le chanteur d'un groupe qui jouait sur place s'est fait défoncer le crâne. Ça ne m'avait pas vraiment intéressé jusqu'à ce que je lise le nom du groupe : les C-Beams.

Je crois bien que Matthew m'avait parlé d'un groupe qu'il était allé voir au bar près de chez lui. Il avait dit qu'il connaissait la petite amie du chanteur, que celui-ci la trompait et qu'elle n'était pas au courant. Ça me dit quelque chose. Il y a longtemps que je ne suis pas passé voir Matthew, pourtant Mira est toujours en vadrouille (je me demande parfois ce qu'elle traficote pendant ses déplacements professionnels). Mais parfois je bois trop et j'oublie de quoi on a parlé. Je me prends toujours à espérer qu'un de ces soirs, Matthew me retienne et me propose de dormir sur le canapé, mais ça n'arrive jamais. Chaque fois, il me renvoie chez moi.

L'amour fraternel…

Haley Petersen a posté une annonce sur son Instagram pour un cours de yoga. Elle le donnera chez elle samedi matin, et j'ai bien envie d'y aller. L'idée de lui parler face à face alors que j'en sais déjà tellement sur elle m'excite beaucoup. J'ai étudié toutes ses photos sur Instagram (elle adore exhiber son corps de toutes les manières possibles, et surtout en exécutant des poses de yoga en sous-vêtements de dentelle), lu toutes ses publications sur Twitter (l'hiver la déprimait ; au printemps, elle est allée à Lisbonne) et visité son site Internet (elle écrit des poèmes épouvantables qui me font penser qu'elle a subi des sévices).

Vous imaginez se retrouver dans son appartement – si on se fie à son Instagram, tout y est blanc – et pouvoir humer l'odeur de sa sueur sur son corps ? Et si j'étais le seul à me présenter à son cours ? Je n'arrête pas d'y penser, alors je décide d'aller sur Craigslist et je ratisse la section "Femme cherche homme" sur la région de Boston Metro West – je cède presque à la tentation d'écrire un mail à ViLaiNecoQuine, qui habite Billerica. J'ai déjà vu ses publications (jamais de photos, évidemment), mais je n'arrive pas à sauter le pas. Je ne sais pas si je peux me faire confiance.

Mon père a appris pour ma mère et le type du plan d'eau. Je le sais parce qu'il l'a obligée à porter son maillot de bain dans la maison pendant plusieurs semaines. Elle le portait quand elle prenait ses repas par terre dans la cuisine. Matthew dit qu'elle mangeait à quatre pattes, comme un chien, mais je ne me souviens pas de ça. Matthew lui ne se rappelle pas la fois où, profitant que papa était sorti de la cuisine pour passer un long coup de téléphone, elle a repris sa place sur sa vieille chaise. Elle ne l'a pas entendu revenir et il lui a enfoncé le visage dans son assiette qui s'est cassée. J'ai assisté à toute la scène. J'aurais jamais cru que papa pouvait bouger si rapidement. Après, maman est restée assise là, la tête penchée en avant, le sang coulant de son nez sur la table en émail avec ses fleurs jaunes. Si Matthew s'en souvient pas, c'est parce qu'il a peur du sang, mais moi je m'en rappelle très bien. Maman laissait le sang pisser, sans même prendre un mouchoir pour l'étancher, et je me rappelle m'être dit qu'elle espérait peut-être qu'il ne cesserait pas de couler, que le flot ne s'arrêterait pas.

Je lis tous les articles que je trouve sur le meurtre de Scott Doyle. Le dernier mentionnait qu'il avait pour compagne une enseignante de Sussex Hall, le lycée où travaille Matthew. Donc maintenant, je me demande vraiment s'il n'a pas quelque chose à voir avec la mort de Scott Doyle. L'enseignante s'appelle Michelle Brine, elle n'est ni sur Facebook, ni sur Instagram, ni sur Twitter, en revanche il y a une photo d'elle sur une page LinkedIn. Un visage mince, des cheveux fins, châtains, et le genre de lèvres sans couleur précise, juste couleur chair, mais un long cou gracile… Ce serait tout à fait le genre de mon frère de considérer qu'il la sauve du grand méchant loup. Elle a bien l'air d'avoir besoin d'un sauveur.

En fin de compte, je ne me rends pas au cours de yoga de Haley Petersen, et je n'envoie pas non plus d'e-mail à la vilaine coquine de Billerica. Au lieu de ça, je décide de consacrer toute mon énergie et mes ressources à en apprendre plus sur Michelle Brine. C'est bien plus intéressant avec une fille comme elle, qui n'étale pas sa vie au grand jour. Quelqu'un qui n'imagine pas que des yeux puissent l'observer.

Je pourrais tout simplement demander à mon frère de me parler d'elle, mais je ne crois pas que ce soit une bonne idée. Il se mettrait sur la défensive, comme d'habitude.

D'autant qu'il ne m'a pas appelé depuis un moment, alors que Mira est repartie en déplacement, je le sais. Je passerai peut-être le voir. Il ne pourra pas m'éviter éternellement.

DEUXIÈME PARTIE

DES VIVANTS AUX MORTS

23

— Je crois que j'aimerais que vous sachiez la vérité, dit Matthew, son cœur battant plus fort dans sa poitrine qu'au moment où il avait tué Scott Doyle.

Un pli se dessina sur le front de Hen, puis elle se mit à rire.

— Allez-vous-en, s'il vous plaît.

— D'accord, répondit Matthew, en reculant jusqu'à la porte d'entrée de l'atelier. Si vous changez d'avis, sachez seulement que j'aimerais discuter avec vous un de ces jours.

Elle ne le quittait pas des yeux. Il comprit que ses deux pas en retrait avaient été judicieux.

— Pourquoi avez-vous tué Scott Doyle ? demanda-t-elle.

Matthew haussa les épaules.

— C'était un salaud. Il le méritait. Je connais sa petite amie et c'est une personne bien. Pas lui.

Ça n'était pas seulement à cause de ce qu'il avait fait ; c'était aussi parce qu'il était satisfait de lui-même. Je l'ai tué parce que c'était un renard prétentieux et arrogant, et je le referais sans hésiter.

Hen riait maintenant franchement.

— Qu'est-ce qui vous fait croire que je ne vais pas aller directement trouver la police une fois qu'on aura discuté ?

— Allez-y. Je nierai en bloc.

— Vous êtes dans un espace public. Quelqu'un vous a forcément vu entrer ici.

— J'admettrai être venu vous voir ici. J'expliquerai que je voulais discuter calmement avec vous, pour savoir pourquoi vous aviez décidé de me persécuter et vous demander de bien vouloir respecter l'ordonnance de protection. J'affirmerai que nous n'avons rien dit d'autre. Qui croiront-ils ?

Il la regarda réfléchir.

— Je ne comprends toujours pas ce que vous êtes venu faire ici.

— Quand on est quelqu'un comme moi… quand on a les pulsions que j'ai…

À nouveau son cœur s'emballa, comme lors d'un rendez-vous amoureux qui tourne mal.

— Vous vous doutez que je ne peux parler de ça à personne, pas même à un psy…

— Je ne suis pas votre putain de psy.

— Non, non. Ce n'est pas ce que je voulais dire. J'essaie simplement de vous expliquer en quoi notre relation est spéciale. Je peux tout vous confier, et vous ne pourrez rien en faire. Ça marche dans les deux sens. Cette fille que vous avez agressée à l'université. Elle vous voulait réellement du mal ?

— Daphne Myers ? Non, pas du tout. Je n'allais pas bien dans ma tête, j'étais paranoïaque. Écoutez, tant mieux pour vous si vous pensez qu'on partage je ne sais quelle relation “spéciale”, mais ce n'est pas le cas. Je sais ce que vous êtes, et la police le saura bientôt elle aussi. Maintenant partez avant que je ne les appelle.

Matthew vit son regard se poser sur un sac de toile qui contenait probablement son téléphone portable.

— Très bien, dit-il. Mais si vous changez d'avis, je pense que vous avez beaucoup à y gagner. Vous n'aurez jamais rien à craindre de moi. Je ne tue pas les femmes et je ne vous ferais jamais de mal. Même si vous me menaciez.

Matthew se retourna et partit. Il remonta le couloir mal éclairé aux murs peints à la chaux, puis emprunta l'escalier métallique pour ressortir dans la pénombre de l'après-midi. La pluie avait cessé, mais le parking des ateliers rempli d'ornières était truffé de flaques ondoyantes, et les arbres encore dégoulinants de pluie perdaient des feuilles. Matthew inspira l'air frais et humide à pleins poumons ; il s'en gorgea presque. Il avait la bouche sèche et le dos raide. De retour à sa voiture, il sortit du parking direction le centre de Dartford. Il avait dit à Mira qu'il allait à la bibliothèque chercher un livre qu'il avait réservé, ce qui était vrai. Il lui avait demandé si elle souhaitait l'accompagner et à son soulagement, elle avait répondu qu'elle préférait rester à la maison pour préparer son prochain déplacement. Elle se rendait à Wichita pour un salon régional qui durerait la semaine.

Alors qu'il se préparait à sortir, elle avait lancé :

— Ce sont les ateliers portes ouvertes ce week-end, tu te souviens ?

— Tu voulais qu'on y aille ?

— On ne peut pas, tu sais bien ? Pas avec l'autre qui est là-bas.

Dans la bouche de Mira, Hen était devenue "l'autre".

— On aurait pu y aller et éviter son atelier.

— Je sais, mais elle aurait pu se balader dans les couloirs, ou alors on aurait pu croiser Lloyd. Je n'aurais pas…

— Je comprends. Je ne voulais pas y aller non plus.

Il s'était remis à pleuvoir quand Matthew arriva devant la bibliothèque et se gara sous le châtaignier de Munroe Street. Une fois sorti de voiture, il prit un instant pour chercher du regard les marrons tombés au sol. Il foula du pied l'une des bogues épineuses, déjà en partie éventrée, et un marron dur et brillant roula loin de son pied. Il se pencha pour le ramasser et le glissa dans la poche de son jean.

Une fois dans la bibliothèque, il récupéra le livre qu'il avait réservé, *The Haunted Wood*, un ouvrage sur l'espionnage soviétique en Amérique durant la guerre froide, puis il s'installa dans l'un des fauteuils en cuir de la salle de lecture. Il voulait s'asseoir un moment pour réfléchir à la conversation qu'il venait d'avoir avec Hen, décortiquer chaque mot. Ça s'était passé mieux que prévu. Il avait imaginé qu'elle paniquerait en le voyant débarquer dans son atelier, et qu'elle sortirait en trombe pour courir au commissariat. Il l'avait sentie nerveuse en le voyant, mais pas tant que ça. Il était certain qu'en son for intérieur, elle savait qu'elle n'avait rien à craindre de lui, et il espérait que ce sentiment de sécurité la pousserait à vouloir mieux le connaître. À cette pensée, il ressentit un frisson comme il n'en avait pas éprouvé depuis des années.

Il espérait en revanche qu'elle ne parlerait pas de leur rencontre à son mari. Sans doute le ferait-elle. Il imaginait déjà Lloyd débarquant chez lui pour le sommer de ficher la paix à sa femme. Eh bien, dans ce cas il ferait simplement une croix sur l'idée de se rapprocher de Hen. En ce qui concernait la police par contre, ça ne changerait rien. Avec les antécédents qu'elle avait, ils ne croiraient jamais à son histoire, et encore moins maintenant qu'il avait appris qu'elle était sérieusement éméchée le soir du meurtre. L'inspecteur Whitney le lui avait dit texto : "Elle avait un coup dans le nez ce soir-là, alors allez savoir ce qu'elle a vu en réalité." Cette confidence l'avait renforcé dans sa conviction qu'il n'avait rien à craindre ; il s'en sortait bien une fois de plus, malgré la présence d'un témoin oculaire sur la scène du crime.

Il tourna distraitement les pages du livre sur ses genoux, puis visualisa à nouveau Lloyd débarquant chez lui en hurlant des menaces. Il se dit qu'il devait être là si cela se produisait. Il ne pouvait pas laisser Mira l'affronter seule.

Il se hâta de rentrer, ralentissant aux intersections sans marquer les stops, et déboula dans son salon pour trouver Mira allongée sur le canapé devant un épisode de *La Bachelorette*.

— Prise en flagrant délit ! dit-elle d'un air penaud.

— N'éteins pas. Je vais aller lire mon livre dans mon bureau.

— Quel temps fait-il dehors ?

— Froid et pluvieux. Je te déconseille de sortir.

— Je n'en avais pas l'intention, fit-elle.

Matthew entra dans son bureau et ferma la porte. Il envisagea d'avouer à Mira qu'il était passé voir Hen à son atelier. Ce serait juste une mesure préventive, au cas où Hen déciderait d'aller signaler sa visite à la police, ou que Lloyd vienne marteler à sa porte. Mais il décida finalement de prendre le risque. Sans vraiment savoir pourquoi, il avait le sentiment qu'elle n'en parlerait pas. En fait, il pensait même qu'elle finirait par accepter son offre. Il avait vu ses dessins, il savait comment son esprit fonctionnait. Une curiosité morbide l'animait. Et il avait tellement à lui offrir. Il s'offrait à elle en vérité.

Plutôt que de lire son nouveau livre, Matthew se rendit sur Internet. Il étudia de nouveau certains des dessins de Hen, puis, comme il ne l'avait pas encore fait, s'intéressa à son mari, Lloyd Harding. Il ne trouva pas grand-chose sur lui en ligne : son nom apparaissait sur le site de son entreprise ; il disposait d'un profil LinkedIn. En revanche, il tomba sur un vieux blog, inactif depuis cinq ans. "À propos de Lloyd" regroupait une liste de critiques de documentaires, courtes et pour la plupart vachardes. Sur la page de présentation, Lloyd se décrivait comme un documentariste en devenir. Matthew se demanda ce qu'il était advenu de ce rêve. Il n'aimait pas Lloyd, le soir où ils avaient dîné ensemble déjà, il ne l'avait pas aimé. Apathique et paresseux, il avait eu grand-peine à masquer l'ennui que lui inspirait ce dîner interminable chez ses nouveaux voisins. Matthew l'avait aussi trouvé particulièrement avare en compliments envers la cuisine de Mira. Alors que Hen avait répété plusieurs fois combien elle avait apprécié le repas, lui acquiesçait d'un hochement de tête imperceptible ou d'un grognement d'approbation. Matthew l'avait observé de l'autre côté de la table, en l'imaginant avec un sac plastique sur la tête.

Matthew décida de creuser davantage. Il ne trouverait sans doute rien, mais on ne savait jamais.

Ce soir-là après le dîner – Mira avait préparé sa fabuleuse soupe de lentilles –, Matthew parvint enfin à se détendre. Si Lloyd ou la police avaient voulu venir frapper à leur porte, ils l'auraient déjà fait. Hen n'avait donc parlé à personne de sa visite. Cela ne signifiait pas pour autant qu'elle accepterait de discuter avec lui, mais au moins, il savait qu'elle gardait ça pour elle.

Ils partageaient maintenant un secret, et quoi de mieux qu'un secret pour fonder une amitié ?

MATTHEW n'eut pas de nouvelles de Hen ce soir-là, ni le lendemain. Le lundi, Mira sortit de la maison de bonne heure pour prendre son avion et Matthew partit pour Sussex Hall.

Après une semaine d'arrêt, Michelle était de retour. Une réunion générale s'était tenue avant son arrivée, lors de laquelle Donald Hoogheem, le responsable du département d'histoire, avait indiqué au personnel rassemblé que Michelle ne souhaitait pas évoquer la mort de son petit ami. Elle préférait consacrer son temps à rattraper le retard pris dans son travail.

Matthew ne se considérait pas concerné par cette consigne, compte tenu notamment que Michelle et lui avaient déjà abordé le sujet au téléphone. Il ne fut donc pas surpris de voir Michelle entrer dans sa classe à la fin de la journée, refermer la porte derrière elle et demander :

— Qu'est-ce qu'on raconte à mon sujet ?

— Rien de particulier, en fait. Donald nous a tous réunis ce matin avant que tu arrives pour nous dire de ne pas aborder le sujet avec toi.

Michelle secoua vivement la tête.

— Aïe, je ne sais pas si c'était nécessaire. C'est seulement que je ne voulais pas avoir à répéter à tout le monde que nous n'étions plus ensemble, et que je n'en savais pas plus qu'eux sur ce qui lui était arrivé, et…

— Que lui est-il arrivé ? Ont-ils arrêté quelqu'un ?

— Pas à ma connaissance. Ils m'ont interrogée, mais ça a duré à peine un quart d'heure, ils voulaient juste en savoir plus sur notre relation, si je lui connaissais des ennemis... Je t'ai déjà raconté tout ça, non ?

— Oui, mais ça ne fait rien.

— Bref, après ça je n'ai plus eu de nouvelles. D'après moi, il a dû énerver un mec dans le bar en draguant sa petite amie.

— Tu sais que ce n'était pas quelqu'un de bien, dit Matthew, espérant la réconforter.

Au lieu de cela, elle fronça les sourcils, un tremblement agita sa lèvre inférieure et elle commença à pleurer. Matthew s'approcha d'elle et l'invita à s'asseoir avant de faire de même.

Quand elle put à nouveau parler, ce fut pour déclarer :

— Je sais qu'il n'était pas bien pour moi, mais je ne suis pas sûre qu'il faille en conclure que ce n'était pas quelqu'un de bien.

— L'humain se définit par ses actions. Les gens sont ce qu'ils font.

— Je sais. Je suis soulagée qu'il soit sorti de ma vie, mais j'ai néanmoins de la peine pour ce qui lui est arrivé. Il était si jeune.

Matthew savait quand le silence était préférable. Il se retint de tout commentaire. Un moment plus tard, Michelle prit une grande inspiration.

— Je crois que mes élèves sont au courant de ce qui m'est arrivé, dit-elle. Ils ont été très sages aujourd'hui... même Ben Gimbel.

— À quelque chose malheur est bon, dit-il en plaisantant.

Michelle sourit.

— L'autre truc, c'est qu'à présent, j'ai du temps libre à ne plus savoir qu'en faire, dit-elle en se redressant. Quand je sortais avec Scott, soit nous étions ensemble, soit il était parti en vadrouille et j'étais obnubilée par l'idée qu'il était peut-être en train de me tromper. Durant les premières vingt-quatre heures après notre rupture – avant d'apprendre sa mort –, ce qui m'obnubilait, c'était de savoir si j'avais pris la bonne décision, si je lui manquais, s'il s'était déjà mis avec quelqu'un d'autre. Mais aujourd'hui… aujourd'hui, je n'ai plus rien. Juste un vide immense.

— Tu rencontreras quelqu'un d'autre, dit Matthew.

— Tu crois ?

— Ça finira bien par arriver…

Elle partit cette fois d'un rire sonore.

— Tu ne sembles pas très convaincu. J'ai déjà un harceleur secret, remarque. C'est déjà ça.

— Qu'est-ce que tu entends par là ?

— Eh bien j'ai reçu un mail hier soir d'un type qui m'adressait ses condoléances. Il dit qu'il m'a vue en photo et qu'il a pensé à moi. Ça fait froid dans le dos, non ?

— Qui c'est, ce type ?

— Je ne sais pas. Un inconnu. Il a juste signé Richard.

Matthew sentit sa poitrine se serrer. Il tenta de masquer son émotion.

— Tu lui as répondu ?

— Grands dieux, non. Je l'ai ignoré.

— Tu as prévenu la police ?

— Pourquoi ?

— Je ne sais pas. Il a peut-être quelque chose à voir avec ce qui est arrivé à Scott.

— Non, je ne crois pas. Je veux dire, je pense qu'il a simplement dû lire mon nom dans un article. Il l'a tapé dans Google et…

— Où a-t-il obtenu ton adresse e-mail ?

— Il m'a écrit sur ma boîte professionnelle. Quand on tape mon nom sur Google, on apprend que je travaille à Sussex Hall. Il y a un problème, Matthew ?

— Non, excuse-moi. Je m'inquiétais, c'est tout. Un type que tu ne connais pas et qui t'écrit comme ça subitement…

— Je suis une victime célèbre, répondit-elle en riant. Tous les pervers du coin vont venir sonner à ma porte. Qui sait ? Peut-être que l'un d'entre eux fera un bon mari.

— En tout cas, mieux vaut ne pas lui répondre.

— Entendu, dit-elle, avant d'ajouter : "mon protecteur" et de rougir.

Ce soir-là, Matthew contacta son frère. Mira étant en déplacement, il avait compté l'inviter à passer dans la semaine, mais dès qu'il entendit sa voix, il lui posa la question qui lui brûlait les lèvres :

— Tu n'aurais pas par hasard envoyé un mail à Michelle Brine ?

— À qui ça ? demanda Richard.

— Michelle Brine. C'est une collègue de travail. Elle m'a dit qu'elle avait reçu un mail bizarre d'un certain Richard.

— Je ne sais absolument pas de quoi tu parles.

— Bon.

Richard paraissait convaincant, mais c'était toujours le cas avec lui.

— Qui est-ce au juste ? voulut-il savoir. Une de tes petites copines que tu caches à Mira ?

— Non.

— Alors pourquoi elle te parle des mails qu'elle reçoit ?

— C'est juste une collègue de travail, pas ma petite copine. Tu sais bien que je suis fidèle à Mira.

— Ça, c'est ce que tu te racontes, Matthew. Mais ce n'est pas parce que tu ne baises pas toutes ces nanas avec qui tu fais ami-ami que tu es fidèle. Laisse-moi deviner : cette Michelle, elle te fait toutes sortes de confidences sur sa vie personnelle, et il arrive que vous échangiez une étreinte amicale, qui parfois se prolonge un peu trop…

— Je ne suis pas d'humeur, Richard.

— Eh bien va te faire foutre alors. Et ta Michelle Brine aussi peut aller se faire foutre. Je me porte volontaire.

Cette nuit-là, une fois allongé dans son lit, Matthew se demanda s'il n'avait pas eu tort de parler à Richard.

24

Hen n'arrêtait pas de penser à Matthew Dolamore.

Elle n'avait pas encore dit à Lloyd qu'il était venu la voir à son atelier. Elle ne pouvait pas le faire, en vérité, car elle n'avait rien à y gagner. Soit Lloyd irait trouver Matthew en personne – et qu'adviendrait-il ? –, soit il la forcerait à aller tout raconter à la police, et elle passerait encore plus pour une cinglée. Sur ce point, Matthew avait raison : tout ce qu'elle dirait sur son compte serait vu comme un mensonge. Et c'était l'autre raison qui l'empêchait de parler à Lloyd de la visite de Matthew. Supposons que son propre mari ne la croie pas ? Qu'il pense que tout cela était le fruit de son imagination ? Il chercherait sûrement à la faire hospitaliser. Ou au moins à lui changer son traitement. C'est sans doute ce qu'elle ferait si les rôles étaient inversés.

Et c'était justement parce qu'elle ne pouvait parler à personne de sa conversation avec Matthew qu'elle pensait continuellement à lui. Il était désormais la seule personne à la croire. L'idée était ironique – une ironie perverse. Ils étaient les deux seules personnes à connaître l'entière vérité. Matthew n'en parlerait à personne, sous peine de finir ses jours en prison. Et si elle-même en parlait, personne ne la croirait, et tout le monde en conclurait qu'elle avait un nouvel épisode maniaque.

Je devrais peut-être accepter de discuter avec lui.

Aussi terrifiante fût-elle, cette pensée ne cessait de revenir dans son esprit.

Je devrais peut-être écouter ce qu'il a à dire.

Elle se figurait la rencontre dans sa tête. Il faudrait qu'elle se fasse dans un lieu semi-public, afin qu'il ne puisse pas s'en prendre à elle. Ils pouvaient par exemple se retrouver au centre commercial de Burlington, s'acheter des pâtisseries au Cinnabon, et tout en flânant devant les vitrines, Matthew lui raconterait sa vie de tueur psychotique. Ils pouvaient aussi se donner rendez-vous plus près de chez eux, aller prendre un verre un après-midi au Owl's Head et discuter tranquillement autour d'une table. Le risque avec ce scénario était qu'un voisin les aperçoive et leur prête une liaison. Il valait peut-être mieux qu'ils se rencontrent dans une autre ville.

Tu pourrais aller chez lui. T'asseoir dans son bureau. C'est là qu'il avait exposé l'un de ses souvenirs – le trophée d'escrime... Peut-être y en avait-il d'autres. Il pourrait te raconter leur histoire, comme ces enfants qui apportent des objets à l'école pour faire un exposé.

En vérité, Hen était encline à croire Matthew lorsqu'il lui disait qu'il ne lui ferait jamais de mal. Sans savoir très bien pourquoi, elle le croyait. Il n'était pas venu à son atelier pour la menacer ou lui faire peur. Il semblait véritablement chercher quelqu'un à qui se confier. Et dans ce cas, la bonne réaction, du point de vue moral, n'était-elle pas de l'écouter ? Peut-être dévoilerait-il quelque chose, un détail qu'elle pourrait communiquer à la police. Ou peut-être pourrait-elle l'aider, lui ouvrir les yeux sur le fait qu'il devait se rendre. Plus elle creusait ce raisonnement, plus elle était convaincue que son devoir moral était de discuter avec Matthew Dolamore. Elle n'avait pas le choix. Elle savait que son voisin était un homme dangereux, mais c'était le seul moyen d'en convaincre la police (ou sa tête de mule de mari).

Dans l'après-midi, Hen retourna à son atelier, en voiture, la pluie fine qui avait commencé le dimanche s'étant prolongée au lundi sous la forme d'une bruine froide et continue. Le sous-sol du bâtiment était silencieux, et Hen fut rassurée de trouver la porte extérieure fermée à clé, contrairement au dimanche. Elle mit de l'ordre dans son atelier en essayant d'oublier la visite de la veille. Elle espérait avancer un peu dans son travail, coucher sur le papier quelques idées à partir du descriptif du prochain tome des *Guerriers d'antan* qu'elle venait de recevoir et qui s'intitulait provisoirement « Les Affreuses Marraines », mais ses pensées revenaient inlassablement à ses projets concernant Matthew. Elle se demanda si ses motivations se résumaient vraiment à agir pour la bonne cause en aidant à arrêter un criminel. Une partie d'elle n'était-elle pas un tout petit peu intéressée par le récit détaillé de ses crimes ? Après tout, elle se voyait offrir quelque chose auquel la plupart des gens n'ont pas accès : une plongée dans l'esprit d'un individu. Une plongée dans l'esprit d'un monstre. Qui ne serait pas intéressé ? C'était ce qui poussait tant de gens à regarder des émissions de faits divers et à lire des biographies de tueurs en série. C'était ce qui attirait les gens vers ses dessins. Elle savait pertinemment que plus ses illustrations étaient dérangeantes, plus elles avaient du succès.

Elle s'apprêtait à quitter son atelier lorsqu'elle reçut un message de Lloyd : "Journée calme. Je rentre plus tôt."

Hen doutait fortement que la journée de Lloyd fût calme – les journées calmes n'existaient pas dans son entreprise – et soupçonnait son mari de rentrer plus tôt parce qu'il s'inquiétait pour elle. Elle écrivit, "À tout à l'heure", et ajouta un petit smiley.

Elle sortit de l'atelier, ferma à clé derrière elle et reprit sa voiture. Si Lloyd quittait Boston maintenant, il ne serait pas rentré avant une bonne heure environ. Hen cherchait toujours une idée de lieu où rencontrer Matthew. Il fallait que ce soit un lieu public. Elle se rappela avoir vu un bar sportif à Wickford, une ville voisine. L'endroit semblait bien éclairé et était situé le long de la Route 117. Elle était passée plusieurs fois devant pour se rendre dans le magasin de fournitures artistiques le mieux achalandé de la région. Ce n'était pas très loin – quinze minutes en voiture. Hen sortit du parking et prit la direction de la Route 117.

En fin de compte, le trajet lui prit quasiment vingt minutes, mais seulement en raison des débuts d'embouteillages d'heures de pointe. Le bar s'appelait le Winner's Circle et se trouvait dans une rue commerçante à l'entrée de la ville, où il côtoyait trois autres enseignes. La vitrine invitait à jouer au keno, à participer à la loterie du Massachusetts et à profiter d'une offre sur les ailes de poulet à quarante-cinq cents les jours de match des Patriots. Hen se gara à côté d'un pick-up arborant un autocollant des Boston Bruins sur son pare-chocs, et descendit de voiture. Elle voulait jeter un coup d'œil à l'intérieur du bar afin de vérifier l'atmosphère et l'affluence. Elle envisagea d'entrer en faisant mine de chercher quelqu'un, mais, craignant d'attirer l'attention, elle poussa simplement la porte du bar et s'installa sur un des tabourets en vinyle au comptoir. Elle constata avec soulagement qu'il y avait des clients, même un lundi après-midi. Au bout du comptoir, un homme buvait une bouteille de Coors light, les yeux rivés sur l'un des nombreux écrans qui diffusaient tous le même talk-show sportif. De l'autre côté du bar, dans un des box, un jeune couple discutait autour d'un monticule de nachos gros comme une boule de bowling.

La barmaid, une blonde filiforme en jean noir et débardeur blanc, s'approcha, et Hen commanda une Shock Top, la seule bière pression dont elle avait réussi à lire le nom sur la tireuse de là où elle était assise.

— Orange ?

— Pardon ?

— Une tranche d'orange ? Dans votre bière.

— Non merci.

La bière arriva. Hen paya en espèces en laissant un pourboire, et la fille reprit sa place à l'autre bout du bar, où elle commença à faire défiler l'écran de son portable. Hen but une longue gorgée de sa bière, puis regarda autour d'elle. L'endroit conviendrait très bien pour rencontrer Matthew. Les box avaient de hauts dossiers, derrière lesquels ils pourraient discuter en toute discrétion. Ce n'était pas très éclairé, mais le mur d'écrans empêchait qu'il fasse trop sombre. Et elle avait peu de risques d'y croiser une personne de sa connaissance – non qu'elles soient très nombreuses – au milieu de l'après-midi.

Hen avait en effet décidé que l'après-midi serait le moment idéal pour leur rendez-vous : étant enseignant, Matthew quittait son travail de bonne heure. En outre, il n'y avait pas la moindre chance qu'elle puisse sortir un nouveau soir en douce. Lloyd ne le lui pardonnerait jamais.

Elle termina sa bière, la tête lui tournant légèrement tandis que ses muscles se détendaient, puis vérifia l'heure. Elle devait partir maintenant si elle voulait être à la maison avant Lloyd.

Le lendemain, Hen n'alla pas à son atelier. Après deux jours de pluie, le soleil était de retour et sur les branches, les feuilles survivantes étaient plus vertes que jamais. Tout Sycamore Street scintillait de couleurs. Après le déjeuner, elle sortit ses vêtements d'hiver des bacs en plastique où elle les avait rangés au printemps dernier à Cambridge. Elle mit la main sur son pull le plus chaud – un col roulé en laine que Lloyd s'amusait à décrire comme "couleur champignon", et qu'elle trouvait tout simplement orange pâle – ainsi qu'une casquette doublée polaire, puis s'installa sur son porche avec une grande tasse de thé chaud et son bloc à dessin. Le soleil était déjà bas dans le ciel, dépassant à peine des toits des maisons d'en face, mais il continuait de réchauffer le porche. Elle déplaça son fauteuil dans le coin encore ensoleillé, posa ses pieds sur le banc qu'ils utilisaient comme table, et surveilla la route.

Il faisait presque nuit quand la Fiat de Matthew arriva dans Sycamore Street et tourna dans l'allée privée. Hen se figea. Elle avait été tellement nerveuse à l'idée de rater le retour de son voisin qu'elle n'avait même pas décidé ce qu'elle lui dirait exactement.

Matthew se gara et sortit de sa voiture. Elle se leva, se força à pousser la porte moustiquaire, puis descendit les trois marches du porche pour se planter au bout de sa propre allée, d'où elle fixa Matthew.

Comme il tournait la tête dans sa direction, elle marcha vers lui, les yeux légèrement baissés, repoussant le moment où elle devrait affronter son regard. Il attendait sans bouger, une mallette en cuir à la main gauche.

— J'accepte de discuter avec vous, dit-elle lorsqu'elle fut assez près.

— D'accord, répondit-il. Maintenant ?

Hen ne s'attendait pas à une telle réponse. Elle secoua vivement la tête.

— Non, donnons-nous rendez-vous demain. Il y a un bar à Wickford : le Winner's Circle. Sur la Route 117. Vous connaissez ?

— Non, mais je trouverai. Pourquoi voulez-vous qu'on se voie dans un bar ?

— Je ne veux pas me retrouver seule avec vous.

— Très bien, dit-il, comme s'il venait subitement de se rappeler la raison de la rencontre.

— Quand pouvez-vous y être ?

— Disons à trois heures et demie.

— Ça me va. Trois heures et demie. En entrant, vous verrez une suite de box sur la gauche.

— D'accord.

Hen se retourna et rentra chez elle sans perdre de temps, avant qu'il se rende compte qu'elle tremblait comme une feuille.

25

MATTHEW se gara devant le magasin d'équipements sportifs d'occasion voisin du Winner's Circle. Ne voyant pas la Golf de Hen sur le parking, il se demanda s'il l'avait devancée ou si elle était revenue sur sa décision.

Il coupa le moteur et sortit de voiture. C'était une journée ensoleillée et le vent soufflait en rafales, éparpillant les feuilles mortes qui jonchaient le parking.

Il poussa la porte du bar. Deux femmes d'âge moyen étaient assises au comptoir et les box étaient déserts. Toutes les télévisions diffusaient les temps forts des matchs de football. Il s'avança jusqu'au comptoir d'un pas qu'il voulait désinvolte et commanda un ginger ale avec une tranche de citron. Après avoir payé, il se dirigea avec son verre vers le box du fond, et s'assit de manière à pouvoir surveiller les portes.

Une des femmes au comptoir descendit de son tabouret pour aller insérer un billet dans le juke-box, avant d'y taper une série de chiffres. La chanson qui commença était une ballade de hard rock qu'il connaissait, même s'il ne se rappelait plus le nom du groupe qui l'interprétait. Il lui semblait qu'elle s'intitulait *Every Rose Has Its Thorn**, et le refrain lui donna raison. La femme qui l'avait choisie n'arrêtait pas de lui lancer des petits regards tout du long, peut-être pour chercher son approbation. Il baissa les yeux sur son verre. La tranche de citron qui flottait dans son soda était criblée de petites taches brunes.

---

* Chaque rose a son épine.

La porte s'ouvrit et Hen entra, invitant avec elle un souffle d'air frais que Matthew sentit depuis le fond du bar. Il se leva pour l'accueillir, mais elle se dirigea droit vers le comptoir sans lui prêter attention et il resta en plan. Elle s'approcha alors du box avec sa bière et se glissa sur la banquette en face de lui. Elle portait le même pull que la veille lorsqu'elle était venue lui fixer le rendez-vous, un gros col roulé couleur rouille qui commençait à boulocher.

— Bonjour, dit-elle.

— Il va falloir que je vous fouille, comme vous devez vous en douter.

C'est par ces mots qu'il avait prévu de commencer l'entrevue. Il ne s'attendait pas à sa réaction étonnée.

— Oh.

— Sans quoi on ne pourra pas avoir cette conversation. Vous le comprenez, j'imagine ?

— Vous cherchez un micro ? demanda-t-elle avec une mine énigmatique. Je n'en ai pas.

— Je vous crois, mais il faut que je vérifie.

— Très bien, comment comptez-vous vous y prendre ?

— Je vais simplement m'asseoir à côté de vous une minute. Comme pour vous dire bonjour.

Hen paraissait hésiter.

— À vous de voir, évidemment, mais j'ai besoin de m'en assurer.

— D'accord, dit-elle.

Matthew se leva de sa banquette. La cliente qui avait mis la chanson avait rejoint son amie au comptoir. Le juke-box jouait à présent *Under My Thumb*, des Rolling Stones. Matthew se glissa près de Hen en s'excusant, puis commença à passer ses mains de chaque côté de son gros pull.

— Que portez-vous sous votre pull ?

— Une chemise en flanelle.

Il glissa ses mains sous le pull, s'attendant à une objection, mais elle leva simplement les bras. Il laissa courir ses doigts le long du tissu doux, de bas en haut, puis dans son dos, et passa sans s'attarder sur son estomac. Il ne sentit rien d'autre que sa cage thoracique et le va-et-vient rapide de ses poumons. En bas, elle portait un jean moulant, et il fit descendre ses mains le long de ses jambes de manière aussi professionnelle que possible. Il sentit les coins de son téléphone dans sa poche de devant.

— Je peux voir votre téléphone, histoire de m'assurer que vous n'enregistrez pas ?

— D'accord.

Elle lui montra son téléphone, le débloquant avec son empreinte avant de naviguer entre les différentes applications. Matthew ne savait pas exactement quoi chercher, mais il ne vit rien de suspect. Il ne pensait pas qu'elle porterait un micro, mais on ne savait jamais.

— Merci. (Il reprit sa place et tenta alors un trait d'humour.) Maintenant qu'on a brisé la glace…

Elle fronça les sourcils.

— N'essayez pas d'être drôle. Ça n'est vraiment pas votre truc.

— Je sais.

— Vous avez trouvé le bar facilement ? demanda-t-elle.

— Moi au moins je n'essaie pas de faire la conversation, lui renvoya-t-il.

Elle sourit.

— Bon. Dites-moi pourquoi vous avez tué Scott Doyle.

— Je pensais que vous seriez plus intéressée par Dustin Miller.

— Je crois que je sais déjà pourquoi vous l'avez assassiné. Il avait violé une fille, c'est ça ? Quand il était dans votre lycée ?

Matthew but une gorgée de soda, quelque peu dérouté par la formulation de Hen.

— Ce n'était pas juste "une fille", dit-il. Elle s'appelait Courtney Cheigh.

— Je l'ignorais. Je veux dire, je ne connaissais pas son nom.

— Elle faisait partie de ces élèves qui restent après la fin du cours pour vous poser des questions. Sans doute était-elle trop timide pour les poser en classe, mais il n'empêche, elle avait une vraie curiosité intellectuelle.

— Est-ce qu'elle est… morte ?

— Oh, non, désolé, j'emploie toujours le passé pour parler de mes élèves. Non, elle va bien, pour autant que je sache. On ne l'a pas vue à la réunion des anciens élèves, mais une de ses amies m'a dit qu'elle faisait une école de droit à Washington, et qu'elle s'en sortait très bien. J'aime à penser qu'elle deviendra procureur pour poursuivre les hommes comme Dustin Miller.

— Lui, en tout cas, elle n'aura pas à le poursuivre. Vous vous en êtes chargé.

— Effectivement. Juste avant qu'il meure, j'ai prononcé le nom de Courtney afin qu'il sache pourquoi il mourait.

Dire ces mots à voix haute lui procura une immense satisfaction, mais Matthew s'efforça de ne rien en laisser paraître. Ne pas sourire.

— Et vous pensez qu'il y a réfléchi sur le moment ? Vous ne croyez pas plutôt qu'il était simplement terrorisé ?

Matthew se pencha légèrement vers Hen.

— Même s'il n'était que terrorisé, alors j'ai accompli ma mission. C'était un homme mauvais. Il aurait fait le malheur de beaucoup, beaucoup d'autres femmes.

— Mais n'y avait-il pas une possibilité qu'il change ? Peut-être que le crime qu'il avait commis contre l'élève de votre école, aussi horrible soit-il, n'était qu'une erreur de parcours ? Peut-être qu'il aurait fini par se marier, fonder une famille et devenir quelqu'un de bien.

— Primo, ce qu'il a fait à Courtney était déjà trop. Pour ça, il méritait de mourir. Figurez-vous que je l'ai surpris à se moquer d'elle après qu'elle a changé de lycée. Lui et son copain se demandaient quelle fille avait la plus grosse poitrine maintenant qu'elle n'était plus là. Ils n'ont pas employé le mot poitrine évidemment. Non, croyez-moi. C'était une mauvaise personne. On ne change pas sa personnalité. Vous vous rappelez le soir où vous êtes venue dîner avec votre mari ? Vous m'avez posé une question sur le métier d'enseignant et je vous ai répondu que c'était merveilleux de voir les enfants grandir sous mes yeux, d'être témoin des changements qui se produisent entre leur arrivée et leur départ ?

— Je m'en souviens.

— Ce n'est vrai qu'en partie. Je vois ces gamins grandir, je regarde ces adolescents embarrassés devenir des adultes, mais leurs personnalités, elles, ne changent pas. Ils restent les mêmes. S'ils sont gentils à quinze ans – je ne parle pas bien sûr des erreurs qu'ils peuvent commettre ou des ennuis qu'ils peuvent avoir –, alors ils le seront tout autant à dix-huit. Mais l'inverse est également vrai. Je savais que Dustin Miller maltraiterait les femmes tout au long de sa vie, avant même d'avoir appris ce qu'il avait fait à Courtney durant les Olympiades. Il avait ça en lui. C'était la même chose pour mon père – il s'en prenait aux plus faibles. (Matthew sentit son ton monter, et il inspira pour s'obliger à parler plus bas.) Rien n'aurait jamais changé ce fait. Il serait resté le même.

— Et avez-vous réussi ? demanda Hen. Avez-vous changé Dustin Miller ?

— Oui je l'ai changé. Il est passé de vivant à mort.

— C'est, euh, un changement assez radical. Un tas de gens pensent probablement comme vous, mais la plupart ne passent pas à l'acte.

— Je ne suis pas la plupart des gens.

Hen n'avait pas touché à sa bière depuis qu'elle était assise. Elle la contempla et en but une petite gorgée.

— Pensez-vous pouvoir vous arrêter ?

— De tuer des gens ?

— Oui.

— C'est pour ça que vous êtes ici ? Vous pensez pouvoir me convaincre d'arrêter ?

— Je suis ici parce que vous m'avez demandé de vous écouter, parce que vous m'avez dit que vous vouliez raconter la vérité à quelqu'un. J'ai supposé que vous vouliez vous soulager de votre culpabilité, peut-être même trouver un moyen de mettre un terme à ce que vous faites.

— Je comprends que vous ayez pu penser cela, mais ce n'était pas pour cette raison que je voulais discuter avec vous. Je pensais plutôt que, peut-être, vous comprendriez ce que je fais. J'ai vu vos dessins, et j'ai cru…

— Vous pensez être un artiste à votre manière ?

— Pas du tout. Je ne crois pas être un artiste, mais je sais une chose : l'émotion que j'éprouve quand je tue quelqu'un, avec application, se rapproche de celle que je ressens lorsque je contemple une œuvre d'art parfaite.

— Pourquoi ?

— Vous devez connaître ce sentiment. Quand vous créez quelque chose… par exemple ce dessin de l'adolescente qui regarde dans le miroir et qui se voit avec ces… ces…

— Ces bois de cerf.

— Oui. La première fois que vous l'avez dessiné, ou gravé, je ne sais pas ce que vous faites au juste, qu'avez-vous ressenti ? Il n'existait pas avant que vous ne le dessiniez, pas vrai ? Vous l'avez fait naître du néant. Eh bien, je fais la même chose, mais dans l'autre sens. Je prends une personne qui respire et qui vit, et je la soustrais à ce monde. Quand j'en ai fini avec elle, elle a totalement changé, de façon radicale, et c'est là un accomplissement monumental. Il faut que vous compreniez ça.

— Je comprends le côté monumental. Ce que je ne comprends pas, c'est en quoi c'est utile.

— Si vous en aviez la possibilité, est-ce que vous ne remonteriez pas le temps pour tuer Hitler ?

— Je ne crois pas qu'il y ait de rapport.

— Très bien, dans ce cas est-ce que vous retourneriez assassiner Ted Bundy* ?

— Vous êtes en train de dire que Dustin Miller serait devenu un tueur en série ? Et Scott Doyle également ? Comment pouvez-vous le savoir ?

— Je dis juste qu'ils allaient répandre la tristesse, rendre des gens malheureux. En débarrassant le monde de ces individus, je contribue au bonheur de celui-ci.

Hen semblait sceptique, aussi Matthew décida-t-il de faire une pause, même s'il n'avait fait qu'effleurer le sujet : il sentait qu'il avait beaucoup de choses à dire. Voyant que Hen ne parlait pas non plus, il reprit :

— Admettez-vous au moins que je puisse avoir eu raison ?

— De les tuer ? Non, je ne peux pas l'admettre. Vous n'avez pas le droit de faire ce choix. Ce n'est pas à vous d'en décider. Ça ne marche pas comme ça. Écoutez (elle se leva et posa les mains à plat sur la table), je crois que cette rencontre était une erreur. Je ne sais pas exactement à quoi je m'attendais. Je crois que vous avez besoin de l'aide d'un professionnel. Il faut que vous mettiez un terme à ce que vous faites. Vous n'êtes pas un artiste. Vous n'êtes qu'un criminel. J'ai vu Scott Doyle mourir l'autre soir. Vous le saviez ?

— Vous voulez dire que vous l'avez vu mort.

— Non, il n'était pas mort quand je suis arrivée. Je l'ai vu mourir.

— Qu'avez-vous ressenti ? demanda Matthew.

— C'était horrible. Il était complètement perdu, il avait peur, et son putain de cerveau lui sortait de la tête.

À ces mots, Matthew sentit son estomac se soulever. C'était justement ce qu'il avait craint, que le dernier coup qu'il avait porté à Scott lui ait ouvert le crâne. Il chassa la sensation de dégoût que l'image lui inspirait.

---

* Tueur en série américain nécrophile mort en 1989. Il a assassiné plus d'une trentaine de femmes entre 1974 et 1978.

— Il a connu la peur et la confusion durant deux secondes. Michelle Brine a subi ces émotions pendant bien plus longtemps.

— Qui est Michelle Brine ?

Matthew se retint de répondre. Avant la rencontre, il s'était dit qu'il devrait prendre garde à ne pas livrer à Hen de détails qu'elle pourrait utiliser pour prouver qu'elle disait la vérité. Il n'était pas sûr que le nom de Michelle lui soit utile, mais il préférait rester prudent.

— Peu importe, finit-il par répondre, avant d'ajouter aussitôt : Je suis vraiment navré que vous ayez dû être témoin de ça. Je ne l'aurais jamais fait si j'avais su ce qui allait se passer. J'espère que vous le comprenez.

— Pas vraiment, non.

— Vous n'êtes pas une mauvaise personne. Je ne vous ferai jamais de mal.

— Et si vous changiez subitement d'avis ? Tiendriez-vous toujours le même discours ?

— Je ne vous ferais pas de mal pour autant. Je ne m'en prendrais jamais à une femme.

Hen sourit machinalement, un pli se formant sur son front. L'espace d'un instant, Matthew crut qu'elle allait lui rire au nez.

— Vous ne pensez pas qu'il puisse exister une femme assez mauvaise pour que vous vouliez la tuer ?

— Non. Bien sûr que non. Je sais ce que vous vous dites, que je fais une espèce de complexe du sauveur, que je cherche à sauver toutes les femmes innocentes du monde des grands méchants loups. Je ne suis pas idiot. J'en suis conscient. Mon père était un monstre et ma mère une victime, et c'est pour cela que j'agis comme je le fais. Je me suis psychanalysé bien plus en profondeur que vous ou quiconque ne pourrez jamais le faire. Je me connais.

— Mais…

— Mais la vérité reste que les hommes font bien plus de mal aux femmes que les femmes n'en feront jamais aux hommes. C'est une réalité. Et… et si je me refuse à vous faire du mal, ce n'est pas seulement parce que vous êtes une femme, mais aussi parce que vous êtes quelqu'un de bien, humainement parlant. Je le sais.

— Alors si vous le savez, si vous pensez que je suis quelqu'un de bien, peut-être que vous voudrez m'écouter. Je crois que vous devriez vous rendre, avouer vos crimes à la police. Leur répéter ce que vous m'avez dit.

— Pourquoi je ferais ça ?

— Vous n'avez pas envie de mettre un terme à ce que vous faites ? N'est-ce pas pour cela que vous êtes venu ici discuter avec moi ? Vous devez sûrement vous sentir coupable.

— Non, je ne ressens aucune culpabilité. Si je suis venu discuter avec vous, c'est parce que je croyais que vous comprendriez.

— Eh bien non, je ne comprends pas. Je suis désolée. Je crois que vous vous êtes créé un code moral bidon, vous vous racontez une histoire afin de pouvoir justifier ce que vous aimez faire. Vous aimez tuer des gens. C'est évident.

— C'est vrai, dit-il. J'aime tuer des gens. (Un frisson lui parcourut la peau, une onde remontant son épine dorsale. C'était si bon d'exprimer cela à voix haute.) J'admets que ça fait partie des raisons. Je ne suis pas déconnecté de la réalité.

Hen soupira.

— Je crois qu'on ferait mieux de s'arrêter là.

— Que ressentez-vous lorsque vous venez de créer une nouvelle œuvre ? Un dessin dérangeant. Cela ne vous procure-t-il pas un frisson pervers ?

— C'est totalement différent. Mes estampes ne tuent pas les gens. C'est juste de l'art.

— C'est plus que de l'art en vérité. Je me trompe ? Vos œuvres révèlent une partie de vous-même.

Hen secoua vivement la tête.

— La seule chose qu'elles révèlent, c'est mon imagination, elles n'ont rien à voir avec la réalité. Je suis capable de faire la distinction entre les deux, vous non. C'est ce qui nous différencie.

— D'accord, dit Matthew. Mais repensez néanmoins à ce que je vous ai dit. Il est très probable que vous prendriez plaisir à tuer, si vous veniez à essayer.

— Non, croyez-moi.

— Allez-vous répéter à la police ce que je vous ai dit aujourd'hui ?

— Je n'ai pas encore décidé.

— Ils ne vous croiront pas.

— Je sais, mais je suis certaine que vous finirez par vous faire épingler. Et ce jour-là, j'irai tout leur raconter.

— Votre mari est-il au courant de cette rencontre ?

— Je vais sans doute lui en parler, répondit Hen.

Matthew nota que c'était la première fois qu'elle mentait depuis qu'elle s'était assise en face de lui.

— Il ne vous mérite pas, dit-il. (Il vit une expression inquiète passer sur son visage.) Non, ne vous en faites pas. Je ne projette pas de m'en prendre à Lloyd. Il n'empêche qu'il ne vous mérite pas.

— Vous ne le connaissez même pas.

— Il est venu dîner chez moi. Je l'ai observé, et j'ai vu qu'il n'avait pas vraiment de sens moral. Chaque fois que Mira entrait ou sortait du salon, il la suivait des yeux. Il s'imaginait sans doute en train d'avoir une relation sexuelle avec elle.

— Merde. C'est bon, je m'en vais, dit Hen en glissant vers le bord de la banquette.

— Je peux vous poser une question ? Quand votre relation a commencé, était-il déjà en couple ?

— Ce ne sont pas vos affaires.

— Apparemment oui. Les gens ne changent pas, Hen. Il vous trompe, mais vous le saviez probablement déjà.

26

Hen était passée par toute une palette d'émotions depuis qu'elle s'était assise dans le box du Winner's Circle avec Matthew Dolamore, mais soudain, elle se sentit saisie par une véritable colère. Après son déballage de philosophie de comptoir à propos de son art, il semblait maintenant accuser (menacer ?) Lloyd.

Elle se leva.

— Allez vous faire foutre, Matthew, dit-elle. Croyez-moi, vous n'êtes le sauveur de personne.

— Je ne prétends pas être un sauveur, je dis juste que votre mari n'est probablement pas ce qu'il semble être.

— En quoi ça vous concerne ?

— En rien. Désolé d'avoir abordé le sujet.

Hen partit, et ce n'est qu'en poussant les portes du bar pour retrouver la lumière de la fin d'après-midi qu'elle réalisa combien il faisait sombre à l'intérieur. Le vent balayait les feuilles et les détritus à travers le parking. Elle monta dans sa voiture et s'engagea sur la Route 117. La chanson qu'elle écoutait à son arrivée – *Shiver* de Lucy Rose – reprit dans l'autoradio. Elle baissa le volume afin de pouvoir faire le point en silence sur la conversation qu'elle venait d'avoir. Se repassant mentalement la discussion, elle se demanda si un détail avait pu lui échapper, n'importe quoi, un élément qu'elle pourrait communiquer à la police. Elle savait qu'ils ne la croiraient jamais si elle se bornait à leur rapporter les propos qu'il avait tenus. En revanche, si elle disposait de quelque chose de concret… Mais non, elle avait beau réfléchir, il s'était contenté de discourir sur les motivations philosophiques de ses meurtres. Si seulement elle avait pu trouver un moyen de l'enregistrer – elle y avait songé –, tout serait réglé. Matthew avait envie de parler. Et il était clair qu'il avait aussi cherché à l'impressionner, à l'intriguer, peut-être même à la rallier à sa vision des choses. Et ces conneries à propos de Lloyd, à quoi ça rimait ? Elle repensa au soir du dîner, en tentant de se rappeler si elle avait surpris Lloyd en train de reluquer Mira. Elle n'en avait aucun souvenir. Elle savait qu'il regardait les autres femmes, et elle n'y voyait pas le moindre inconvénient. Elle préférait qu'il admette être attiré par d'autres femmes plutôt qu'il ne le nie. Il n'empêche, pourquoi Matthew semblait-il si certain de l'infidélité de Lloyd ?

Un klaxon retentit derrière elle et elle s'aperçut que le feu était passé au vert. Elle avança, rejoignant le lent flot de voitures. Il n'était pas encore tout à fait cinq heures, mais la circulation était déjà dense. Elle sortit son téléphone pour vérifier si Lloyd lui avait envoyé un message disant qu'il rentrait, et découvrit un message de sa part la prévenant qu'il avait du travail et qu'elle devrait dîner seule.

C'est sûr, il me trompe, se dit-elle avant d'éclater de rire derrière son volant. Mais elle n'aimait pas le son de ce rire : il semblait essoufflé.

À son retour chez elle, elle fut accueillie à la porte par Vinaigre et ses miaulements sonores. Elle le suivit à la cave jusqu'à sa gamelle vide et la remplit en s'excusant.

Une fois dans la cuisine, elle resta plantée un moment devant le réfrigérateur ouvert, hésitant à se prendre une autre bière. Malgré son calme relatif au bar, elle tremblait légèrement. Mais après tout, elle venait de discuter avec un type dérangé, un fou qui s'intéressait maintenant à sa vie à elle. Le frigo ne contenait que les I.P.A. de Lloyd : trop houblonnées. Elle trouva une petite bouteille de jus de canneberge et se prépara un verre chargé en glace avec la bouteille de vodka qu'ils conservaient au congélateur. Elle en but une longue rasade, puis se concentra sur sa respiration. Son esprit ne tenait pas en place. Elle s'efforçait de se rappeler ce que Matthew avait dit à propos de Dustin Miller et de Scott Doyle, mais ses pensées la ramenaient sans cesse à Lloyd. S'il voulait vraiment la tromper, ça ne lui serait pas très difficile : il travaillait à Boston, tandis qu'elle était coincée là en banlieue. Il lui arrivait de travailler tard, comme aujourd'hui, mais chaque fois qu'il rentrait, il lui parlait avec enthousiasme de la campagne sur laquelle il bossait. S'il lui mentait, alors il mentait très bien. Or elle ne pensait pas que Lloyd fût doué pour le mensonge. Dans ce cas, s'il la trompait effectivement, comment s'y prenait-il ? La dernière occasion qu'il avait eue avait été le barbecue annuel de Rob, mais elle était presque certaine que les seules personnes qu'il y avait croisées étaient d'anciens copains d'université, et éventuellement une épouse ou une petite amie qui les accompagnait. Ce rassemblement de mecs défoncés s'amusant avec les braises était franchement loin de la soirée olé olé.

Hen posa son verre sur le plan de travail et se dirigea vers l'escalier. Le rappel de cette soirée avait réveillé en elle une image du lendemain du meurtre de Scott Doyle : Lloyd, au commissariat, la serrant dans ses bras. Ce jour-là, il était venu directement de chez Rob sans passer par la maison. Elle se souvenait de son odeur. Il sentait la sueur rance, ce qui n'avait rien d'étonnant, mais il y avait autre chose, un détail auquel elle avait à peine prêté attention à cause de tout le reste. Il ne sentait pas la fumée. Elle avait assisté à plusieurs des barbecues de Rob, et chaque fois, le lendemain et parfois même jusqu'au surlendemain, on empestait la fumée de bois. L'odeur imprégnait vos habits et vos cheveux. Elle vous envahissait les narines et n'en sortait plus.

Hen monta dans la chambre et considéra le panier à linge sale plein à ras bord, quinze jours de lessive qu'ils avaient tous les deux délaissée. Elle se mit à fouiller dedans, balançant les affaires sur le lit défait jusqu'à ce qu'elle trouve ce qu'elle cherchait : la tenue que Lloyd portait le week-end en question. Son plus beau jean et une chemise à carreaux au col élimé. Elle colla son nez contre le tissu et huma : il n'y avait pas la moindre odeur de fumée. Juste pour être sûre, elle sortit tous ses autres habits du panier et les sentit l'un après l'autre. Rien.

Elle redescendit, prit son téléphone et fit défiler la liste de ses contacts jusqu'à Rob Boyd, constatant avec surprise que son numéro était toujours enregistré dans son téléphone. Le pouce au-dessus du bouton appel, elle hésita. Qu'allait-elle lui dire ? Elle ne pouvait pas lui demander de but en blanc si Lloyd était venu à sa fête, car s'il lui répondait que non, il y avait fort à parier qu'il préviendrait Lloyd dans la foulée. Elle se creusa la tête pour trouver un prétexte, puis lança l'appel avant de pouvoir changer d'avis.

Il décrocha presque immédiatement.

— Hen ?

— Salut, Rob.

— Ça va ?

— Oui, oui, tout va bien. Dis-moi, j'aurais une question à te poser.

— Je t'écoute…

Sa voix résonnait comme dans une pièce vide. Hen supposa qu'il était au volant.

— Je suis en train de réaliser une illustration pour un nouveau bouquin. Enfin, j'espère décrocher le contrat du moins. Bref, ça parle de sorcières, et ils veulent un feu de joie sur la couverture…

— Cool, dit Rob.

— J'ai cherché des photos de feux de joie en ligne, mais je n'ai rien trouvé… Je me demandais si…

— Ouais, j'en ai des sympas. Tu veux que je t'en envoie quelques-unes ?

— Oui, ça serait génial. Ça me serait très, très utile.

— Pas de souci.

— Comment tu vas, toi ? Ça fait un bail.

— Ça va. On vieillit. Vous nous avez manqué cette année à la fête.

À ces mots, Hen sentit littéralement quelque chose la transpercer de part en part.

— Ah, oui, désolée… Comme tu le sais, on vient tout juste d'emménager et…

— Ouais, Lloyd m'a déjà servi ces fausses excuses. Je ne l'ai pas cru, et je ne te crois pas davantage.

— Qui était là ?

Rob se mit à énumérer des noms, qui pour la plupart ne lui disaient rien. Hen faisait semblant d'écouter, mais elle n'avait qu'une seule envie : raccrocher pour pouvoir absorber l'information qu'elle venait de recevoir. Lloyd n'avait pas assisté à la fête de Rob, ce qui signifiait qu'il était allé passer un week-end en amoureux avec sa maîtresse. C'était bien la seule explication possible ?

Rob était en train d'achever son énumération.

— … et Justin, évidemment, qui ne rate jamais un barbecue.

— OK, encore désolée. L'année prochaine sans faute.

— J'y croirai quand je vous y verrai. Oh, putain… Le feu rouge, ma petite dame. (Hen entendit le bêlement d'un klaxon, et Rob reprit.) Bon, écoute, je dois raccrocher. Je t'enverrai quelques photos de feux de joie sympas.

— Merci beaucoup, Rob.

Hen laissa sa main retomber sur sa cuisse, le téléphone serré mollement entre ses doigts, et demeura immobile cinq minutes. Lloyd n'avait pas juste une aventure avec une femme, il leur organisait des escapades. Cette idée lui semblait tellement insolite, aussi insolite que si on venait de lui apprendre que Lloyd avait changé de sexe ou qu'il travaillait secrètement pour la CIA. Elle se sentait trahie, mais dans le même temps, elle était choquée et restait sans voix face à cette nouvelle. Une partie de sa stupéfaction venait du fait qu'elle n'avait jamais considéré Lloyd comme quelqu'un capable de cacher des choses. En fait, elle ne le croyait pas assez rusé ni assez intelligent. Soudain, plus que toute autre chose, elle voulut en savoir plus. Elle voulait tout savoir.

L'ordinateur portable de Lloyd était en charge sur le plan de travail de la cuisine. Elle alla le chercher. L'accès était protégé par un mot de passe, mais Hen connaissait pratiquement tous ceux de Lloyd. Hormis pour leur compte bancaire et leurs cartes de crédit, il utilisait toujours QSDFJKLM (elle lui avait fait remarquer un jour, assez sèchement, qu'il était bien trop facile à deviner, mais il l'avait tout de même gardé). Le mot de passe fonctionna et Hen se rendit d'abord dans l'historique Internet. Lloyd l'avait effacé la veille au soir et les seuls sites qu'il avait consultés ce matin-là étaient un blog des Red Sox sur lequel il publiait parfois des commentaires, et sa messagerie. Hen parcourut rapidement ses e-mails, cherchant une correspondance avec une femme qu'elle ne connaissait pas, mais également avec Rob Boyd. Elle ne trouva rien dans la boîte de réception, mais en ouvrant le dossier messages envoyés, elle tomba sur un échange avec Rob dans lequel Lloyd expliquait qu'ils ne pourraient pas assister à sa fête cette année ("on a encore un paquet de trucs à déballer") et promettait qu'ils s'arrangeraient pour venir l'an prochain.

Hen remonta plus loin, ouvrant tous les e-mails qu'il avait envoyés ; la plupart avaient pour destinataires ses parents ou son frère en Caroline du Nord. En remontant à l'année précédente, elle découvrit une conversation entre Lloyd et Joanna Grimlund, l'ex-petite amie de Rob, qui habitait toujours le Massachusetts.

L'échange commençait par un e-mail de Lloyd : "Salut, j'ai vraiment passé un bon moment ce week-end." Il datait d'un an en arrière, en octobre. À l'époque, Hen avait décliné l'invitation.

L'horodateur indiquait que Joanna avait répondu cinq minutes plus tard : "Moi aussi. Dommage que Rob soit présent à ses propres fêtes, sans ça elles seraient top. Je plaisante ! J."

Lloyd avait répondu le lendemain, et l'e-mail ne contenait que six mots : "Appelle-moi aujourd'hui si tu peux."

Il n'y avait pas eu de réponse, ou si réponse il y avait eu, elle avait été supprimée. Quelle que soit sa nature, l'histoire qui avait commencé ce week-end-là s'était à l'évidence poursuivie en dehors des boîtes e-mails.

Hen ouvrit un nouveau message sur le compte de Lloyd et mit Joanna en destinataire, puis écrivit : "Il faut qu'on arrête." Elle dirigea le curseur sur le bouton envoyer, mais décida de ne pas cliquer ; l'idée lui fit néanmoins monter un étrange petit gloussement du fond de la gorge. Effaçant le message, elle quitta le navigateur et ferma le portable. Lloyd ne tarderait pas à rentrer, il fallait qu'elle décide de ce qu'elle ferait de l'information dont elle disposait. Si elle l'accusait dès qu'il franchissait la porte et lui disait qu'elle savait qu'il n'était pas allé à la fête de Rob le week-end du Columbus Day, alors tous les masques tomberaient. S'il n'inventait pas une excuse quelconque, il lui déballerait toute l'histoire. Lloyd entretenait une liaison avec Joanna Grimlund. Il était sans doute amoureux d'elle et comptait probablement quitter Hen. Il serait même ravi que ce soit elle qui aborde le sujet. Elle mettrait ainsi fin à son tourment.

Alors qu'elle tournait en rond dans la maison, elle se retrouva dans le salon, en train de regarder par la fenêtre vers la maison de ses voisins. Au moins maintenant, elle ne pensait plus aux confidences que Matthew lui avait faites. La révélation que Lloyd lui mentait depuis plus d'un an avait réussi à les éclipser. Pourquoi Lloyd ne l'avait-il pas tout simplement quittée ?

Son portable vibra dans son jean et elle lut le message de Lloyd disant qu'il rentrait.

Elle remit le téléphone dans sa poche, et sut alors qu'elle ne lui demanderait pas de comptes le soir même. Pour une certaine raison, il lui semblait important de feindre l'ignorance pendant un moment, et de s'accorder un peu de temps pour en apprendre davantage.

Lorsque Lloyd franchit le seuil de leur maison, l'air maussade et taciturne, lui déposa sur le front un baiser rapide, puis alla se chercher une bière dans le frigo, Hen le suivit du regard. Elle avait l'impression d'observer un inconnu.

27

MATTHEW rentra chez lui juste avant la nuit. Il faisait sombre dans la maison, malgré cela il n'alluma pas les lumières. Il se rendit dans son bureau et repensa à la conversation qu'il venait d'avoir avec Hen. Ça s'était passé bien mieux qu'il ne l'avait espéré. Il lui avait confié des choses sur lui-même qu'il n'avait jamais dites à personne, et elle l'avait écouté sans bouger de son siège, ses yeux noirs fixés sur lui. À chaque mot qu'il prononçait, il était soulagé d'un poids, et à présent, il ressentait une légèreté qu'il n'avait pas connue depuis une éternité.

Il se repassa la conversation de nombreuses fois dans sa tête, le souffle court. Peut-être avait-il eu tort d'amener Lloyd dans la conversation aussi tôt – c'était ce qui avait provoqué son départ précipité –, mais il fallait qu'elle sache qu'elle n'était pas à l'abri de ce que les hommes faisaient aux femmes, que Lloyd nourrissait autant de pensées lubriques que n'importe qui. Évidemment, il n'était pas certain qu'il la trompait, mais c'était bel et bien une possibilité. C'était un homme, après tout, et les hommes étaient comme ça.

En revanche, il regrettait vraiment d'avoir mentionné le nom de Michelle. Pourquoi avait-il fallu qu'il évoque les misères que lui faisait subir Scott Doyle ? Il avait tenu à être entièrement sincère avec Hen – c'était ce qui était prévu, non ? –, mais cela ne signifiait pas pour autant qu'il devait tout lui déballer d'un coup. Non, la raison pour laquelle il n'aurait pas dû mentionner Michelle était que, maintenant, Hen pouvait la retrouver et la contacter si elle le voulait. Non pas que cela lui porterait nécessairement préjudice, mais l'idée le perturbait néanmoins, tout comme celle que Richard ait probablement envoyé un e-mail à Michelle. Merde, ça lui était sorti de la tête. Tous les bienfaits qu'il avait tirés de sa conversation avec Hen s'envolèrent subitement.

Pour calmer ses craintes, il appela Michelle sur son portable afin de s'assurer qu'elle allait bien.

— Salut, Matthew. C'est drôle. J'allais justement t'appeler.

— Ah oui, pourquoi ?

— Eh bien voilà, je viens de discuter avec Donald, et je vais m'arrêter jusqu'à la fin du semestre. Il m'a dit qu'il pouvait trouver une remplaçante et qu'il me garderait mon poste si je souhaitais revenir en janvier.

— Sérieusement ?

— C'est juste que... avec tous ces bouleversements, ce qui est arrivé à Scott et les soucis de santé de mon père, je n'ai tout simplement plus le temps ni l'énergie de me concentrer sur mon travail. Je vais retourner habiter chez mes parents quelque temps... Mon Dieu, je n'arrive pas à croire que je dis ça... Mais non, je prends la bonne décision. Je suis en paix avec cette idée.

— Eh bien, c'est tout ce qui compte.

— Oui, je suis en paix avec cette idée.

— Alors je crois que tu prends la bonne décision.

— Tu le penses vraiment ? Je suis contente que tu me dises ça.

— Vraiment oui. Du moment que tu ne pars pas définitivement. Si tu ne reviens pas en janvier, alors peut-être à la rentrée prochaine. Tu es une excellente prof d'histoire.

— C'est bon, je crois que je vais pleurer, dit-elle.

— Quand est-ce que tu pars ?

— Je prends la route demain matin.

— Quoi ?

— Oui, je sais. Mais Donald a déjà sa remplaçante. C'est la femme qu'on lui avait envoyée pour remplacer Mandy pendant son congé maternité. Tu vois de qui je parle ?

Matthew visualisa l'enseignante en semi-retraite, avec ses cheveux blancs et ses robes violettes.

— Oui, très bien. Tes élèves seront entre de bonnes mains.

— Je pense aussi.

— Je ne peux pas croire qu'on n'ait pas l'occasion de se dire au revoir.

— Tu veux passer ce soir ? demanda-t-elle aussitôt, les mots sortant d'un seul bloc comme si la question avait été préparée d'avance.

— Euh… fit-il d'une voix hésitante.

— Je sais que c'est un peu précipité, mais Mira est toujours en déplacement, non ? Ça me ferait plaisir de te voir.

— J'ai du travail, répondit-il, mais oui pourquoi pas. Quand puis-je venir ?

— Maintenant ? Quand ça t'arrange. Je vais probablement passer une nuit blanche à faire mes bagages et m'organiser. Viens quand tu veux.

Après avoir avalé un bol de céréales – c'était tout ce que son estomac pouvait supporter – et parlé avec Mira par FaceTime, Matthew se rendit en voiture jusqu'aux Country Squire Estates, tentaculaire ensemble d'immeubles de logements modestes aux façades quadrillées de colombages factices. À l'entrée, un panneau vert forêt indiquait COUNTRY SQUIRE en faux style médiéval. Matthew se gara sur le parking visiteurs, près de la piscine couverte d'une bâche jusqu'à la fin de la saison. Chargée de feuilles mortes et d'une eau de pluie brunâtre, la bâche formait un creux au centre. Tout à coup, Matthew remit en question ce qu'il s'apprêtait à faire. Il savait que Michelle nourrissait des fantasmes romantiques à son égard, et qu'en venant ici lui faire ses adieux, il ne faisait que les alimenter. Mais il l'appréciait énormément en tant que collègue, et peut-être aussi en tant qu'amie. Il tenait à lui dire au revoir. Incapable de se décider, il se demanda : Qu'est-ce qui est le mieux pour Michelle ? Qu'est-ce qui est le mieux pour Mira ? Puis il choisit de faire demi-tour et de rentrer.

De retour chez lui, lumières toujours éteintes, il guetta par la fenêtre des signes de la présence de sa voisine. Son salon était allumé, et de temps en temps, il apercevait une ombre derrière les voilages de la fenêtre sur le côté de la maison. Il n'arrivait pas à croire qu'il existait maintenant un autre être humain, à seulement quelques pas de lui, qui connaissait tous ses petits secrets. Pas tous, bien sûr, mais elle savait qui il était vraiment. La main posée sur le carreau, il ressentit un désir lancinant, une sensation qu'il n'avait pas éprouvée depuis très longtemps. L'appel de Richard le tira en sursaut de sa rêverie.

— Il est tard, dit Matthew.

— Ah ouais ?

— Tu le sais parfaitement. Si Mira avait été là, tu l'aurais réveillée.

— Mais je sais qu'elle n'est pas là.

— Pourquoi tu appelles, Richard ?

— Je voulais juste discuter, dit-il d'une voix pâteuse. (Matthew devina qu'il avait bu.) Tu crois que maman savait pour nous ?

— Combien de verres as-tu bu ?

— Je suis sérieux. Tu crois que maman savait ?

— Qu'elle savait quoi ?

— Qu'on est comme papa. Qu'on pense comme lui et qu'on *agit* comme lui.

La manière dont Richard insistait sur le mot *agir* rendit soudain Matthew très nerveux.

— Tu as fait quelque chose… dit-il.

— Je n'ai pas envie de parler de ce que j'ai fait ou pas fait, lui renvoya Richard. Je veux discuter de maman. Tu te souviens de Sally Respel au lycée ? Tu te rappelles ce qu'on lui a fait ?

— Pas *on*, Richard. C'était toi.

— Mais c'est de toi qu'elle était amoureuse, Matthew. C'est toi qui l'as séduite.

Il y avait des années que Matthew n'avait plus repensé à Sally Respel. Elle faisait partie de son club de tennis. Un an de moins que lui, trop grande, le visage brillant. Matthew lui avait fait travailler son revers tout un après-midi, et dès lors, elle s'était amourachée de lui, passait le voir tous les jours, s'arrangeait pour le croiser sans arrêt dans les couloirs entre deux cours, éclatait de rire dès qu'il ouvrait la bouche. Quand elle avait finalement trouvé le courage de l'inviter au bal du lycée, Matthew s'était rendu chez elle pour décliner avec délicatesse. Assis dans le jardin de son enfance, sur les balançoires de son enfance, il lui avait expliqué que son cœur appartenait à une autre ("Elle habite une autre ville, c'est la fille d'amis de mes parents", avait-il menti), mais qu'il souhaitait rester son ami. Sally avait fondu en larmes, larmes qui n'avaient pas duré, et déjà à l'époque, Matthew avait compris qu'il lui avait rendu service en lui offrant ce moment dramatique en guise de souvenir. Elle et lui, sur des balançoires, discutant d'amour comme des adultes.

Il n'aurait jamais dû parler de Sally à Richard, mais il l'avait fait, en partie parce que Richard, à cet âge, débordait déjà de fantasmes pervers qu'il testait sur Matthew, et Matthew souhaitait qu'il le laisse tranquille.

Le soir du bal, Richard avait appelé Sally sur le téléphone qu'elle avait dans sa chambre – elle avait décidé de ne pas y aller. Déguisant sa voix en parlant tout bas, il s'était fait passer pour Matthew et avait prétendu avoir changé d'avis. Il voulait savoir s'il pouvait venir la voir dans sa chambre – il rentrerait par la fenêtre –, car il mourait d'envie de l'embrasser.

Matthew n'avait jamais su exactement ce que Richard avait fait à Sally dans l'obscurité de sa chambre avant qu'elle comprenne qu'elle ne se trouvait pas avec Matthew mais avec son frère, mais quoi que ce soit, cela avait suffi.

Réveillés par les cris terrifiés de leur fille, les parents de Sally avaient chassé Richard et le lendemain, la mère de Sally était venue trouver leur mère afin de tirer les choses au clair sans impliquer les autorités. Richard s'en était bien sorti ; il avait juste dû promettre de ne plus jamais approcher Sally.

— Des fois, je me demande ce que maman a pensé de moi après cette histoire, dit Richard. Je me demande si à l'époque, elle connaissait ma vraie nature.

— Honnêtement, répondit Matthew, je ne crois pas qu'elle y ait beaucoup réfléchi. Maman avait ses propres soucis, comme tu le sais. Je ne pense pas qu'elle se souciait le moins du monde de ce que tu avais fait à Sally.

— Ce que *nous* avions fait.

— Tu pourras le répéter autant de fois que tu voudras, dit Matthew, ça ne changera rien aux faits.

— À l'époque tu étais déjà le même qu'aujourd'hui. Rien ne te plaît autant que de rendre les femmes folles de toi et puis de les repousser. Tu prends ton pied comme ça. En quoi ai-je fait pire quand j'ai donné à Sally ce qu'elle réclamait ?

— Ce n'était pas toi qu'elle voulait, Richard, personne n'a jamais voulu de toi. Elle me voulait moi. Ce que tu as fait, c'était ignoble.

Matthew sentit son estomac se nouer ; il regrettait amèrement d'avoir décroché le téléphone.

— Hé, je n'ai pas appelé pour qu'on se dispute, dit Richard.

— Alors pourquoi as-tu appelé ?

— Tu crois que je pourrais passer la nuit chez toi ? demanda Richard d'une toute petite voix, presque implorante.

— Pourquoi ?

— Je dormirai dans le bureau sur le canapé. Mira n'en saura rien, promis. Écoute, monte te coucher maintenant et je rentrerai sans faire de bruit. Tu ne te rendras même pas compte que je suis venu.

Richard avait une curieuse intonation. Elle rappelait à Matthew le gamin torturé et terrifié que son frère avait été.

Matthew soupira.

— Juste pour cette nuit alors ?

Richard tint parole, et Matthew le revit seulement le lendemain matin. Richard avait préparé du café et était assis à la table de la cuisine, la tête légèrement penchée, une jambe agitée d'un tremblement nerveux, l'autre tendue sur le sol en liège. Le portrait craché de leur père.

— Debout tout le monde, le petit déjeuner est servi, dit-il d'une voix forte et arrogante.

— Bien dormi ? demanda Matthew.

— Comme un bébé. J'ai toujours bien dormi sur ce canapé. À la maison, j'ai l'impression de dormir à l'intérieur d'un crâne. Toutes ces choses qui s'entrechoquent.

— Eh bien, ne prends pas trop tes aises.

Richard leva les paumes en signe d'apaisement.

— Crois-moi, j'ai bien saisi le message. Tu m'as clairement fait comprendre tes sentiments.

— Merci pour le café, Richard.

— Pas de quoi. Bon, je vais te foutre la paix, mais avant de partir, j'ai un petit cadeau pour toi. Je crois que tu l'apprécieras.

Matthew était en train de se verser un café. Le ton de son frère ne lui plaisait pas. Il tourna la tête vers lui.

— Qu'est-ce que tu as fait ?

— Rien que tu n'aies pas déjà fait. Tu peux me croire. Bon, je dois filer. J'ai déposé une enveloppe pour toi dans ton bureau.

Une fois Richard parti, Matthew resta figé une minute, l'amertume du café en bouche, une boule à l'estomac. Il posa sa tasse et, s'armant de courage, se rendit dans son bureau. Sur le manteau de la cheminée, une simple enveloppe blanche était adossée à la réplique de la pierre de Rosette. Matthew s'avança et la palpa ; elle contenait quelque chose de dur. Il glissa son doigt sous le rabat et ouvrit le pli. À l'intérieur, il découvrit deux clés attachées à un anneau. Un M en plastique rose pendillait au porte-clés. Matthew sentit le café refluer au fond de sa gorge, il ferma les yeux et inspira plusieurs fois par les narines pour chasser la sensation de nausée. Il reconnaissait le porte-clés. Il appartenait à Michelle Brine.

28

De retour dans sa spacieuse chambre d'hôtel, Mira envoya valser ses chaussures à talons plats, se laissa tomber sur le grand lit, et se massa la plante des pieds. Du fait de sa récente promotion, elle n'était plus astreinte qu'à deux salons par an, au lieu de quatre ou cinq auparavant. Un avantage à double tranchant, car passer ses journées debout derrière un pupitre à faire des démonstrations de logiciels était certes éreintant, mais maintenant qu'elle ne participait plus à autant de salons, elle constatait que ses pieds étaient encore plus sensibles. Le manque d'habitude sans doute, ou peut-être qu'elle se faisait vieille.

Son téléphone vibra. C'était un message de John McAleer, qui se renseignait sur ses projets pour le dîner. Il y a plusieurs années de cela, John et elle travaillaient dans la même entreprise. On les avait envoyés ensemble dans le comté de Clark à Las Vegas, et après deux longues journées de présentations, ils étaient allés dîner au Cirque Bellagio. Après quoi, John avait insisté pour qu'ils prennent un dernier verre au bar de leur hôtel. Elle s'était attendue à ce qu'il lui fasse des avances – cela n'aurait pas été la première fois qu'elle se faisait draguer au cours d'un déplacement professionnel –, mais pas à ce qu'il lui avoue qu'il était tombé amoureux d'elle, que son mariage battait de l'aile depuis six mois et qu'il se sentait l'homme le plus seul au monde. Il avait fondu en larmes, au point que Mira avait failli suggérer qu'ils terminent la conversation dans l'une de leurs chambres – ce qui aurait pu être désastreux. Au lieu de cela, elle lui avait proposé de reprendre la conversation le lendemain matin et avait quitté le bar pour regagner directement sa chambre d'hôtel. Le lendemain au petit déjeuner, il s'était confondu en excuses, précisant cependant en conclusion que ses sentiments pour elle n'avaient pas changé. Il l'aimait et cela ne changerait jamais, mais il n'aborderait plus le sujet. Il comptait d'ailleurs démissionner. John tint parole. Il n'évoqua plus la question de ses sentiments, et six mois plus tard, quitta l'entreprise pour rejoindre un gros éditeur de manuels scolaires. Dans les trois mois qui suivirent, elle apprit qu'il avait divorcé.

Et aujourd'hui, voilà qu'il refaisait surface à Wichita, où il était passé la saluer dans l'espace exposants. John avait pris de l'embonpoint et s'était quelque peu dégarni. Il se montra exagérément bavard et amical. "Je me demandais si tu travaillais toujours pour la même boîte", dit-il en riant.

Mira espérait que les retrouvailles n'iraient pas au-delà du bonjour, seulement voilà qu'il lui envoyait un texto. Le message semblait innocent – "Content de t'avoir revue, Mira. On se fait un barbecue avec des collègues. Tu as prévu quelque chose ? Si tu es prise, pas de souci" –, mais elle se demandait néanmoins s'il n'avait pas planifié la rencontre : sachant qu'elle tiendrait un stand, il avait pu s'arranger pour passer devant "par hasard" et lui proposer de se joindre à ses collègues pour dîner. Se rappelant ses mots – "je t'aimerai toujours" –, elle s'obligea à attendre cinq minutes, puis répondit : "Merci pour l'invitation, John, mais je viens de commander au room service. Je suis morte."

Mira recula au centre du lit, attrapa la télécommande sur la table de chevet, et alluma la télé. Se pouvait-il qu'elle attire les obsessionnels ? Elle songea à Jay Saravan (Mira avait beaucoup repensé à lui ces derniers jours, à cause de tout ce qui se passait autour de Matthew). Jay avait été son premier véritable petit ami ; ils s'étaient rencontrés au cours d'une journée d'orientation des première année la semaine de son arrivée à l'université du New Hampshire. Dès leur deuxième rendez-vous, Jay lui avait déclaré sa flamme. Cela l'avait choquée, mais sans forcément lui déplaire. Jay était extrêmement beau garçon ; il lui faisait penser à une version réelle du héros d'Aladin, un dessin animé auquel elle avait été accro durant le plus clair de son enfance. Il avait de larges épaules sur un corps mince, et une chevelure impeccable, avec une boucle noire qui lui tombait sur le front. Et puis, comme elle, ses parents étaient originaires du Pakistan ; en revanche, lui avait reçu une éducation plus ou moins religieuse – il jeûnait pendant le mois de ramadan et célébrait la fête de l'Aïd – et avait déjà voyagé au Pakistan. Après une cour éclair, ils ne s'étaient plus lâchés de toute leur première année. Mira le trouvait un peu possessif et exigeant, mais son assurance était excitante et il se montrait d'un romantisme indéfectible.

Les choses avaient pris un tour désastreux durant leur deuxième année à l'université. Jay l'avait poussée à prendre un appartement en dehors du campus, et dès lors, lui avait mis la pression pour qu'elle se défasse du peu d'amis qu'elle s'était faits l'année précédente. Il la laissait assister aux cours, mais pas aux rencontres entre étudiants. Il commença à lui dire quoi porter et quoi manger. Lorsqu'elle eut le malheur de suggérer une pause – peut-être étaient-ils trop jeunes pour s'engager dans une relation sérieuse –, il lui avait tordu le bras si violemment que sa peau en avait gardé des marques. Après cet épisode, elle avait appris à peser ses paroles, malgré cela il continuait parfois de piquer des colères, généralement suscitées par les tenues qu'elle portait pour aller en cours. Cela commençait habituellement par des remarques presque anodines – "Jusqu'où tombe-t-elle, cette jupe ?" – et se terminait par une clé de bras (voire un étranglement) et des volées d'insultes : c'était une pute, une traînée.

Mira savait que son voisin du dessous – elle habitait une chambre mansardée au sommet d'une bâtisse à deux étages – entendait ce qui se passait. Elle l'avait deviné, car, tandis qu'il se montrait toujours causant et attentionné lorsqu'il la croisait seule, Matthew Dolamore ne lui adressait jamais la parole quand elle était en compagnie de Jay. Il avait compris que s'il la saluait en présence de Jay, elle en pâtirait. C'était un geste protecteur tout bête de la part de Matthew, mais aux yeux de Mira, c'était beaucoup. Un jour, bien que consciente de prendre un énorme risque, elle l'invita dans sa chambre pour prendre le thé pendant que Jay participait à une rencontre de squash. Ils discutèrent de tout excepté des relations sentimentales. Malgré son air un peu guindé, Matthew faisait partie de ces hommes qui savent écouter. Même quand elle lui racontait les anecdotes les plus banales, elle sentait ses yeux posés sur elle, son attention entièrement concentrée.

Après cette invitation, il lui avait proposé – juste une fois – de venir prendre un café chez lui. Elle avait décliné son offre, expliquant que son petit ami était revenu en ville et que c'était inapproprié. Elle espérait qu'il comprenait que rien ne devait changer dans leurs rapports et que s'il la croisait en compagnie de Jay, il devait continuer de l'ignorer. Il avait à l'évidence reçu le message, car lorsqu'elle et Jay le croisèrent de nouveau – ils revenaient de l'épicerie alors qu'il sortait, sac à dos sur l'épaule –, il ne l'avait même pas regardée, se contentant de saluer Jay d'un bref signe de tête.

Malgré cela, Jay lui avait demandé après qu'elle eut rangé les courses :

— Qu'est-ce qui se passe avec le mec d'en dessous ?

— Mon voisin ?

— Oui. Celui qu'on a croisé tout à l'heure. Ça saute aux yeux que tu penses à lui.

— Mais Jay, je ne le connais même pas. Je ne lui ai jamais parlé.

De fil en aiguille, le ton était monté et la discussion en était venue aux mains, Jay lui avait appuyé la tête contre la tête de lit en serrant son crâne entre ses doigts tout en continuant de lui crier dessus. Elle avait alors envisagé de lui avouer qu'elle avait invité Matthew à prendre le thé, juste pour en finir. Il la tuerait à coup sûr, mais au moins elle serait délivrée. Et s'il ne la tuait pas, peut-être la quitterait-il ? C'était peu probable mais néanmoins possible.

Avant qu'elle puisse trouver le courage de son aveu, Jay avait claqué la porte. Allongée sur son lit, Mira avait pleuré un moment, avant de tendre l'oreille aux bruits de l'immeuble, en se demandant si Matthew avait entendu la scène qui venait d'avoir lieu. Tout semblait indiquer qu'il se rendait à la bibliothèque quand ils l'avaient croisé dans l'après-midi. Était-il revenu ?

Le seul point positif des disputes avec Jay était qu'il se montrait ensuite gentil avec elle, au moins pendant quelques jours. Il allait chercher à se faire pardonner, sauf si, évidemment, il découvrait qu'elle entretenait bel et bien une relation (si l'on pouvait dire) avec son voisin du dessous. Non, se dit-elle, il ne doit jamais l'apprendre. Pas pour me protéger moi, mais pour protéger Matthew.

Une semaine plus tard – sept jours durant lesquels Jay avait effectivement cherché à se faire pardonner (allant jusqu'à lui offrir des roses blanches) –, un agent de police avait frappé à la porte de Mira un mercredi matin, en lui demandant si elle était bien la petite amie de Jay Saravan, et lui avait annoncé sa mort. On l'avait retrouvé asphyxié dans sa BMW – son bien le plus précieux après Mira – garée au fond d'une ruelle à quelques kilomètres de là. Il s'était suicidé en passant par la vitre un tuyau relié au pot d'échappement. Il n'avait pas laissé de mot.

Au cours des semaines qui suivirent – une période irréelle durant laquelle, tandis qu'on la traitait en petite amie endeuillée, elle se percevait elle-même comme une survivante bienheureuse –, Mira ne vit pas une seule fois Matthew. Peu importait. Au fond d'elle, Mira savait que son voisin du dessous n'était pas étranger à la mort de Jay. Pas seulement parce qu'il était le seul à connaître la véritable nature de sa relation avec Jay, ni parce qu'elle savait avec certitude qu'un égoïste comme Jay ne se serait jamais suicidé ; mais surtout parce que quelques jours avant la mort de Jay, Mira avait aperçu par sa fenêtre Matthew et Jay en train de discuter sur le parking. Jay exhibait fièrement sa voiture et Matthew lui posait des questions d'un air enthousiaste. Mira comprit alors comment Matthew avait procédé. Feignant de s'intéresser à la BMW de Jay, il avait dû attendre qu'il sorte un soir du bâtiment et lui dire quelque chose comme, "Hé, si on allait faire un tour dans ta voiture ?" Jay avait accepté, et Matthew s'était débrouillé pour le maîtriser et maquiller son meurtre en suicide.

Pourtant, lorsqu'elle avait revu Matthew quelque temps plus tard, après les congés de Thanksgiving, il l'avait abordée avec un air si soucieux qu'elle avait commencé à douter de ses conclusions. Se pouvait-il que cet étudiant en histoire discret à la voix calme et posée ait réussi à orchestrer un meurtre sans être inquiété ? Elle n'en était plus si sûre. Peut-être que Jay, derrière son narcissisme et son ego surdimensionné, avait eu honte de son comportement violent, et qu'il avait décidé de se supprimer. C'était ce qu'elle s'était dit afin de pouvoir tourner la page, en particulier après que Matthew et elle eurent commencé à flirter. Ils étaient sortis ensemble jusqu'à la fin de leurs études puis s'étaient mariés peu après avoir obtenu leurs diplômes.

Et aujourd'hui, des années plus tard, voilà qu'elle repensait à tout cela en se demandant si Matthew avait vraiment assassiné Jay Saravan.

Bien sûr que oui. Tu l'as su le jour même.

Ce n'était pas la première fois depuis leur mariage qu'elle nourrissait des doutes sur son mari. Malgré sa normalité apparente, Matthew avait eu une enfance torturée. Il en parlait peu, mais quand il abordait le sujet, Mira comprenait à quel point les bruits de dispute et de violence entre elle et Jay avaient dû raviver en lui le souvenir de ses parents.

Il semblait y avoir plusieurs facettes à sa personnalité. Le plus souvent, Matthew avait tout de l'Américain moyen, un enseignant dévoué et un mari sur qui l'on pouvait compter. Mais à certains moments, il était comme un enfant en manque d'affection. À d'autres moments encore, il se montrait distant, au point que c'en était effrayant, et il l'observait presque comme un objet, la jugeant du regard.

Et parfois il se comporte comme ça juste avant ou juste après qu'on ait fait l'amour.

Mais ce devait être commun à tous les mariages. Pouvait-on vraiment connaître une personne ?

Mira s'interrogeait tout de même : et si Matthew avait effectivement assassiné Jay, et qu'il y ait pris tant de plaisir qu'il ait continué à tuer ? Leur voisine Hen était persuadée que Matthew avait tué un ancien élève de Sussex Hall nommé Dustin Miller. Mira se souvenait de l'affaire, elle avait fait les gros titres régionaux : l'homicide non élucidé d'un jeune homme aisé dans un quartier sans histoires de Cambridge. Elle avait abordé le sujet avec Matthew dès qu'elle avait appris que la victime avait été un de ses élèves, mais il lui avait répondu qu'il se souvenait à peine de lui ; ou même qu'il ne le connaissait pas, elle n'était plus très sûre. Ces derniers jours, après les accusations de Hen, Mira avait fait des recherches sur le meurtre de Dustin Miller. L'enquête était toujours en cours et l'une des informations qui était ressortie était que Dustin avait été accusé d'agression sexuelle pendant la période qu'il avait passée à Sussex Hall. Elle l'ignorait totalement. Elle ne pouvait s'empêcher de penser que dans ce cas, Matthew aurait dû s'en souvenir. L'affaire avait dû faire du bruit.

Non sans scrupules, Mira avait vérifié la date exacte du meurtre. Il avait eu lieu deux ans et demi plus tôt, au printemps. Elle avait consulté son planning et constaté qu'elle avait passé toute cette semaine-là à Kansas City. Cela ne prouvait rien, vu qu'elle était très souvent en déplacement, mais elle aurait de loin préféré découvrir qu'elle avait été à la maison cette semaine-là.

Et maintenant Scott Doyle. Une chose était sûre : elle n'était pas en voyage cette fois.

Non. Seulement dans le cirage parce que ton mari t'avait fait boire.

Et en fin de compte, Matthew avait effectivement un lien avec Scott Doyle, quoique très éloigné. Scott Doyle était l'ex-petit ami de Michelle Brine, une collègue prof d'histoire de Matthew à Sussex Hall. S'était-elle confiée à lui au sujet de son petit ami, s'était-elle plainte ?

Il ne tue que des hommes. Il tue les hommes qui maltraitent les femmes.

Durant un moment, Mira s'autorisa à imaginer que tout cela soit avéré. Matthew avait assassiné Jay parce qu'il la maltraitait. Puis il avait tué Dustin Miller, car c'était un violeur qui n'avait pas été puni pour son crime. Enfin, il avait assassiné Scott Doyle parce qu'il y avait quelque chose de pourri en lui. Michelle, sa collègue, lui avait sans doute fait des confidences.

Mira s'aperçut qu'elle grinçait des dents et s'obligea à desserrer la mâchoire. Elle descendit du lit et marcha jusqu'à la fenêtre pour contempler le crépuscule ; une vaste jungle de tours de bureaux quadrillée par une grille urbaine. La plupart des immeubles étaient éteints, certains carrément abandonnés, et la majorité des phares qu'elle voyait dans les rues étaient rouges, travailleurs fuyant le centre de Wichita pour rejoindre leurs villes-dortoirs.

Que dois-je faire ? Si je crois vraiment que Matthew est un meurtrier, que dois-je faire ?

Devait-elle le dénoncer ?

Il t'a sauvée.

À proprement parler, ce n'était pas un tueur en série. Plutôt un justicier. Et peut-être même *(s'il vous plaît, s'il vous plaît, faites que cette hypothèse soit la bonne)* qu'il n'était rien de tout ça. Peut-être que la psychopathe, c'était Hen Mazur, leur voisine, persécutant Matthew et lui retournant le cerveau à elle au point de la faire douter de son propre mariage.

Mira entendit le portable vibrer sur le lit et alla vérifier l'écran, en espérant que ce soit Matthew. Mais c'était John McAleer, qui répondait à son texto : "Pas de souci. Je comprends, mais je réessaierai quand même plus tard, histoire de voir si je peux te convaincre de prendre un verre." Après le message, il avait ajouté un de ces émojis clins d'œil. Elle prit soudain conscience que John ne renoncerait pas à la revoir et cela la rendit un peu nerveuse. L'agaçait aussi. Elle choisit tout simplement de ne pas lui répondre pour ne pas l'encourager. Les hommes étaient vraiment des sales types. Elle le savait depuis longtemps, à l'instar de toutes les femmes. Et apparemment, son mari le savait aussi. Peut-être qu'elle aurait dû l'appeler, lui expliquer qu'elle avait un problème avec un collègue pot de colle à Wichita. Et si on retrouvait John McAleer mort dans une semaine, elle serait fixée. Elle laissa échapper un petit gloussement sonore à cette pensée, le rire amplifiant la douleur dans sa poitrine.

Mira n'avait pas faim, mais elle ouvrit tout de même le menu du room service. Si elle ne mangeait pas quelque chose maintenant, la faim la réveillerait au milieu de la nuit.

29

— Où as-tu dormi cette nuit ? demanda Lloyd.

Hen était dans la cuisine, une tasse à la main, attendant le bip de la cafetière.

— Oh, désolée. J'ai dormi sur le canapé.

— Tu as passé la nuit à dessiner ?

— Non. J'ai dormi. Promis.

— Tu m'as manqué, dit-il en s'asseyant à table et en se versant un bol de Cheerios.

Hen but une gorgée de café.

— Je pensais à quelque chose hier soir : je ne t'ai même pas demandé comment s'était passée la fête de Rob. C'était un peu la panique à ton retour.

— Tu m'étonnes. C'était sympa. Comme d'hab', quoi.

— Il y avait qui ?

— Les mêmes que chaque année, à un ou deux près. Todd et Steve évidemment. Evan aussi, et Chrissy. Il y avait aussi quelques nouvelles têtes. Un couple de voisins que je n'avais jamais vus.

Du lait dégoulina sur son menton pendant qu'il parlait et il l'essuya d'un revers de main.

— Rob a une nouvelle petite amie ?

— Si c'est le cas, elle n'était pas là. Non, je ne crois pas.

— Il en a eu depuis Joanna ?

— Depuis Joanna ?

Il leva les yeux vers le plafond. Hen chercha un signe qui le trahissait.

— Je ne crois pas, non. Les femmes célibataires ne sont pas légion par chez lui.

— Ils sont toujours en contact ?
— Qui ça ?
— Rob et Joanna.
— Pourquoi ? Tu espères qu'ils se remettent ensemble ? dit-il en souriant, le menton toujours dégoulinant de lait.
— Ça m'arrive. Je n'ai rien contre Rob, mais je la préférais à lui. Ce n'est que mon avis.
— Tu sais que je l'ai vue dernièrement ?
— Qui ça, Joanna ?
— Oui, je l'ai croisée à Boston. Elle bosse dans une société du centre-ville. Mais elle habite toujours à Northampton.
— Dans quoi est-elle ?
— Je ne sais plus trop. Elle me l'a dit. Un truc en rapport avec la recherche en santé publique, il me semble.
Hen observait attentivement Lloyd. Il était en train de lui mentir – même s'il était tout à fait possible qu'il baise Joanna sans pour autant se souvenir de la nature précise de son travail – et il s'en sortait de façon magistrale. C'était la raison pour laquelle elle avait décidé de l'interroger. Elle voulait voir à quoi il ressemblait quand il mentait. Est-ce qu'il avait l'air coupable ? Était-il nerveux ? En fait, non, et cela ne fit que resserrer le nœud douloureux qu'elle avait dans la gorge. Les sanglots n'étaient pas loin. Elle ouvrit le réfrigérateur et en sortit un pamplemousse.
— Tu en veux la moitié ? lui demanda-t-elle d'une voix neutre.
— Non, en fait, je suis en retard. Faut que je file.
À l'aide d'un couteau aiguisé, elle trancha le fruit en deux et sépara soigneusement les segments de leurs membranes. Entre-temps, Lloyd lui déposa un baiser sur le coin de la bouche et partit travailler. Hen se rendit alors dans la salle de bains et s'agenouilla devant la cuvette des toilettes, certaine qu'elle allait vomir, mais rien ne sortit.
Elle alla s'asseoir sur le canapé du salon. Elle aussi avait menti à Lloyd en affirmant qu'elle avait dormi la nuit

dernière. Elle n'avait pas fermé l'œil. Elle s'étendit, trop lasse pour réfléchir aux conséquences de la liaison de Lloyd. Elle n'avait pas froid, mais elle tira néanmoins le plaid du canapé pour s'y emmitoufler, se recroquevillant en position fœtale. Elle ferma les yeux, en pensant ne pas être assez fatiguée pour s'endormir, mais lorsqu'elle les rouvrit, elle était assommée et en sueur, incapable de dire quel jour elle était. Elle dégagea la couverture de devant son visage. Vinaigre était perché au-dessus d'elle sur le dos du canapé, ronronnant rapidement.

— Salut, toi, dit-elle, et il ronronna de plus belle en la fixant.

Elle repoussa entièrement la couverture et regarda sa montre : il était un peu plus de midi, et tous ses souvenirs des dernières vingt-quatre heures affluèrent d'un coup. Pourtant, au lieu de se sentir triste et bouleversée, elle éprouvait un détachement soudain, comme si ses cinq heures de sommeil sans rêve avaient chassé toute émotion en elle. Malgré son envie pressante, elle resta blottie sur le canapé quelques instants et pensa à Lloyd. Elle se demandait s'il était tombé amoureux de Joanna ou si ce n'était qu'une histoire de sexe. Ou bien tout autre chose ? Soudain, elle voulut savoir, non par désir de vengeance ou pour s'apitoyer sur son sort, mais parce qu'elle aimait Lloyd et qu'elle voulait comprendre ce qui lui était passé par la tête. Elle-même une fois avait failli faire une bêtise, un faux pas dont elle avait décidé de ne jamais lui parler, mais peut-être lui dirait-elle maintenant, s'il lui avouait sa relation avec Joanna. Une des caractéristiques qu'elle avait aimée chez lui à leur première rencontre, c'était sa franchise sans détour. À l'époque où ils avaient commencé à sortir ensemble – quand c'était *elle* l'autre femme –, il lui avait dit un jour qu'il comptait avoir une relation avec une femme différente chaque année, afin de pouvoir aimer, ne plus aimer, puis aimer de nouveau, et ainsi de suite.

— C'est horrible, avait-elle commenté.

— Je sais, avait-il rétorqué. Je crois que je suis accro aux chagrins d'amour. J'ai besoin de ce genre de problèmes dans ma vie. En d'autres mots, je suis un salaud.

— Je ne suis pas sûre que ça fasse de toi un salaud. Plutôt un crétin.

— D'accord, avait-il dit en riant. Va pour un crétin.

C'était cette facette de sa personnalité qui l'avait attirée, celle qui lui promettait une vie plus excitante, plus imprévisible. Mais c'était il y a une éternité, et Hen comprenait à présent que ses désirs d'alors étaient en partie influencés par la part maniaque de sa maladie. Elle avait une notion romanesque du mariage, de celles qu'on trouve dans les biographies : brouillon, créatif, romantique et mêlé d'infidélités. Ce n'était plus ce qu'elle recherchait aujourd'hui, bien au contraire, même si elle comprenait en quoi cela avait pu l'attirer. En fin de compte, les années passées auprès de Lloyd avaient été stables et confortables, et peut-être un petit peu trop monotones.

Elle se leva, affaiblie par la faim, et se dirigea vers la cuisine, Vinaigre trottinant sur ses talons. Le demi-pamplemousse qu'elle avait laissé sur le plan de travail attira son regard. Elle dévora les quartiers à mains nues, sans s'embarrasser d'une cuillère, et pressa le jus directement au-dessus de sa bouche. Puis elle attrapa le paquet de céréales que Lloyd avait abandonné sur la table et en avala plusieurs poignées à même le sachet jusqu'à être rassasiée.

Après quoi, elle prit son bloc à dessin et partit s'installer sur l'un des fauteuils du porche, ses pieds repliés sous elle. Le vent soufflait de manière démentielle – d'après la météo, la queue d'une tempête tropicale avait remonté la côte depuis la Floride –, mais il était chaud et chargé d'humidité. Elle resta assise un long moment, à regarder les arbres de la rue ployer et s'agiter, les feuilles s'envoler des branches. Soudain, une image lui apparut : un arbre perdant toutes ses feuilles d'un coup, mais au lieu de feuilles, il s'agissait d'oiseaux, disparaissant dans le ciel tumultueux en une seule volée. Elle se figura alors un ciel rempli d'oiseaux, si nombreux qu'ils opacifiaient tout le reste, formant de sombres nuages ramageurs. Elle frissonna.

Au bout d'un moment, elle se laissa de nouveau aller à penser à Lloyd, et à ses options. Elle pouvait le mettre devant le fait accompli évidemment, lui faire une scène. Elle pouvait aussi le chasser de la maison ou lui interdire de revoir Joanna. Elle pouvait demander le divorce. Qu'aurait fait la jeune Hen ? Sans doute se serait-elle battue pour le récupérer. Ou bien elle se serait vengée en le trompant à son tour et aurait pris un amant. Cela aurait été beaucoup plus facile à l'époque, quand le monde regorgeait de paumés affamés d'amour encore dans la vingtaine. Mais aujourd'hui, avec qui pouvait-elle avoir une liaison ? Matthew, évidemment, le meurtrier d'à côté. Hen éclata de rire, et balaya aussitôt la rue du regard pour s'assurer que personne ne l'avait entendue. Elle jeta un coup d'œil à sa montre – il était un peu plus de trois heures et elle se surprit à penser que Matthew allait bientôt rentrer. En fait, c'était en partie ce qui l'avait poussée à sortir sur le porche, où elle regardait les voitures passer et les feuilles tomber. Et ce n'était pas un amant potentiel qu'elle guettait – elle faillit éclater de rire à nouveau –, mais l'occasion de pouvoir discuter un peu plus avec lui, de découvrir comment il avait su pour Lloyd.

Les bourrasques commencèrent à générer des pluies, des salves sporadiques qui crépitaient dans les feuillages. Hen se mit à dessiner un arbre, des branches duquel s'envolait une nuée d'oiseaux, mais chaque fois qu'une voiture passait, elle ne pouvait s'empêcher de lever les yeux.

À quatre heures, la Fiat de Matthew s'engagea dans l'allée voisine. Hen la suivit du regard, en se demandant s'il l'avait aperçue sous le porche.

Il descendit de voiture, prit son cartable sur le siège arrière, puis se retourna et regarda dans sa direction. Hen distinguait mal son visage derrière l'écran de la moustiquaire et la pluie qui tombait maintenant en continu, mais elle lui adressa néanmoins un signe de la main, auquel il répondit. Puis il rentra chez lui. Elle envisageait presque d'aller frapper à sa porte quand il ressortit, ayant remplacé sa veste en tweed par un pull ras-du-cou. Il parcourut les quelques pas qui séparaient leurs maisons puis s'arrêta au pied du porche.

— Je peux monter ? demanda-t-il, et Hen songea aux vampires qui ne peuvent entrer dans une demeure sans y avoir été invités.

Il s'assit en face d'elle, sur le vieux fauteuil à bascule en bois qu'ils avaient eu avec la maison. Matthew avait l'air différent de la veille, plus pâle, presque terrifié. Peut-être étaient-ce ses cheveux mouillés et écartés sur les côtés, formant un V sur son front, mais il lui évoqua à nouveau un vampire.

— Pourquoi avez-vous fait cette remarque à propos de Lloyd ? lui demanda-t-elle.

Il resta un instant perplexe.

— Alors il vous trompe ?

— Je n'ai pas dit ça. Je me demandais juste ce qui vous l'avait laissé penser.

Hen sentit son estomac se nouer : elle regretta soudain d'avoir parlé de Lloyd. Elle venait de lui confirmer ce qu'il soupçonnait déjà.

— Je n'en savais rien. Je l'ai deviné. Il en a l'air.

— Comment ça, l'air ?

Il pinça les lèvres et réfléchit.

— Il a l'air qu'ont tous les hommes, finit-il par répondre avec un sourire presque embarrassé.

— Je ne vois pas du tout ce que vous entendez par là.

— C'est-à-dire que chaque femme qu'il rencontre, chaque femme qu'il voit même, il se demande immédiatement s'il pourrait coucher avec elle. Il les déshabille mentalement. Il se demande si elles se posent la même question. Je parierais que l'autre soir, en rentrant du dîner, votre mari a concocté dans sa tête un fantasme très élaboré autour de ma femme. Il a imaginé ce qui pourrait se passer si vous et moi, nous devions tous les deux nous absenter au même moment. Lui et ma femme pourraient dîner ensemble, puis décider de coucher ensemble en promettant de garder cela pour eux. Il a probablement visualisé la scène dans les moindres détails. Avec précision. Il a dû s'imaginer la forme de ses seins, à quoi son vagin…

— C'est bon. J'ai saisi.

— Eh bien voilà, c'est ce que font les hommes, dit-il, légèrement sur la défensive.

— Vous voulez dire "c'est ce que *nous* faisons".

Matthew bascula son fauteuil vers l'avant.

— Non, pas "nous". Je ne suis pas comme eux.

— Alors comment savez-vous que les hommes fonctionnent ainsi ?

— Je le sais, c'est tout. J'ai eu un très mauvais père. C'était un… un prédateur sexuel, et un sadique. Et aujourd'hui, mon frère lui ressemble trait pour trait, excepté qu'il n'est pas marié. Il n'a personne à torturer. Mais s'il l'était, alors…

Hen posa son pied sur le plancher en bois peint et se pencha vers Matthew.

— Mais ça ne veut pas dire pour autant que tous les hommes…

— Sont les mêmes ? Non. Disons qu'il s'agit d'un spectre de comportements sur lequel tous les hommes figurent. Votre mari est sans doute dans la moyenne statistique, ce n'est pas qu'il soit mauvais, mais quand il regarde une femme, il pense uniquement à ce qu'il voudrait lui faire.

— Et vous, où vous placez-vous dans ce spectre ?

— Je n'y figure pas.

— Vous ne considérez pas les femmes comme des objets ? Jamais ?

— Non.

— Qu'avez-vous pensé la première fois que vous avez vu Mira, avant même de lui avoir parlé ?

— Je l'ai trouvée belle évidemment, mais je n'ai pas pensé au… au reste, à son corps, comme la plupart des hommes l'auraient fait.

— Et c'est de cette façon que vous protégez les femmes ? En tuant tous les hommes mauvais ?

Hen avait conscience du côté sarcastique de sa question, mais elle s'en moquait.

— Oui. Si je sais qu'un homme a fait beaucoup de mal à une femme, et qu'il recommencera certainement, alors le tuer ne me pose pas de problème.

— Ça ne vous *pose pas de problème* ? répéta-t-elle avec un rire nerveux.

— Non. Ce n'est pas que je prenne plaisir à l'acte. Encore que j'éprouve parfois un certain contentement après coup. Mais la pulsion initiale… ce qui me permet de tuer la personne au départ… c'est le fait que ça ne me pose aucun problème. C'est très différent.

— Lloyd n'est pas un mari infidèle, dit-elle.

— D'accord.

— Je ne veux pas que vous lui fassiez du mal. Jamais. Entendu ?

Matthew affichait une mine grave.

— En fait, je compte arrêter, déclara-t-il. C'est bien ce que vous vouliez, n'est-ce pas ? C'est la raison pour laquelle vous avez accepté de me retrouver au bar pour discuter hier. Vous vous dites que si vous ne pouvez pas convaincre la police de m'emprisonner, alors peut-être pourrez-vous me convaincre d'arrêter les meurtres.

— En partie, oui. Je voulais aussi entendre ce que vous aviez à dire. C'est une étrange relation que nous partageons : vous pouvez me confier tout ce que vous voulez, et moi, je ne peux le répéter à personne.

— Effectivement. Une relation très étrange. Et libératrice pour moi.

— Combien d'hommes avez-vous tué ? demanda-t-elle.

Matthew s'adossa au fond de son fauteuil et pinça la manche de son pull.

— Je n'ai pas envie de parler de ça pour le moment.

— D'accord.

— J'aimerais vous parler un peu plus de mon frère.

— D'accord.

— Je vous en ai déjà parlé ?

— Vous venez de le faire il y a cinq minutes.

Matthew parut désorienté, comme s'il avait oublié ce qu'il venait de dire à l'instant.

— Vous disiez qu'il était comme votre père.

— Richard. Pas moi, dit-il, et la façon dont il avait formulé ces mots rendit soudain Hen très nerveuse.

— Dans quel sens ? demanda-t-elle.

— Il est comme mon père, sauf que… comme je le disais, il ne fréquente pas beaucoup de gens, à part moi, alors je ne le considère pas comme dangereux.

— Dans quoi travaille-t-il ?

— Richard ? Grands dieux, dans rien. Il prétend qu'il est en train d'écrire un livre, mais je le croirai quand je le verrai. Mira n'est pas au courant, mais je l'aide, financièrement. Ça fait des années que je l'aide. Il est malade. Jusqu'ici c'était dans sa tête, mais aujourd'hui… j'ai peur qu'il passe à l'acte, qu'il s'enhardisse…

— Vous pensez qu'il a fait du mal à quelqu'un ?

— C'est possible, répondit Matthew, et Hen sentit qu'il ne lui disait pas tout. Je crains qu'il s'en prenne à quelqu'un d'autre. C'est comme ça que nous fonctionnons. On reste tranquilles pendant un certain temps, et puis il suffit qu'on goûte à la sensation de prendre une vie, et c'est comme une porte qui s'ouvre et qu'on ne peut plus refermer, jamais complètement du moins. Moi, j'ai réussi à me contrôler, en tuant seulement des hommes qui méritaient de mourir, mais l'esprit de Richard ne fonctionne pas de la même façon. Il est comme mon père. Ce qui lui plaît, c'est de s'en prendre à des femmes innocentes.

— Vous devriez peut-être alerter la police.

Hen vit les mâchoires de Matthew se contracter.

— J'y ai songé, sérieusement, mais il faut que vous compreniez qu'il reste mon frère. Nous avons survécu ensemble à notre enfance. Je ne sais pas si je pourrais lui faire ça. Je ne crois pas que la prison lui conviendrait.

La pluie avait cessé, mais les nuages avaient assombri le ciel, et Hen ne vit pas l'homme qui venait de descendre la rue et de tourner dans leur allée, jusqu'à ce qu'il gravisse les marches du porche. L'espace d'une seconde irréelle, elle crut qu'il s'agissait du frère de Matthew. Mais la porte moustiquaire s'ouvrit et Lloyd entra sur le porche. Son regard passa rapidement de Hen à Matthew assis dans le fauteuil à bascule.

— Bonjour, dit-il.

— Tu rentres tôt, dit Hen.

La remarque lui échappa.

— Tu n'as pas reçu mon message ?

— Oh, non, mon téléphone est à l'intérieur.

Matthew se leva, et Lloyd se tourna vers lui.

— Salut, Matthew, dit-il.

— Salut, Lloyd. Je suis là depuis quelques minutes à peine. Je venais pour, disons, enterrer la hache de guerre ?

Lloyd haussa les sourcils en direction de Hen.

— Tout va bien ? demanda-t-il.

— Bon. Je vais rentrer, fit Matthew. Content d'avoir discuté avec vous, Hen. Au revoir, Lloyd.

Il poussa la porte et regagna sa maison d'un pas rapide.

Lloyd continuait d'interroger Hen du regard.

— Putain tu m'expliques ?

— Tu as une liaison avec Joanna Grimlund, dit-elle.

30

De retour dans son bureau, le pull humide et le cœur encore battant après l'arrivée soudaine du mari de Hen, Matthew avisa de nouveau l'enveloppe que son frère lui avait laissée. Elle était toujours là, tout comme les clés attachées au M en plastique. Il avait essayé à plusieurs reprises d'appeler Michelle, mais chaque fois il était tombé sur la messagerie. Il avait également essayé de contacter son frère. Aucune réponse.

Il lui suffisait évidemment de se rendre aux Country Squire Estates et d'essayer la clé pour savoir ce qui s'était passé dans l'appartement de Michelle, à supposer qu'il s'y soit passé quelque chose. Si elle était morte, alors la donne avait changé, son frère avait fini par mettre ses menaces à exécution. Mais il n'était pas forcé d'y aller et d'ouvrir sa porte. Peut-être Michelle était-elle toujours vivante et avait-elle pris la route au volant de sa voiture pour se rendre chez ses parents, laissant son répondeur prendre ses appels pour se concentrer sur la conduite. C'était tout à fait le genre de Michelle, non ? Peut-être ne trouverait-il rien là-bas hormis un appartement vide, et Michelle partie depuis longtemps. Ce ne serait pas la première fois que Richard prétendrait avoir fait quelque chose de terrible pour reconnaître plus tard qu'il plaisantait. Enfin, à moitié seulement, car il avait toujours eu ce projet en tête.

Mais… les clés ? Où les avait-il obtenues ?

Mira lui téléphona, et durant les vingt minutes que dura la communication, Matthew se sentit bien, presque normal.

— Tu me manques, lui dit-il au bout d'un moment.

— Tout va bien pour toi ? demanda-t-elle. Des nouvelles de la police ?

— Oui, tout va bien. Pourquoi faut-il qu'il y ait un problème ? Tu me manques, c'est tout.

Elle lâcha un rire et il se sentit encore mieux en l'entendant.

— Je serai à la maison demain soir. Tu as reçu les détails du vol que je t'ai envoyés ?

— Je crois bien.

— À demain soir alors. Et, Matthew…

— Oui.

— Je t'aime. Je veux que tu le saches.

— Je sais, dit-il.

Après avoir raccroché, Matthew alla ouvrir le réfrigérateur. Il n'avait pas particulièrement faim, mais il fallait tout de même qu'il se nourrisse. Il avait passé une journée horrible. À son arrivée dans la salle des professeurs ce matin-là, le départ soudain de Michelle était sur toutes les lèvres. Matthew s'était pris un café dont il n'avait pas vraiment besoin, le temps d'entendre la doyenne des enseignants de Sussex Hall, Betty, déclarer à mi-voix :

— Elle aurait au moins pu rencontrer sa remplaçante histoire de faire un topo sur le programme. Ça lui aurait pris une demi-journée, à tout casser.

— Son petit ami s'est fait assassiner et son père est mourant, avait lancé Matthew de l'autre côté de la salle.

Betty et les trois enseignants avec qui elle cancanait se retournèrent et le dévisagèrent.

— Désolé, dit-il. Je m'inquiète pour elle, c'est tout.

— Nous nous inquiétons tous pour elle, s'empressa de répliquer Betty. Mais je m'inquiète aussi pour l'avenir de ses élèves.

Matthew traversa le reste de la journée dans une agitation confuse. Il assura ses cours, oubliant par moments la visite de son frère, avant que le souvenir revienne et qu'il revoie soudain le porte-clés dans son esprit, il sentait alors son estomac se soulever. Quand la journée se termina enfin, Matthew monta dans sa voiture et tenta à nouveau d'appeler Michelle – il tomba directement sur sa messagerie ("allô, c'est Michelle, vous savez ce qu'il vous reste à faire"). Il se dit que le plus sage était de se rendre à son appartement et de frapper à sa porte. Il imaginait déjà son soulagement en la voyant ouvrir, l'entendait déjà s'écrier : "Tu es venu en fin de compte ! Je comprends mieux pourquoi je n'arrivais pas à me résoudre à partir." Puis il entendit le rire de son frère : "Tu pensais quand même pas que j'allais faire une telle chose ? lui dirait-il. J'ai acheté ce porte-clés au drugstore du coin. Il y avait des mois que j'attendais de m'en servir pour te faire marcher." Il se rejoua la scène deux fois dans sa tête avant de remarquer que l'un de ses élèves, Billy Portis, l'observait de l'autre bout du parking. Matthew démarra sa Fiat. Avait-il bougé les lèvres ? Pensé à voix haute ?

Au lieu de se rendre chez Michelle, il rentra directement chez lui, sous une pluie battante. Les vitres de l'habitacle se couvrant de buée, il descendit légèrement la sienne. La pluie entra, lui frappant le visage, mais le pare-brise commença ainsi à se désembuer un peu. Il se gara, lança machinalement un regard vers la maison de ses voisins en descendant de voiture, aperçut Hen sous son porche. Elle lui fit un signe de la main, et un sentiment de soulagement afflua en lui. Il déciderait plus tard quoi faire pour Michelle. Pour l'instant il allait discuter avec Hen.

MATTHEW sortit un ginger ale du réfrigérateur ainsi que du fromage à effilocher dans un emballage plastique. Il prit des crackers de blé dans le placard et les emporta sur le canapé du salon, où il s'assit dans l'obscurité pour avaler son dîner.

Il n'arrivait toujours pas à croire qu'il avait évoqué Richard avec Hen, mais il s'était senti beaucoup mieux après. Et pas seulement parce que ça l'avait libéré d'un poids. Si Richard s'en était vraiment pris à Michelle, de quoi d'autre était-il capable ? Richard lui avait parlé de Hen l'autre jour, disant qu'il l'avait aperçue un soir assise sous son porche, et qu'il avait même vu sous sa jupe. Qu'avait-il dit d'autre ? Oui, qu'elle "n'attendait que ça". Sur le moment, Matthew y avait à peine prêté attention. C'était son frère qui parlait, son raté de frère qui parlait beaucoup mais n'agissait jamais. Et si cela avait changé ? Cette pensée raviva de plus belle la douleur à l'estomac qui l'avait fait souffrir toute la journée. Il décréta qu'il devait passer à l'appartement de Michelle ; il fallait qu'il découvre d'une manière ou d'une autre ce qui s'était passé.

Il vérifia l'heure. Il était trop tôt pour s'y rendre maintenant. Trop d'allées et venues. Il décida de repousser sa visite à onze heures, estimant que ce serait assez tard pour ne croiser personne, mais pas assez pour déclencher des soupçons s'il venait à être aperçu. Il se rendit dans son bureau, alluma la petite lampe Tiffany près du canapé, et parcourut les titres des livres sur son étagère, en quête d'une lecture pour tuer les prochaines heures. Il laissa courir son doigt sur le dos de sa collection de poches de J.D. Salinger. *L'Attrape-Cœurs* était le livre qui avait sauvé l'enfant de treize ans qu'il était, celui qui l'avait aidé à accepter la rage qu'il ressentait envers ses parents et envers le monde en général. Mais c'est sur *Franny et Zooey* que se porta son choix, un livre tout aussi important pour lui, celui qui avait éveillé son instinct protecteur envers les femmes. Lorsqu'il l'avait lu, à treize ans également, il s'était imaginé tombant amoureux de la Franny perturbée de la première moitié du roman. Ç'avait été le cas, d'une certaine manière. Elle avait été son premier amour, cette fille qui avait compris que le monde dans lequel on vit n'est qu'une foutue mascarade. Tandis qu'il ouvrait aujourd'hui le fragile livre de poche à l'odeur de moisi et lisait l'incipit – "Quoique la matinée fût très ensoleillée ce samedi-là, il fallait de nouveau remettre les gros pardessus et quitter les manteaux de demi-saison*" –, Matthew sentit la tension dans son corps commencer à se dissiper. Il lut le livre en entier (il s'agissait en fait de deux longues histoires) puis se leva du canapé, rangea le livre sur l'étagère et fit quelques sauts sur place. La lecture avait rempli son office en lui permettant d'entrer temporairement dans une réalité fictive, quelque chose qu'il avait toujours eu une facilité à faire. Là s'était trouvé son salut, pensait-il quelquefois ; c'était ce qui lui avait permis de survivre à une enfance passée en enfer, et c'était cela que son bureau, avec ses livres et ses talismans, représentait aujourd'hui pour lui. Un monde à part.

Il n'était pas tout à fait onze heures quand Matthew sentit que l'heure était venue de se rendre chez Michelle pour découvrir la vérité. Il troqua son chino et son pull contre son plus vieux jean et un sweat-shirt qu'il mettait seulement pour bricoler dans la maison. Il trouva un bonnet polaire appartenant à Mira et l'enfila sur sa tête. Ainsi, si quelqu'un l'apercevait là-bas, il serait plus difficile à identifier.

Matthew roula jusqu'aux Country Squire Estates et se gara à nouveau sur une place visiteurs. Michelle possédait une Honda Civic grise et, l'espace d'un instant, il fut tenté de vérifier sa présence, mais décida finalement de ne pas le faire. Qu'elle soit là ou pas, ça ne changeait rien : il fallait qu'il sache ce qu'il y avait dans l'appartement. La pluie s'était arrêtée, mais le revêtement du parking luisait encore. Le ciel d'un violet foncé était dépourvu d'étoiles. La résidence se constituait de deux immeubles en L indépendants érigés autour d'une grande piscine rectangulaire. Il n'y avait pas un bruit et la plupart des fenêtres étaient éteintes. Les seules lumières que le monde intérieur laissait filtrer vers le monde extérieur, à travers les rideaux ou les stores, se limitaient en grande partie aux lueurs vacillantes des télévisions.

---

* J.D. Salinger, *Franny et Zooey*, traduction de Bernard Willerval, Robert Laffont, 1962.

S'avançant entre les deux immeubles aux façades en stuc bon marché, Matthew se sentit attiré vers l'entrée la plus éloignée, une porte vitrée éclairée par une lumière diffuse contre laquelle un papillon de nuit butait obstinément. Sur le côté de la porte se trouvait un panneau avec des boutons pour les appartements allant du 33 au 64. Matthew sortit le porte-clés de sa poche de jean. Aucune des deux clés n'avait de numéro, mais Michelle lui avait dit au téléphone de sonner au 41. Il faillit appuyer sur le bouton, mais quelque chose l'arrêta. Il fallait qu'il sache si les clés que Richard lui avait laissées étaient bien celles de l'immeuble. Si c'était le cas, il devait se préparer au pire.

Matthew essaya une première clé sur la porte extérieure, qui s'engagea sans encombre dans la serrure mais refusa de tourner. Il ressentit une bouffée de soulagement. La seconde clé, qui s'inséra tout aussi facilement, tourna et le pêne se dégagea. Matthew poussa la porte et entra dans le vestibule tapissé de moquette, son appréhension au paroxysme. Il attendit un moment, tendant l'oreille au silence du bâtiment, laissant ses yeux s'habituer à l'éclat brutal des néons au plafond, puis s'avança pour tourner aussitôt dans un long couloir sur la gauche, aux murs peints récemment d'un beige fadasse, et dont la moquette au sol laissait voir des traces de terre à travers ses motifs rouge et or complexes. La première porte portait le numéro 33. Aux trois quarts du couloir environ, Matthew arriva devant le numéro 41. Il colla son oreille contre la porte en bois et n'entendit rien. Il faillit frapper, mais se servit finalement de la clé, sachant que si Michelle se trouvait toujours dans l'appartement, elle était morte. Son seul espoir à présent était qu'elle n'y soit plus, qu'elle soit partie avec ses affaires et soit en ce moment en sécurité chez ses parents. Et que Richard ne s'avère pas être un meurtrier.

Il poussa la porte. L'appartement était plongé dans l'obscurité, mais les stores étant levés, Matthew découvrit un salon meublé. Un ventilateur au plafond tournait lentement, avec un cliquetis à peine audible à chaque rotation. Il referma la porte en silence derrière lui et attendit un moment, respirant par le nez. Une odeur flottait dans l'appartement, doucereuse et cuivrée, et Matthew faillit faire demi-tour sur-le-champ. L'odeur suffit à lui faire comprendre que le pire s'était produit, mais il tenait à le voir de ses propres yeux. Il fallait qu'il voie ce que son frère avait fait. Il traversa rapidement le salon au sol sans moquette, remarquant au passage la pile de cartons dans le renfoncement de la cuisine. La porte de la chambre était entrouverte, et Matthew la poussa de la pointe du pied. L'odeur était plus prononcée, et pendant une seconde, avant que ses yeux ne s'accoutument pleinement à la pénombre, il crut qu'il regardait une tapisserie accrochée au mur au-dessus du grand lit. Mais il ne s'agissait pas d'une tapisserie. C'était un grand arc de sang, deux longues marques sombres et dégoulinantes.

Michelle était étendue sur le lit, dans une mare de sang noire qui brillait à la lumière de l'éclairage extérieur.

31

ALLONGÉE dans son lit, Hen regardait les lueurs de l'aube inonder la chambre de lumière. Lloyd avait couché en bas sur le canapé. C'est là-bas qu'elle aurait préféré dormir en fait, si on lui avait donné le choix, mais maintenant qu'il avait avoué entretenir une liaison avec Joanna depuis plus d'un an, la moindre des choses semblait être qu'il lui laisse le lit conjugal et se contente du canapé.

La soirée avait été longue et éprouvante. Dès que Hen avait prononcé le mot "liaison", le visage de Lloyd s'était décomposé et il s'était mis à pleurer. Enfin, "pleurer" n'était pas le terme le plus approprié pour décrire sa réaction. Il avait fondu en larmes et commencé à sangloter, de longs sanglots entrecoupés de respirations qui n'avaient fait que l'agacer davantage. Au bout de dix minutes, quand ils avaient enfin pu discuter, elle avait réclamé qu'il lui dise toute la vérité et il s'était empressé d'opiner du chef, le visage couvert de larmes et de morve. À peine assis dans le salon, Lloyd avait lâché :

— C'est terminé, au fait. C'est là que j'étais le week-end dernier, quand je t'ai dit que j'étais à la fête de Rob. Avec elle. Je l'ai retrouvée à Northampton, et on est tombés d'accord… On savait tous les deux qu'on avait fait une énorme bêtise. Elle aussi regrette, horriblement, mais je te promets que c'est fini.

— Je me fiche de savoir comment ça s'est terminé, Lloyd, ce que je me demande, c'est pourquoi ça a commencé.

Alors il lui raconta, comment ça avait commencé, un an plus tôt, lorsque Joanna était venue à la fête de Rob et que Lloyd y était allé seul. C'était ce soir-là que leur liaison avait débuté ("On était bourrés, on s'est embrassés, c'était une connerie"). Mais après cela, ils s'étaient mis à s'échanger des e-mails, puis à se parler au téléphone, et une chose en avait entraîné une autre. Lloyd répétait qu'il s'agissait beaucoup plus d'une relation basée sur les émotions que sur le physique, qu'ils s'étaient sentis à l'aise pour discuter.

— Vous discutiez de moi ? De nous ?

— Oui.

— De quoi tu lui parlais ? Tu as promis de ne rien me cacher.

— Je crois que je lui expliquais comment nos rapports avaient changé, comment toutes nos conversations se résument à présent à savoir comment gérer tel ou tel truc. Ça a d'abord été ta maladie dont il a fallu s'occuper, et subitement j'ai eu l'impression de n'être plus qu'un aide-soignant. Ensuite on a acheté la maison, et tout n'a plus tourné qu'autour du crédit, du coût du déménagement, de la décoration…

— Ça s'appelle la vraie vie, Lloyd.

— Je sais. Je ne dis pas que j'ai raison. Je t'explique seulement ce que je ressentais. Je sais que j'ai mal agi. Que c'est moi le méchant dans l'histoire.

— Très bien. Continue.

À mesure qu'il poursuivait, Hen constatait avec étonnement que l'écouter raconter son histoire l'ennuyait presque. Elle aurait pu la raconter elle-même. Banale crise de la quarantaine, Lloyd lassé des petits tracas du quotidien – avec ses soucis médicaux et ses choix financiers, et son boulot qui s'avérait moins créatif qu'il ne l'avait espéré… et soudain, il y avait eu une nouvelle femme, avec qui discuter et à rejoindre en cachette, et cela avait stimulé son intérêt pendant un temps. Elle était même disposée à le croire quand il affirmait que c'était fini, car il devenait clair que ce qui s'était passé entre lui et Joanna n'avait rien du grand amour. C'étaient juste deux êtres un peu seuls couchant ensemble comme s'ils avaient encore vingt ans. Avait-elle espéré autre chose ? Une petite partie d'elle n'avait-elle pas souhaité l'entendre dire qu'il était follement amoureux de Joanna et voulait divorcer, ce qui l'aurait obligée à se battre, ou pas, pour sauver son mariage ? Ou peut-être était-ce simplement que sa sordide petite liaison semblait bien insignifiante à côté de ce qu'elle venait d'apprendre dans les derniers jours sur son voisin et les secrets qu'il dissimulait.

— Je suis fatiguée, Lloyd, dit-elle en interrompant une autre de ses crises de larmes. Je monte me coucher. On terminera cette discussion demain matin.

Avant qu'elle sorte du salon, elle l'avait entendu lui demander :

— De quoi discutiez-vous avec Matthew Dolamore ?

— Il tue des gens, répondit-elle.

— Quoi ?

— C'est pas nouveau. Je te l'avais dit, mais maintenant, il me l'a confirmé.

— Attends. Tu vas retourner voir la police ?

— À quoi bon ? Il nierait, et c'est lui qu'ils croiraient. Je n'ai aucune preuve, et la police sait pour mon histoire à l'université. Ils ne me croiront jamais.

— Il est dangereux alors ?

— Pour moi ? Non, je ne pense pas. Je m'inquiéterais davantage pour toi. Il savait que tu me trompais, au fait.

— De quoi tu parles, merde ?

— Il m'a dit qu'il l'avait deviné dès qu'il t'avait vu. Il l'a su à la façon dont tu regardais sa femme.

— Bon dieu de merde. Tu ne comptes quand même pas discuter à nouveau avec lui ?

— Je ne sais pas. Sans doute, si. Il veut arrêter ses meurtres, et je pense que je peux l'y aider. C'est la seule chose que je peux faire.

— À mon avis, tu devrais retourner voir la police et tout leur raconter, même s'ils ne te croient pas. Mettre ça noir sur blanc.

— Alors tu me crois maintenant ?

— Oui ! Enfin, je te crois quand tu dis que tu as discuté avec ce malade, et qu'il t'a dit tuer des gens, et que tu l'as cru.

— Donc maintenant c'est lui que tu ne crois pas ?

Elle se tenait au pied de l'escalier, une main sur la rampe.

— Je ne sais plus ce que je dois croire.

Lloyd inspira profondément et resta bouche bée. Hen remarqua que ses lèvres étaient sèches, presque blanches aux commissures.

— On reparlera de ça demain, tu veux bien ?

Hen ne dormit qu'un peu, juste après l'aube. Le soleil dans la pièce teintait le dessous de ses paupières d'une lueur rougeâtre, et elle s'imagina qu'elle était allongée au bord d'un lac dans les Adirondacks, où ses parents possédaient un modeste cottage. C'était un de ses refuges intérieurs, au milieu des pins, la peau encore humide des eaux fraîches du lac, le bruit d'un bateau à moteur s'élevant au loin. Tout d'un coup elle s'était réveillée, et le bruit du bateau à moteur s'était révélé être celui d'une tondeuse, quelque part dans Sycamore Street. Elle se redressa dans son lit, réalisa qu'elle avait oublié de prendre ses médicaments le soir précédent et doubla sa dose du matin, puis alla se doucher. Après quoi, elle s'habilla, mais ne parvint pas à trouver le courage de descendre au rez-de-chaussée pour reprendre sa discussion avec Lloyd. C'était à la fois triste et fatigant, et à son grand étonnement, elle se rendit compte qu'une partie d'elle n'était même pas vraiment intéressée. Le choc de la révélation s'était déjà estompé, et d'une certaine manière, cela ne la touchait plus. Ce qu'elle voulait faire, c'était descendre au rez-de-chaussée dire à Lloyd qu'il pouvait partir travailler : ils en rediscuteraient. Elle voulait être seule, peut-être se rendre à son atelier, et aussi poursuivre sa conversation avec Matthew, afin d'en apprendre un peu plus sur son frère et ce qui se tramait de ce côté.

Hen se rallongea sur le lit et tendit l'oreille aux bruits de la maison. Elle se demanda si Lloyd était levé, mais elle n'entendait rien. Elle finit par s'armer de courage et descendit, en s'attendant à trouver Lloyd toujours sur le canapé, probablement encore en train de pleurer. Pourquoi l'avait-elle laissé pleurer autant ? C'était elle la victime dans cette histoire.

En arrivant au rez-de-chaussée, elle découvrit le canapé vide, et l'unique couverture posée par terre.

— Lloyd, appela-t-elle, et dès qu'elle prononça son nom, elle se rendit compte qu'il n'était plus dans la maison.

Elle marcha jusqu'à la fenêtre qui donnait sur leur allée. La Golf n'était plus là. Il n'y avait aucun mot dans la cuisine, à l'endroit où il lui laissait habituellement un message. Avait-il pris la voiture au lieu du train pour aller travailler ? Non, ça n'avait pas de sens. Et dans ce cas il l'aurait prévenue, il ne serait pas parti pendant qu'elle dormait encore à l'étage. Elle sortit son téléphone : aucun texto ni message sur son répondeur. Elle composa le numéro de Lloyd, et alors qu'elle s'apprêtait à écouter les sonneries, une mélodie familière retentit dans le salon : les premières notes de *Coronado*, la chanson de Deerhunter que Lloyd utilisait comme sonnerie.

Elle mit fin à l'appel et alla ramasser le portable de Lloyd près du canapé, sous la couverture. Hen commença à s'inquiéter pour de bon. Était-il allé à la police pour leur parler de Matthew ? À moins qu'il ne soit allé le trouver en personne. Mais ça ne tenait pas debout non plus. Pour ça il n'avait pas besoin de la voiture. Il doit être parti chercher le petit déjeuner, pensa-t-elle. Il a pris la voiture pour aller dans cette extraordinaire boulangerie du centre de Dartford et va rapporter ces scones à l'abricot que j'adore et deux grands cafés ; il a simplement oublié de prendre son téléphone. Voilà ce dont elle essayait de se convaincre, mais elle n'y croyait pas vraiment. Il y avait autre chose, elle avait un mauvais pressentiment.

Elle marcha jusqu'à la fenêtre du salon et regarda vers la maison de Matthew. Sa voiture à lui n'était pas là non plus, ce qui était assez logique puisque à cette heure, il devait être à l'école. Bien qu'il n'y eût rien à voir, elle resta tout de même plantée devant sa fenêtre, observant le voisinage sans savoir quoi faire.

Richard

J'IGNORAIS que le sang pouvait sauter comme ça, comme s'il cherchait à s'échapper du corps, à s'en éloigner autant que possible. Je savais évidemment qu'il jaillissait par jets des artères, je l'avais lu dans des livres, vu dans des films. Mais voir ça en vrai, voir le sang s'animer sous mes yeux, c'était quelque chose… quelque chose d'indescriptible.

PAPA aussi aimait le sang. Je le sais, et pas seulement à cause du soutien-gorge qu'il m'avait montré un jour à son retour d'un déplacement professionnel – celui avec la tache de sang à l'intérieur, que je possède toujours, caché parmi ses affaires. Non, je le sais parce qu'après qu'il avait cassé le nez de maman sur la table de la salle à manger, et pendant qu'elle restait assise là, immobile, laissant le sang pisser de son visage et se répandre sur tout – les bris d'assiette, la table en émail, les serviettes de table, le linoléum au sol –, j'avais vu papa récupérer l'une des serviettes du panier à linge sale. Le sang l'avait rendue brune et rigide. Voyant que je le regardais, il m'avait lancé avec un clin d'œil :

— Un souvenir de plus.

Je me demande si papa a pu voir de quoi le sang est vraiment capable quand on le libère. Cette question me travaille ; à un moment donné, j'ai même épluché les affaires de meurtres non résolues, en me concentrant sur les endroits qu'il fréquentait pendant ses déplacements professionnels. J'en trouvais partout – chaque ville d'Amérique possède son lot de filles assassinées par des meurtriers inconnus –, mais je n'étais jamais sûr qu'ils aient été l'œuvre de mon père.

Alors il se peut qu'aujourd'hui, je sache quelque chose qu'il n'a jamais su : que le sang a une vie propre.

MATTHEW est maintenant au courant de ce que j'ai fait à sa copine Michelle. Il le savait depuis le moment où il avait découvert les clés que je lui ai laissées évidemment, mais il fallait qu'il aille vérifier. Je l'observais à distance, en me demandant ce qu'il déciderait de faire une fois qu'il serait fixé. Est-ce qu'il irait immédiatement me dénoncer à la police ? Pour l'instant, il ne l'a pas fait. Pas que je sache du moins. Je ne pense pas qu'il me dénoncera. Maman n'est jamais allée trouver la police, et de nous deux, c'est Matthew qui lui ressemble le plus.

Non, je pense plutôt qu'il essaiera de s'occuper de moi par lui-même. "Régler les choses en famille", comme il dirait. Il a bien tué papa, après tout. Il a beau me jurer le contraire, on sait tous les deux qu'il l'a tué. Lorsqu'il est entré en première au lycée, Matthew était devenu plus costaud que mon père. Il avait "poussé comme un champignon" pour reprendre l'expression de maman. Papa avait dû le remarquer aussi, parce qu'il faisait preuve d'un peu plus de retenue dans les jeux auxquels il s'amusait aux dépens de maman. Et elle, toujours à l'affût d'une ouverture, en profitait. Je me rappelle comment elle lâchait les noms d'autres hommes dans la conversation. "Tiens, Porter, disait-elle. Je suis tombée sur Dick Humphries ce matin. Il m'a dit de te souhaiter un prompt rétablissement." À l'époque, papa souffrait parfois du dos. Il enrageait, mais il ne pouvait rien y faire. La dernière fois qu'il avait menacé maman, l'attrapant par le cou alors qu'elle faisait la vaisselle, Matthew l'avait bousculé si fort qu'il était tombé sur le lino de la cuisine, où il était resté une heure, incapable de se relever, le dos bloqué. Maman lui avait demandé s'il voulait qu'elle lui serve son dîner par terre.

La raison pour laquelle j'étais si certain que Matthew avait poussé papa dans l'escalier de la cave était que papa n'y mettait jamais les pieds – du moins pas que je sache. La superficie de notre cave ne dépassait pas la moitié de celle du rez-de-chaussée ; il s'agissait tout au plus d'un grand cellier à fruits où s'entassaient quelques cartons moisis renfermant le peu de souvenirs que maman avait rapportés de chez ses parents quand ils avaient fini par casser leur pipe. Il y avait également un congélateur géant où maman conservait la viande et les plats surgelés. Celui-ci était tombé en panne un été, obligeant maman à jeter la viande avariée, et elle ne l'avait jamais remplacé ni fait réparer. Aucun de nous ne descendant jamais à la cave, la découverte du corps de papa au bas de l'escalier, mort d'une blessure à la tête, tenait du non-sens. C'est arrivé pendant que Matthew et moi étions à l'école et que papa était bloqué à la maison avec un mal de dos. Matthew aurait facilement pu s'éclipser de l'école et rentrer en coupant par les bois. À l'époque, papa était affaibli, et Matthew assez fort pour le porter jusqu'à l'escalier de la cave et le balancer en bas.

Évidemment, c'était moi qui l'avais découvert. Mon père, réduit à une poupée de chiffon, la tête tournée dans le mauvais sens. Il n'y avait aucune trace de sang. La mort l'avait frappé sous la peau.

MICHELLE m'a pris pour Matthew, évidemment, comme Sally Respel. Le temps qu'elle se rende compte de son erreur, il était trop tard. J'étais entré chez elle et j'avais refermé la porte. L'éclairage de son appartement triste lui avait révélé mon visage.

J'ai encore rêvé de la maison obscure aux nombreuses chambres. Je fais ce rêve si souvent ces derniers temps que maintenant, je me rends compte que je suis en train de rêver. Et je sais que je ne pourrai jamais trouver la personne que je cherche. Il y a trop de couloirs et trop de pièces, trop d'endroits où se cacher.

Mais je n'ai pas le choix, je dois continuer de chercher. Les plafonds dans cette grande maison sont bas, et ça ne m'avait pas frappé jusque-là, mais il n'y a pas de fenêtres, juste une enfilade de pièces obscures. J'essaie de me retenir d'ouvrir les portes, mais je ne peux pas m'en empêcher, même si je découvre des choses terribles derrière : un lapin divisé en deux, mais toujours vivant ; une dinde de Thanksgiving aux entrailles remplies d'araignées ; notre mère allongée sur le sol de la cuisine, accouchant d'une rivière de sang.

Malgré cela, je continue d'ouvrir des portes, je continue d'espérer.

JE me cache à présent, même si Matthew est le seul à me chercher. Pas pour longtemps, cela dit. Le cadavre va commencer à sentir et les voisins vont remarquer l'odeur. Ou sinon quelqu'un remarquera l'absence de Michelle Brine et passera voir si elle va bien, et à ce moment-là, je devrai également me cacher de la police. Ce n'est qu'une question de temps.

Matthew n'arrête pas de m'appeler, même s'il sait que je ne vais pas répondre.

Je l'ai suivi jusque chez lui quand il est revenu des Country Squire Estates. Je l'ai observé descendre de voiture et j'ai vu le regard qu'il a jeté vers la maison de ses voisins, un regard empreint d'envie. Qu'a-t-il dit à sa voisine ? J'ai essayé de voir chez eux à travers la fenêtre du salon, mais tout ce que j'ai vu, c'est un type qui tournait et se retournait sur le canapé. Je sentais cependant la présence de la femme, Henrietta, dans la maison. Elle a jeté une espèce de sort à mon frère. J'en suis convaincu. Je comprends. J'ai enfin pu la voir de près pendant les ateliers portes ouvertes aux Black Brick Studios. Matthew ne le savait pas, mais j'étais là. Elle portait un pantalon noir près du corps qui dévoilait ses chevilles et une chemise Oxford ample aux manches retroussées. Je parie qu'elle croyait ressembler à une artiste. Elle pensait sûrement que tous ces hommes qui déambulaient dans son atelier venaient admirer ses gribouillages d'enfant plutôt qu'imaginer ce qu'il y avait sous cette chemise large et ce pantalon moulant. À un moment, elle s'est accroupie près d'une des presses pour sortir une grande feuille de papier, et j'ai aperçu ses côtes délicates et la peau au bas de son dos, juste au-dessus de sa ceinture. Une peau qui semblait n'avoir jamais vu le soleil.

J'imagine tout le sang que cette peau, aussi fine que du papier de soie, doit contenir. J'imagine sa chaleur.

Si je voulais attirer l'attention de Matthew, alors je crois que je n'ai pas tué la femme qu'il fallait.

TROISIÈME PARTIE

FRÈRES

32

Au lieu de paniquer, Matthew garda son calme. Il laissa l'appartement en l'état, mais avant de partir, il composa une dernière fois le numéro de téléphone de Michelle et tendit l'oreille. Il entendit le portable sonner dans la cuisine, sur le plan de travail, où il se chargeait.

Matthew débrancha l'appareil et le glissa dans sa poche, puis sortit lentement de l'appartement à reculons, en prenant soin d'essuyer avec la manche de son sweat-shirt tout ce qu'il avait pu toucher. Une fois hors de l'appartement, il ferma la porte et donna un tour de clé, puis ressortit dans la cour de la résidence et regagna sa voiture aussi vite que possible. Il prit le chemin du retour et se retrouva bientôt sur une petite route de campagne traversant les bois, ses phares projetant un tunnel de lumière dans l'obscurité. Arrivant à une intersection, il vit un panneau indiquant la direction de Dartford et retrouva ses repères quand il passa devant un stand de marchand de glaces ouvert seulement en été, où il était allé plusieurs fois avec Mira. Il s'arrêta sur le parking désert, éteignit ses phares, et marcha d'un pas régulier vers l'arrière du bâtiment de plain-pied. Là-bas, il y avait une petite benne à ordures et deux ou trois tables de pique-nique. Après quelques mètres, le gravier s'arrêtait et cédait la place à un champ d'herbe bordé d'un côté par un mur en pierre, de l'autre par une ligne d'arbres, noirs contre le ciel pourpre. Matthew avança d'une centaine de mètres dans le champ jusqu'à atteindre une zone particulièrement rocailleuse. Écrasant le téléphone de Michelle entre deux pierres plates, il le réduisit en morceaux si petits qu'il dut les rechercher parmi les herbes avant de pouvoir les enterrer, avec les clés, sous une grosse pierre qu'il avait délogée du sol. Sous l'éclairage argenté de la lune qui émergeait par intermittence de derrière les nuages, il distinguait des vers de terre rampant dans la terre noire et humide sous la pierre. Il replaça soigneusement cette dernière, puis marcha encore une centaine de mètres en direction de la ligne d'arbres. Juste au-delà, une clôture en fil de fer marquait le début d'un pré à vaches. Matthew se pencha par-dessus et vomit ses tripes. Lorsqu'il eut terminé, il vit que l'une des vaches du troupeau avait tourné la tête vers lui. Puis la lune disparut à nouveau derrière un nuage.

Il reprit sa voiture pour rentrer chez lui, en essayant de ne pas trop réfléchir à la suite des événements, pour prévenir une montée de panique.

Conscient de l'heure tardive, il coupa ses phares au moment de tourner dans son allée afin de ne pas attirer l'attention de ses voisins. Il lança un regard vers la maison de sa voisine, remarqua la lumière du salon toujours allumée et se demanda un instant ce qui s'était passé après que son mari était rentré et les avait trouvés tous les deux en train de discuter sous le porche. Lloyd avait semblé inquiet, bien sûr, son regard bovin capturait lentement la scène, passant de Matthew à Hen pour revenir sur Matthew, sans trop savoir quoi dire ou penser. Avait-il eu assez de perspicacité pour détecter le lien qui s'était formé entre eux ? Avait-il cru qu'ils avaient une liaison ?

Une fois chez lui, lumières éteintes, Matthew tourna un moment en rond, s'autorisant brièvement à fantasmer le meurtre de Lloyd. Il les imaginait dans une chambre à la blancheur immaculée – peut-être celle d'un hôtel prestigieux de Boston –, Lloyd enveloppé si fermement dans du ruban adhésif qu'il n'arrivait plus à bouger que les yeux. Matthew le soulevait pour le placer dans une baignoire profonde, ouvrait le robinet, et regardait Lloyd se noyer, toute sa belle assurance, sa concupiscence et son arrogance s'effaçant de son regard à mesure qu'il prenait conscience de ce qui était en train de se passer. Le fantasme ne constitua cependant qu'une brève distraction, car Matthew savait qu'il ne pourrait probablement jamais le réaliser. Ces temps-là étaient bien révolus, par la faute de Richard. Matthew fit quelques sauts sur place, puis monta à l'étage.

Si j'agis comme si rien ne s'était passé, que je me brosse les dents, me débarbouille et me glisse sous les couvertures, alors peut-être que rien de tout cela ne sera arrivé.

Ça ne marcha pas. Allongé dans son lit, Matthew réfléchit à la suite des événements. La police allait découvrir le corps de Michelle, et du fait de sa relation avec Scott Doyle, ils en déduiraient automatiquement que les deux meurtres étaient liés. Ou peut-être pas, car les deux meurtres ne se ressemblaient pas du tout… Mais bien sûr que si, inutile de se leurrer. Ils relieraient la mort de Scott et de Michelle, et une fois qu'ils l'auraient fait, ils se rappelleraient qu'un des suspects interrogés après le meurtre de Scott Doyle, Matthew Dolamore, travaillait avec Michelle Brine. Et non seulement dans le même établissement, mais dans le même département. Matthew entendait déjà la réponse de Dylan Hembree : "Oh, ils étaient toujours fourrés ensemble à discuter. Certains pensaient même qu'il y avait anguille sous roche. Je me souviens d'une conversation bizarre : Matthew l'avait invitée à aller avec lui dans un bar, peut-être même que c'était un soir où Scott y jouait avec les C-Beams." Et naturellement, la police reviendrait l'interroger, mais cette fois, il n'aurait pas d'alibi. Pas pour le meurtre de Michelle, du moins. La police réentendrait Hen, et peut-être la croiraient-ils cette fois. Elle pourrait même leur dire qu'il avait mentionné le nom de Michelle. Et plus ils se rapprocheraient de lui, plus ils se rapprocheraient de Richard.

Matthew imagina alors un autre scénario. Supposons qu'il convainque la police que c'était Henrietta Mazur qui avait tué Scott Doyle et Michelle Brine, afin de lui coller ces meurtres sur le dos, que tout cela découlait de son obsession à voir des meurtriers partout, qu'elle voulait avoir raison au moins une fois. Ça pouvait marcher, pensa-t-il. Seulement il ne serait jamais capable de faire une telle chose, il ne pourrait jamais faire ça à Hen. Elle ne le méritait pas. Lloyd en revanche… ? Il suffisait qu'il parvienne à obtenir une preuve pour l'incriminer – un simple cheveu, par exemple – puis qu'il retourne discrètement le déposer sur la scène du crime… Ce serait ce qui s'appelle faire d'une pierre deux coups. Même si Lloyd était finalement disculpé, cela embrouillerait les enquêteurs en les lançant sur une fausse piste. Plus il y pensait, plus l'idée lui semblait bonne.

Matthew se leva une heure avant le début des cours. Il n'avait pas fermé l'œil de la nuit et tous les muscles de son corps le faisaient souffrir. L'espace d'un instant, il craignit de couver quelque chose et se toucha le front. Il avait simplement dû s'épuiser à trop solliciter ses muscles. Sous la douche, il tourna lentement la tête aussi loin que possible sur les côtés, sa nuque laissa entendre un craquement et lui envoya des flèches de douleur bienfaisante le long du dos. Il avait besoin de dormir et de donner à son corps le temps de récupérer, mais il devait aussi aller travailler. Il ne pouvait pas se permettre de dévier de sa routine pour le moment.

Il faisait froid dehors, la pelouse brillait sous la rosée. Une moitié du ciel était couverte de nuages gris, l'autre d'un bleu laiteux. Il monta dans sa voiture et démarra, puis tourna le bouton de l'autoradio jusqu'à trouver une station de musique classique, tout à gauche du cadran. Ce matin, il ne supportait pas le son des voix ordinaires discutant de la météo, de politique ou de l'après-saison de base-ball. De fines gouttelettes couvraient le pare-brise à l'extérieur, il actionna les essuie-glaces, puis se pencha pour baisser la vitre passager. Alors qu'il s'accordait un rapide coup d'œil vers la maison de ses voisins, il vit une silhouette à la fenêtre s'éclipser juste au moment où il tournait la tête.

C'est Lloyd. Hen lui a rapporté toutes nos discussions et maintenant, il la croit. Il me surveille. C'est rien. S'il me cherche, c'est moi qui vais le trouver.

Matthew sortit prudemment de son allée et prit à gauche sur Sycamore Street. Deux itinéraires s'offraient à lui pour se rendre à Sussex Hall. Le plus rapide était d'emprunter la Route 2, mais il lui arrivait souvent de passer par les petites routes en prenant Littleton Road depuis le centre de Dartford. Aujourd'hui, il se dirigea vers la Route 2, en roulant lentement, un œil sur le rétroviseur. Il était à mi-chemin de son lycée, juste après le rond-point de Concord, lorsqu'il repéra la Golf gris clair à deux ou trois voitures derrière lui. Rien n'indiquait qu'il s'agissait de celle de Lloyd – les Volkswagen étaient légion dans cette partie du monde –, mais Matthew savait que c'était lui. Il prit la sortie qui menait à l'école. La Golf l'imita. Il se demanda ce que Lloyd avait en tête. Voulait-il simplement savoir où il allait ? Non, décida Matthew, il comptait lui demander des explications sur le parking de son école. Il voyait d'ici la scène : Lloyd lui crachant, "T'approche pas de ma femme ou je te bute, enculé", ou quelque chose de ce genre, sous les regards hébétés de ses collègues et de ses élèves. Alors, au lieu de rentrer par le portail principal comme chaque matin, Matthew emprunta le second accès et prit la route qui contournait l'école par l'arrière. Il espérait que le parking serait vide, et il l'était presque, à l'exception de quelques voitures appartenant sans doute au personnel de gardiennage. Matthew se gara le long du quai de déchargement des marchandises et attendit. Une trentaine de secondes plus tard, il vit la Golf de Lloyd apparaître prudemment à l'angle du bâtiment et s'arrêter deux places plus loin.

Matthew descendit de sa voiture, sans prendre son cartable, et marcha en direction de la Golf alors que Lloyd en sortait, vêtu d'un simple jean et d'un vieux T-shirt.

— Salut, Lloyd, dit Matthew en s'efforçant de contenir un sourire nerveux.

Lloyd eut l'air surpris, comme s'il ne s'était pas préparé à ce qu'il allait dire. Il claqua sa portière et lança :

— T'approche pas de ma femme.

Matthew ne put s'empêcher de sourire : exactement les mots qu'il attendait.

— Qu'est-ce qui te fait sourire, putain ? demanda Lloyd, le visage empourpré.

— Je souris parce que tu ne sais absolument pas de quoi tu parles.

— Au contraire, je sais tout. Ma femme m'a raconté ce que tu lui as dit et elle va aller trouver la police. Tu es foutu. Je suis juste venu te dire de ne plus t'approcher de Hen ou tu auras des problèmes encore pires.

Matthew sentit un mélange de calme et d'euphorie familier l'envahir. Il s'avança vers Lloyd d'un pas assuré et déterminé, l'observa lancer des regards paniqués autour de lui, cherchant comment réagir. Matthew n'était plus qu'à un pas de lui quand Lloyd lui décocha un lent coup de poing de toute sa force, qui l'atteignit maladroitement à la pointe supérieure de l'oreille gauche. Matthew saisit Lloyd par le col de son T-shirt – à l'effigie d'un groupe nommé Scruffy the Cat – puis plaça son pied droit derrière les jambes de Lloyd avant de le pousser en arrière, en le retenant par le T-shirt pour adoucir sa chute sur le bitume. Une fois Lloyd à terre, Matthew posa le genou sur son torse, plaquant le bras droit de Lloyd contre le sol tout en lui écrasant le côté du visage de l'autre main. De son bras gauche laissé libre, Lloyd saisit le cou de Matthew et lui griffa la nuque. La douleur était très supportable, d'autant que Lloyd avait dû se couper les ongles récemment ; c'était une bonne chose. Matthew pesa un peu plus sur la poitrine de Lloyd, en prenant soin de ne rien casser, jusqu'à ce qu'il s'évanouisse par manque d'air.

Matthew se releva en respirant lourdement et porta une main à sa nuque, là où Lloyd l'avait griffé. Ça ne semblait être qu'une égratignure, légèrement humide à l'endroit où la peau avait été entamée, mais rien de méchant. Il prit deux grandes inspirations puis se pencha pour arracher un cheveu sur la tête de Lloyd. Celui-ci battit des paupières puis se mit à tousser. Matthew n'aurait eu qu'à appuyer de nouveau son genou sur le torse de Lloyd, et à l'y maintenir, jusqu'à ce qu'il passe de vie à trépas. Ce serait si facile, si gratifiant. Au lieu de cela, il glissa le cheveu de Lloyd dans sa poche, remonta dans sa Fiat, et refit le tour pour gagner le parking à l'avant de l'école, où il avait l'habitude de se garer. Son premier cours de la journée débutait dans vingt minutes.

33

DANS l'heure qui avait suivi sa découverte de la disparition de Lloyd, Hen avait failli appeler le 911 à cinq reprises, mais chaque fois elle s'était retenue, en imaginant la conversation.

— *Depuis combien de temps a-t-il disparu, madame ?*

— *Juste quelques heures.*

— *Y a-t-il une raison d'après vous qui puisse expliquer son départ ? Vous êtes-vous disputés ?*

— *Oui, je viens de découvrir qu'il avait une liaison depuis un an.*

— *Ne pensez-vous pas, madame, que cela puisse avoir un rapport avec sa disparition soudaine ?*

— *Eh bien attendez un peu que je vous parle du tueur en série qui habite la maison d'à côté…*

Elle se força à faire du café et à grignoter une biscotte, puis se rendit sur le porche avec sa tasse et son téléphone, en se résignant à attendre. Il ne tarderait pas à refaire surface, même si une partie d'elle était convaincue qu'il s'était passé quelque chose de terrible.

Elle hésitait encore une fois à appeler le 911, lorsqu'elle eut l'idée de contacter l'inspecteur Martinez de Cambridge. Elle avait mentionné son nom aux inspecteurs locaux qui enquêtaient sur la mort de Scott Doyle : ils l'avaient peut-être tenu au courant. Sinon, elle l'informerait elle-même des événements. Au bout de six sonneries, alors que Hen venait de conclure qu'il ne répondrait pas, il y eut un clic, suivi du son de sa voix.

— Salut, Hen.

À l'entendre, on aurait presque pu croire qu'ils étaient de vieux amis.

— Oh, salut inspecteur, répondit-elle. Avez-vous un moment à m'accorder ?

— Bien sûr. Que se passe-t-il ?

— Avez-vous entendu parler de Scott Doyle, l'homme qui s'est fait tuer devant le Rusty Scupper à New Essex ?

— Oui, oui, évidemment. Deux inspecteurs de là-bas m'ont contacté à tour de rôle à ce sujet. Apparemment vous étiez un témoin oculaire et vous leur auriez communiqué mon nom.

— J'ai tout vu.

— Oui, c'est ce que j'ai cru comprendre.

— C'était Matthew Dolamore. Je l'ai clairement vu, mais ce n'est pas pour ça que je vous appelle.

— Je vous écoute, dit l'inspecteur.

— Êtes-vous au courant pour le reste ? Mes antécédents. Il se trouve que j'ai été arrêtée pour avoir harcelé une de mes camarades quand j'étais à l'université. Je l'avais accusée d'avoir voulu commettre un meurtre.

— J'en ai eu vent, oui.

— Et vous saviez que Matthew Dolamore et sa femme ont obtenu une ordonnance de protection à mon encontre ?

— Je savais qu'ils avaient déposé une demande.

— Eh bien, le juge la leur a accordée. Notez que ça n'a pas empêché Matthew de venir me parler. Lui et moi avons discuté. Et il m'a tout avoué. Il a reconnu avoir tué Dustin Miller, et il m'a raconté comment il avait tué Scott Doyle. Il se confie à moi parce qu'il se dit qu'il n'a rien à craindre, que de toute façon, on ne me croira pas.

— Quand vous a-t-il raconté tout cela ?

Hen lui parla de leurs trois rencontres et lui répéta tout ce que Matthew avait dit, y compris la manière étrange dont il avait évoqué son frère la veille au soir. Elle avait parfaitement conscience, alors même qu'elle livrait son récit, qu'il devait la prendre pour une folle, mais elle continua néanmoins à lui rapporter précisément les faits.

— Je suppose que vous n'avez enregistré aucune de ces conversations ? demanda l'inspecteur.

— Il m'a fouillée la première fois. Il avait prévu cette éventualité lui aussi. Donc la réponse est non. Écoutez, le truc, c'est que je m'inquiète maintenant parce que mon mari a disparu.

— Votre mari a disparu ?

— Depuis ce matin. Hier soir, je lui ai raconté tout ce que je viens de vous dire, et quand je me suis levée ce matin, il n'était pas là, la voiture n'est pas là, et il n'a pas pris son téléphone. J'ai peur qu'il se soit lancé à la poursuite de Matthew. Pour tout vous dire, je suis en panique.

— D'accord, Hen. Calmez-vous. Quand l'avez-vous vu pour la dernière fois ?

— Hier soir il était là. Et à mon réveil il avait disparu. (Elle décida que le moment était mal choisi pour évoquer l'infidélité de Lloyd.) J'allais appeler le 911, mais je sais qu'officiellement, il n'est pas encore considéré comme disparu.

— Non, vous avez bien fait de m'appeler d'abord, Hen.

Elle n'aimait pas beaucoup sa façon d'employer systématiquement son prénom. Cela lui rappelait ses hospitalisations, toutes ces fois où un thérapeute ou un psychologue tentait de créer un lien avec elle. Elle avait l'impression qu'il la ménageait, comme on ménage une déséquilibrée.

— Vous ne me croyez pas, hein ? dit-elle.

— Je ne sais pas quoi croire, dit-il après un silence. Je ne peux pas faire mieux. Mais il faut que vous sachiez que ça s'annonce plutôt mal pour vous. D'après ce que j'ai entendu dire, Matthew Dolamore dispose d'un solide alibi pour la nuit de la mort de Scott Doyle.

— Fourni par sa femme.

— Oui, fourni par sa femme.

— Elle doit probablement mentir pour le couvrir. C'est sa femme… Est-ce que ça ne vous pousse pas à douter de son alibi ? Rien qu'un peu ?

— Il se peut effectivement qu'elle mente. Mais vous aussi, et c'est tout le problème. Vous avez déjà menti dans une situation similaire par le passé.

Consciente de la futilité de l'appel, Hen faillit raccrocher. Mais au dernier moment, elle prit une profonde inspiration et dit :

— D'accord. Manifestement, cette discussion ne mènera à rien. Ça a l'air complètement fou, et moi j'ai l'air complètement folle, je le sais très bien. Mais je vous informe que Matthew Dolamore a tué plusieurs personnes, dont Dustin Miller et Scott Doyle. Je le sais de façon certaine. Peut-être que mon témoignage ne sera jamais pris en compte, mais il doit bien exister d'autres preuves. C'est forcé.

— D'accord, eh bien nous…

— Encore une chose. Renseignez-vous sur son frère. Il a dit qu'il se prénommait Richard. D'après Matthew, ils ont tous les deux été maltraités par leurs parents, mais à ce qu'il m'a dit, Richard tue des femmes au lieu de tuer des hommes.

— Il vous a dit que son frère avait tué des gens ?

— Non, pas en ces termes. Il semble penser que son frère est comme lui, mais que s'il décidait de passer à l'acte, lui tuerait des femmes au lieu de tuer des hommes. Ce sont ses mots. Il avait l'air inquiet, comme s'il craignait que son frère soit déjà passé à l'acte.

— Je me pencherai sur la question, Hen, ça vous va ?

— Vous m'appellerez s'il y a du nouveau, ou si vous trouvez quelque chose ?

— Naturellement. Et vous, n'hésitez pas à me recontacter si vous pensez à quoi que ce soit. Prévenez-moi si votre mari ne réapparaît pas.

Alors que l'inspecteur prononçait ces paroles, Hen vit une Golf grise descendre la rue et tourner lentement dans leur allée.

Choisissant de ne pas en informer l'inspecteur, elle lâcha un rapide, "Merci de m'avoir écoutée, Iggy", en l'appelant par son prénom comme il l'avait invitée à le faire, malgré la façon étrange dont cela résonnait dans sa bouche. Et elle raccrocha.

Comme Lloyd sortait de voiture, Hen alla se poster au coin du porche et l'observa à travers la porte moustiquaire. Tout le souci qu'elle s'était fait pour sa sécurité s'était subitement dissipé et elle était simplement redevenue furieuse. Furieuse qu'il ait eu une liaison. Furieuse qu'il l'ait poussée à s'inquiéter pour lui toute la matinée.

— T'étais où, bordel ? demanda-t-elle tandis qu'il montait les marches du porche.

— Désolé, je… je… euh, je suis sorti précipitamment.

— Sans prendre ton téléphone. Je me suis affolée. (Lloyd l'avait rejointe à présent. Elle vit combien il était pâle, lut la peur dans son regard.) Qu'est-ce qui s'est passé ? Ça va ?

— Je l'ai suivi. J'ai suivi Matthew jusqu'à son école. Je voulais juste discuter avec lui… On peut rentrer ? J'ai vraiment très froid.

Une fois dans la maison, Hen remarqua la manière dont il tenait sa main droite, qu'il essayait de plier, et demanda :

— Vous vous êtes battus ?

Lloyd lui raconta comment il avait suivi Matthew jusqu'à Sussex Hall, et la façon dont Matthew l'avait réduit à sa merci.

— Ça s'est passé où ? Sur le parking ?

— Derrière le bâtiment principal. Il est allé se garer là-bas parce que je crois qu'il avait repéré que je le suivais.

— C'est toi qui l'as frappé le premier ?

— Oui, mais je crois que je me suis fait plus de mal que je ne lui en ai fait. Il était hyper calme. Il m'a fait tomber par terre et s'est à moitié assis sur moi, et je me suis dit… je me suis vu mourir. Tout est devenu noir, j'ai cru qu'il allait me tuer, et la seule image que j'avais en tête, c'était… c'était toi.

Il s'était remis à pleurer, et Hen, même si elle n'en avait pas vraiment envie, posa la main dans son dos en lui disant que son récit faisait effectivement peur.

— Est-ce que tu veux aller le signaler à la police ?

— Non. Je ne vais pas aller trouver la police. À quoi bon ? C'est moi qui le suivais et c'est aussi moi qui ai frappé le premier. Il répondra qu'il s'est juste défendu. Non, j'y ai réfléchi, je crois qu'on devrait partir d'ici. J'appellerai mon boulot pour leur dire que j'ai eu une urgence qui m'oblige à m'absenter quelques jours. On pourrait prendre la voiture pour aller quelque part. Pourquoi pas monter dans le Maine ? On pourrait retourner du côté de Bar Harbor. Y passer une semaine. Histoire de recoller les morceaux. Qu'en penses-tu ?

Hen secoua la tête.

— Je ne sais pas, Lloyd. Tôt ou tard il faudra bien revenir. Et puis, je ne sais pas encore si j'ai vraiment *envie* de recoller les morceaux.

— Alors on prendra des chambres séparées, mais au moins on sera loin d'ici. Je sais que je parle comme un lâche, mais je m'en fous. Je suis convaincu qu'il est dangereux à présent…

— C'est ça, tu te décides à croire qu'il est dangereux parce que tu y as été confronté en personne. Mais quand je t'ai dit que je l'avais *littéralement* vu tuer quelqu'un, tu ne me croyais pas. À l'époque tu ne parlais pas de prendre des vacances.

— Je ne suis pas en train de parler de vacances, Hen. Je suggère que toi et moi on aille se mettre à l'abri. Et pendant qu'on sera là-bas, on pourrait en profiter pour faire le point sur notre couple.

Hen aperçut Vinaigre sur le canapé ; il se lécha une patte pour se nettoyer l'oreille pendant qu'ils se disputaient. Voyant qu'elle l'observait, le chat mit sa toilette en pause, fixa son regard sur elle et bâilla.

— J'ai du travail, dit Hen. Il me reste encore des illustrations à remettre pour ce livre. Je ne peux pas m'éloigner de mon atelier.

— On s'en fout, répondit Lloyd.

— Pars, toi, si tu veux. En fait je crois que c'est ce que tu devrais faire. Ça serait beaucoup plus logique. Et puis je crois que ça nous ferait du bien de passer un peu de temps loin l'un de l'autre.

— Hors de question que…

— Lloyd ! Je ne suis même pas certaine de vouloir que tu restes sous ce toit.

— Tu ne peux pas me demander de te laisser seule, pas avec ce type dans la maison d'à côté. Je m'installerai dans la chambre d'amis si tu y tiens. Si tu ne veux pas me parler, je te ficherai la paix. Je comprends que tu sois remontée contre moi. Mais je refuse de te laisser seule ici, pas tant qu'on ne l'aura pas mis derrière les barreaux.

— Ça n'arrivera peut-être jamais, si ça se trouve, répondit-elle. Je ne suis pas un témoin fiable. Toi non plus. Il dispose d'un alibi. Jusqu'à nouvel ordre, Matthew est notre voisin, qu'on le veuille ou non.

— Dans ce cas on déménagera, dit Lloyd.

Un épuisement extrême l'assaillit soudain. Rien que d'y penser – tenter de sauver son mariage, refaire confiance à Lloyd, se mettre en quête d'un nouveau logement, d'un nouvel atelier –, elle se sentait épuisée au-delà de l'entendement.

— Et toi, Vinaigre, t'en penses quoi ? demanda-t-elle au chat. Tu as envie de déménager ?

Vinaigre commença à passer sa patte derrière son autre oreille, l'aplatissant contre son crâne.

— Je ne parle pas de déménager maintenant, mais plus tard, s'il ne se fait pas arrêter. Mais je persiste à penser qu'il faut qu'on s'en aille, qu'on parte en voyage. Maintenant. C'est trop dangereux. Et tu m'accompagnes, Hen, que tu le veuilles ou non. Fais-moi plaisir.

— Te faire plaisir ? dit-elle en éclatant de rire. Ça suffit. Cette conversation est officiellement terminée. Il faut que j'aille à mon atelier, j'ai du boulot. Tu peux rester ici, ou aller travailler, ou encore prendre la voiture et aller jouer les touristes dans le Maine, c'est le cadet de mes soucis.

— Si tu vas à ton atelier, je t'accompagne.

— Pas question, Lloyd. Désolée, mais non. Tu cours un bien plus grand danger à rester ici que moi en allant à mon atelier.

Lloyd fronça les sourcils.

— Qu'est-ce que ça veut dire ?

— Juste que je ne crois pas qu'il s'en prendrait à moi. On commence à se connaître, lui et moi. Tu peux me faire confiance.

— Je pense sérieusement que tu es en train de perdre la tête, Hen. Il y a quelque chose qui ne tourne pas rond chez toi. Tu prends toujours tes médicaments ?

— Va te faire foutre, Lloyd. Tiens, pourquoi tu ne vas pas habiter chez Joanna ? Appelle-la et dis-lui de venir te chercher. Bon, j'ai du travail, je vais à mon atelier.

Hen alla dans la cuisine et décrocha les clés de voiture sur le mur. Elle resta un moment immobile, repensant à la remarque de Lloyd sur son état mental. La plupart des grands moments d'émotion dans sa vie étaient liés d'une manière ou d'une autre à sa santé mentale, mais pas cette fois. Certains symptômes avaient beau être identiques – les pensées qui s'emballent, la paranoïa, le sentiment d'angoisse –, elle était certaine de ce qu'elle savait. C'est la réalité, avait-elle envie de dire à Lloyd. Je sais exactement à quoi m'en tenir avec Matthew, et ma maladie n'a rien à voir là-dedans.

Elle retourna dans le salon, en se demandant si Lloyd allait tenter de l'empêcher physiquement de sortir, mais il se contenta de lui dire quand elle passa devant lui :

— Je serai là quand tu rentreras.

— J'espère sincèrement que non, dit-elle en franchissant la porte.

34

Le cheveu de Lloyd toujours au fond de sa poche, Matthew prit le chemin des Country Squire Estates. Sa journée de cours avait été un long calvaire, mais elle était enfin terminée. L'avantage à passer ses journées au contact d'adolescents, c'était qu'ils accordaient tant d'importance à leurs petits problèmes personnels qu'ils n'imaginaient pas une seule seconde que les adultes puissent avoir les leurs. Il y avait évidemment des exceptions. Katrina Benedict, mère poule avant l'heure, lui avait dit qu'il paraissait fatigué. "Quelque chose ne va pas, monsieur Dolamore ? Vous êtes souffrant ?"

Et Jason Khoury avait été le seul à remarquer les traces de griffures rouges sur sa nuque, juste en dessous des cheveux. Il lui avait demandé s'il allait bien. "Je me suis réveillé avec, avait répondu Matthew. J'ai dû me gratter en faisant un cauchemar."

Ce n'était pas encore l'heure de pointe, mais le trafic était dense sur la Route 2A. Matthew avait déjà fait son détour par Gifford's Farm, le stand du marchand de glaces fermé hors saison où il avait enterré les clés et le téléphone de Michelle. Bien que conscient du risque qu'il prenait en y retournant en plein jour – et encore plus en retournant dans la résidence de Michelle –, Matthew était déterminé à déposer les preuves qui incrimineraient Lloyd Harding, que la manœuvre prenne ou non. Il s'était donc garé derrière le stand aux rideaux tirés, soulagé de voir l'endroit désert, et après vingt minutes de recherches, avait retrouvé l'endroit où il avait caché les clés et le téléphone. Il lui avait fallu si longtemps qu'à un moment donné, il s'était demandé s'il n'avait pas tout imaginé. Perdait-il réellement la tête ? Et puis il avait fini par trouver la pierre qu'il avait déplacée la veille et déterré les clés. Il avait senti son estomac se soulever lorsqu'il les avait prises en main, et l'espace d'un instant, il crut qu'il allait à nouveau vomir. Mais finalement, la nausée se dissipa et il remonta dans sa voiture, les mains moites et la bouche sèche.

Les Country Squire Estates étaient bâtis une centaine de mètres en retrait par rapport à la route, derrière une rangée de pins. Après avoir quitté la Route 2A, Matthew s'apprêtait à tourner sur le parking de la résidence lorsqu'il aperçut les deux voitures de patrouille garées devant l'entrée du bâtiment de Michelle. Il reconnut à distance le ruban de police jaune tendu entre les voitures et le bâtiment. Un policier en uniforme se tenait près d'un des véhicules, parlant dans sa radio, et un petit groupe de résidents discutait non loin. Matthew s'engagea sur le parking du Whole Foods Market accolé à la résidence, trouva une place et se gara. Il avait besoin d'un moment pour réfléchir. De toute évidence, il arrivait trop tard pour déposer le cheveu. Une partie de lui était soulagée, parce que cela signifiait d'abord qu'il n'aurait pas à remettre les pieds dans cette chambre des horreurs, à sentir l'odeur de tout ce sang versé, et ensuite que bientôt, d'une manière ou d'une autre, tout cela prendrait fin. Le plus important maintenant était de contacter Richard. Matthew n'avait aucune idée de ce qu'il lui dirait, mais il fallait qu'il le voie avant d'aller trouver la police. Il avait certaines décisions à prendre.

Dès qu'il eut garé sa voiture dans son allée, il vérifia machinalement la présence de celle de ses voisins. Elle n'était pas là, ce qui indiquait seulement que l'un des deux était parti. Il entra chez lui et constata, stupéfait, qu'absolument rien n'avait changé depuis qu'il en était sorti en début de journée. Il s'était presque attendu à trouver un escadron de policiers brandissant des mandats de perquisition. Ce n'était qu'une question de temps. Il estimait peu probable que Lloyd signale à la police l'altercation qu'ils avaient eue dans la matinée, en revanche, il savait pertinemment que la mort de Michelle le placerait à nouveau dans leur viseur.

Son téléphone sonna – c'était un 617, l'indicatif de Boston, mais il ne reconnaissait pas le numéro. Il choisit de ne pas répondre, certain qu'il ne pouvait s'agir que de mauvaises nouvelles.

Il essaya à nouveau de joindre son frère, puis consulta son répondeur. C'était Iggy Martinez, l'inspecteur de police de Cambridge qui était venu l'interroger au sujet de Dustin Miller.

"J'aimerais que vous me rappeliez dès que vous aurez un moment, demandait-il sur un ton désinvolte. Rien de bien important, mais je voudrais vérifier quelque chose avec vous. Voilà, merci."

Matthew se rendit dans la cuisine et se versa un grand verre de ginger ale avec des glaçons, qu'il emporta dans son bureau. Il déboucha la bouteille qu'il gardait là pour quand son frère lui rendait visite et ajouta une larme de whiskey au soda – juste assez pour calmer sa nervosité. Il rappela alors l'inspecteur.

— Merci de me rappeler, commença le policier, avant de s'éclaircir la voix.

— De rien. Qu'y avait-il ?

— J'avais une question à vous poser en lien avec notre dernière conversation. Ça n'a peut-être aucun rapport avec l'enquête, mais son nom est ressorti alors je me suis dit que j'allais vous demander.

— Je vous écoute, dit Matthew, dans l'expectative.

— Vous avez bien un frère nommé Richard Dolamore, exact ? demanda l'inspecteur.

Un frisson lui glaça la nuque, mais Matthew resta calme et répondit :

— Oui.

— Pouvez-vous m'en dire plus à son sujet ?

— Je ne comprends pas. Vous pensez que Richard a quelque chose à voir avec ce qui est arrivé à Dustin Miller ?

— Non. Pas exactement. Mais c'est la routine pour les crimes non élucidés. On creuse chaque petit détail aussi insignifiant soit-il, afin de pouvoir éliminer un maximum de pistes, en espérant que celles qui restent nous mèneront quelque part.

Matthew entendit un klaxon en arrière-fond dans son téléphone et supposa que le policier était au volant.

— Ah, bien sûr.

— Où votre frère habite-t-il ?

— Aux dernières nouvelles, il habitait dans la maison de mes parents. Ils la lui ont laissée.

— Et où se trouve-t-elle ?

— Eh bien, ici même à Dartford.

— Ah ? Vous le voyez donc assez souvent alors ?

— À vrai dire, non. Mon frère est un peu sauvage. C'est une sorte de marginal. Je le vois, mais très rarement.

— OK. J'ai saisi. Je ne vais pas vous embêter plus longtemps. Une dernière chose, pourrais-je avoir son adresse exacte ? Vous m'avez dit qu'il habitait la maison de vos parents.

— Bien sûr. C'est au 227, Blackberry Lane. De l'autre côté de Dartford, par rapport à chez moi.

— Merci. Un numéro de téléphone, peut-être ? Vous pourriez me donner ça ?

Décidant que tout ce qui retarderait l'enquête bénéficierait à son frère, Matthew répondit :

— Non. Désolé. À ma connaissance il n'a pas de téléphone. La seule façon que j'ai de le joindre, c'est lorsqu'il passe me voir ou que moi je passe chez lui.

— Merci encore, Matthew, vous m'avez été d'une aide précieuse. À propos, j'ai entendu dire que vous aviez eu une petite brouille avec votre voisine.

— Oh, rien de méchant. Je pense l'avoir réglée.
— Elle ne vous importune plus, alors ?
— Non.

Matthew voulait demander au policier qui l'avait informé pour l'ordonnance de protection, mais il se retint de poser la question. Il était au courant évidemment. La police était en train de rassembler les pièces du puzzle.

— Bon, dit-il rapidement. Je vais devoir…
— Oui, oui, allez-y. Désolé de vous avoir dérangé, merci encore pour les renseignements.

Matthew raccrocha puis resta un moment immobile à regarder le téléphone dans sa main. Il avait passé la conversation à marcher nerveusement dans la maison, et ses pas l'avaient mené dans la cuisine où il se tenait à présent. Quelque chose ne sentait pas bon. Il regarda au fond de l'évier et découvrit un steak enveloppé dans du cellophane qui flottait dans un bol d'eau rosâtre. Il se rappela avoir sorti un steak du congélateur la veille avant le dîner, puis l'avoir oublié. Le saisissant par un coin du film plastique, il le jeta dans la poubelle. Revenu dans son bureau, il contempla l'unique photo qu'il avait conservée de lui et de son frère, une photo jaunie datant de l'époque où Richard était bébé. Leur mère avait insisté pour les photographier : Matthew, dans ses habits du dimanche (chino et chemise), tenait sur ses genoux son petit frère Richard, emmailloté dans une couverture. Matthew avait les yeux fixés sur le visage du nouveau-né, et à les voir, il lui semblait que lui et Richard se regardaient, même s'il savait que les nouveaux-nés voient trouble. Ça restait cependant une belle photo, l'une des rares belles images de leur enfance. Maintenant qu'il revoyait cette photo, l'envie lui vint soudain d'avoir des nouvelles de Richard. Il devait l'avertir que la police le cherchait. Lui donner la possibilité de prendre la fuite. Matthew appela et rappela encore.

— Quoi de neuf, frérot ? répondit Richard.

— La vache. Enfin.

— J'étais occupé. Et puis je sais exactement pourquoi tu m'appelles.

— Je ne crois pas, non, Richard. Ils viennent t'arrêter, Richard. La police te cherche. Je viens de parler à un inspecteur.

— S'ils m'arrêtent, moi, ils t'arrêteront toi aussi. Tu le sais très bien.

— Oui, je le sais. C'est pour ça qu'il faut qu'on accorde nos violons. Il faut qu'on se parle. Je n'appelle pas par rapport à ce que tu as fait. Mais je dois savoir une chose : est-ce que quelqu'un t'a vu là-bas ? Tu as pris des précautions ou pas ?

— Vu où ? De quoi est-ce que tu parles ?

— S'il te plaît, Richard. On n'a pas le temps pour ça.

— On devrait peut-être se voir et discuter de tout ça en tête à tête. Je serais plus à l'aise.

— On n'a pas le temps pour ça, Richard. La police risque-t-elle de trouver quelque chose dans l'appartement de Michelle ? Ils sont sur place en ce moment, tu sais, à prélever la moindre petite fibre, à analyser chaque goutte de sang.

Richard resta un moment silencieux, puis lâcha :

— Toi aussi tu t'es rendu sur place.

— Comment tu le sais ?

— Je t'observais. Qu'est-ce que ça t'a fait de voir tout ce sang ?

— Tu le sais très bien. C'était écœurant. Ce que tu as fait est écœurant. Elle ne méritait pas de mourir, tu le sais parfaitement.

— Allons donc, il y avait pas de raison que tu sois le seul à t'amuser. C'est pas juste. Et d'abord, c'est pas parce que tu as tué une poignée de salopards que ça te donne le droit de faire la morale. Pour ça, t'es bien comme maman. Toujours à faire sa sainte-nitouche. Comme si sa merde sentait la rose simplement parce que son mari était pire qu'elle. Mais ça marche pas comme ça, tu sais, pas dans le monde réel. Dans ce monde-là, tu es tout aussi tordu et malade que moi.

— Tu as raison, Richard. Je suis d'accord avec tout ce que tu viens de dire. Maintenant réponds à ma question : que risquent-ils de trouver dans l'appartement ?

Richard soupira.

— On partage le même ADN, comme tu le sais. Si je dois mettre les voiles, toi aussi.

— Je crois que c'est effectivement ce que tu devrais faire. Fuir. Et sans tarder, d'accord ? Si la police vient t'arrêter, je ne pourrai pas t'aider. Je ne peux pas. Tu seras tout seul.

— Merci, mon frère. J'en attendais pas davantage.

— Tu as tué Michelle ! (Matthew hurla ces mots, d'une voix stridente, qui lui donnait l'impression de ne pas être la sienne.) Tu as tué Michelle, répéta-t-il plus bas. (Il attendit la réponse de Richard, mais elle ne vint pas.) Richard ? dit-il. Richard, tu es là ?

Mais Richard avait raccroché, et Matthew eut le sentiment – à la fois terrible et rassurant – qu'il allait peut-être mettre à exécution la menace qu'il proférait depuis des années : quitter Dartford pour de bon, tirer un trait sur le passé.

Matthew s'aperçut qu'il se trouvait dans le salon, planté devant la fenêtre qui donnait sur la maison de ses voisins. Toujours aucune voiture dans leur allée. Il réalisa soudain qu'il pouvait très bien aller voir son frère à Blackberry Lane, dans la maison où il avait grandi, là où Richard habitait encore, mais il n'en trouva pas la force. Cela faisait des années qu'il n'y avait pas mis les pieds, et lors de sa dernière visite il avait été choqué de constater à quel point la pourriture s'y était installée. Richard habitait cette maison mais ne faisait rien pour l'entretenir. Il n'avait pas nettoyé ni remplacé le moindre meuble depuis des années. Tout – mobilier, étagères, rebords de fenêtres – était recouvert d'une épaisse couche de poussière sombre. À l'étage, les chambres, y compris celle de Matthew, avec encore son petit lit une place et son étrange papier peint beige aux motifs de fougères, étaient infestées de crottes d'animaux, les murs noircis de moisissures. Non, il ne pensait vraiment pas trouver la force d'y retourner. Il était allé aux limites de ses capacités en avertissant Richard. Il fallait maintenant qu'il pense à se protéger lui-même. Il fallait…

Matthew entendit un cliquetis à l'étage. Très léger, mais néanmoins clairement audible. Ce n'était pas un de ces bruits que la maison produit occasionnellement – le déclenchement de la chaudière à gaz, le distributeur à glaçons du réfrigérateur, les fondations qui se tassent sous le poids des murs. Non, on aurait dit une porte qui se refermait. Lentement et sans faire de bruit, il s'approcha du pied de l'escalier. De là, il avait vue sur le palier à l'étage. Il constata que deux des portes – celle de leur chambre à coucher et celle de la seconde salle de bains – étaient grandes ouvertes. Il commença à gravir les marches en silence, puis, réalisant que sa discrétion manquait de naturel, continua à une allure normale comme si de rien n'était : un type montant l'escalier en toute confiance. Arrivé à l'étage, il tourna aussitôt sur sa gauche et entra dans la grande chambre. Son regard se porta tout de suite sur la porte du placard, elle-même légèrement entrebâillée. Le cliquetis qu'il avait entendu pouvait-il être celui d'une porte qui s'était ouverte ? Songeant que c'était possible, il marcha à nouveau d'un pas tranquille vers le placard, ouvrit la porte en grand et s'avança dans la penderie, entre les affaires de Mira à droite et les siennes à gauche. Il n'y avait personne. Tendant le bras au-dessus de sa penderie, il déplaça une boîte à chaussures sur l'étagère, et ses doigts trouvèrent la matraque en bois de noyer, un des rares objets ayant appartenu à ses parents qu'il avait emporté de chez eux, et la seule arme qu'il détenait dans cette maison.

La matraque en main, il sortit calmement du placard pour retourner sur le palier. Les deux autres portes de l'étage

– celle de la chambre d'amis et de l'atelier de couture de Mira – étaient également ouvertes et disposaient elles aussi d'un placard. Il entra d'abord dans la chambre d'amis. Le placard était fermé. Matthew s'avança et posa la main sur le bouton de porte ; il le tourna, tirant le battant en reculant d'un pas, prêt à découvrir… quoi, au juste ? Hen, cherchant le trophée d'escrime ? Lloyd en train de l'attendre, impatient de reprendre leur affrontement matinal ? Le placard était vide, et, pour la première fois depuis qu'il avait entendu ce bruit, il envisagea la possibilité qu'il se soit inquiété pour rien. Ce n'était peut-être qu'une branche qui avait tapé contre une des fenêtres, ou un des nombreux bruits fantômes que toutes les maisons émettent.

Il sortit de la chambre et gagna la petite pièce à l'avant de la maison, au plafond en soupente, dont ils avaient autrefois compté faire une chambre d'enfants. Elle servait aujourd'hui d'atelier de couture à Mira. Le soleil de fin d'après-midi qui entrait par l'unique fenêtre donnait à ses murs peints en jaune un caractère encore plus gai que d'ordinaire. Il y avait également un placard dans cette pièce, ou plutôt une moitié de placard, une espèce de cagibi. Sa porte était fermée, et Matthew resta un moment à la considérer. Si quelqu'un se cachait à l'étage, il ne pouvait être qu'ici.

Alors qu'il posait la main sur la poignée, la porte s'ouvrit brusquement et un homme en surgit, fonçant tête baissée en plein dans le plexus de Matthew, qui tomba à la renverse et glissa avec lui sur le sol.

Matthew, qui n'avait pas lâché sa matraque, frappa d'un geste ample et toucha l'intrus à l'épaule. L'homme poussa un cri, sans doute plus de peur que de douleur, et leva la tête. C'était Lloyd ; il serrait les dents, les yeux écarquillés. Il se releva sur ses bras, de sorte qu'il se tenait maintenant à quatre pattes, comme un chien. Matthew, s'étant redressé, lui porta un nouveau coup de matraque, qui l'atteignit sur l'arête du nez. Il y eut un bruit de fêlure. Le cri de Lloyd se changea en hurlement tandis que le sang jaillissait de son nez pour retomber sur le plancher.

Matthew, toujours assis, s'empressa de reculer en battant des jambes. Lloyd secouait la tête d'un côté à l'autre, le sang giclant à droite et à gauche, puis il se ramassa, s'essuyant le visage, étalant le sang. Les deux hommes se mirent alors debout, Matthew toujours armé de sa matraque, Lloyd, les poings serrés, tremblant légèrement.

— J'ai tout entendu, dit Lloyd.

Matthew fit un pas dans sa direction.

— Tu n'as pas le droit d'être ici, répliqua-t-il.

— J'ai entendu tout ce que tu as dit, espèce de taré, répéta Lloyd tandis que Matthew frappait avec sa matraque.

35

Maintenant qu'elle se trouvait dans la lumière douce de son atelier, au milieu des bruits de plomberie, entourée de tout ce dont elle avait besoin pour créer ses œuvres, Hen parvint enfin à calmer le flot de ses pensées, à réfléchir de façon rationnelle aux événements des dernières semaines.

Elle se prépara une infusion à la camomille, mit un CD de Iron & Wine dans son lecteur, et entreprit de nettoyer et d'arranger son espace, un rituel qu'elle accomplissait souvent avant de se mettre à l'ouvrage. À mesure qu'elle se calmait, elle dressa mentalement la liste de ses problèmes, par ordre d'importance, comme elle avait appris à le faire des années plus tôt quand des petits soucis lui rendaient la vie invivable. L'idée était de se concentrer sur un problème à la fois. L'autre but de l'exercice, évidemment, était de prendre conscience que nos problèmes – aussi écrasants soient-ils – ne sont souvent pas si terribles lorsqu'on les regarde en face. Mais ce n'était *clairement* pas le cas aujourd'hui. Actuellement, son problème numéro 1 n'était pas son mari volage ni l'avenir de son mariage, mais le meurtrier psychotique qui habitait la maison voisine. En dehors de ces deux soucis, le reste semblait bien insignifiant. Elle s'obligea tout de même à lister ses autres préoccupations. Elle devait rendre plus souvent visite à ses parents qui prenaient de l'âge. Ensuite, elle avait un peu de retard sur la remise des deux prochaines illustrations pour les *Guerriers d'antan* ; mais n'ayant pas encore reçu d'appel comminatoire de son agent, elle ne s'inquiétait pas trop. D'autant qu'il n'était question que de travail : ça pouvait attendre un peu.

Restaient donc deux problèmes majeurs, et ils étaient de taille : que faire avec Lloyd et que faire avec Matthew ? La suggestion de Lloyd de partir de leur maison se défendait. En plus d'une sécurité temporaire, cela leur permettrait d'essayer de sauver leur mariage. Le problème était qu'elle n'avait pas envie d'essayer. Depuis qu'elle avait découvert la liaison de Lloyd, une partie d'elle savait, en son for intérieur, que leur couple était fichu. Elle n'était pas excessivement jalouse – elle aurait très certainement pu pardonner un coup d'un soir –, mais savoir qu'il avait passé une année à manigancer derrière son dos, à lui mentir en permanence, c'était différent. Et il y avait autre chose : elle se sentait clairement trahie, elle était furieuse, mais elle n'éprouvait pas un chagrin débordant. Son cœur n'était pas en miettes. Elle aimait Lloyd – et elle l'aimerait toujours –, mais elle imaginait tout à fait vivre sans lui. Cela n'indiquait-il pas quelque chose ? Que son mariage ne valait peut-être pas la peine d'être sauvé ?

S'il n'y avait pas eu Matthew dans la maison voisine – et la situation dangereuse qui couvait –, elle aurait envoyé Lloyd habiter quelque temps ailleurs, en expliquant qu'ils devaient faire une pause afin qu'elle y voie un peu plus clair. Peut-être qu'elle devait tout de même le faire ? C'était lui le fautif, après tout, et elle était en droit de lui demander de quitter le foyer conjugal. Où irait-il ? se demanda-t-elle. Il atterrirait sûrement chez Joanna Grimlund, à… où habitait-elle déjà ?… Northampton. Elle essaya d'analyser son sentiment vis-à-vis de cela, mais elle ne savait pas vraiment. Elle s'en fichait un peu, même si elle se demandait tout de même si leur liaison était réellement terminée, comme il le lui avait dit. Elle se demandait également à quoi avait ressemblé leur liaison. Avait-elle été passionnée, avec des discussions sur leur avenir ensemble ? Ou avait-ce été une de ces relations frappées dès le départ d'une date d'expiration ? Que pensait Joanna de tout ça ?

Je l'appellerai peut-être, songea-t-elle, et dès que cette pensée lui vint, elle décida de le faire immédiatement. Elle voulait entendre la voix de Joanna. Entendre ce qu'elle avait à dire pour sa défense. Joanna était quelqu'un que Hen avait toujours apprécié. Leurs conjoints étant meilleurs amis, elles avaient été forcées de passer beaucoup de temps ensemble, mais cela s'était toujours fait de bon cœur et jamais malgré elles. Joanna avait un sens de l'humour salace et irrévérencieux. Pendant que Rob et Lloyd se saoulaient et fumaient des joints en se remémorant leurs faits d'armes à l'université, Joanna et elle avaient des conversations intenses autour d'une bouteille de vin. Hen lui avait relaté dans son intégralité ou presque son épisode psychotique pendant ses études, et Joanna lui avait parlé de son père alcoolique, qui avait terminé derrière les barreaux pour fraude boursière. Quand Rob et Joanna avaient rompu, Hen avait envisagé de la contacter directement, peut-être même de lui donner rendez-vous, mais elle ne l'avait jamais fait. Lloyd avait clairement eu la même idée.

Évidemment, Hen n'avait pas le numéro de portable de Joanna, et elle envisagea un instant d'appeler Lloyd pour le lui réclamer. Mais même s'il acceptait, il s'arrangerait sans doute pour l'appeler d'abord, ou au moins lui envoyer un message pour l'avertir. Or Hen tenait à l'effet de surprise.

Elle téléphona à Rob, qui décrocha presque aussitôt.

— T'as pas réussi à les ouvrir ? dit-il.

— Quoi ? répondit-elle.

Il devait la prendre pour quelqu'un d'autre.

— Les photos que je t'ai envoyées. Je me suis rendu compte après coup que je ne les avais pas converties.

— Ah, les photos de feux de joie. Je ne les ai même pas encore reçues. J'appelle pour une autre raison.

— Tu ne les as pas reçues ? Je te les ai envoyées juste après avoir raccroché.

— Elles sont peut-être allées dans les spams. Écoute, Rob, j'appelle parce qu'il me faudrait le numéro de téléphone de Joanna, et j'ai pensé que tu devais l'avoir.

— Oui, dit-il. C'est celui de l'année dernière, mais je ne pense pas qu'elle en ait changé. Pourquoi te le faut-il ?

— J'ai simplement besoin de lui parler. C'est important.

Hen espérait que la vérité, même vague, lui suffirait.

— Attends un instant, je le cherche, dit-il, sa voix diminuant tandis qu'il faisait très certainement défiler les noms dans le répertoire de son téléphone. OK, tu notes ?

Elle prit son crayon et griffonna le numéro qu'il lui dictait dans son bloc à dessin.

— Merci, Rob. T'es super.

— De rien. Mais je suis un peu surpris. Pourquoi tu as besoin de lui parler ?

— Ça fait un an qu'elle et Lloyd ont une liaison. Je voulais entendre sa version.

Rob laissa échapper un rire, une sorte de grognement, avant de demander :

— C'est vrai ?

— Oui.

— Ben merde.

— Merci pour le numéro.

Hen ne pensait pas que Rob appellerait Joanna pour l'avertir, mais dans le doute, elle composa dans la foulée le numéro qu'elle avait noté dans son bloc à dessin. Après seulement deux sonneries, la voix de Joanna, plus grave que dans ses souvenirs, répondit d'un timide :

— Allô ?

— Joanna, c'est Hen Mazur... la femme de Lloyd.

Il y eut un silence de deux ou trois secondes, assez long pour que Hen s'imagine que Joanna avait raccroché sans dire un mot. Puis la voix de Joanna se fit entendre à nouveau :

— Bonjour Hen.

— Joanna, je ne sais pas si Lloyd t'a parlé, mais je suppose que oui. Je sais tout. Il m'a tout raconté.

Alors même qu'elle prononçait ces mots, Hen savait qu'ils étaient faux. On ne sait jamais tout.

— Hen, je voulais te dire que je suis terriblement désolée. Je n'attends pas que tu m'accordes un jour ton pardon. Je sais que je ne le mérite pas, mais il faut que tu comprennes…

— Joanna, c'est bon. Je n'appelle pas pour te pourrir d'injures. J'appelle juste pour… en fait, je ne sais pas. Je crois que je veux entendre ta version de l'histoire, pas seulement celle de Lloyd.

— D'accord, dit Joanna en prenant une longue et profonde inspiration. Quand est-ce… Que t'a dit Lloyd ?

— Tu ne lui as pas encore parlé ?

— Euh… si, brièvement. Il m'avait dit que depuis un moment, il comptait te mettre enfin au courant de… de ce qui s'était passé.

— En fait, il ne m'a pas mise au courant. Je l'ai découvert par moi-même, et ensuite, il a avoué.

— Oh.

Hen comprit que Joanna n'avait pas été informée de ces développements récents et qu'elle essayait de prendre le train en marche, de déterminer ce qu'elle pouvait dire ou ne pas dire.

— Il ne t'a pas mise au courant, hein ? dit Hen.

— Je crois qu'il vaut mieux que je raccroche.

— Joanna, il m'a dit que vous deux, c'était fini, que vous aviez mis un terme à votre liaison lors du dernier week-end que vous avez passé ensemble.

— Il t'a dit ça ?

— Oui.

Hen perçut ce qui ressemblait à un soupir exaspéré à l'autre bout de la ligne.

— Je peux te poser une question, Hen ?

— Vas-y.

— Envisagez-vous de divorcer ?

— Comment ça ? Tu veux dire, là maintenant, depuis que je sais pour toi et Lloyd ?

— Non, je veux dire avant. Ces six derniers mois.

— On vient d'acheter une putain de maison ensemble. Non, nous n'avons pas envisagé de divorcer. C'est ce qu'il t'a dit ?

— Disons qu'il laissait entendre...

— Il laissait entendre que nous allions divorcer ?

— Ce n'est pas ce qui est prévu ? (Joanna laissa fuser un rire désabusé.) Il disait qu'aucun de vous deux n'étiez heureux, que ça n'allait pas entre vous, que vous aviez acheté la maison pour essayer de sauver votre mariage.

— Il n'y a pas une seule chose de vraie dans tout ça. Enfin, c'était peut-être vrai dans son esprit, mais nous n'avons jamais eu de conversation à propos de ça. Il ne m'a jamais dit qu'il était malheureux. Je suis restée sans voix quand j'ai découvert qu'il avait une liaison.

Nouveau silence. Puis Joanna dit :

— Je suis désolée. Je n'aurais jamais...

— Arrête un peu de t'excuser. Est-ce que tu croyais... Est-ce que tu projetais de te mettre en couple avec Lloyd ?

— Je n'avais pas de projet précis, mais je pensais effectivement que vous alliez vous séparer. Et je pensais également que ça pouvait coller entre nous. Mon Dieu, ce que j'ai été bête !

— Eh bien, si tu as été bête, je peux en dire autant.

— Mais c'est ma faute. C'est moi qui...

— Disons que tout est la faute de Lloyd et restons-en là, d'accord ? J'ai décidé de le foutre à la porte, au fait. Je viens de le décider. Je voulais juste te prévenir au passage qu'il va sans doute se chercher un endroit où habiter.

— Ce ne sera pas chez moi.

— Je me fiche de savoir où il atterrira, Joanna, alors ne te sens pas obligée de dire ça pour me rassurer.

— D'accord.

Il y eut un nouveau silence, et Hen constata qu'elles s'étaient tout dit.

— Je dois te laisser, dit Hen. Merci d'avoir pris le temps de me parler.

— Arrête d'être aussi sympa. Je crois que je me sentirais mieux si tu m'engueulais un bon coup.

— Eh bien, dans ce cas, merci de m'avoir parlé et pour tout le reste : va te faire foutre.

— Merci, c'est mieux. Encore désolée.

Hen raccrocha, posa son téléphone sur le bras du fauteuil dépenaillé où elle était assise et sentit monter en elle une vague d'énergie, provenant moitié de la colère et moitié… d'autre chose – de l'excitation peut-être, même si ce n'était pas le terme adéquat. Ça s'apparentait plus à de l'impatience. Tout était en train de changer si vite. Lloyd n'était pas l'homme qu'elle croyait connaître. Loin de là. Son infidélité était une chose – personne n'est parfait, tout le monde fait des erreurs –, mais la tromperie pure et simple, non seulement vis-à-vis d'elle mais aussi vis-à-vis de Joanna, qui, du rôle d'ennemie, semblait tout à coup la rejoindre dans le rôle de victime, était tout autre chose. Elle se leva, secoua ses mains, et se demanda ce qu'elle allait faire. Elle sentait son corps vibrer d'énergie, comme si de minuscules fils électriques crépitaient sous la surface de sa peau. D'une certaine manière, cela lui rappelait ses épisodes maniaques, pourtant ce n'était pas le cas en ce moment. La frénésie qui la parcourait était liée exclusivement aux événements qui survenaient dans sa vie.

Elle réalisa qu'elle n'avait qu'une seule envie : rentrer chez elle et dire à Lloyd de faire ses valises, mais elle savait qu'il lui tiendrait tête en prétextant qu'elle courait un danger. Peut-être valait-il mieux que ce soit elle qui déménage – dans un hôtel du coin ou chez une amie (Darlene, leur ancienne voisine à Cambridge, l'accueillerait à bras ouverts) – sans dire à Lloyd où elle serait. Emballée par l'idée, elle résolut de la suivre, puis songea qu'elle devrait tout de même passer par la maison d'abord pour faire ses bagages. Il fallait qu'elle prenne quelques affaires, mais surtout, elle avait besoin de ses médicaments. Le problème était qu'elle devrait affronter Lloyd si elle repassait à la maison. Elle décida de l'appeler pour lui dire qu'elle venait récupérer quelques affaires mais qu'elle n'avait pas envie de discuter avec lui. Elle tomba directement sur son répondeur et ne laissa pas de message. Elle essaya d'appeler sur le téléphone fixe, au cas où Lloyd ne se trouverait pas près de son portable. Mais personne ne répondit non plus.

Il est peut-être sorti marcher, se dit-elle, et elle se demanda si elle avait le temps de rentrer, rassembler ses affaires, et mettre les bouts avant son retour. Tandis qu'elle réfléchissait à tout ça, la lumière dans son atelier s'éteignit brusquement et la salle fut plongée dans l'obscurité.

— Hé ! cria-t-elle.

Un "désolé" lui parvint de loin dans un bruit d'écho et la lumière revint. Yuma quelque chose, l'aquarelliste qui avait son atelier à l'autre bout du sous-sol, passa la tête par la porte.

— Excuse-moi, dit-elle. Tu ne m'as pas entendue appeler ? Je pensais qu'il n'y avait personne à part moi.

— Non, désolée, je n'avais pas entendu. C'est rien. Donc il n'y a plus que moi au sous-sol ?

— Oui, je m'en vais.

Hen faillit lui demander de l'attendre pour ressortir en même temps qu'elle, mais elle dit finalement :

— J'éteindrai les lumières en partant.

Elle écouta les pas de Yuma s'estomper. Le lecteur CD passa au disque suivant et un album de Morphine commença. Hen considéra la plaque de cuivre qu'elle avait préparée plus tôt, envisageant un instant de travailler un peu dessus, mais elle savait qu'elle devait rentrer faire ses bagages. Une autre prise de bec avec Lloyd l'attendait, mais plus vite elle l'affronterait, plus vite elle en aurait fini. Elle pourrait toujours revenir demain pour avancer dans son travail.

Hen attrapa sa veste en jean sur le dossier de son fauteuil, glissa son bloc à dessin dans son sac, et s'apprêtait à éteindre la lumière de son atelier lorsqu'elle entendit de nouveaux bruits de pas dans le couloir. Était-ce Yuma qui revenait ? Non, c'étaient des pas plus lourds et plus sonores. La main sur l'interrupteur, elle tendit l'oreille. Elle faillit crier, "Qui est là ?", quand quelque chose l'arrêta. Les pas venaient vers son atelier.

36

Mira franchit les portes automatiques de l'aéroport Logan et sortit dans l'air frais de Boston, puis tourna à gauche en direction de la file de taxis. Elle se demanda un instant combien lui coûterait la course depuis l'aéroport jusqu'à West Dartford, puis chassa cette pensée. C'était le cadet de ses soucis. Une fois toutes ses inquiétudes dissipées, quand Matthew et elle retrouveraient la facturette, ils riraient en se rappelant sa réaction et sa décision d'avancer son retour.

Il y a peu de chances que ça se passe ainsi et tu le sais parfaitement. Il n'y a pas de fumée sans feu.

Ce matin-là, Mira avait ouvert les yeux de bonne heure dans sa chambre d'hôtel. Ayant laissé les rideaux ouverts, elle avait été saluée à son réveil par l'immense ciel du Midwest, aux nuages auréolés de rose. Elle avait fait d'horribles cauchemars, le plus marquant étant celui dans lequel sa maison avait brûlé. Dans son rêve, Matthew et elle faisaient le tour des décombres. Il ne restait plus que des corps calcinés, cachés un peu partout dans la maison encore fumante. La plupart étaient des hommes – Jay Saravan, qui revenait fréquemment dans ses rêves, était bien sûr là –, mais il y avait aussi des enfants, des petits corps noircis, et Mira savait qu'il s'agissait des siens, les bébés qu'elle et Matthew n'avaient jamais réussi à avoir.

Allongée dans son lit, le regard fixé à la fenêtre, une phrase lui revenait sans cesse en tête: *Il n'y a pas de fumée sans feu.* Elle savait ce qu'elle signifiait: tout était vrai, son mari tuait des gens. Il y avait bien trop de fumée. La nuit dernière encore, alors qu'ils avaient une discussion en apparence normale au téléphone, il lui avait sorti de but en blanc qu'elle lui manquait. Ce n'étaient pas tant les mots que la façon dont il les avait dits, d'une voix d'enfant triste. Quelque chose en lui s'était délité. Elle en était certaine. Le doute en elle avait cédé la place à l'angoisse.

Elle avait fait ses bagages, quitté sa chambre avant l'heure, prévenu par texto Linda au bureau régional qu'elle pensait avoir fait une intoxication alimentaire et demandé à ce que quelqu'un la remplace au stand pour la journée, puis elle avait sauté dans un taxi direction l'aéroport pour prendre le prochain vol à destination de Boston. Le premier qu'elle trouva n'arrivait pas avant le milieu de l'après-midi – elle avait une correspondance à Charlotte –, mais elle avait néanmoins réservé le dernier siège restant.

Dans le taxi qui la ramenait chez elle, Mira résista à l'envie d'appeler Matthew pour l'avertir qu'elle rentrait. Son but en revenant en avance était de le prendre au dépourvu afin de le forcer à s'expliquer. Lui dire qu'elle commençait à avoir des soupçons et lui donner une chance de se confesser. Ou sinon de la convaincre qu'à l'instar de leur voisine, elle était tombée dans une paranoïa irrationnelle. La convaincre qu'il n'y avait pas de feu.

Le taxi s'englua dans les embouteillages juste avant d'atteindre le rond-point de Concord, et le chauffeur, un homme aux joues flasques et au visage rougeaud, pestait dans sa barbe contre la circulation comme si c'était lui qui devait regagner son domicile dans l'urgence.

Mira baissa légèrement sa vitre, non pas qu'il fît trop chaud, mais elle avait l'impression que l'air dans l'habitacle s'était raréfié et qu'elle manquait d'oxygène. Le taxi franchit tant bien que mal le rond-point, le chauffeur bougonnant toujours, et ils arrivèrent sur la route en direction de West Dartford, relativement dégagée. Mira jeta un coup d'œil à sa montre ; en temps normal, Matthew était censé être rentré du travail à cette heure. À quoi pouvait-il s'occuper ? Quand elle était là, il remplissait la grille de mots croisés du jour sur son iPad pendant qu'elle préparait le dîner, ou bien il corrigeait des copies dans son bureau.

Le taxi s'engagea dans Sycamore Street, que le soleil bas dans le ciel rayait d'ombres longues. Elle guida le chauffeur jusqu'à sa maison, remarquant immédiatement au passage que la voiture de Matthew ne se trouvait pas dans l'allée. Un surcroît d'appréhension s'insinua en elle, à laquelle se mêlait cependant un certain soulagement. Après avoir réglé la course exorbitante par carte, elle fit rouler sa valise jusqu'à la porte d'entrée en essayant de se rappeler où elle avait rangé sa clé. En fin de compte, elle n'en eut pas besoin ; la porte s'ouvrit quand elle la poussa. Elle en franchit le seuil en appelant Matthew, bien que sa voiture ne fût pas là. Elle n'obtint aucune réponse.

La porte entrouverte, ajoutée à l'odeur légèrement rebutante qui flottait dans la maison, accéléra encore un peu plus les battements de son cœur affolé. Elle referma la porte derrière elle, lança un nouveau, "Il y a quelqu'un ?", puis traversa le salon pour gagner la cuisine, d'où semblait provenir l'odeur. Dans la pièce, tout avait l'air normal, n'était l'alignement de canettes de ginger ale vides sur le plan de travail en granite, comme si Matthew ne s'autorisait pas autre chose en son absence. Elle regarda dans l'évier en inox. Constatant qu'il était vide et sec, elle ouvrit le placard où se trouvait la poubelle et fut aussitôt assaillie par une violente odeur de viande pourrie. Au-dessus des déchets, elle découvrit un faux-filet encore dans son cellophane, couvert de gouttelettes d'eau rougeâtre. Matthew l'avait-il sorti du congélateur avant d'oublier de le manger et de se résigner à le jeter ? Si c'était le cas, ça ne lui ressemblait vraiment pas. Matthew détestait gâcher la nourriture.

Elle se dirigea ensuite vers le bureau de son mari, faillit presque frapper à la porte, avant de tourner le bouton et d'entrer d'un pas rapide. Elle appuya sur l'interrupteur au mur pour allumer le plafonnier. À première vue, le bureau semblait normal, mais en promenant son regard dans la pièce, elle se rendit compte que tous les petits bibelots de Matthew avaient été déplacés. Sur la console, là où se trouvait sa machine à écrire vintage, il y avait maintenant sa sculpture de lévrier art déco. La machine à écrire était sur le bureau. Matthew avait l'habitude de changer les choses de place dans son bureau, mais elle savait que cela traduisait généralement un état d'anxiété. Ses yeux tombèrent alors sur le canapé en velours côtelé et elle nota que l'oreiller en velours rouge était creusé, comme si on y avait dormi, puis elle aperçut la couverture blanche roulée en boule sur le sol. Elle sortit du bureau et monta à l'étage afin de vérifier si on avait dormi dans leur lit. Ça semblait être le cas, à en juger par les oreillers alignés et les coins au carré : c'était l'œuvre de Matthew.

Prise d'une fatigue soudaine, Mira s'assit sur le bord du lit et consulta son téléphone, faisant défiler le chapelet de textos inquiets de ses collègues prenant des nouvelles de sa santé. Elle n'était jamais malade, ne ratait jamais un jour de travail. Ignorant ces messages, elle ouvrit sa liste de contacts pour appeler Matthew. Elle allait lui dire qu'elle était rentrée plus tôt et qu'elle voulait lui parler. Son doigt hésitant à lancer l'appel, elle se surprit à réciter le verset du Trône, la seule prière musulmane qu'elle connaissait et que sa grand-mère lui avait enseignée lorsqu'elle était venue passer les dernières années de sa vie avec eux en Californie. Il y avait une éternité que ces mots ne lui avaient pas traversé l'esprit – c'est à peine si elle se rappelait leur signification –, mais elle les prononça à ce moment-là, et le seul fait de réciter atténua un peu de sa tension. Quand elle rouvrit les yeux, elle vit que la porte du placard était grande ouverte. Ça n'avait rien d'alarmant, mais c'était inhabituel. Hormis le matin, quand ils se préparaient pour sortir travailler, le dressing était habituellement fermé. Elle entra à l'intérieur, promenant ses mains sur les habits suspendus de chaque côté. Tout paraissait normal, mais lorsqu'elle leva les yeux vers l'étagère, au-dessus de la penderie de Matthew, elle aperçut une boîte à chaussures qui dépassait du bord. Matthew avait visiblement déplacé quelque chose là-haut. Mira avait beau se hausser sur la pointe des pieds, elle n'arrivait même pas à atteindre l'étagère, et encore moins ce qui s'y trouvait. Elle se souvint qu'il y avait une chaise en bois dans son atelier. Elle ressortit sur le palier et entra dans la pièce au plafond en soupente.

La chaise se trouvait sous la fenêtre, et ce n'est qu'en arrivant au milieu de la pièce qu'elle aperçut le corps sur le plancher. Elle poussa un hurlement, ou plutôt un bref cri de panique strident qu'elle interrompit aussitôt. Il s'agissait résolument d'un corps, étendu en diagonale, les pieds sous sa travailleuse. Il n'y avait aucun moyen de connaître son identité, le corps ayant été entièrement enveloppé de ruban adhésif, des pieds jusqu'à la tête, de telle sorte qu'on aurait dit une momie argentée.

Tremblante, Mira fit deux pas rapides en direction du corps, mit un genou au sol, et posa la paume de sa main sur la poitrine enrubannée. C'était un homme – elle le déduisit de sa taille et de la platitude du torse – et elle n'y sentit ni mouvement ni battement de cœur. En regardant de plus près, elle vit que du sang avait filtré entre les couches de ruban entourant la tête. Appelle le 911, se dit-elle, en repensant à son téléphone qu'elle avait laissé sur son lit. Mais il fallait qu'elle vérifie qui se trouvait sous le Scotch. Il fallait qu'elle sache si c'était Matthew.

Ses doigts soulevèrent une des extrémités collantes du ruban au centre du visage. Lentement, elle tira dessus.

37

Richard Dolamore tourna sur le parking du magasin de vins et spiritueux. L'après-midi touchait à sa fin et un air froid entra dans ses narines tandis qu'il traversait le parking et franchissait les portes automatiques. Il aimait beaucoup ce magasin, aussi vaste qu'un entrepôt, peuplé de travailleurs de banlieue remplissant leurs chariots de magnums de gins *à la mode* et de caisses de vins aux noms tels que "Le meilleur ami de maman". Avant de devenir un magasin d'alcools, cela avait été un cinéma, des années plus tôt, une salle indépendante très modeste avec un seul écran qu'on avait divisé en deux à l'aide d'une cloison précaire. Richard y venait étant ado, la plupart du temps seul, mais parfois avec une fille ; quand il y avait un silence dans le film que vous regardiez, vous entendiez ce qui se passait sur l'autre écran.

On avait éviscéré le cinéma pour le remplir un peu plus tard de rayonnages entiers de bouteilles colorées. Richard déambulait dans les allées, passant en revue les étiquettes sur les bouteilles destinées à vous vendre un petit quelque chose en plus que l'alcool qu'elles contenaient. Papa était représentant en alcools, vendant principalement des marques bas de gamme – des vodkas aux noms comme Romanov, et des whiskeys baptisés Old Scotsman ou Gold Rush – à des chaînes de restaurants et des bars d'hôtels, à des tarifs dégressifs. Ces marques existaient toujours, on les trouvait systématiquement sur les étagères du bas. Quand vous vous postez devant un rayon de ces magasins et laissez vos yeux parcourir les étagères de haut en bas, vous êtes face à des dizaines de bouteilles cherchant à attirer tout un éventail de clients – du connard achetant un rhum vieilli en fût à cent dollars la bouteille à l'alcoolique qui vient dépenser sa pension maladie pour du rhum vendu en bidon plastique de trois litres. "C'est le même dans les deux, avait l'habitude de lui répéter Porter Dolamore. Les gens sont cons. Suffit de remplir une jolie bouteille de tord-boyaux et tout le monde s'imagine vivre comme un prince."

Richard se rendit dans le rayon des scotchs. Une femme d'à peu près son âge était en train d'examiner les bouteilles ; on aurait dit qu'elle essayait de déchiffrer un menu écrit dans une langue étrangère.

— Celui-là est bien, dit Richard en montrant de la tête la bouteille de single malt qu'elle venait de prendre sur l'étagère.

— Ah oui ? dit-elle.

Elle n'était pas jolie. Son nez était trop gros et ses yeux trop rapprochés, mais on voyait qu'elle prenait soin d'elle et qu'elle faisait de l'exercice. Elle avait de longs cheveux bruns striés de mèches blondes et portait un pull couleur citrouille au décolleté plongeant. Richard laissa son regard se balader sur le haut de sa poitrine, dénudé et joliment bronzé. Des tétons bruns, devina-t-il.

— Super doux, dit-il. Comme de la soie. C'est pour vous ou pour… ?

Elle avait surpris son regard sur son décolleté, et il lui semblait qu'elle n'avait pas encore décidé quoi en penser. Finalement, elle se mordit la lèvre inférieure et répondit :

— C'est pour un nouvel ami qui vient d'entrer dans ma vie. Il adore le scotch, et je ne m'y connais pas du tout.

Elle rit, comme si elle venait de dire quelque chose de drôle.

— Est-ce qu'il aime le scotch tourbé ?

Elle fit une moue.

— Je ne sais même pas ce que ça signifie.

Richard lui expliqua la différence entre le scotch tourbé et le scotch non tourbé et lui demanda si elle se souvenait d'une marque en particulier qu'il ait commandée au restaurant.

— Macallan, il me semble.

— D'accord, Macallan, dit-il. (Il attrapa une bouteille au hasard sur l'étagère du haut et la lui tendit.) Prenez-lui ça. Il va adorer. Tout comme du Macallan mais en un peu mieux.

— Vous êtes sûr ? demanda-t-elle.

— Faites-moi confiance, dit-il.

Je pourrais en faire mon métier. Les doigts dans le nez.

La bouteille qu'il lui avait tendue était vendue dans un très élégant coffret, et il vit qu'elle était impressionnée.

— Très bien, dit-elle. Vendu.

— Et si ça ne marche pas avec votre nouvel ami, je serai heureux de le remplacer.

La femme fronça les sourcils.

— Vous êtes marié, dit-elle en baissant les yeux vers sa main.

— Je porte une alliance, corrigea-t-il. Ça ne veut pas dire que je suis marié.

— C'est généralement le cas, dit-elle en se dirigeant vers l'entrée du magasin.

— Connasse, murmura Richard, en se demandant si elle l'avait entendu.

Il crut voir ses épaules se soulever.

Il se prit une bouteille de J&B sur la deuxième étagère en partant du bas, puis attendit quelques minutes pour laisser à la femme une chance d'acheter sa pisse d'âne hors de prix et d'échapper au grand méchant loup. En arrivant à la caisse, il faillit dire à l'employé – un vieux type à la moustache jaunie par la cigarette – qu'il devrait toucher une commission pour avoir incité la cliente précédente à acheter une bouteille à cent dollars, mais il n'en fit rien.

Une fois revenu dans sa voiture, il rangea le whiskey dans la boîte à gants. Savoir qu'il était là le rassurait, même s'il avait décidé qu'il n'en aurait pas besoin.

Du magasin d'alcools, il traversa Middleham pour retourner vers Dartford, et emprunta Sudbury Road jusqu'à Blackberry Lane. Par crainte d'y trouver la police, il hésita longtemps à s'engager dans sa propre rue, mais décida de tenter le coup. S'il voyait des véhicules suspects, il n'aurait qu'à reculer dans une autre allée privée, puis faire demi-tour et repartir. En revanche, si la police n'était pas encore là, il pourrait faire ce qu'il avait trop longtemps repoussé. Il tourna dans Blackberry Lane, où toutes les bâtisses à l'exception d'une seule – une monstrueuse maison récente à colonnades – dataient des années 1950, autant de petites boîtes sans charme destinées à contenir une famille américaine moyenne. La ruelle se terminait dans une impasse bordée par quatre demeures, dont l'une était la maison d'enfance de Richard. Elle lui appartenait ; enfin, techniquement, elle appartenait à Matthew, qui en payait l'impôt foncier. La maison – moitié brique, moitié bardage blanc – se dressait en retrait derrière un bosquet de pins blancs. Un tapis d'aiguilles de pin brunes recouvrait la pelouse de devant, et le bitume de l'allée était craquelé et asphyxié par les mauvaises herbes. La maison en elle-même, du moins de l'extérieur, paraissait encore en bon état, malgré la mousse qui commençait à verdir le bardage en vinyle. Une maison vide et muette, songea Richard. Il engagea sa voiture dans le cul-de-sac en arc de cercle et la gara, le nez face à Sudbury Road. Avant de descendre de voiture, il but une petite gorgée de sa bouteille.

Il franchit la porte d'entrée en lançant : "Salut, maman. Salut, papa. Je suis rentré." Comme à son habitude. Ça le faisait marrer, même si une partie de lui craignait toujours qu'un jour, quelqu'un lui réponde. Personne ne l'avait jamais fait jusque-là, cela dit, et c'était aujourd'hui la dernière fois qu'il foulerait ce seuil. Il prit l'escalier et la teneur de l'atmosphère changea à mesure qu'il montait. À l'étage, l'air était immobile, et derrière les relents de moisissure pointait une odeur fétide caractéristique, une puanteur de cadavre douce et écœurante. Sûrement un écureuil mort dans une des cloisons, se dit-il. Il ne voulait pas s'attarder à l'étage – ça le dégoûtait, et pas seulement à cause de la pourriture –, mais il tenait à récupérer une des valises de son père dans l'ancienne chambre de ses parents. Il ouvrit la porte de la chambre avec son pied. À l'intérieur, la lumière était tamisée, les rideaux étant tirés, et lorsqu'il entra, Richard entendit quelque chose détaler le long des plinthes. Sans y prêter attention, il sortit son téléphone et, à l'aide de la torche, se dirigea vers le placard, dont la porte était déjà ouverte. Il repéra la grande valise en tissu écossais calée au fond. Attrapant la poignée en cuir, il la sortit et constata avec soulagement qu'elle était vide. Il la posa sur le lit, provoquant un petit tourbillon de poussière dans l'air de la pièce. L'amertume au fond de sa gorge était presque palpable. Il voulait récupérer deux choses dans cette chambre : la photo encadrée de ses grands-parents maternels que sa mère avait conservée – un petit homme renfrogné coiffé d'un chapeau de feutre avec une plume sur le bord, et une femme en robe d'intérieur, qui souriait tristement – et le vieux portefeuille de son père. Il savait précisément où le trouver : dans le premier tiroir du bureau. Il contenait un billet de deux dollars, le permis de conduire de son père, sa carte de l'Association américaine des automobilistes, quelques cartes de visite, ainsi qu'une photo de Bo Derek sur la plage découpée dans un magazine.

Richard prit le portefeuille et le cadre photo, plaça le tout dans la valise, puis en tira la fermeture Éclair. Puis il quitta la chambre, non sans lui avoir accordé un ultime regard. Après tout, c'était dans cette pièce qu'il avait découvert le corps de sa mère. Il avait su qu'elle était morte dès qu'il avait vu la forme de son corps sous le couvre-lit en chenille. Elle était recroquevillée en boule, comme un animal, qui, conscient qu'il est en train de mourir, se terre. Malgré cela, il avait tout de même soulevé le couvre-lit et regardé longuement. Sa chemise de nuit jaunie était retroussée sur ses hanches, et il y avait du vomi séché autour de sa tête. Dans une main, elle tenait une bouteille de vodka – Smirnoff, si sa mémoire était bonne – et sur la table de chevet était posé un flacon de pilules vide. Son autre main couvrait son visage. En s'approchant, Richard avait constaté qu'elle était morte en suçant son pouce.

Une fois redescendu, il remplit la valise avec les quelques autres affaires qu'il voulait emporter. Presque rien, juste des cadres photos, une bible de famille que son père avait reçue de ses parents, le service de couteaux japonais que sa mère avait commandé à la télévision et le bocal en verre qui était caché sous la latte de plancher disjointe du garde-manger. Richard l'avait découvert il y a quelques années seulement. Il contenait près de mille dollars en espèces.

Sa valise pleine, Richard descendit à la cave en se servant à nouveau de la torche de son téléphone et s'empara des deux bidons d'essence qu'il avait toujours vus entreposés là, d'aussi loin qu'il s'en souvienne. Il utilisa le premier sur les rideaux et arrosa l'escalier qui montait jusqu'à l'étage. Il le vida plus rapidement que prévu et fit plus attention avec le second, versant un peu d'essence ici et là au rez-de-chaussée de la maison, mais gardant le plus gros pour le fauteuil inclinable de son père, qu'il commença par pousser contre le mur afin qu'il touche les lourdes tentures de velours qui drapaient les fenêtres de la façade. Le revêtement du fauteuil s'était déchiré, révélant de la mousse de polystyrène jaune qui s'émiettait ; il l'imbiba de l'essence restante. L'odeur du carburant lui piqua les narines et la gorge et le fit larmoyer.

Il sortit de sa poche la pochette d'allumettes de l'Owl's Head et en alluma une, qu'il laissa tomber sur le coussin imbibé d'essence. Durant un instant, elle resta là à brûler, la flamme vacillant faiblement, puis il y eut un fort bruit de souffle et le coussin s'enflamma. Richard attrapa la valise, sortit par la porte d'entrée, puis regagna sa voiture d'un pas régulier, surprenant au passage un mouvement à l'une des fenêtres de la maison voisine. Sans doute Mme MacDonald qui surveillait tous ses faits et gestes. Avec un peu de chance, l'incendie se propagerait à sa maison.

Il roulait depuis dix minutes quand il se rendit compte que ses doigts étaient crispés sur le volant. Il s'obligea à se détendre. La machine était en branle et il n'avait plus qu'à laisser les choses se faire.

Il ralentit en arrivant dans Sycamore Street, curieux de voir si la voiture de Henrietta Mazur était garée devant chez elle. Ne la voyant pas, il continua sans s'arrêter, la vitre entrouverte, guettant le hurlement des sirènes au loin, mais il n'entendit rien, peut-être parce qu'il était désormais trop loin. Peut-être la maison n'avait-elle pas brûlé, que les flammes s'étaient éteintes dans un crépitement avant même de prendre, mais il ne le pensait pas. Il décrivit une boucle qui l'emmena tout en haut près du fleuve, et là, entendit enfin comme un son de sirènes. Ça pouvait être n'importe quoi évidemment, mais c'était peut-être la maison de son enfance qui se consumait. Il abaissa complètement sa vitre. L'air était chargé d'une fumée qui avait le parfum agréable et fruité d'un feu de cheminée, une odeur assez commune par un après-midi frais d'automne.

Il parcourut la courte distance qui le séparait des Black Brick Studios. Il savait où Henrietta avait l'habitude de se garer, près de l'escalier qui descendait au sous-sol. Stationnant sa voiture un peu plus haut dans une petite rue, à un pâté de maisons, il redescendit à pied jusqu'au parking. La Golf grise était là, à côté d'une autre voiture, une Prius bleu clair. Le parking arrière était bordé d'un côté par un haut terre-plein et de l'autre par un remblai en pente descendant jusqu'au fleuve. Un immense saule qui commençait à jaunir bruissait dans la brise froide. Richard se tenait à égale distance entre le saule et l'accès arrière aux ateliers, essayant de prendre un air décontracté. La porte s'ouvrait avec une clé. Il pouvait maintenant se passer deux choses : soit Henrietta sortirait par cette porte et le trouverait en train de l'attendre, ou bien ce serait le ou la propriétaire de la Prius, et, dans ce cas – il espérait que ce soit ce qui se produise –, il se dirigerait vers la porte d'un pas assuré. Avec un peu de chance, la personne lui tiendrait la porte.

Il attendit là une trentaine de minutes, sous un ciel qui se chargeait de nuages, jusqu'à ce qu'il voie le bouton de la porte métallique tourner. Il se mit à marcher à vive allure en direction de la porte, le téléphone à la main, et vit sortir une femme aux cheveux gris coupés court.

— Ah, excusez-moi, dit-il en s'approchant. Vous pouvez me tenir la porte ?

Il lut de l'hésitation dans le regard de la femme, mais elle lui tint la porte comme il le lui avait demandé.

— Je rends visite à Hen, dit-il, en levant son téléphone. Vous avez du réseau, vous, en bas ?

— Non, pas vraiment, répondit-elle.

Richard passa près d'elle en la remerciant, et la porte se referma derrière lui. Il attendit un moment dans la pénombre du couloir, inspirant profondément par le nez. Ça sentait la peinture et la térébenthine ainsi que le parfum persistant de patchouli de la femme qu'il venait de croiser. Il se demanda combien de temps elle serait hantée par son geste. Sans doute jusqu'à la fin de ses jours.

Il se dirigea vers l'atelier de Henrietta, sans s'inquiéter du bruit de ses pas. Peu importe qu'elle sache qu'il était là. Ils étaient seuls et elle ne pouvait rien y faire. Comme il tournait à l'angle du couloir, il vit la lumière qui filtrait sous la porte de son atelier, puis entendit la porte s'ouvrir. Hen sortit sa jolie frimousse par le chambranle et l'aperçut. Il était presque arrivé à sa hauteur.

— Bonjour Matthew, dit-elle, avec une pointe d'incertitude dans la voix.

— Je ne suis pas Matthew, répondit Richard.

38

Hen allait se mettre à courir, mais quelque chose l'arrêta. *Si tu cours, tu es morte*, lui disait une voix dans sa tête.Alors au lieu de courir, elle sortit dans le couloir et fit face à l'homme qui venait de lui dire qu'il n'était pas Matthew.

Pourtant c'était bien Matthew, même s'il y avait quelque chose de différent chez lui, dans son regard peut-être, son port de tête, et même dans sa façon de marcher.

— Qui êtes-vous ? demanda-t-elle.

— Je suis Richard, dit-il. On ne s'est pas encore rencontrés officiellement.

— Non, en effet. (Tout le corps de Hen s'était glacé, mais son esprit fonctionnait avec calme, essayant d'évaluer la situation.) Où est Matthew ?

— Matthew ? Personne ne sait. On s'en fout.

Richard avança d'un pas, et l'un des plafonniers du couloir éclaira pleinement son visage. Richard est peut-être le jumeau de Matthew, songea-t-elle, avant de remarquer la cicatrice sous sa bouche, celle qui lui donnait un petit air d'Harrison Ford. Elle sut alors qu'il n'y avait aucun frère nommé Richard. Il y avait seulement Matthew, et il était bien plus fou qu'elle ne l'avait supposé. À nouveau, elle eut envie de courir, et dans le même temps, elle prit conscience, pour la première fois peut-être, de la force de Matthew, de sa large carrure, de ses grandes mains. Elle pouvait toujours essayer de foncer vers l'autre côté du couloir et l'escalier métallique qui menait au rez-de-chaussée, mais Matthew n'était maintenant plus qu'à un mètre d'elle.

— J'aimerais beaucoup voir votre atelier, dit-il. Voir l'endroit où vous fabriquez tous vos dessins cochons.

Il se passa la main dans les cheveux, et ceux-ci restèrent dressés, comme s'il ne les avait pas lavés depuis plusieurs jours. Il était maintenant assez près pour qu'elle sente son haleine chargée d'alcool.

— En fait, je dois y aller, dit-elle, avec l'espoir qu'il la laisse passer.

Peut-être qu'en marchant d'un pas calme et résolu… Mais dès qu'elle s'avança, il leva la main d'un geste vif et la saisit par le cou, son pouce et son index s'enfonçant dans la chair. Elle lui envoya un coup de pied, en visant l'entrejambe, mais l'atteignit au tibia. Il fit une grimace, entrouvrit les lèvres, les mâchoires serrées, et, sans la lâcher, la força à reculer dans l'atelier avant de la pousser violemment en arrière, l'envoyant valser sur le dos et glisser sur le sol en béton. Un éclair de douleur lui parcourut la colonne vertébrale.

Hen rampa sur le dos jusqu'à buter contre son fauteuil. Matthew promenait son regard autour de l'atelier, ses yeux passant rapidement d'un objet à l'autre.

— Allez-y, jetez un œil à l'atelier, dit-elle.

— Tu ne veux pas qu'on baise d'abord ? demanda Matthew, un large sourire sur les lèvres, en lançant des regards de part et d'autre.

— On vient seulement de se rencontrer, Richard. Qu'est-ce qui vous fait croire que je voudrais qu'on baise ensemble ? répondit-elle sans réfléchir.

Matthew baissa les yeux vers elle, une lueur d'amusement et d'intérêt dans le regard, et elle comprit qu'elle avait dit ce qu'il fallait. Si elle faisait semblant de s'adresser à Richard, qu'elle engageait la conversation avec lui, elle réussirait peut-être à gagner du temps. Et si elle pouvait gagner du temps, elle réussirait peut-être à lui échapper.

— Eh ben, tu veux te taper Matthew, non ? dit-il.

— En fait, non. Matthew et moi n'entretenons pas ce type de relation, et en plus, nous sommes tous les deux mariés.

— Tu peux t'asseoir dans le fauteuil, si tu veux. Tu as l'air assez pitoyable, comme ça par terre.

Hen s'assit dans le siège, s'installant sur le coussin sans quitter Matthew des yeux. Combien de fois s'y était-elle assise, détendue, livrée à ses réflexions artistiques, en buvant des tisanes ? Et aujourd'hui ce siège serait peut-être celui où elle trouverait la mort.

— À Lloyd et à Mira, dit soudain Matthew, et Hen resta interdite, jusqu'à ce qu'elle comprenne qu'il répondait à sa remarque.

— Exactement, à Lloyd et à Mira.

Matthew leva les mains, paumes ouvertes, et eut un petit sourire suffisant.

— Enfin… commença-t-il.

— Quoi ?

— Lloyd ne m'impressionne pas des masses.

— Mais Richard ne l'a jamais rencontré, dit Hen.

Elle sut aussitôt qu'elle avait dit ce qu'il ne fallait pas. Matthew fronça les sourcils, et en un seul battement de cils, l'amusement dans son regard se mua en rage contrôlée.

Ne le contredis pas. Ne contredis pas sa logique. Parle de ce qu'il veut, peu importe le sujet, et peut-être que s'il s'éloigne suffisamment de toi…

— Matthew m'a parlé de lui. Il continue de me raconter des choses, tu sais, même s'il ne me fait plus vraiment confiance.

— Qu'est-ce que Matthew vous a dit au sujet de Lloyd ?

— Rien que tu ne saches déjà désormais. Il est allé fourrer son zizi là où il n'aurait pas dû. C'est pas bien compliqué de nos jours, tu sais. À l'époque, il fallait aller au bordel pour tirer son coup. Maintenant on peut tirer son coup à tous les coins de rue.

Matthew la regardait fixement, peut-être pour essayer de déterminer si elle était choquée par ses propos.

— Et vous, où allez-vous ?

— Où je vais ?

— Pour tirer votre coup, Richard ? demanda-t-elle, sans rompre le contact visuel. (Il eut un léger mouvement d'hésitation.) Est-ce que vous allez dans les bordels ?

— Mon père allait dans les bordels. Il m'a fait un topo sur les bordels. Mais comme je te le disais, aujourd'hui toutes les gonzesses que tu croises n'attendent que ça.

Il paraissait nerveux. Hen se demanda si elle devait l'entraîner plus loin sur ce sujet. Elle voyait bien qu'il perdait ses moyens quand elle bousculait ses positions, mais elle n'était pas sûre que lui faire perdre ses moyens soit une bonne idée. Elle n'osait pas trop insister, mais voulait tout de même continuer à le faire parler sur des sujets qui l'intéressaient. Son véritable objectif – certes risqué – était d'atteindre le véritable Matthew, le ramener à la surface, et dès lors, elle serait hors de danger, temporairement du moins. Faisait-il semblant d'être son frère Richard ? Ou souffrait-il vraiment d'un dédoublement de la personnalité ? Si elle pouvait s'arranger pour qu'il redevienne Matthew, elle pensait pouvoir le convaincre de renoncer aux projets qu'il avait en tête. Et s'il conservait sa personnalité actuelle, elle aurait peut-être une chance de courir jusqu'à la porte, de la claquer derrière elle et d'enfermer Matthew à l'intérieur. Une des particularités de toutes les portes du sous-sol était que leur serrure exigeait une clé des deux côtés pour s'ouvrir ; la sienne était dans la poche de sa veste, et elle n'avait pas de double.

— Comment se fait-il que vous soyez si différent de Matthew ? demanda-t-elle. J'ai appris à le connaître assez bien, et je dirais que c'est un gentleman.

Un large sourire traversa le visage de Matthew, dévoilant ses gencives.

— Tu sais qu'il tue des gens.

— Je sais. Il me l'a dit. Mais il m'a aussi dit qu'il ne ferait jamais de mal à une femme, et qu'il s'en prenait uniquement aux hommes qui font du mal aux femmes. C'est pour ça que je dis que c'est un gentleman.

— Il était toujours fourré dans les jupes de sa mère, répondit Matthew en levant les yeux vers le plafond de l'atelier, comme s'il se plongeait dans ses souvenirs.

Hen songea alors à courir vers la porte, mais il ramena rapidement son regard sur elle. Était-il armé ? se demanda-t-elle. Peu importe. Elle se souvint de la force de sa poigne autour de sa gorge, de la facilité avec laquelle il aurait pu lui broyer le cou d'une simple pression.

— Et vous non ?

— Maman se tapait toute la ville. J'ai même entendu dire un jour qu'elle baisait avec le prêtre de l'église, le même prêtre qui l'avait mariée à papa.

— Si c'était vrai, alors pourquoi Matthew était-il fourré dans ses jupes ? Il devait savoir ça lui aussi.

Matthew secoua la tête et tourna son regard vers la plus grande des deux presses à gravure, puis fit un pas dans cette direction pour s'y appuyer. Cela augmentait légèrement les chances de Hen d'atteindre la porte si elle décidait de prendre le risque.

— Il savait, mais d'après lui c'est papa qui l'avait rendue comme ça. Maman se disait que, quitte à se faire traiter de pute et à être traitée comme une pute, autant se comporter comme une pute.

— Votre père traitait votre mère de pute ?

— Il savait ce qu'elle était. Il savait ce que toutes les femmes sont.

— Est-ce que votre père tuait des femmes ? demanda Hen.

Matthew sembla réfléchir un moment.

— Je ne suis pas sûr de vouloir continuer à parler de mon père, dit-il.

— D'accord. J'étais juste curieuse.

— Tu essaies seulement de continuer à me faire parler en attendant de décider si tu peux courir plus vite que moi.

Hen se força à sourire.

— Un petit peu, dit-elle. Je veux dire, plus qu'un petit peu. Vous me faites peur, Richard. Je suis certaine que vous vous en rendez compte. Mais je suis aussi curieuse. Vous êtes si différent de votre frère, et je veux comprendre pourquoi. Vous avez grandi dans la même maison, avec les mêmes parents.

— On n'est pas si différents, dit-il. Matthew joue le bon samaritain, mais au fond de lui, il sait qu'il est comme son père. Lui aussi il a des mauvaises pensées. Il en a probablement eu à ton sujet.

— Mais il n'est pas passé à l'acte.

Matthew battit des paupières et pinça les lèvres.

— Pas quand il s'agit des femmes, non. C'est vrai. Il n'empêche qu'il tue des gens. Et que ça l'excite. Il te dira que non. Il te dira qu'il a horreur du sang, et qu'il veut juste que certaines personnes disparaissent, des gens comme papa, des gens qui font du mal aux autres, mais c'est faux. Quand il a tué papa, il y a pris goût, et maintenant il a trouvé le moyen de continuer à tuer.

— Et vous alors ? Vous n'êtes jamais passé à l'acte ?

— Non. Pendant des années et des années, je me suis retenu. Matthew était le seul à s'amuser, et moi je devais me contenter d'un fantasme occasionnel. Il refusait même de partager avec moi ce que je ratais. Il ne m'en parlait pas. Il jouait l'homme parfait. Mais je voyais clair dans son jeu. L'erreur qu'il a faite, c'est de me parler de Michelle, sa collègue enseignante, comment il lui avait donné des conseils, qu'elle avait le béguin pour lui, car dès que j'ai découvert que Michelle avait un salopard pour petit ami, j'ai su. J'ai su qu'il préparait un nouveau projet. Alors après qu'il a tué Scott Doyle, je suis allé rendre visite à Michelle. Comment expliquer… elle était tellement contente de me voir parce qu'au début, elle croyait avoir affaire à Matthew, tout comme toi. Mais elle n'a pas aimé Richard. Ça non, elle m'a pas aimé du tout.

— C'était la première fois que vous faisiez du mal à une femme ? demanda Hen.

— Quasiment.

Matthew lui sourit, mais son sourire n'avait rien de naturel. Le reste de son visage affichait une expression sombre et incertaine.

— Je ne crois pas que ça vous ait plu, déclara Hen en s'armant de courage.

Maintenant, elle était pratiquement certaine de pouvoir atteindre la porte s'il le fallait. En revanche, elle n'était pas sûre d'avoir le temps de l'ouvrir et d'en franchir le seuil avant que les grandes mains de Matthew ne se referment sur elle.

— Ça ne m'a pas plu. J'ai adoré.

— Je ne vous crois pas, Richard. Je pense qu'une partie de vous est affectée par ce que vous avez fait.

— Papa aussi aimait le sang, dit-il.

— Mais Matthew en a horreur, fit-elle remarquer.

— Matthew déteste le sang parce qu'il a vu papa faire saigner maman et qu'il ne s'est jamais sorti cette image de la tête. Elle restait là, avec le nez qui pissait le sang, sans rien faire pour l'arrêter. Il y avait une serviette sur la table, mais à aucun moment elle ne l'a ramassée, elle l'a laissée là. Tu imagines te comporter comme ça devant ton gamin ? Tu imagines le laisser voir ça.

— Mais c'est votre père qui l'avait fait saigner, non ?

— Elle l'avait cherché.

— Et Michelle ? Elle l'avait cherché aussi ?

Matthew se passa la main dans les cheveux.

— Elle avait appelé un homme marié et lui avait demandé de la rejoindre dans son appartement alors qu'elle était seule.

Elle avait fait ça en sachant que Mira était absente. Quel genre de femme fait ça ?

— Peut-être qu'elle voulait seulement discuter avec quelqu'un.

— Tu parles. Elle voulait avoir Matthew rien que pour elle pour pouvoir le sucer.

— Je ne vous crois pas, dit Hen. Matthew et moi sommes amis et ça n'a absolument rien de sexuel.

— C'est des conneries. Il a eu des pensées cochonnes à ton sujet, et je suis sûr que tu en as eues aussi.

— Non, Richard. Je n'ai eu aucune pensée cochonne vis-à-vis de Matthew. Je ne vous mens pas. Je vous jure que je vous dis toute la vérité. Et c'était peut-être la même chose avec Michelle, peut-être qu'elle cherchait juste un ami.

Matthew fit non de la tête.

— Qu'est-ce que Matthew en pensait ? demanda Hen.

— De quoi ?

— Que pensait-il de Michelle ? Est-ce qu'il considérait qu'elle méritait elle aussi de mourir ?

Hen plia un peu plus ses jambes et souleva légèrement ses talons afin de se préparer à courir.

— Il savait très bien à qui il avait affaire.

— Mais je veux savoir ce que *lui* pensait. Pouvez-vous répondre à cette question, Richard ? Est-ce que je peux parler à Matthew, juste un moment ? dit-elle en basculant légèrement son corps en avant.

— Non.

— Pourquoi ? Je n'ai pas besoin de lui parler longtemps, mais je veux discuter avec lui. Je dois lui dire quelque chose.

— Qu'est-ce que tu veux lui dire ?

— La dernière fois que nous avons discuté, quand nous étions sur mon porche, il m'a dit qu'il voulait arrêter de tuer des gens. Il m'a dit qu'il en avait assez, et je veux savoir s'il était sincère. Je veux savoir s'il me disait la vérité.

— Non, il mentait.

— Mais je veux que ce soit lui qui me le dise. Pas vous.

— Il est pas là, dit Matthew, et il plaqua tout à coup son menton contre sa poitrine en déglutissant avec difficulté, comme s'il essayait de se retenir de vomir.

— Je sais qu'il est là, quelque part, dit-elle. Laissez-moi lui parler, rien qu'une minute, c'est tout ce que je demande.

— Je sais ce que tu as derrière la tête, dit Matthew.

— Qu'est-ce que j'ai derrière la tête ?

— Tu te dis qu'en parlant à Matthew, tu pourras le convaincre de te laisser partir. Tu te dis sûrement qu'il te laissera franchir cette porte, et ensuite tu iras tout raconter à la police.

Hen resta silencieuse un moment, réfléchissant à la meilleure réponse à lui donner.

Reste sincère. C'est en train de marcher. Reste sincère.

— Oui, c'est vrai, je vais tout leur raconter, dit-elle. Et oui, je cherche à sortir d'ici. Je n'ai pas envie de mourir. Pas maintenant. Mais je ne veux pas vous faire de mal, ni à vous ni à Matthew. Je crois qu'au fond de vous, vous voulez tous les deux arrêter de faire ce que vous faites, parce que vous savez que c'est mal, et que c'est terminé.

— Matthew est une mauviette. C'est vrai qu'il te laisserait sûrement partir.

— Ça montre qu'il est fort, dit-elle. Vous aussi vous êtes fort. Toutes ces années durant, vous étiez tenté de faire de mauvaises choses comme votre père, mais vous ne les avez pas faites.

— Tout ça a changé. J'ai changé.

— Ce n'est pas pour autant que vous ne pouvez pas changer à nouveau. Il n'est pas trop tard.

— On m'enverra en prison.

— En prison ou dans un hôpital. Dans un cas comme dans l'autre, on vous aidera.

— C'est Matthew qui a besoin d'aide. Pas moi.

Sans réfléchir, Hen hurla de toutes ses forces :

— Laissez-moi parler à Matthew, putain. Maintenant !

Matthew battit rapidement des paupières, posa de nouveau le menton sur sa poitrine. Ses yeux s'embuèrent de larmes.

— Bonjour Hen, dit-il au bout d'un moment, d'une petite voix.

— Matthew ?

— Hmm... oui ?

— Je viens de rencontrer votre frère. Il est très différent de vous.

— Ce n'est pas entièrement sa faute. C'est à cause de la façon dont on nous a élevés. Il idolâtrait notre père, et je crois que ça l'a perverti.

— Vous avez entendu tout ce que nous nous sommes dit ? demanda-t-elle.

— Non, répondit Matthew. Est-ce qu'il allait vous faire du mal ?

— Je crois bien, oui. Il me faisait peur.

— Il me fait peur, à moi aussi. Il est parti maintenant.

Hen se détendit un peu ; aussitôt, elle sentit son corps réagir à la peur, sa respiration s'écourtant, tous ses membres envahis par une terrible lourdeur.

— Sortons vite d'ici, alors. On ira trouver la police si c'est ce que vous voulez, dit-elle.

Sa voix tremblait à présent.

— Qu'est-ce que vous comptiez faire ? demanda Matthew. Échapper à Richard ?

— Je m'apprêtais à courir jusqu'à la porte et à la refermer derrière moi.

— Il n'aurait pas pu la rouvrir ?

— Non. Il faut une clé des deux côtés.

— Enfermez-moi, dit Matthew.

— Quoi ?

— Je veux que vous m'enfermiez dans cet atelier. Je veux me livrer.

— Vous êtes sûr ?

— Allez-y. S'il vous plaît. Avant que je change d'avis.

Hen se leva de son fauteuil, ses jambes tremblant elles aussi maintenant.

— D'accord, dit-elle.

— Ne me laissez pas ici trop longtemps, dit-il. Vous enverrez quelqu'un me chercher, n'est-ce pas ?

— Oui. Dès que je serai sortie.

Hen marcha jusqu'à la porte et l'ouvrit. Elle se retourna. Matthew était assis par terre, s'accrochant à l'un des pieds de la presse.

— Je suis désolé pour Lloyd, dit-il. Il n'avait pas le droit d'être chez moi.

— Quoi ?

— Cet après-midi, quand je suis rentré, il était caché chez moi, à l'étage. Je suppose qu'il cherchait une preuve pour m'incriminer. Peut-être ce trophée d'escrime.

— Matthew, est-ce qu'il est mort ?

Il renifla.

— Je suis désolé, mais il n'avait pas le droit d'être chez moi.

Hen franchit le seuil et tira la porte derrière elle, qui se referma. Elle courut dans le couloir en direction de la sortie.

39

MATTHEW passa la plupart des quarante-cinq minutes qui suivirent à contempler les estampes de Hen. Il avait des scrupules à profaner ainsi son espace, mais il aimait vraiment beaucoup son travail.

Dans un coin de l'atelier, il aperçut un vieux classeur métallique à trois tiroirs. Au-dessus du meuble était posée une lampe de bureau munie d'un long cou flexible, chacun des tiroirs contenait une épaisse liasse d'estampes qu'elle avait réalisées. Il alluma la lampe et les regarda l'une après l'autre. Elles ne semblaient pas être classées dans un ordre particulier, même si celles dans le tiroir du bas paraissaient plus anciennes. Ces dernières étaient plus dérangeantes, et clairement pas destinées à illustrer des livres pour enfants, mais toutes comportaient néanmoins une légende, certaines incompréhensibles, d'autres amusantes. L'estampe que Matthew contempla le plus longuement représentait un renard pris dans un de ces pièges à mâchoires. Le renard, qui grimaçait de douleur, portait un costume miteux et une cravate de guingois. Autour de lui, rassemblés en cercle, se tenaient d'autres renards anthropomorphes vêtus de tenues variées – robes, costumes, habits d'enfants, tablier de boucher. Ils se contentaient d'observer, le regard hagard, apeurés. La légende disait : "Les autres renards du village regardèrent, comme cela avait été décrété."

Matthew toucha du bout de son index chacun des renards sur l'estampe en répétant : "Face de renard, face de renard, face de renard, face de renard, face de renard, face de renard." Puis il rit. Il se demanda si ces quelques minutes qu'il passait dans l'atelier de Hen, seul, étaient les dernières qu'il passait à l'abri des regards et des caméras. Maintenant que tout était terminé, il sentait une vague de tristesse le submerger. Mais il s'y mêlait une part de soulagement. Il savait qu'il ne cesserait jamais de penser à ce que Richard avait fait à Michelle, à ce qu'il avait failli faire à Hen. Et quand la police – avec leurs faces de cochon, pensa-t-il, et il faillit rire à nouveau – viendrait le chercher, il ferait en sorte qu'ils emmènent aussi Richard. Ils étaient frères, après tout. Ils étaient maintenant dans le même bateau, comme ils l'avaient toujours été.

40

Après avoir appelé le 911 et avoir communiqué à l'opérateur l'adresse de Matthew, en expliquant qu'elle craignait que son mari se trouve à l'intérieur de la maison et soit blessé, Hen monta dans sa voiture et chercha le numéro de l'inspecteur Martinez.

— Vous êtes où ? demanda-t-il en décrochant.

— À mon atelier. Pourquoi ? Où êtes-vous ?

— Je suis dans votre rue.

Hen démarra.

— Il faut que vous alliez tout de suite chez Matthew Dolamore, dit-elle. Lloyd est à l'intérieur, et je crois qu'il est blessé.

— La police est déjà sur place.

— Comment ça ?

— Il se passe quelque chose dans la maison des Dolamore. Je vais vérifier. Je vous rappelle dès que…

— Attendez ne raccrochez pas. Matthew Dolamore est enfermé dans mon atelier.

— Quoi ?

Hen mit son portable sur haut-parleur et fit une marche arrière pour sortir du parking des Black Brick Studios.

— Il est venu me voir à mon atelier. Il a décidé de faire des aveux complets, et je l'ai enfermé. C'est là qu'il se trouve actuellement. (Hen décida soudain de ne pas parler au policier du dédoublement de personnalité. Pas pour le moment, du moins.) Il m'a dit qu'il avait surpris Lloyd en train de fouiller sa maison, et qu'ils s'étaient battus.

— Vous êtes en route ? demanda-t-il.

— Oui.

— Je vous attends ici, dit le policier avant de mettre fin à l'appel.

Il n'y avait aucun stop ni feu rouge entre les Black Brick Studios et Sycamore Street, et une minute environ seulement après que l'inspecteur avait mis fin à l'appel, Hen tournait dans sa rue. Lorsqu'elle vit les véhicules de police garés en demi-cercle ainsi que l'ambulance avec ses gyrophares, elle sut qu'il était arrivé quelque chose de grave à Lloyd. Elle le sentit au fond de son estomac – une douleur creuse.

Elle engagea sa voiture dans son allée et attendit un moment ; il n'avait pas dû s'écouler plus de cinq secondes, mais le temps lui parut plus long. Elle ouvrit alors sa portière et sortit, commença à marcher vers le groupe de policiers, certains en tenue, d'autres non. Elle vit l'inspecteur Martinez se retourner vers elle, puis se détacher du groupe pour venir à sa rencontre sur la pelouse des Dolamore. Un chien aboya au loin, et le son lui parut étrangement perçant. Malgré l'absence de couleur de cette journée et les nuages qui couvraient le ciel, Hen se surprit à plisser les yeux en voyant arriver l'inspecteur.

— Je suis désolé, dit-il.

— Il est mort ?

— Oui, Hen. Je suis vraiment désolé.

Elle perçut du mouvement par-dessus l'épaule de l'inspecteur, et vit une femme policier aider Mira Dolamore à descendre les marches de sa maison. Mira paraissait hébétée, elle tournait la tête d'un côté à l'autre pour saisir la scène autour d'elle quand ses yeux s'arrêtèrent sur Hen. Leurs regards se rencontrèrent, et Mira sembla ouvrir la bouche pour dire quelque chose – à cette distance, Hen ne l'aurait pas entendue –, mais finalement, elle baissa la tête.

Hen sentit les mains de l'inspecteur sur ses bras et se demanda pourquoi il la touchait. Elle réalisa alors qu'elle était en train de tomber.

41

Après l'avoir laissé sortir de l'atelier, les policiers conduisirent Matthew dans une salle d'interrogatoire du commissariat de Dartford, où il renonça formellement à son droit d'être assisté par un avocat.

Il livra à l'inspectrice Shaheen le récit complet du meurtre de Scott Doyle, en précisant bien que son épouse, Mira, n'avait pas menti pour le couvrir : elle avait vraiment cru qu'il était resté toute la nuit auprès d'elle dans leur chambre d'hôtel. En s'entendant dire ces mots, en voyant l'expression placide sur le visage de l'inspectrice, en sentant la présence de tous ces autres inspecteurs et policiers qui l'écoutaient, en sachant ses paroles et ses gestes enregistrés, Matthew sentit une vague de soulagement l'envahir. Ses muscles se relâchèrent, son pouls ralentit.

— Donc vous avez fait ça dans l'intérêt de Michelle Brine ? demanda l'inspectrice.

— Tuer Scott Doyle ?

— Oui.

— Oui et non. J'avais de la peine pour Michelle parce que son petit ami était un naze, mais je ne l'ai pas fait seulement pour elle. J'ai fait ça pour toutes les autres femmes que Scott Doyle allait polluer au cours de sa vie. C'était un poison.

— J'ai bien compris cela, dit-elle.

Ses deux mains étaient posées sur la table qui les séparait, et Matthew voyait que par moments, elle faisait tourner nerveusement son alliance avec son pouce. Il songea qu'elle avait peut-être perdu du poids récemment et n'avait pas encore eu le temps de la faire ajuster.

— Toutefois, continua-t-elle, j'aimerais que vous m'en disiez plus sur vos rapports avec Michelle. Vous deviez être très proches pour qu'elle vous parle de son petit ami.

— Je ne dirais pas que nous étions particulièrement proches. Nous étions collègues. On travaillait ensemble.

— Je note que vous parlez d'elle au passé.

— Oui, dit Matthew. Elle aussi est morte à présent.

— Comment le savez-vous, Matthew ?

— Parce que j'ai vu son cadavre. Je suis allé à son appartement et j'ai vu son cadavre.

— Quand vous l'avez tuée, c'est ce que vous voulez dire ? demanda l'inspectrice.

Matthew secoua la tête.

— Non, dit-il. Non, bon sang. Ce n'est pas moi qui l'ai tuée. Je ne ferais jamais de mal à une femmc. Jamais.

— Savez-vous qui l'a tuée ?

— C'est mon frère, Richard, dit Matthew.

— Votre frère a tué Michelle Brine ?

— Oui.

— Comment le savez-vous ?

— Il me l'a dit. Après avoir tué Michelle, il est passé me rendre visite et m'a laissé les clés de son appartement. C'était sa façon de me faire comprendre ce qu'il avait fait. Il me narguait. C'est comme ça que j'ai pu entrer dans son appartement. Il fallait que je voie ce qu'il avait fait de mes propres yeux.

Matthew plaqua une main sur sa bouche. Il repensait au sang sur le mur, au sang sur le lit, à la peau de Michelle grise dans la pénombre. Elle avait dû prendre Richard pour lui, penser qu'il était venu la soutenir, peut-être même lui faire l'amour, et soudain…

— Tout va bien, Matthew ?

— Oui, désolé. C'est juste que tout ça me bouleverse. Elle ne méritait pas ça. Elle n'avait rien fait de mal.

— Dans ce cas pourquoi votre frère l'a-t-il tuée, selon vous, si elle n'avait rien fait de mal ?

— Il ne raisonne pas de cette façon. Il ne raisonne pas comme moi. Il est comme mon père. Je crois… je crois qu'il a toujours voulu savoir ce que ça faisait de tuer une femme, parce qu'au plus profond de lui, il déteste toutes les femmes. Il ne l'avait jamais fait jusqu'ici parce qu'il n'en avait pas le cran. La pensée lui avait traversé l'esprit… souvent. Mais je n'aurais jamais dû lui parler de Scott et de Michelle. Il a plus ou moins deviné ce que j'avais fait, et à partir de ce moment, je crois qu'il a compris… il a compris que Michelle… je crois qu'il a compris que Michelle me désirait.

— Qu'elle vous "désirait" ?

— Le soir où Richard est allé tuer Michelle, elle m'avait invité chez elle. Vous comprenez, c'est comme ça qu'il a réussi à s'introduire dans son appartement. Elle l'a pris pour moi.

— Pourquoi vous avait-elle invité ?

— Nous avions discuté au téléphone, et elle m'avait dit qu'elle quittait Sussex Hall quelque temps et retournait chez ses parents pour passer du temps avec eux. Elle n'arrivait plus à enseigner. Alors elle m'a proposé de passer la voir, histoire de lui dire au revoir. Elle savait que Mira était en déplacement.

— Et vous y êtes allé ?

— J'ai hésité. En fait, je me suis rendu jusqu'à sa résidence, mais au dernier moment, j'ai réalisé que ce n'était pas correct. Je suis un homme marié, et je crois que Michelle se méprenait sur la nature de notre relation. Alors du coup, non, je n'y suis pas allé.

— Mais Richard lui y est allé ?

Les mains de l'inspectrice n'étaient plus posées sur la table. Matthew ne les voyait plus. L'inspectrice se pencha légèrement en avant.

— Oui, Richard y est allé.

— Matthew, où se trouve Richard actuellement ?

Matthew ne répondit pas immédiatement. Pour la première fois depuis qu'on l'avait conduit dans cette salle d'interrogatoire, la tension avait repris possession de son corps. Il avait décidé qu'il dirait toute la vérité, qu'il était temps. Fini les mensonges, fini les faux-semblants. Matthew voulait dire à l'inspectrice qu'il ne savait pas où Richard se trouvait, mais ce n'était pas tout à fait vrai.

— Il dort, dit-il finalement.

— Richard dort ?

— Oui.

— Où dort-il, Matthew ?

Matthew sentit son visage se froncer. Dis la vérité, pensa-t-il.

— Euh, je ne sais pas vraiment comment répondre à cette question. Il dort en ce moment, c'est tout ce que je peux vous dire.

La porte de la salle s'ouvrit, et il vit entrer l'inspecteur qui était venu chez lui l'interroger au sujet de Dustin Miller. L'homme se pencha vers l'inspectrice Shaheen et lui murmura quelque chose à l'oreille que Matthew n'entendit pas. Il se redressa et regarda Matthew avec intensité. Matthew se rappela alors son nom – il s'appelait Martinez, et était inspecteur à la police de Cambridge.

L'inspectrice Shaheen se leva et dit :

— Nous revenons dans quelques instants, d'accord, Matthew ? Peut-on vous rapporter quelque chose ? Eau ? Café ?

— Je veux bien de l'eau.

Ils sortirent, et Matthew se retrouva seul, même s'il savait que la caméra dans l'angle de la salle l'observait. Il savait de quoi ils étaient en train de parler. Il savait qu'ils voulaient lui coller tous les meurtres sur le dos, y compris celui de Michelle. Mais ce n'était pas lui le coupable, c'était Richard, il fallait qu'ils le comprennent. Son estomac commença à le faire souffrir ; s'il appuyait dessus, ça pourrait l'apaiser, mais ils l'observaient et il ne voulait pas qu'ils le voient faire.

Quelque temps plus tard, les inspecteurs Shaheen et Martinez revinrent dans la pièce, l'homme tenant une bouteille d'eau à la main, qu'il posa sur la table et poussa vers Matthew tandis que lui et sa collègue se rasseyaient.

— Bonjour, dit l'inspecteur. Vous vous souvenez de moi ?

— Bien sûr. Inspecteur Martinez, c'est ça ?

Matthew dévissa le bouchon de la bouteille et but une longue gorgée. L'eau était tiède.

— Tout à fait. On m'a dit que vous aviez renoncé à votre droit de vous faire assister d'un avocat. Est-ce exact ?

— Oui. Je n'ai pas besoin d'avocat pour le moment. Je suis juste venu dire toute la vérité.

— Je comprends. (L'inspecteur Martinez était un homme grand et élancé, et la chaise en plastique moulé sur laquelle il était assis en paraissait toute petite.) Nous avons beaucoup de sujets à aborder, Matthew, mais pour l'instant, je me demandais si vous pouviez nous parler de ce qui s'était passé entre vous et Lloyd Harding aujourd'hui.

— Il s'est introduit chez moi et m'a attaqué. Je me suis contenté de me défendre.

— Pour quelle raison pensez-vous qu'il s'est introduit chez vous ?

— Hen a dû tout lui raconter. Tout a commencé le soir où ils sont venus dîner à la maison.

— Qu'est-ce qui a commencé ?

Matthew prit une autre longue gorgée d'eau.

— Hen et Lloyd sont venus dîner à la maison. C'était juste une invitation entre voisins. Comme vous le savez, Hen a remarqué le trophée d'escrime de Dustin Miller que j'avais exposé dans mon bureau, et ça a éveillé ses soupçons. C'est la raison pour laquelle elle vous a appelé. Je n'aurais jamais dû laisser ce trophée exposé à la vue. C'était présomptueux de ma part. Mais je me demande si, quelque part, peut-être, juste un peu, je n'avais pas envie que quelqu'un comme elle entre dans mon bureau et le découvre. Je voulais peut-être que quelqu'un sache.

— Matthew, excusez-moi de vous interrompre, je tiens effectivement à ce que vous me parliez en détail de Dustin Miller, mais pour l'instant, j'aimerais que vous continuiez à me parler de Lloyd.

— Je n'avais pas l'intention de le tuer, même si de mon point de vue, il le méritait sans doute, mais je ne voulais pas le tuer. Il m'a attaqué, et je me suis défendu.

Matthew repensa au bruit de la matraque percutant la tempe de Lloyd, puis revit la manière dont son corps s'était effondré au sol, ses jambes se dérobant comme si on lui avait tranché les tendons.

— Que faisait-il chez vous ? demanda l'inspecteur Martinez.

— Il tentait sans doute de reconquérir Hen en essayant de trouver une preuve contre moi. Je ne crois pas qu'il avait prévu de m'attaquer, parce qu'il se cachait. Je l'ai découvert, car j'ai entendu du bruit à l'étage. Il a surgi du placard dans une des pièces que nous n'utilisons pas et s'est jeté sur moi. Je l'ai frappé à l'épaule, pensant que ça suffirait, mais il s'est obstiné. Alors je l'ai frappé à la tête.

— Pourquoi l'avoir enveloppé de ruban adhésif comme vous l'avez fait ?

Matthew restait muet, le regard au plafond.

— Matthew, vous êtes toujours avec nous ?

— Oui. Le sang coulait de sa tête en abondance, là où je l'avais frappé. C'est pourquoi je me suis servi du Scotch. Au début, c'était juste pour entourer sa tête, et puis je me suis dit, tant qu'à faire, autant l'envelopper entièrement. C'était plus propre.

— Et après avoir fait ça, vous vous êtes rendu directement à l'atelier de Henrietta Mazur pour la menacer ?

— Ce n'était pas moi. C'était Richard.

— Richard, c'est votre frère ?

— Exact.

— Savez-vous pourquoi je suis venu ici à Dartford aujourd'hui, Matthew ? Hen m'a appelé, et elle m'a dit entre autres choses que vous lui aviez parlé de votre frère, en lui faisant part de vos inquiétudes à son sujet, et je crois que cela l'a effrayée. Alors j'ai fait des recherches. J'ai trouvé des rapports de police traitant de la mort de vos parents, et ces deux rapports faisaient seulement état d'un fils, vous, Matthew. Aucun ne mentionnait de frère. Aucun ne mentionnait d'autre enfant. J'ai contacté l'inspecteur qui était en charge de l'enquête sur la mort de votre père – il est à la retraite aujourd'hui – et il se souvenait du dossier, parce qu'il m'a dit qu'il vous suspectait d'avoir été impliqué dans sa mort, bien qu'il n'ait jamais pu le prouver. Je lui ai demandé si vous étiez leur seul enfant, et il m'a confirmé que oui, vous aviez eu un frère nommé Richard, mais il était mort étant bébé. Mort subite du nourrisson, a-t-il dit. S'agit-il du même Richard auquel vous faites référence, Matthew ?

— Il n'est pas mort, dit Matthew, le menton posé sur sa poitrine.

— Il n'est pas mort étant bébé ?

Matthew resta silencieux. L'inspectrice Shaheen intervint alors.

— Matthew, répétez à l'inspecteur Martinez ce que vous m'avez dit tout à l'heure à propos de Richard, comme quoi il était responsable du meurtre de Michelle Brine.

Matthew soupira.

— Richard a tué Michelle, et il s'est rendu à l'atelier de Hen parce qu'il voulait la tuer elle aussi. C'est tout ce que je peux vous dire à son sujet. Je n'étais pas là.

— Je suis un peu perdu, Matthew, dit l'inspecteur Martinez. Si c'est Richard qui est allé à l'atelier de Hen, comment se fait-il que vous vous soyez retrouvé enfermé là-bas ?

— Je ne me souviens pas comment je me suis retrouvé là-bas. C'est l'œuvre de Richard. Ensuite il s'est endormi.

Je ne lui ai même pas reparlé. Franchement, je ne veux plus discuter avec lui. Je ne veux plus avoir affaire à lui.

— Matthew, Richard et vous êtes-vous la même personne ?

— Non, enfin, nous sommes frères, et nous avons tous les deux survécu à nos parents, donc nous avons quelque chose en commun. Nous sommes des survivants. Mais Richard tient de papa. Il raisonne comme lui, et il pense que maman… qu'elle était en partie responsable du comportement de papa. Personnellement je ne le crois pas. Pas du tout.

Il y eut deux coups brefs à la porte et elle s'ouvrit. Les policiers tournèrent la tête tandis qu'entrait un homme plus âgé en costume à rayures. Il s'avança d'un pas dans la pièce sans lâcher la porte.

— Maggie, Iggy ? Je peux vous voir un moment ? dit-il.

Ils sortirent à nouveau de la salle et Matthew se retrouva encore une fois seul. Ayant bu toute l'eau, il broya maintenant la bouteille dans sa main, dans un bruit de plastique écrasé. Il se sentait soudain très fatigué, fatigué de parler et d'expliquer. Il savait qu'un flot sans fin de personnes voudraient bientôt discuter avec lui. Il n'y échapperait pas. Il y avait tellement de choses auxquelles il ne pourrait plus échapper désormais. Les inspecteurs de police, les psychiatres, les avocats. Il n'y aurait pas de procès. Il y veillerait. Il ferait des aveux complets. Il savait évidemment que ces aveux n'empêcheraient pas les journaux de s'emparer de l'affaire. On parlerait de lui dans tous les médias. "Un professeur d'histoire apprécié de tous condamné pour une série de meurtres." Non, ce serait pire que ça. "Le professeur d'école privée avait dissimulé sa démence à tout le monde." C'était le seul point qui l'embêtait, le fait que personne ne comprendrait jamais qu'il n'avait aucun contrôle sur les agissements de Richard. Les gens diraient qu'il simulait, ou qu'il savait, ou qu'il aurait pu l'arrêter. Jamais il ne pourrait leur faire comprendre ça.

C'est alors que Richard s'adressa à lui, pour la première fois depuis qu'il s'était rendu à l'atelier.

Je leur expliquerai. Je leur dirai tout ce qu'ils veulent savoir.

Matthew ne répondit pas. Il n'avait pas envie de s'engager dans une conversation avec Richard, pas maintenant.

Repose-toi, grand frère. Je vois bien que tu es épuisé. Un petit somme ne te ferait pas de mal, tu ne crois pas ?

— Je ne veux plus discuter avec toi, dit Matthew.

Et lorsqu'il se rendit compte qu'il avait dit cela à haute voix, il vomit sur la table.

L'INTERROGATOIRE ne reprit pas ce soir-là. L'inspectrice Shaheen lui signifia officiellement son inculpation, et lui répéta qu'il pouvait faire appel à un avocat. Il fut alors autorisé à aller faire sa toilette sous surveillance dans la salle de bains du commissariat. On lui prit ses habits et on les remplaça par une tenue de prisonnier verte qui sentait la Javel, une paire de chaussettes propres et une paire de baskets sans lacet déjà portées. Dans la cellule de détention au sous-sol du commissariat où on l'avait conduit, on lui apporta son dîner – un hamburger réchauffé au micro-ondes accompagné d'un mélange de légumes. Il n'avait pas faim, mais après avoir mordu dans le burger caoutchouteux, il se surprit à dévorer le reste, presque comme un chien engloutissant son repas. Il se sentit ensuite nauséeux et décida de s'étendre sur le matelas mince comme une planche. Il se déchaussa à la va-vite et s'endormit sans avoir besoin de se raconter d'histoires.

Le lendemain matin, après le petit déjeuner, un policier en tenue lui annonça qu'il avait une visite. Il reconnut le bruit de pas de Mira, le cliquetis de ses jolis escarpins sur le lino tandis qu'on lui faisait traverser le petit couloir. Elle se tourna vers lui et le regarda, les yeux bouffis d'avoir pleuré, et le policier recula de quelques pas mais resta dans le couloir.

— Oh, ourson, dit-elle en s'avançant vers les barreaux.

Ourson se réveilla alors, et il fondit en larmes.

42

Après un séjour de deux semaines chez ses parents, puis un bref retour de trois jours à Boston pour les obsèques de Lloyd, et enfin deux autres semaines chez sa meilleure amie Charlotte du côté de Burlington, dans le Vermont, Hen revenait pour la première fois à West Dartford depuis que Lloyd avait été tué par Matthew Dolamore.

C'était la fin novembre, et la nuit tombait maintenant avant cinq heures. Les couleurs vives de l'automne s'étaient fondues pour composer une teinte qu'on pouvait seulement définir comme rouille. Les feuilles mortes étaient éparpillées ici et là ou formaient des tas un peu partout, et les rares encore accrochées aux arbres étaient mortes elles aussi, attendant seulement que la prochaine rafale de vent froid les libère. Hen engagea la Golf dans son allée un jeudi à midi. Les pelouses devant sa maison et celle des Dolamore étaient couvertes d'un épais tapis d'aiguilles brun orange. Hen aperçut une pancarte À VENDRE plantée devant la maison des Dolamore. Elle était étonnée, pas que Mira vende la maison, mais qu'elle soit déjà sur le marché. Peut-être Mira avait-elle besoin de liquidités.

Tandis qu'elle sortait de sa voiture et marchait vers la porte d'entrée, tenant Vinaigre qui miaulait dans sa caisse de transport, elle sentit dans l'air une fumée de cheminée. Il y avait une citrouille entière sur les marches ; pourrie, elle tombait en morceaux. Elle ne se rappelait pas l'avoir vue auparavant – était-ce Lloyd qui l'avait achetée ? Il faut dire qu'elle ne faisait pas entièrement confiance à ses souvenirs concernant la période irréelle durant laquelle elle avait appris à connaître Matthew. Elle ouvrit avec sa clé et poussa la porte, qui buta un instant contre le tas de courrier qui s'était accumulé dans le vestibule. Une fois la caisse posée, elle en décrocha le couvercle et Vinaigre bondit au-dehors et courut vers la chatière dans la porte de la cave. Il faisait froid dans la maison et Hen alla aussitôt régler le thermostat, augmentant la température jusqu'à ce qu'elle entende l'eau commencer à circuler dans les conduits. Ne sachant pas quoi faire d'autre, elle rassembla le courrier – essentiellement des catalogues et des offres de cartes de crédit – et emporta la pile d'enveloppes dans la cuisine. Sur le plan de travail, il y avait une coupe avec des pommes qui étaient restées un mois sans qu'on y touche. Elles étaient toujours aussi rouges et brillantes; elle en prit une et constata que sa chair était encore relativement ferme. J'ai l'impression que c'était hier, se dit-elle, et elle s'autorisa à verser quelques larmes, avant de poursuivre son tour des autres pièces.

Ce soir-là, elle se glissa dans le lit qu'elle avait partagé avec Lloyd et s'allongea sur le dos. Le poids de sa mort, le vide immense de son absence étaient lourds. Elle ne savait pas vraiment si leur mariage aurait pu être sauvé si Lloyd était resté en vie, mais cela ne semblait plus avoir d'importance. La liaison qu'il avait entretenue semblait bien anecdotique à présent, insignifiante. Le plus douloureux était de savoir qu'elle ne pourrait plus jamais lui parler, qu'ils ne pourraient jamais revivre ce qu'ils avaient traversé ensemble. Il était mort, et lorsqu'elle prit conscience de ce fait, la douleur la submergea tout entière. Certes, elle était déprimée – elle reconnaissait facilement cet état –, mais cette dépression lui semblait surtout être la conséquence du deuil et du traumatisme, plutôt que de sa maladie. Il faudrait qu'elle se trouve un thérapeute – elle le savait –, mais elle n'avait pas trop de craintes quant au risque que les événements récents puissent déclencher un épisode dépressif ou suicidaire. Elle se sentait saine d'esprit.

Elle dormit toute la nuit sans se réveiller, bien plus profondément qu'elle ne l'avait espéré, et lorsque la lumière du jour entra à flots par la fenêtre de la chambre, elle s'extirpa d'un rêve compliqué impliquant Matthew. Ces derniers temps, elle ne rêvait jamais de Lloyd, mais constamment de Matthew. Dans ces rêves, il venait toujours la chercher, et elle lui demandait si on l'avait laissé sortir de l'hôpital. Non, répondait-il. C'est mon frère qui est à l'hôpital. Vous nous confondez.

Peut-être à cause du rêve, ou parce qu'elle s'était réveillée dans son ancienne maison, Hen appela l'inspecteur Martinez et lui demanda s'il y avait du nouveau dans l'affaire.

— Il n'est pas près d'être libéré, dit-il. Il va rester hospitalisé un bon moment, et il n'y aura jamais de procès. Vous n'aurez pas à témoigner.

— Est-ce vraiment une bonne chose ? demanda-t-elle. Peut-être que j'ai envie de témoigner.

— Non, Hen, croyez-moi. Matthew Dolamore est là où il devrait être.

— Je sais.

— D'où appelez-vous ? demanda-t-il.

— De chez moi, dit Hen. Je suis revenue chez moi à Sycamore Street. Je viens d'y redormir pour la première fois.

— Comment ça s'est passé ?

— Pas trop mal. J'ai fait quelques cauchemars, mais je les fais où que je dorme.

— Alors vous comptez rester ?

— Oui, dit-elle. Aujourd'hui, je vais retourner à mon atelier voir comment je m'y sens, mais oui, Iggy, je compte rester.

— Je suis content pour vous, dit-il.

Hen prit une pomme en guise de petit déjeuner, puis sortit sous le porche pour voir le temps qu'il faisait. La température ne dépassait pas les dix degrés, et le ciel était un patchwork de légers nuages. Elle rentra de nouveau et enfila un épais col roulé en laine, puis sa vieille veste en jean par-dessus, celle au col effiloché qu'elle portait la dernière fois qu'elle était allée à son atelier. Elle prenait son bloc à dessin quand Vinaigre surgit de la cave. Elle le ramassa et le tint un moment dans ses bras. Il la regarda en miaulant – son miaulement de protestation – et elle lui répondit qu'ils n'étaient plus que tous les deux désormais, mais au moins ils étaient chez eux.

C'était un jour d'école et Sycamore Street était calme, la plupart des voitures absentes des allées privées. Sur le chemin de son atelier, elle sentit cependant les regards sur elle, les voisins l'épiant à travers leurs rideaux, se demandant s'il s'agissait bien de cette pauvre femme dont le mari avait été tué par le psychopathe désormais tristement célèbre. Qu'elle soit ou non la cible des regards, elle sentait les yeux braqués sur elle. Ça allait être la partie la plus dure de son retour dans cette ville, mais ça ne durerait pas éternellement. Rien ne durait éternellement.

Après s'être acheté un café au Starbucks qui se trouvait à deux rues après les Black Brick Studios, Hen revint sur ses pas et descendit au sous-sol du bâtiment. Les lumières étaient allumées, ce qui signifiait qu'il y avait quelqu'un d'autre en bas. Cette pensée la rassura, même si elle n'avait pas forcément envie de rencontrer du monde. En arrivant devant la porte de son atelier, elle tourna le bouton, mais elle était fermée, et elle dut utiliser la clé que la police lui avait rendue pour entrer. Elle alluma les lumières et balaya rapidement la pièce du regard pour voir si quelque chose avait changé. Les lieux étaient exactement tels qu'elle les avait laissés. Elle alla jusqu'au fauteuil où elle avait été assise quand Matthew/Richard l'avait retenue prisonnière et qu'elle s'était vue mourir dans cet atelier. Elle le toucha du bout des doigts, laissant tomber son bloc à dessin sur le siège qui s'effilochait. Elle avait d'ores et déjà décidé de consacrer la première moitié de sa journée à faire le tri dans son atelier. Ce serait d'une certaine manière symbolique, mais elle avait aussi besoin d'une activité physique, bouger un peu avant de reprendre sa routine de travail. Elle fouilla dans la pile de CD près de son lecteur et décida d'écouter *Exile in Guyville*. Mettant le volume en sourdine, elle se rendit au fond de son atelier où était entassée une pile de boîtes entreposées là depuis qu'elle s'était installée dans le bâtiment des Black Brick Studios au début de l'été. Certaines de ces boîtes dataient de l'époque de l'université, et il y avait longtemps qu'elle voulait y faire le tri, jeter ce qu'elle pourrait et ranger ce qu'elle voulait garder dans une des caisses neuves qu'elle avait achetées pour ses anciennes œuvres.

Elle attrapa la première boîte de la pile et la laissa tomber, puis s'assit à côté et commença à faire le tri. Elle contenait essentiellement des estampes ratées, soit parce que trop sombres soit parce que trop claires, ou simplement des illustrations qui manquaient d'efficacité. Elle reconnaissait ces estampes datant pour la plupart de quelques années, du temps où elle habitait Cambridge. Certaines valaient le coup d'être gardées, mais la plupart iraient dans une pile destinée au grand bac de recyclage situé au rez-de-chaussée du bâtiment.

Au fond de la boîte, elle découvrit une feuille qui provenait visiblement d'un de ses blocs à dessin. Elle la retourna et vit qu'il s'agissait de l'esquisse qu'elle avait faite de Dustin Miller, quelques mois avant qu'il soit assassiné par Matthew Dolamore. Le dessin le représentait assis au bord de son lit, dans son appartement, le menton levé, le regard arrogant et dépourvu d'humour. Elle l'avait fait la seule fois où elle s'était rendue chez lui. C'était lors d'une semaine où Lloyd était à Fort Myers en Floride, avec deux copains de lycée, pour assister à une série de matchs d'entraînement de printemps des Red Sox. À deux occasions cette semaine-là, elle était allée à pied jusqu'au Village Inn et s'était installée dans un des box avec son bloc à dessin, sirotant un bourbon sour, en croquant les clients au bar.

Le premier soir, Dustin l'avait abordée en demandant à voir ses dessins. Il était plus jeune qu'elle, et si ridiculement séduisant qu'elle ne l'avait pas trouvé plus attirant que ça. Mais elle l'avait laissé regarder certains de ses dessins et lui payer des verres. Elle se rendait compte avec le recul qu'elle traversait certainement une phase maniaque à l'époque : elle avait été immensément flattée que ce garçon l'aborde. Il émanait de lui une verdeur, une sorte d'aura d'énergie juvénile, et lorsqu'il s'était assis sur la banquette en face d'elle, Hen avait senti cette énergie lui picoter la peau.

— Tu pourrais faire un portrait de moi que je pourrai garder ? avait-il demandé le second soir.

— Oui.

Elle avait pris une page vierge.

— Non, pas ici. Chez moi.

Au lieu de simplement rire de sa proposition ou de la refuser, elle avait demandé :

— Pourquoi ?

— Ça le rendra plus spécial. Personnel. Allez. Je veux te montrer où j'habite. Je te promets qu'il y a pas de quoi flipper.

— Tu me fais déjà flipper.

Mais elle l'avait tout de même suivi, attirée par quelque chose qu'elle ne comprenait pas totalement. Peut-être était-ce l'excitation de s'embarquer sur un chemin dont elle ne connaissait pas l'issue. Peut-être cherchait-elle à mettre à l'épreuve la force de son amour pour Lloyd. Ou peut-être était-ce quelque chose de beaucoup plus simple.

Il n'habitait pas loin du Village Inn, et lorsqu'ils étaient arrivés dans son appartement au premier étage d'une maison victorienne, tout près de chez elle, Dustin s'était dépêché d'entrer et de mettre de l'ordre à la va-vite, avant de leur sortir une bière à chacun.

— Où tu veux que je me mette ?
— N'importe, avait répondu Hen.
— J'ai qu'à m'asseoir sur le bord de mon lit et toi tu peux te mettre là.
Et il l'avait entraînée vers sa chambre, avant de débarrasser une chaise en bois des vêtements posés dessus. Hen s'était assise et avait dessiné pendant une vingtaine de minutes avant de déchirer le feuillet et de le tendre à Dustin. Elle pensait avoir bien rendu l'ensemble : la confiance de sa jeunesse, les lignes de son visage, sa posture, l'intimité du décor.
— J'adore, avait dit Dustin en se penchant maladroitement au-dessus d'elle pour lui prendre un baiser.
Hen avait ri mais lui avait rendu son baiser. Elle voulait juste voir ce que cela ferait d'approcher cette énergie juvénile, cette verdeur ; de se sentir vraiment désirée, désirée physiquement, une fois encore. Il l'avait ramassée dans ses bras et déposée d'un geste expert sur son lit plate-forme, une de ses grandes mains furetant déjà sous son débardeur.
— Dustin.
— Hmm... oui.
— Je suis mariée.
— Tu me l'as dit. Ça fait rien. Il fait chaud.
— Calme-toi un peu, tu veux ? Il faut que j'aille aux toilettes.
Elle avait effectivement besoin d'y aller, mais elle voulait aussi s'accorder un moment de réflexion. S'apprêtait-elle vraiment à faire cette erreur colossale ? Était-ce ce qu'elle voulait ?
— D'accord, avait répondu Dustin avant d'ajouter quand elle était arrivée devant la porte de la chambre : Et change pas d'avis, hein.
Elle s'était retournée. Sa voix quand il avait prononcé ces cinq derniers mots était si différente que l'espace d'un instant, elle avait cru que quelqu'un d'autre avait parlé de la

chambre. Mais dans la lueur de l'unique lampe de chevet, elle avait vu que son visage aussi avait changé : son regard s'était éteint. Il avait glissé une main dans son jean et était en train de se toucher.

— Je reviens, avait-elle dit en essayant de parler d'une voix normale.

Hen était entrée dans la salle de bains et s'était assise sur les toilettes. Ça sentait encore l'eau de Cologne et la vieille urine. S'obligeant à se calmer, elle avait réussi à uriner et avait élaboré un plan. Elle avait commis une grave erreur : Dustin n'était pas un simple abruti excité. Il était tout autre chose. Si elle lui disait qu'elle voulait partir, il la violerait. Elle en était certaine. Elle pouvait laisser les choses se faire. Coucher avec lui et ressortir de cet appartement en vie, mais cette pensée lui donnait la nausée. Elle était toujours habillée, alors elle pouvait très bien sortir de cette salle de bains et marcher vers la porte d'entrée, quitter cet appartement avant qu'il puisse l'attraper. Mais son bloc à dessin était resté dans la chambre, et l'idée de partir en l'abandonnant derrière elle lui paraissait inconcevable. D'une part, son adresse y figurait, mais surtout, il était rempli d'esquisses personnelles, y compris deux de Lloyd. Elle avait tiré la chasse, puis jeté un coup d'œil dans l'armoire à pharmacie, dans l'espoir d'y trouver une arme qu'elle puisse brandir – un rasoir de barbier ou une bombe de mousse à raser – mais il n'y avait rien qui parût un tant soit peu efficace.

Des coups avaient retenti à la porte suivis de la voix de Dustin :

— Dépêche-toi. Il faut que je pisse aussi.

C'est ma chance, avait-elle pensé.

Elle était sortie de la salle de bains et Dustin, torse nu, était passé en trombe devant elle en laissant la porte ouverte. Hen avait entendu le jet d'urine frapper le bord de la cuvette avant d'en éclabousser le fond. Sans perdre un instant, elle avait foncé dans la chambre, attrapé son bloc à dessin sur la chaise et le portrait détaché qui traînait maintenant par terre, puis avait traversé le salon comme une flèche pour gagner la porte d'entrée.

— Où tu vas ? avait crié Dustin d'une voix menaçante tandis qu'elle tournait la poignée.

L'espace d'un instant, elle avait hésité. Un réflexe de politesse ridicule lui disait qu'elle devait le prévenir qu'elle partait. Mais en fin de compte, elle avait ouvert la porte et détalé.

Elle avait dévalé l'escalier à toute vitesse mais Dustin l'avait rattrapée en bas, lui tordant le bras, sa main s'enfonçant dans la chair souple.

— Je vais crier, l'avait-elle averti. Je vais hurler de toutes mes forces, putain.

Les yeux de Dustin avaient glissé vers la porte sur le côté, une porte qui donnait vraisemblablement sur un appartement. Il lui avait semblé y percevoir le son d'une télévision.

— Je suis sérieuse, avait-elle repris, et il lui avait lâché le bras, avant de fixer sur elle son regard éteint.

— Une autre fois, peut-être, avait-il déclaré d'une voix calme.

Sur ses lèvres, elle avait lu le mot "salope". Poussant la porte du bâtiment, elle était sortie dans l'air nocturne humide.

Lorsqu'elle avait revu Dustin, on le sortait de chez lui dans une housse mortuaire.

Hen n'avait jamais raconté à Lloyd ce qui s'était passé et n'en avait rien dit non plus à la police. Elle s'en voulait surtout de ne pas en avoir informé la police, car les renseignements dont elle disposait sur Dustin auraient peut-être pu faire avancer l'affaire. S'il avait été sur le point de la violer – elle n'avait aucun doute là-dessus – alors peut-être avait-il déjà violé quelqu'un auparavant, et si c'était le cas, alors c'était peut-être le mobile du meurtre. Mais elle n'était jamais allée trouver la police. Elle n'avait pu s'y résoudre et avait fini par se dire que ce qui s'était passé cette semaine-là n'était peut-être jamais arrivé. Ce n'était qu'un moment d'imprudence et de frayeur qu'elle devait oublier. Mais elle n'avait pas pu l'oublier, et elle avait déversé toute sa culpabilité et son remords dans son obsession de trouver le meurtrier de Dustin.

Plus tard, après son hospitalisation, la thérapie par électrochocs et la mise en place de son nouveau traitement, elle s'était parfois interrogée : n'avait-elle pas imaginé toute cette histoire, cette nuit terrifiante et surréaliste avec le garçon du Village Inn ? Le souvenir de cet épisode lui faisait davantage l'effet d'un rêve. Elle s'était même demandé si ce n'était pas elle qui l'avait tué, avant que les électrochocs n'en effacent le souvenir.

Elle contempla l'esquisse. "Portrait du violeur en jeune homme", songea-t-elle, et cela la fit presque sourire. Elle avait complètement oublié qu'elle l'avait conservée – elle l'avait balancée au fond d'une boîte cette nuit-là, après être revenue chez elle, saine et sauve, mais choquée et tremblante, avec le sentiment de l'avoir échappé belle. Pourquoi n'avait-elle pas jeté ce dessin ? Peut-être afin qu'aujourd'hui, des années plus tard, il puisse resurgir et venir confirmer que ces événements s'étaient bel et bien produits. Hen promena son doigt sur les traits de crayon. Au premier plan, Dustin apparaissait très détaillé, la chambre autour de lui un peu moins, juste quelques traits pour tenter de rendre l'encombrement et la profondeur de la pièce. Posés sur une commode, elle distingua un groupe d'objets, principalement des flacons, mais l'un d'eux ressemblait vaguement à un trophée d'escrime, une silhouette avançant la pointe de son épée. Peu de temps après qu'elle avait dessiné ce portrait, Matthew avait traqué Dustin et emporté ce trophée chez lui.

Avec le recul, Hen se rendit compte qu'avant même de le connaître, avant qu'ils soient voisins, Matthew avait déjà occupé une immense place dans sa vie. Il lui semblait logique, tout compte fait, qu'ils aient fini par se rencontrer, même si elle savait qu'en réalité, il n'y avait aucune logique à tout cela.

Elle plaça l'esquisse dans la pile des dessins à recycler, puis, après réflexion, l'emporta sur sa table à dessin, prit l'un de ses rouleaux et recouvrit toute l'image d'une couche d'encre noire. Elle la froissa en boule et la jeta.

Lorsqu'elle eut trié la dernière caisse, Hen s'aperçut qu'elle était en train d'écouter *In Spite of Me*, la chanson de Morphine qui passait quand Matthew/Richard avait surgi à son atelier. Elle mit en suspens ce qu'elle faisait et resta un moment figée. Elle envisagea de changer le CD, mais décida finalement de le laisser et retourna à son tri. Ce n'était rien de plus qu'un bruit de fond, songea-t-elle, et bientôt elle n'y prêterait peut-être même plus attention.

Remerciements

DANIELLE Bartlett, Robert Bloch, Angus Cargill, Caspian Dennis, Chester Erskine, Kaitlin Harri, Sara Henry, David Highfill, Nunnally Johnson, John D. MacDonald, Chloe Moffett, Kristen Pini, Sophie Portas, Nat Sobel, Virginia Stanley, Sandy Violette, Judith Weber, Tom Wickersham, Adia Wright, et Charlene Sawyer.

TABLE

143 Gabriel Tallent, *My Absolute Darling*
142 James Fenimore Cooper, *La Prairie*
141 Alan Tennant, *En vol*
140 Larry McMurtry, *Lune comanche*
139 William Boyle, *Le Témoin solitaire*
138 Wallace Stegner, *Le Goût sucré des pommes sauvages*
137 James Carlos Blake, *Crépuscule sanglant*
136 Edgar Allan Poe, *Le Chat noir et autres histoires*
135 Keith McCafferty, *Meurtres sur la Madison*
134 Emily Ruskovich, *Idaho*
133 Matthew McBride, *Frank Sinatra dans un mixeur*
132 Boston Teran, *Satan dans le désert*
131 Ross Macdonald, *Le Cas Wycherly*
130 Jim Lynch, *Face au vent*
129 Pete Fromm, *Mon désir le plus ardent*
128 Bruce Holbert, *L'Heure de plomb*
127 Peter Farris, *Le Diable en personne*
126 Joe Flanagan, *Un moindre mal*
125 Julia Glass, *La Nuit des lucioles*
124 Trevanian, *Incident à Twenty-Mile*
123 Thomas Savage, *Le Pouvoir du chien*
122 Lance Weller, *Les Marches de l'Amérique*
121 David Vann, *L'Obscure Clarté de l'air*
120 Emily Fridlund, *Une histoire des loups*
119 Jake Hinkson, *Sans lendemain*
118 James Crumley, *Fausse piste*
117 John Gierach, *Sexe, mort et pêche à la mouche*
116 Charles Williams, *Hot Spot*
115 Benjamin Whitmer, *Cry Father*
114 Wallace Stegner, *Une journée d'automne*
113 William Boyle, *Tout est brisé*
112 James Fenimore Cooper, *Les Pionniers*
111 S. Craig Zahler, *Une assemblée de chacals*
110 Edward Abbey, *Désert solitaire*
109 Henry Bromell, *Little America*
108 Tom Robbins, *Une bien étrange attraction*
107 Christa Faust, *Money Shot*

106 Jean Hegland, *Dans la forêt*
105 Ross Macdonald, *L'Affaire Galton*
104 Chris Offutt, *Kentucky Straight*
103 Ellen Urbani, *Landfall*
102 Edgar Allan Poe, *La Chute de la maison Usher et autres histoires*
101 Pete Fromm, *Le Nom des étoiles*
100 David Vann, *Aquarium*
99 *Nous le peuple*
98 Jon Bassoff, *Corrosion*
97 Phil Klay, *Fin de mission*
96 Ned Crabb, *Meurtres à Willow Pond*
95 Larry Brown, *Sale boulot*
94 Katherine Dunn, *Amour monstre*
93 Jim Lynch, *Les Grandes Marées*
92 Alex Taylor, *Le Verger de marbre*
91 Edward Abbey, *Le Retour du gang*
90 S. Craig Zahler, *Exécutions à Victory*
89 Bob Shacochis, *La femme qui avait perdu son âme*
88 David Vann, *Goat Mountain*
87 Charles Williams, *Le Bikini de diamants*
86 Wallace Stegner, *En lieu sûr*
85 Jake Hinkson, *L'Enfer de Church Street*
84 James Fenimore Cooper, *Le Dernier des Mohicans*
83 Larry McMurtry, *La Marche du mort*
82 Aaron Gwyn, *La Quête de Wynne*
83 Larry McMurtry, *La Marche du mort*
82 Aaron Gwyn, *La Quête de Wynne*
81 James McBride, *L'Oiseau du Bon Dieu*
80 Trevanian, *The Main*
79 Henry David Thoreau, *La Désobéissance civile*
78 Henry David Thoreau, *Walden*
77 James M. Cain, *Assurance sur la mort*
76 Tom Robbins, *Nature morte avec Pivert*
75 Todd Robinson, *Cassandra*

CET OUVRAGE A ÉTÉ COMPOSÉ PAR
ATLANT'COMMUNICATION
AU BERNARD (VENDÉE).

ACHEVÉ D'IMPRIMER EN NOVEMBRE 2020 SUR LES PRESSES
DE NORMANDIE ROTO IMPRESSION S.A.S., 61250 LONRAI
POUR LE COMPTE DES ÉDITIONS GALLMEISTER
13, RUE DE NESLE, 75006 PARIS

IMPRIMÉ EN FRANCE

DÉPÔT LÉGAL : FÉVRIER 2021
N° D'IMPRESSION : 2004804